Lisa Cach

Wir für alle Zeit

Aus dem Englischen von
Susanne Arnold

Schneiderbuch
EGMONT

1. Auflage

verlegt durch EGMONT Verlagsgesellschaften mbH,
Gertrudenstraße 30–36, 50667 Köln

Erstmals in Deutschland erschienen unter dem Titel »Eternally – Selbst die Ewigkeit kann uns nicht trennen« bei Egmont INK, 2011

Originalverlag: speak, an imprint of Penguin Group (USA) Inc.
Originaltitel: Wake unto me
Übersetzung aus dem Englischen: Susanne Arnold
Umschlag: Carolin Liepins, München,
unter Verwendung diverser © Shutterstock-Motive
Dieses Werk wurde vermittelt durch die Literarische Agentur
Thomas Schlück GmbH, 30827 Garbsen
Satz: Greiner & Reichel, Köln
Printed in the EU (675292)
ISBN 978-3-505-13673-3

MIX
Papier
FSC FSC® C017859

Zwischen zwei Welten schwebst du, Menschenkind,
Wie zwischen Tag und Nacht der Dämmrung Saum.
Du weißt nicht, was wir werden, was wir sind.

Lord Byron, *Don Juan*

Prolog

CHÂTEAU DE LA FORTUNE, FRANKREICH

»Ist sie das?«

Eugenia empfand eine irritierende Mischung aus Abneigung und Mitleid, als sie das Foto in die Hand nahm, das sie und die anderen Frauen der Schwesternschaft gerade betrachtet hatten. Es zeigte Caitlyn Monahan, ein fünfzehnjähriges amerikanisches Mädchen mit langem schwarzem Haar und blassem Gesicht, das ein Heft an ihre Brust drückte. Ihre Schultern waren gebeugt, die Haare verdeckten halb ihr Gesicht.

»Vielleicht«, antwortete Eugenia. Caitlyn trug ihre Unsicherheit wie einen Mantel um sich herum, für alle sichtbar. Eugenia verachtete Schwäche bei Frauen.

Andererseits hatte dieses Mädchen in seiner Kindheit vermutlich unter dem bitteren Gefühl gelitten, von all den stumpfsinnigen Menschen um sie herum ausgeschlossen zu werden, sodass es kaum verwunderte, dass sie eine derart jämmerliche Gestalt abgab. Nach allem, was der Privatdetektiv herausgefunden hatte, gab es in Caitlyns Leben niemanden, der auch nur annähernd verstand, wer sie wirklich war.

Wer sie *vielleicht* war, verbesserte Eugenia sich. Sie wussten noch nicht, ob Caitlyn eine von ihnen war.

»Wir können nicht sicher sein, dass Caitlyn eine von unseren vermissten Schwestern ist«, sagte Eugenia laut. »Mit Ahnenforschung ist es nicht getan. Ihr Stammbaum mütterlicherseits ist voller Lücken. Wir haben Aufzeichnungen gefunden, Berechnungen gemacht und darauf basierend Vermutungen über ihre Herkunft angestellt. Vielleicht ist sie auch nur ein ganz normaler Teenager.«

»Aber die Prophezeiung deiner Urgroßmutter von Der Dunklen«, sagte Greta Klenk, deren breites, freundliches Gesicht voll ängstlicher Hoffnung war, »scheint auf sie zuzutreffen.« Sie rezitierte die Zeilen, die sie alle auswendig kannten:

Vom westlichen Ufer der Neuen Welt
Kommt eine Dunkle, jung, ohne Geld,
Ihr Haar ist schwarz, ihre Haut ist weiß
Und sie begibt sich auf die Reis'
Und findet für die Schwestern trotz dunkler Nacht
Im Herzen des Schicksalsrads die Quelle der Macht.
Erst wenn Die Dunkle ist gefunden,
Wird unsre Kraft von den Fesseln entbunden.

»Es ist die Rede von jemandem mit dunklem Haar, vom westlichen Ufer der Neuen Welt. Das trifft doch auf diese Caitlyn Monahan zu«, sagte Greta.

»Ja, aber das ist keine Garantie dafür, dass Caitlyn Die Dunkle ist, nicht einmal dafür, dass sie eine von uns ist. Wir können sie nicht zu dem Mädchen aus der Prophezeiung machen, nur weil wir es uns wünschen«, sagte Eugenia. Sie presste die Lippen zusammen und rang ihre Ungeduld nieder. Ihr ganzes Leben lang hatte sie versucht, die kurzen prophetischen Zeilen ihrer englischen Urgroßmutter zu enträtseln, das Herz des Schicksalsrads zu finden und damit den Ursprung der übersinnlichen Kräfte der Schwesternschaft.

Sie hatte ihn nicht gefunden. Sie hatte nicht einmal herausgefunden, was genau das Schicksalsrad sein sollte, außer eine bildliche Darstellung der Göttin Fortuna oder vielleicht ein Hinweis auf die Legende eines Templerschatzes, der unter der Burg vergraben sein sollte. Weil sie das Rätsel nicht lösen konnte, war sie dazu gezwungen, sich sowohl in Demut als auch in Geduld zu üben, was beides nicht ihrem Temperament entsprach. Schließlich hatte sie all ihre Anstrengungen darauf gerichtet, Die Dunkle zu finden. Es war ihre große Hoffnung, dass Caitlyn das lang gesuchte Mädchen war.

»Sie sieht völlig unscheinbar aus«, sagte Marguerite Pelletier, die Reitlehrerin, verächtlich, die Hände auf ihre schmalen, knochigen Hüften gestützt. Sie hatte scharf geschnittene Gesichtszüge, und ihre schrägen schwarzen Augenbrauen brachten deutlich ihr Missfallen zum Ausdruck. »Sie sieht nicht nach etwas Besonderem aus. Ich glaube nicht, dass sie Die Dunkle ist, und ich finde auch nicht, dass wir es mit ihr riskieren sollten. Dies ist unser erster Versuch, eine verlorene Schwester an die Fortuna-Schule zu holen, und sie scheint mir eine schlechte Wahl zu sein. Wir sollten nur Mädchen nehmen, die kultiviert und gebildet sind und gut zu den ›normalen‹ zahlenden Schülerinnen passen.«

»Aber in der Prophezeiung heißt es, dass sie arm ist«, sagte Greta. »Und Caitlyn ist arm.«

Die acht Frauen blickten Eugenia Rat suchend an. Mit ihren fünfunddreißig Jahren war sie die Jüngste von ihnen – und die Stärkste. Sie war ihre Anführerin.

Aus einem DNA-Test würde die Schwesternschaft ersehen können, ob Caitlyn mit ihnen verwandt war, aber die wichtigsten Fragen würde er nicht beantworten: Hatte Caitlyn irgendwelche übersinnlichen Fähigkeiten geerbt? Wenn ja, lohnte es sich, sie weiter zu fördern? Und, was am wichtigsten war: War Caitlyn Die Dunkle aus der Prophezeiung?

Es gab keine Möglichkeit, das herauszufinden, zumindest jetzt noch nicht. Sie mussten Caitlyn ins Château de la Fortune holen, wo sie zeigen konnte, was in ihr steckte. Wenn Caitlyn Die Dunkle war, würde sie sie zum Herz des Schicksalsrads führen.

»Ich habe Ziele für die Schwesternschaft im Auge, die ohne ein gewisses Risiko unerreichbar bleiben«, sagte Eugenia schließlich. »Wir holen Caitlyn hierher, ins Château de la Fortune, und stellen als Allererstes fest, ob sie die ist, die wir suchen.«

»Und wenn Caitlyn nicht Die Dunkle ist?«, wollte Marguerite wissen. »Oder kein echtes Mitglied der Schwesternschaft? Was machen wir dann mit ihr?«

Eugenia zuckte elegant mit der Schulter und tat damit das Thema und im gleichen Zug das Mädchen ab. »Wir werden sie wieder los. Wenn sie nicht Die Dunkle ist, ist sie nicht wichtig, oder?«

Marguerite brummte zustimmend.

Amüsiert verzog Eugenia den Mund. Typisch Marguerite – sie war so schnell aufzubringen und doch so unglaublich leicht zu manipulieren. Eugenia hatte nicht einmal in Marguerites Bewusstsein eindringen müssen, um dafür zu sorgen, dass sie sich benahm. Es hatte nur einiger Worte bedurft. Eigentlich jammerschade. Eugenia benutzte leidenschaftlich gerne ihre Gabe, die Gedanken anderer zu kontrollieren, und nahm jede Möglichkeit wahr, ihre Fähigkeiten zu verbessern. Bedauerlicherweise konnte sie einen anderen Menschen noch nicht total kontrollieren. Aber sie konnte immerhin einen Anstoß geben und einen Impuls setzen. Wenn sie ihre Fähigkeiten mit altmodischer verbaler Überzeugungskunst und ihrem umfangreichen psychologischen Wissen kombinierte, gab es nur wenige, die sich ihrem Willen widersetzen konnten.

Eugenia war sich sicher: War das Herz des Schicksalsrads erst einmal gefunden und die Quelle der Macht der Schwesternschaft entfesselt, würden sich ihre Kräfte verdoppeln. Sogar verdreifachen. Und dann würde niemand mehr auch nur daran denken, sich ihr in den Weg zu stellen. Dann konnten sie alles daransetzen, die Schwesternschaft berühmt zu machen. Die Schwesternschaft würde eine Macht werden, mit der man rechnen musste. Es würde keine Beschränkungen geben, sie würden alles erreichen und grenzenlosen Einfluss haben. Mit Eugenia als Anführerin würde die Schwesternschaft sogar den Lauf der Welt verändern können.

»Niemand ist wichtig«, wiederholte Eugenia mit einer Stimme, die kalt war wie Stahl. »Niemand, außer Der Dunklen.«

Kapitel 1

15. OKTOBER, OREGON

Caitlyns Stift bewegte sich in hastigen, schnellen Strichen über das Papier. Allmählich entstand ein Bild: Flammen, Rauch. Ein Gesicht in Todesqualen. Ein Scheiterhaufen.

Sie atmete stoßweise, während ihr Stift die Szene aus dem unheimlichen Traum der vergangenen Nacht zum Leben erweckte. Sie spürte die Hitze der Flammen auf ihrer eigenen Haut, den Rauch, der sie erstickte, ihre Lungen, die von der brennenden Luft, die sie einatmete, versengt wurden. Panik ergriff sie, als sie versuchte, gegen die Stricke zu kämpfen, mit denen sie an dem Brandpfahl gebunden war. Verzweifelt versuchte sie, sich zu befreien, verzweifelt spähte sie in der johlenden Menge jenseits der Flammen nach jemandem, der gegen das Unrecht, das ihr angetan wurde, seine Stimme erheben würde.

»Hey«, sagte eine schnaufende männliche Stimme, die Caitlyn am Rande ihres Bewusstseins wahrnahm. Sie beachtete sie nicht und zeichnete weiter.

Caitlyn konnte die Gedanken der Frau, die auf dem Scheiterhaufen verbrannt wurde, wahrnehmen. *Es hatte keinen Sinn. Sie gehörte nicht zu ihnen. Sie war immer eine Außenseiterin gewesen und hatte ihr ganzes Leben lang die Angst und den Hass der anderen gespürt. Und jetzt hatten sie endlich eine Möglichkeit gefunden, sie für immer loszuwerden: »Hexe« nannten sie sie.*

»Was zeichnest 'n da?«, fragte die männliche Stimme.

Dieses eine Wort war der Freibrief für ihre Vernichtung. Eine Hexe darf nicht leben …

»Hallo!« Eine große blasse Hand wedelte zwischen ihrem Gesicht und dem Skizzenbuch herum. »Bist du da?«

Das Geräusch der knisternden Flammen des mittelalterlichen Scheiterhaufens ging über in das Quietschen von Tennisschuhen auf dem Boden der Turnhalle. Genervt blickte Caitlyn Monahan von dem Skizzenbuch auf ihrem Schoß auf und blinzelte ein paar Mal, um in die Realität zurückzukehren. Pete Fipps, dem verschwitzte dunkle Haarsträhnen an den Schläfen klebten, pustete ihr seinen Atem ins Gesicht. Was wollte er nur? Wahrscheinlich sich über sie lustig machen, wie immer.

»Du malst echt gern, hä?«

»Ja.« Caitlyn legte ihr Lesezeichen – eine Tarotkarte, die »Rad des Schicksals« hieß – in das Buch, schloss es und drückte es an ihre Brust. Sie hatte nicht bemerkt, dass die Schul-Basketballmannschaft der Jungs mit dem Training begonnen hatte. Caitlyns Aussichtsplatz auf der Zuschauertribüne am Ende der fünften Bankreihe war kein stiller, privater Ort mehr, an dem sie auf ihre Freundinnen Sarah und Jacqui warten konnte.

»Was hast du da gezeichnet?«

Sie spürte seinen drängenden Blick und fühlte sich irgendwie bedroht, weil er immer näher kam. Sie wünschte, er würde weggehen. »Nichts.«

»Nichts, hä?«

Caitlyn schwieg und starrte wie gebannt auf einen großen Pickel an seinem Hals, der sich leuchtend rot von seiner blassen Haut abhob.

»Du musst doch *irgendwas* gezeichnet haben.«

Caitlyn drückte das Buch noch fester an ihre Brust und zog die Schultern hoch. »Nur ... jemanden, den ich letzte Nacht in einem Traum gesehen habe.«

Was gab Pete das Recht, sie zu quälen? Seit vor einem Monat die Schule angefangen hatte, hatte er jedes Mal, wenn sie an ihm vorbeiging, mit seinen Freunden gelacht. Sie war seit Jahren an dumme Bemerkungen gewöhnt und verstand nicht, warum es nun plötzlich noch schlimmer wurde. Erhöhte sich der Idioten-Faktor bei den Leuten automatisch, wenn sie in die zehnte Klasse kamen?

»Hast du einen *Jungen* gezeichnet?«, fragte Pete anzüglich.

»Nein, keinen Jungen!«, sagte sie etwas zu laut. Warum redete er immer noch mit ihr? Ein paar von seinen Freunden hatten aufgehört, sich Bälle zuzuwerfen, und standen grinsend herum, als warteten sie auf die Pointe eines Witzes. »Ich habe eine weise Frau gezeichnet, wenn du es unbedingt wissen willst.«

»Ist das so was wie ein Wise Guy, ein Schlaumeier?« Pete ahmte einen fiesen New-Jersey-Akzent nach. »So wie ich? Wie *ich*?«

Caitlyn verdrehte die Augen. »Weise Frauen waren Heilerinnen oder Hebammen. Aber manche Leute dachten, sie wären Hexen.«

»Sie ham' sie verbrannt?

Einen Moment lang fühlte sich Caitlyn in ihren Traum zurückgeworfen. *Rund um sie herum Dummheit, die das, was sie nicht verstand, vernichtete.* In ihrem Hals spürte sie den sengenden Rauch, der ihr den Atem raubte. »Ja«, hustete sie.

Er schnaubte. »Hätten halt besser über ihre Berufswahl nachdenken sollen. Hexen! Da weiß man doch, dass man im Feuer landet, so oder so.«

Ärger und Abscheu stiegen in ihr auf, in ihrer Seele brannte Hass. Es waren Gesichter wie das von Pete gewesen, die jenseits der Flammen gelacht hatten; stumpfsinnige Gemüter wie seins, die sie vernichtet hatten.

Caitlyn blinzelte und schüttelte ihre Gedanken ab. Wo war *das* gerade hergekommen?

»Fipps!«, rief Doug Hansen vom Spielfeld.

Pete drehte sich gerade rechtzeitig um, um einen Ball zu fangen, der auf seinen Kopf zuflog.

»Lass Moan-n-Groan in Ruhe und beweg deinen Hintern wieder aufs Spielfeld!«, rief Doug, und seine Freunde lachten.

Caitlyn zuckte zusammen, als sie den Spitznamen Moan-n-Groan, Jammerliese, hörte, ein Wortspiel mit ihrem Nachnamen, Monahan. Diese Spöttelei versetzte ihr noch immer einen Stich ins Herz. Das ging nun schon seit der siebten Klasse so, als sie begonnen hatte, schwarze Kleidung im Gothic-Stil zu tragen, und ihr das Elend ins Gesicht geschrieben stand. In den drei Jahren seither hatte sie gelernt, ihre Gefühle besser zu verbergen, und sie trug nun eher bunte Vintage-Klamotten aus dem Secondhandladen – aber der Spitzname war ihr geblieben. Nur dass die Jungs ihn jetzt mit einem anzüglichen Unterton in der Stimme aussprachen – »moan and groan« bedeutete »stöhnen und ächzen«.

Sie blickte zur Tür der Mädchenumkleide und wünschte sich sehnlichst, Sarah und Jacqui würden kommen und sie retten.

Pete zeigte seinen Freunden den Stinkefinger.

Caitlyn steckte das Skizzenbuch ein und wollte aufstehen.

Pete packte sie am Arm. »Warte!«

Sie riss sich los. »Warum?«, fragte sie misstrauisch.

»Ich mach morgen eine Party, meine Eltern verreisen. Mein Bruder besorgt einen Kasten Bier. Hast du Lust zu kommen?«

Sie starrte ihn verblüfft an. Er lud sie auf eine Party ein? Hatte er sie deswegen angesprochen?

Pete errötete unter ihrem überraschten Blick und gestikulierte wild mit den Händen, als wolle er ein Missverständnis abwenden. »Mit Sarah und Jacqui, meine ich! Wenn ihr wollt. Ich lade die halbe Schule ein. Ich hab nicht speziell *dich* eingeladen.«

Der zarte Schmetterling des Geschmeicheltseins, der in ihrer Brust zu flattern begonnen hatte, wurde unter den Gummisohlen seiner Turnschuhe zerquetscht. »Natürlich hast du nicht mich gemeint«, sagte sie rundheraus, peinlich berührt, dass sie ihn missverstanden hatte. Sie wusste, dass sie bei Typen wie Pete besser in Deckung blieb, sie *wusste* es einfach! Das Einzige, was die wollten, war, sich über sie lustig zu machen. »Warum solltest du Moan-n-Groan einladen? Du würdest dich nie im Leben mit mir sehen lassen wollen.«

Petes gerötete Wangen nahmen ein noch dunkleres Rot an, das bis zu seiner Stirn hinaufkroch. »Caitlyn, ich …«

»Ich muss gehen«, sagte Caitlyn, nahm ihren Rucksack und ging zum Ende der Sitzreihe. »Ich will nicht, dass die Leute auf falsche Gedanken kommen, weil ich hier rumhänge!«

Sie sprang auf die Stufen der Tribüne, gerade als Sarah und Jacqui aus der Umkleide kamen, und lief zu ihnen. Caitlyn hakte Sarah unter und zog sie aus der Turnhalle, Jacqui eilte den beiden hinterher. Pfiffe und Gelächter folgten ihnen.

»Was war das denn jetzt?«, fragte Sarah, als sie in das herbstliche Sonnenlicht hinaustraten und die Turnhallentür hinter ihnen zufiel. Das glänzende braune Haar fiel ihr in dicken Strähnen auf die Schultern, so lässig gestylt, als käme sie direkt aus einer Shampoo-Werbung. Ihre dunklen braunen Augen waren fragend aufgerissen.

Caitlyn verdrehte ihre hellen, meergrünen Augen und erzählte ihnen, was geschehen war.

Als sie fertig war, packte Jacqui sie am Arm und drückte sie, ein wenig zu fest. Ihr rundes, sommersprossiges Gesicht war fleckig vor Aufregung. »Pete steht auf dich!«

Verlegen schüttelte Caitlyn den Kopf. »Nein, tut er nicht. Daran hat er keinen Zweifel gelassen.«

»Oh Mann, natürlich tut er das!«, sagte Sarah und schüttelte den Kopf. »Du kriegst aber auch gar nichts mit.«

»Meinst Du wirklich?«, fragte sie unsicher, und ihr dämmerte allmählich, dass sie sich möglicherweise gerade total bescheuert verhalten hatte.

Sarah gab ihr einen leichten Klaps auf den Kopf. »Er hat dich zu einer Party eingeladen. Wie du das als Beleidigung auffassen kannst, kapier ich nicht.«

»Sie ist zu abweisend«, sagte Jacqui.

Caitlyns Schultern sackten nach vorn. Sie kam sich vor wie eine Idiotin. Vielleicht hatte Pete wirklich versucht, nett zu ihr zu sein, und sie hatte sich benommen, als ob sie nicht ganz dicht wäre. »Okay, selbst wenn er mich mag, na und?«, fragte sie, um sich einen letzten Rest Würde zu bewahren. »*Ich* mag *ihn* nicht.«

»Pete ist nett«, sagte Jacqui. »Du solltest ihm eine Chance geben.«

»Ich muss einen Typen nicht mögen, nur weil er mich mag«, sagte Caitlyn.

»Und warum magst du ihn nicht?«, fragte Jacqui. »Seine Familie ist reich. Ihr gehört eine Möbelhauskette.«

Caitlyn blickte ihre Freundin entgeistert an. »Ich soll ihn wegen der Möbel mögen?«

»Hey, also ich würde gerne einen heiraten, dem eine Möbelhauskette gehört«, sagte Jacqui.

»Wir sind in der zehnten Klasse! Wer denkt denn da ans Heiraten?«, rief Caitlyn.

»Keiner, der alle beisammen hat«, sagte Sarah trocken. Ihre Eltern hatten sich diesen Sommer getrennt, was Sarahs Leben ziemlich erschüttert hatte.

Jacqui zuckte mit den Schultern. »Vergiss das mit dem Heiraten. Aber du willst doch einen Freund, oder, Caitlyn? Jeder, der *normal* ist, will das. Warum nicht Pete?«

»Er ist nicht mein Typ.«

Jacqui lachte. »Du hast gar keinen Typ. Ich kann mich nicht daran erinnern, wann du das letzte Mal jemanden toll fandest. Du magst *überhaupt* keine Jungs. Du glaubst, dass keiner gut genug ist für dich.«

»Das stimmt nicht«, sagte Caitlyn. »Ich mag nur keinen von den Jungs *hier*.«

Sarah stieß genervt die Luft aus. »Sie sind überall gleich, egal wo du hingehst. Du bist bescheuert, wenn du was anderes glaubst.«

Eine Weile gingen sie schweigend weiter. Caitlyn spürte ihre eigene Verwirrung darüber, warum Pete und seinesgleichen in ihren Augen so unzulänglich waren. Warum konnte sie ihn nicht mögen?

»Es ist nicht so, dass ich die Jungs in Spring Creek schlecht finde«, überlegte Caitlyn laut. »Ich denke nur immer, dass es irgendwo da draußen einen besseren gibt. Einen, der mich wirklich versteht.«

»Hältst du dich für so besonders, dass keiner hier dich verstehen kann?«, fragte Jacqui mit einer hochgezogenen Augenbraue.

»Nicht für besonders. Eher für verrückt«, sagte Caitlyn niedergeschlagen.

»Du bist nicht verrückt«, beharrte Sarah, allerdings ohne sehr überzeugend zu wirken.

»Doch, bin ich«, murmelte Caitlyn. »Ihr beide wisst es.«

Jacqui grinste und zeigte mit Daumen und Zeigefinger eine kleine Spanne an. »Na ja, vielleicht bist du ein ganz kleines bisschen verrückt. Aber wir halten es trotzdem mit dir aus.«

»Super. Danke.« Caitlyn versank wieder in Schweigen. Sie würden es nicht verstehen.

Sie verstand es selbst kaum. Solange sie denken konnte, war sie sicher gewesen, dass ihr zukünftiger Freund weit weg lebte vom öden Oregon, Tausende von Kilometern entfernt, und ein völlig anderes Leben führte als so ein eintöniges wie sie.

Dieser unbekannte Junge war ihr Seelengefährte, und eines Tages, wenn sie es am wenigsten erwartete, würden sie sich finden. Es wäre Liebe auf den ersten Blick, denn sie hätten ihr ganzes Leben lang einander gesucht.

Idiotisch romantisch, ja, sicher – aber sie träumte lieber vom Traumprinzen als von Mr. Wrong.

Die drei machten sich auf den Weg nach Hause. Caitlyn hörte mit halbem Ohr zu, wie ihre beiden Freundinnen über andere Mitglieder des Cheerleaderteams tratschten. Es hätte sie interessieren sollen: Zwei Mitglieder des Teams waren beim Rauchen erwischt worden, und nun drohte ihnen der Rausschmiss. Treffen wurden abgehalten, der Rektor wurde eingeschaltet, Eltern waren in Aufruhr. Jeder sprach darüber. Jeder machte sich Gedanken.

Außer Caitlyn. Highschool-Verabredungen, Cheerleading, Schulgeist – sie fand das alles kindisch. Warum kam es ihr so vor, als würde die Highschool ihrer Seele Schaden zufügen? Sie hätte keinen bestimmten Grund nennen können. Sie wusste nur, dass sie nicht hierher gehörte.

Ihr gefiel alte, gebrauchte Kleidung besser als neue; ihr iPod war voller klassischer Musik; und in ihrem Zimmers hingen Fotos von Schlössern und Reproduktionen alter europäischer Gemälde, darunter das Renaissance-Porträt eines jungen Mädchens in Weiß namens Bia. Eigentlich hätten Popsänger oder Filmstars ihre Wände schmücken sollen.

Sie verbrachte ihre ganze Freizeit entweder damit, die seltsamen Dinge zu malen, die sie in ihren Träumen sah, oder sie verschlang historische Romane. Die Welt der Vergangenheit, die darin geschildert wurde, erschien ihr wie die reale Welt. Die Gegenwart kam ihr dagegen vor wie eine Illusion, die sie durchstehen musste, bis sie wieder zu den Seiten eines Buches Zuflucht nehmen konnte.

Oder zu den lebhaften Träumen, die sie im Schlaf hatte. Sie wachte immer nur widerwillig auf, so als zerrte man sie von einer wirklicheren Welt weg. Wenn sie sich an einen Traum erinnerte, dann an kaum mehr als an Bruchstücke, aber die Bilder kamen ihr so echt vor, dass sie von der Realität nicht zu unterscheiden waren. Manchmal wusste sie nicht mehr, ob sie etwas geträumt oder wirklich erlebt hatte.

Dann wieder brachte ihr der Schlaf Albträume, die alle Grenzen des Horrors sprengten und sie selbst und das gesamte Haus mit ihren Schreien weckten. Das waren die Kreischer-Träume. Mitten im Schlaf wurde sie manchmal von gespensterähnlichen, heulenden Erscheinungen heimgesucht. Sie wusste nicht, wer sie waren oder woher sie kamen, ob sie echt waren oder Ausgeburten ihrer Fantasie, Geister oder Wahnvorstellungen. Und weil sie keine bessere Bezeichnung hatte, nannte sie die Erscheinungen die Kreischer.

Sowohl die äußerst lebendigen, guten Träume als auch die quälenden Kreischer-Albträume hatten in der Pubertät begonnen. Sie wusste nicht, ob es ein Segen war oder ein Fluch, beide Arten zu haben. Sie wusste aber, dass ihr Vater und ihre Stiefmutter befürchteten, die Kreischer-Albträume könnten auf eine psychische Instabilität hinweisen, darauf, dass sie ein bisschen verrückt war, so wie ihre seit Langem verstorbene Mutter, die geglaubt hatte, die Zukunft vorhersagen zu können.

Im Großen und Ganzen boten Bücher und Gemälde eine bessere Zuflucht vor der Realität als der Schlaf. Die seltsamen Träume erklärten jedoch nicht ganz, warum sie sich ihren Mitschülern nicht zugehörig fühlte. Da gab es etwas, das tiefer lag, etwas, das sie zu dem Schluss kommen ließ, nicht hierher zu gehören.

Sie musste ihrem jetzigen Leben komplett entkommen. Das College war ihr immer wie ein Licht am Ende des langen, dunklen Tunnels des Erwachsenwerdens erschienen. Seit einer Weile kam es ihr jedoch so vor, als würden bis dahin noch tausend Jahre vergehen. Die drei Jahre, die sie noch zur Schule gehen musste, konnten genauso gut drei Jahrzehnte sein. Die Tatsache, dass sie ihr derzeitiges Leben nicht ändern konnte, ließ sie am Rand eines tiefen Abgrunds der Verzweiflung taumeln. Wenn sich nicht bald etwas änderte, würde sie hinunterstürzen.

Doch es gab eine kleine Hoffnung, wie sie diesem Abgrund entkommen konnte. Im Juli hatte sie von der Fortuna-Schule, einem Mädcheninternat in Frankreich, eine Zufalls-E-Mail bekommen. Sie hatte noch nie von der Schule gehört und nahm an, dass man ihre E-Mail-Adresse von einem Brieffreunde-Service hatte, bei dem sie sich im Jahr zuvor, als sie Französisch belegt hatte, registriert hatte. (Leider hatte die französische Briefpartnerin ihre Bemühungen um Brieffreundschaft nach einer einzigen E-Mail von Caitlyn, die voller Fehler gewesen war, aufgegeben; Französisch gehörte leider nicht zu Caitlyns Stärken.)

Das Mädcheninternat lud sie ein, seine Website zu besuchen und sich um eine Zulassung und ein Stipendium zu bewerben. Sie hatte ungläubig gelacht, als sie das mit dem Stipendium las; offenbar hatte man dort keine Ahnung von ihren Noten. Aber es konnte sicher nicht schaden, sich die Website anzuschauen.

In dem Moment, in dem sich die Seite öffnete und sie das Foto der Burg sah, in der die Schule untergebracht war, das Château de la Fortune, fühlte sich ihre Seele zur Fortuna-Schule hingezogen. Das

Bild der Burg, die in Südwestfrankreich hoch auf einem Felsvorsprung mit Blick auf den Fluss Dordogne stand, überzeugte sie, dass dieses französische Mädcheninternat vielleicht das Einzige war, was sie glücklich machen konnte.

Natürlich gab es praktisch keine Chance, aufgenommen zu werden. Und noch weniger eine Chance, dass sie ein Stipendium bekam. Für ihren Vater, der als Lkw-Fahrer arbeitete, war es unmöglich, die jährlichen Schulgebühren, die auf der Website aufgelistet waren, zu bezahlen: Es war doppelt so viel, wie er in einem Jahr verdiente.

Und trotzdem … Es war, als riefe ihre Seele ihr zu, dass sie es zumindest versuchen musste.

Also hatte sie sich heimlich beworben. Manche Hoffnungen hegte man besser im Stillen, wo die Bemerkungen von anderen sie nicht trüben konnten und wo man eine Enttäuschung ohne die mitleidigen Blicke von Freunden allein bewältigen konnte.

Seit dem Tag, an dem sie ihre Bewerbung abgeschickt hatte, hatte sie sich vor einem Brief in der Post, in dem stehen würde, ob sie angenommen war oder nicht, gleichzeitig gefürchtet und ihn sehnlichst erwartet. Inzwischen waren schon zwei Monate vergangen, und es war zu einer Tortur geworden, am Nachmittag die Post durchzusehen. »Kein Brief« bedeutete, dass die Hoffnung noch einen weiteren Tag leben konnte, aber es bedeutete auch eine weitere Nacht der Angst vor einer unabwendbaren Enttäuschung.

»Bist du so still, weil du an Pete denkst?«, fragte Jacqui und riss Caitlyn aus ihren Gedanken.

»Was?« Sie waren in Caitlyns Straße angekommen. Während der letzten Viertelstunde hatte sie kein einziges Wort von der Unterhaltung ihrer Freundinnen mitbekommen.

»Da hat sich jemand in romantischen Tagträumen verloren«, sagte Jacqui.

»Ja, genau.«

Sarah und Jacqui lachten und winkten zum Abschied. »Bis bald«, sagte Sarah.

»Ja. Bis morgen.« Caitlyn ging die letzten paar hundert Meter allein. Sie dachte an den Brief, der vielleicht daheim auf sie wartete, vielleicht aber auch nicht.

Unglück, Rettung oder Unentschieden: Das waren die drei Möglichkeiten, die der Postbote jeden Tag bis auf Sonntag in ihren Briefkasten stecken konnte.

Was würde es heute sein?

Caitlyn betrat das Haus und stieg über den unvermeidlichen Haufen aus Jacken, Sportklamotten und Schuhen ihrer Brüder, der den Eingang verstopfte. Es war niemand zu Hause, aber sie wusste, dass die Post von heute auf dem Küchentisch lag, so wie immer.

Auf einem Stapel Kataloge lagen mehrere weiße Briefumschläge. Caitlyn biss sich auf die Unterlippe, nahm die Umschläge in die Hand und zwang sich, sie durchzusehen.

Arztrechnung.

Irgendeine Mitteilung von der Grundschule ihrer drei jüngeren Halbbrüder.

Stromrechnung.

Kreditkartenangebot.

Ein letzter Umschlag. Sie drehte ihn mit klopfendem Herzen um.

Kontoauszüge.

Erleichtert ließ sie die Schultern sinken. Ihre Hoffnungen waren vor dem Todesurteil bewahrt worden, zumindest für einen weiteren Tag. Mit leichten Schritten ging sie zu ihrem Zimmer, um ihren Rucksack abzustellen.

Tyler, Wade und Ethan, ihre Halbbrüder, waren in ihren diversen Sportvereinen und Pfadfindergruppen. Ihr Vater und ihre Stiefmutter fuhren sie in zwei Autos herum und waren mit der komplizierten Choreografie beschäftigt, die Jungs irgendwo hinzubringen und irgendwo abzuholen und zwischendrin Pausen zu machen, um ihnen Hamburger und Hühnchenteile vorzuwerfen, als fütterten sie hungrige Löwen. Also hatte Caitlyn das Haus für sich.

Sie öffnete ihre Zimmertür und wollte den Rucksack aufs Bett werfen, als sie ihn sah: einen bereits geöffneten Briefumschlag, der auf einer Ecke ihres Betts lag. Ihr rutschte das Herz in die Hose.

Caitlyn stellte den Rucksack ab und nahm den Brief. Ihre Träume stürzten einer nach dem anderen in sich zusammen. Auf dem Umschlag klebte ein gelber Notizzettel. *Was hat das zu bedeuten? Wir müssen miteinander reden, Mom.*

Na toll. Sie wurde nicht nur abgelehnt, sondern konnte sich auch noch auf das Vergnügen freuen, mit Joy, ihrer Stiefmutter, zu diskutieren, warum sie sich bei einem französischen Internat beworben hatte. Joy nahm es vermutlich persönlich, als würde Caitlyn vor ihr fliehen wollen. Sie schien Caitlyns Verhalten und ihre Stimmungen immer persönlich zu nehmen.

Caitlyns richtige Mutter war bei einem Autounfall ums Leben gekommen, als Caitlyn erst vier Jahre alt gewesen war. Sie hatte nur sehr vage Erinnerungen an sie, eher erfundene als echte, und kannte ihr Gesicht nur von Fotos. Von ihr hatte Caitlyn das schwarze Haar geerbt und – rätselhafterweise – die Tarotkarte »Rad des Schicksals«. An dem Tag, an dem sie starb, hatte sie zuvor die Karte unter Caitlyns Kopfkissen gesteckt. In der Familie ging das Gerücht um, dass sie ihren eigenen Tod vorhergesehen hatte und dass die Tarotkarte ihre Art war, sich von ihrer Tochter zu verabschieden. Ihr Vater weigerte sich, darüber zu sprechen.

Er hatte Joy ein Jahr später geheiratet, und sie hatte Caitlyn wie ihre eigene Tochter angenommen. Caitlyn hatte »Mama« zu ihr gesagt. Joy war einfach und gutherzig. Aber die liebevolle Frau von damals, die ein einsames, kleines Kind verstehen konnte, war ratlos im Umgang mit einem verwirrten Teenager, der selbst nicht wusste, warum ihm so elend zumute war. Je weniger Caitlyn sich von Joy verstanden fühlte, umso größer wurde die Kluft zwischen ihnen.

Ihr Dad dagegen war froh, dass er drei unkomplizierte, sportliche Jungs hatte, um die er sich kümmern konnte. Caitlyn war mittlerweile Joys Problem, nicht seins. Wenn Caitlyn doch einmal versucht hatte, mit ihm über etwas Persönliches zu sprechen, hatte er nur gemeint, sie solle sich an ihre Mutter wenden.

Caitlyn ließ sich mit dem Umschlag in der Hand auf das Bett sinken. Tränen der Hoffnungslosigkeit und der Enttäuschung stiegen ihr in die Augen. Sie konnte keine drei weiteren Jahre auf der Highschool ertragen, sie konnte einfach nicht. Es musste eine andere Möglichkeit geben: einen externen Highschool-Abschluss? Privatunterricht? Online-Unterricht? Irgendetwas. Egal, was.

Sie zog ein Blatt aus dem Umschlag, wischte sich die Tränen weg und faltete es auseinander.

Liebe Caitlyn,
danke für Deine Bewerbung. Ich freue mich, Dir mitteilen zu können, dass wir Dir sowohl eine Zulassung für die Fortuna-Schule ab Ende Januar als auch ein Stipendium anbieten können. Die Anmeldeunterlagen senden wir Dir demnächst gesondert zu.

Hochachtungsvoll
Dr. Eugenia Snowe
Direktorin der Fortuna-Schule

Caitlyn stockte der Atem. Der Brief schien vor ihr zu schweben, gehalten von Händen, die nicht ihre waren.

Sie war angenommen worden?

Ein Stipendium? Für *sie*?

Sie las den Brief noch einmal, um sich zu vergewissern, dass sie nichts missverstanden hatte. »Oh. Mein. Gott«, sagte sie in das Zimmer hinein. »Oh mein Gott. *Oh mein Gott!* Ohmeingott, ohmeingott, ohmeingott, ich gehe nach Frankreich! *Ich* gehe nach *Frankreich*!«

Sie hüpfte auf ihr Bett und sprang darauf herum. Ihr Rucksack fiel auf den Boden, das Bettgestell quietschte.

»Ich gehe nach Frankreich! Frankreich! Frankreich!«, rief sie. »Ich werde in einer Burg leben! Burg! Burg! Na, wie findest du das?«, fragte sie das Porträt von Bia. »*Wie* findest du *das*?«

Caitlyn ließ sich aufs Bett fallen, rollte sich auf den Rücken und strampelte wie ein Käfer mit den Beinen in der Luft. Sie las den Brief erneut, dann legte sie ihn sich aufs Gesicht und schloss die Augen, um den Moment des puren Glücks auszukosten.

Sie würde von Spring Creek weggehen. Entgegen aller Wahrscheinlichkeit hatte sie die »Verlasse das Gefängnis«-Karte bekommen. Sie schickte ein riesiges Danke hinaus ins Universum, an welche Kraft auch immer, die die Fortuna-Schule veranlasst hatte, ihr vor gut zwei Monaten diese E-Mail zu schicken.

Plötzlich durchzuckte sie ein Schreck, und sie riss die Augen auf: Was wäre, wenn ihre Eltern sie nicht gehen ließen?

Sie schüttelte den Gedanken ab. Nein, sie würden froh sein, wenn sie wegging. Ihr Leben würde einfacher und glücklicher werden. Sie konnten sich auf die Jungs und ihren Sport konzentrieren, was sowieso alles war, was sie wollten.

Und Caitlyn würde in die Welt hinausziehen, wo es neue Menschen gab und Kultur und Geschichte und andere Denkweisen. Wo sie in einer Burg auf einem Felsen leben würde. Und wo sie vielleicht – vielleicht – Menschen finden würde, die so waren wie sie.

Und wenn sie ganz großes Glück hatte, würde sie den Jungen ihrer Träume finden: den, der nicht perfekt war, der aber, auf irgendeine Weise, perfekt war für *sie*.

So vieles würde nun möglich sein, und sie stellte sich Frankreich vor als eine Welt voller Sonne und Schlösser, Kunst und Lachen, und sie sah einen Jungen, der in ihre Seele schauen würde.

Sie würde Spring Creek verlassen, und ihr Leben würde sich von Grund auf ändern.

Kapitel 2

20. JANUAR

Hatte sie etwas vergessen? Müde ließ Caitlyn den Blick über das Durcheinander in ihrem Zimmer wandern. Sie überlegte, was sie sonst noch in ihre Reisetasche packen sollte. Vor Müdigkeit und Anspannung konnte sie kaum mehr eine Entscheidung treffen.

Stofftier?

Nein. Das würde kindisch aussehen.

Lieblingsbücher?

Zu schwer.

Ihr Blick fiel auf die Pinnwand, und ihr Herz setzte einen Schlag aus. Wie hatte sie das vergessen können? Sie löste die Reißzwecken und nahm die Tarotkarte mit dem Schicksalsrad ab. Sie zeigte ein mit esoterischen Symbolen bedecktes Rad, das im Himmel schwebte. Es war umgeben von Fabelwesen: einer Sphinx, einer Schlange, dem ägyptischen Gott Anubis und vier geflügelten Wesen in den Ecken der Karte. Auf den Rand der Karte hatte ihre Mutter mit Kugelschreiber ein paar rätselhafte Worte geschrieben: »Das Herz in der Dunkelheit«.

Caitlyn hatte dies immer als Mahnung gegen depressive Anfälle interpretiert. Ein Onkel hatte ihr einmal erzählt, dass ihre Mutter unter Stimmungsschwankungen gelitten, zu düsteren Gedanken geneigt und sich manchmal völlig in sich selbst zurückgezogen hatte. Obwohl Caitlyn erst vier Jahre alt gewesen war, fragte sie sich heute, ob ihre Mutter damals bereits Anzeichen einer ähnlichen Persönlichkeit in ihr gesehen und versucht hatte – allerdings ohne Erfolg –, Caitlyn zu ermahnen, gegen ihre Veranlagung anzukämpfen.

Caitlyn hatte versucht, im Internet etwas über die Tarotkarte herauszufinden, sie hatte sogar einmal eine Wahrsagerin dazu befragt, aber nie eine Antwort auf die Frage bekommen, warum ihre Mutter sie ihr gegeben hatte. Die Hauptbedeutungen der Karte »Rad des Schicksals« waren »Schicksal« und »Veränderung«, eine Botschaft, die nicht zweideutiger – oder eindeutiger – sein konnte, wenn man sie jemandem an seinem Todestag hinterließ. Hatte ihre Mutter einfach gemeint: »Das ist mein Schicksal«, und dann die Worte über das Herz in der Dunkelheit auf die Karte geschrieben, damit Caitlyn nicht um sie trauerte?

Aber wer hinterließ einer Vierjährigen eine solche Botschaft? Nur eine Verrückte.

Mit der Karte in der Hand setzte sich Caitlyn auf den Bettrand, erschöpft vom Packen und ihrer Anspannung. Es war fast ein Uhr morgens, und in wenigen Stunden würde sie sich mit ihrem Vater auf die zweistündige Fahrt zum Flughafen machen. Im Haus war es still, ihre Eltern und ihre Brüder schliefen. Sie sollte auch schlafen, aber sie wusste, sie würde nur daliegen und auf die Uhr starren, wenn sie ins Bett kroch.

Sie hätte voller Freude sein sollen, weil der Tag endlich gekommen war und sie nun bald weggehen würde. Stattdessen wurde sie von Verlustgefühlen und Unsicherheit gequält. Ihre Freundschaft mit Sarah und Jacqui hatte seit dem Tag, an dem sie ihnen erzählt hatte, dass sie nach Frankreich gehen würde, Risse bekommen. Als sie klein waren, hatten sie, Sarah und Jacqui nie daran gezweifelt, dass sie für immer beste Freundinnen sein würden. Caitlyn hätte nie gedacht, dass diese Bindung so schnell zerreißen würde, wenn sie verschiedene Wege im Leben wählten. Als sie ihnen von Frankreich erzählt hatte, waren sie zuerst überrascht und dann aufgeregt gewesen. Aber im Lauf der Wochen gewöhnten sie sich an den Gedanken und schienen sowohl an Caitlyn als auch an ihren Plänen das Interesse zu verlieren. Es schien fast, als sähen sie keinen Sinn mehr darin, sich weiterhin um sie zu bemühen, da sie bald fort sein würde, während sie sich weiterhin mit Schule und Jungs abgeben mussten.

Oder vielleicht war es auch umgekehrt, gestand Caitlyn sich selbst ein. Vielleicht hatte sie das Interesse an ihnen verloren, aus denselben Gründen.

Waren alle Beziehungen letztlich so zerbrechlich?

Die Beziehung zu ihrer Familie offenbar schon. Wie sie es vorhergesehen hatte, sah ihr Vater, sobald er begriffen hatte, dass der Unterricht an der Fortuna-Schule nichts kosten würde, keinen Grund, sie nicht gehen zu lassen.

Joy hatte geweint und gefragt, warum Caitlyn ihr Zuhause so sehr hasste, hatte aber schließlich zugegeben, dass die Chance auf eine solche Schulausbildung zu gut war, um sie nicht zu nutzen. »Ich will nur, dass du glücklich bist«, hatte sie im Ton einer Märtyrerin vorwurfsvoll gesagt.

Für Caitlyns Halbbrüder war nur wichtig, dass es jetzt im Haus ein Zimmer mehr gab, und sie begannen darüber zu streiten, wer es bekommen würde.

Es schmerzte ein wenig, zu sehen, dass sich das Leben der anderen über der kleinen Lücke schließen würde, die durch ihr Weggehen entstand. Sie waren bereits weitergegangen.

Sie allerdings auch, wie ihr klar wurde. Ein Teil von ihr war schon ins Flugzeug gestiegen, über den Atlantik geflogen und in Europa gelandet. Spring Creek war nicht länger ihr Zuhause.

Aber Frankreich war auch noch nicht ihr Zuhause. Sie war in der Schwebe, was irgendwie unheimlich, unangenehm und beunruhigend war. Sie schwebte ohne Halt zwischen zwei Welten. Caitlyn lehnte die Tarotkarte an den Fuß der Nachttischlampe, rollte sich auf der Bettdecke zusammen und versuchte, nichts zu denken und nichts zu fühlen. So war es leichter. Ihre Lider wurden allmählich schwer und fielen schließlich von einem Moment auf den nächsten zu.

Die wirren Bilder des Halbschlafes bedrängten ihren Geist, und dann lösten auch sie sich auf, und sie sank dankbar in die dunkle Weite des Schlafes. Irgendwo in dieser Weite begann ein Traum Gestalt anzunehmen: In der Entfernung leuchtete schwach ein Licht, und sie schwebte darauf zu.

Es wurde größer, je näher sie kam, und dann erkannte sie eine ihr vertraute Lampe neben einer ihr nicht vertrauten Couch. Hinter der Couch war nur verschwommene, hellbraune Leere, in der andeutungsweise die Wände eines Wohnzimmers zu sehen waren, jedoch ohne Tiefe oder Einzelheiten.

Ich kenne diese Lampe, dachte Caitlyn und blickte sie verwirrt an. Sie hatte sie schon einmal gesehen ... aber wo?

Auf deinen Babyfotos, antwortete ihr Unterbewusstsein. Sie besaß ein Foto von sich als Baby, auf dem Arm ihrer Mutter, mit dieser Lampe im Hintergrund. Es war in dem Haus, in dem sie die ersten vier Jahre ihres Lebens verbracht hatte, nur ein paar Straßen von dort entfernt, wo sie jetzt wohnte.

Hinter sich hörte sie das Geräusch von Karten, die gemischt wurden, und dann das leise *Klack Klack Klack*, als sie auf einen Tisch gelegt wurden.

Ein Schauder ergriff Caitlyn, und sie drehte sich langsam um.

Eine junge Frau mit Haaren, die so lang, schwarz und glatt wie ihre eigenen waren, saß in einem Sessel. Vor ihr stand ein Klapptisch. Sie legte Tarotkarten.

»M…M…Mama?«, flüsterte Caitlyn heiser und fürchtete sich davor, zu glauben, was sie sah.

Die Frau blickte auf und sah Caitlyn mit ihren hellen grauen Augen direkt an. Ihr Gesicht war ruhig und zeigte keine Gefühle. Sie sah unwirklich aus, wie eine Wachsfigur.

»Mama? Ich bin's, Caitlyn.« Sie machte vorsichtig einen Schritt und wartete darauf, dass ihre Mutter sie erkannte, fürchtete sich aber auch vor der unheimlichen Regungslosigkeit ihres Gesichts. Eine innere Stimme flüsterte Caitlyn warnend zu: *Du träumst, sie ist tot, das hier ist nicht echt …* Aber unter der Macht des Traumes verstummte die Stimme, und Caitlyn fragte sich nicht mehr, warum sie mitten in einem verschwommenen Wohnzimmer stand und mit ihrer toten Mutter sprach.

Ihre Mutter blinzelte, und in ihre Gesichtszüge trat ein Hauch von Leben. »Ich weiß, wer du bist«, sagte sie mit ruhiger Stimme, in der jedoch unterschwellig Anspannung lag. Dann verzog sich ihr Mund zur Andeutung eines Lächelns, und mit leicht zitternder Hand schob sie eine Haarsträhne hinters Ohr zurück. »Ich kann wohl meine eigene Tochter erkennen. Du bist eine attraktive junge Frau geworden.«

»Ich sehe aus wie du«, sagte Caitlyn verwundert. Sie wusste von Fotos, dass ihre Gesichtszüge und ihre Augenfarbe unterschiedlich waren, aber jetzt, wo sie ihre Mutter leibhaftig sah, erkannte sie in ihrer Schulterhaltung und der Art, wie sie den Kopf hielt, sich selbst wieder. Es war, als blickte sie in einen Zerrspiegel und sähe, wie eine andere Ausgabe von ihr selbst sich bewegte und sprach.

Ihre Mutter nickte. »Du bist die Tochter deiner Mutter. In mehr als einer Hinsicht, glaube ich.«

Caitlyn schaute sie neugierig an. »Wie meinst du das?«

Ihre Mutter zuckte mit den Lippen, dann schüttelte sie den Kopf. »Wenn du es jetzt noch nicht weißt, wirst du es bald wissen.«

Caitlyn runzelte die Stirn und dachte an die Anflüge von Depressionen, sie sie vielleicht beide hatten. »Meinst du das Herz in der Dunkelheit?«

Leicht überrascht zog ihre Mutter eine Augenbraue hoch. »Meine ich das?«

»Ich weiß es nicht.«

Ihre Mutter lachte, was jedoch eher sorgenvoll als fröhlich klang. »Dann sind wir schon zwei, zumindest im Moment. Nein, ich glaube, ich meinte etwas anderes ...«

Caitlyn konnte nicht folgen. »Ich weiß nicht, in welcher Hinsicht wir uns noch ähnlich sind. Ich kann nicht die Zukunft vorhersagen, so wie du.«

»Und was tust du dann?«

Caitlyn zuckte mit den Schultern und kam sich vor wie eine Versagerin, weil sie sich auf keinem Gebiet besonders hervortat. »Ich male viel.«

»Mhm.« Ihre Mutter blickte sie erwartungsvoll an. »Aber tust du auch etwas ... Ungewöhnliches?«

»Eigentlich nicht«, sagte sie und spürte, dass die Antwort ungenügend war. Sie hatte plötzlich Angst, dass ihre Mutter von ihr enttäuscht war. »Na ja, abgesehen davon, dass ich seltsame Träume habe, aber Dad wird sauer, wenn ich darüber spreche.«

Ihre Mutter verdrehte die Augen. »Er hat nie Dinge gelten lassen, die er nicht verstanden hat. Ich habe das fälschlicherweise für moralische Stärke gehalten, als ich ihn geheiratet habe. Es ist seltsam, dass man jemanden lieben und doch nicht der Richtige für ihn sein kann. Aber das wirst du eines Tages selbst herausfinden.« Sie seufzte. »Ein

Jammer, dass ich es für mich selbst nicht rechtzeitig herausfinden konnte. Ich war nie gut darin, die Zukunft für mich selbst vorherzusagen, nur für andere.«

»Tust du das gerade?«, fragte Caitlyn und kam näher, während sie auf die Tarotkarten deutete. Sie wollte die Hand ausstrecken und ihre Mutter berühren, aber irgendetwas hielt sie davon ab. Vielleicht die fast schon gleichgültige Haltung ihrer Mutter oder der Anflug von Ironie in ihrem Blick. Sie hieß Caitlyn nicht warmherzig willkommen.

»Ja, ich lege die Karten.«

»Dad erlaubt mir nicht, Tarotkarten zu kaufen. Er sagt, sie richten Schlimmes an.«

Ihre Mutter lachte wieder. »Sie sind nur aus bedrucktem Papier. Die Bilder helfen mir, die Zukunft, die ich sehe, zu deuten. Die Karten selbst haben keine Macht. Aber ich sehe die Zukunft auf viele Arten, nicht nur durch die Karten.« Sie blickte Caitlyn listig an und legte die Karten hin. »Sag mir, wohin dich das Leben geführt hat, Caitlyn.«

»Das weißt du nicht?«

Ihre Mutter zuckte mit der Schulter. »In gewisser Weise schon. Aber ich würde es lieber von dir selbst hören.«

»Oh. Also … bis jetzt hat mich das Leben nicht wirklich irgendwohin geführt. Aber morgen gehe ich nach Frankreich, auf ein Internat.«

Ihre Mutter machte große Augen. »*Wirklich*? Das habe ich nicht kommen sehen.« Sie schwieg einen Moment, als müsse sie die Information erst verarbeiten, dann hob sie zweifelnd eine Braue. »Wirklich? Frankreich?«

Caitlyn nickte.

»Ich wollte immer nach Frankreich gehen«, sagte ihre Mutter nachdenklich. »Aber aufs Internat?«

»Es heißt Fortuna-Schule. Es ist benannt nach der Burg, in der es sich befindet, Château de la Fortune.«

Ihre Mutter neigte den Kopf und blickte sie fragend an. »Freust du dich darauf?«

Caitlyn nickte. »Ja. Und ich hab auch ein bisschen Angst«, gab sie zu. »Aber es ist bestimmt besser als Spring Creek, oder?«, fragte sie hoffnungsvoll.

Das Lachen ihrer Mutter war bitter. »Dazu gehört nicht viel.«

Caitlyn kicherte und spürte die Verbundenheit mit einer Seelenverwandten. Sie streckte die Hand nach dem Klapptisch aus und fuhr zugleich neugierig und schüchtern mit den Fingerspitzen über die Karten, die darauf ausgelegt waren. »Könntest du die Karten für mich lesen?«, fragte sie zaghaft.

Als Antwort schob ihre Mutter alle Karten zusammen und begann sie zu mischen. Caitlyn näherte sich ihrer Mutter zentimeterweise, setzte sich mit einem Bein auf die Lehne des Sessels und sah ihr dabei zu, wie sie mit geübten Händen die Karten handhabte.

Und dann begann plötzlich alles zu verblassen und durchsichtig zu werden. Dunkle Leere breitete sich aus, und Caitlyn wurde von einer Welle der Panik erfasst. *Nein, ich will bleiben!*, rief ihre Seele. *Ich will bei Mama bleiben!*

Die Szene kehrte wieder zurück, und Caitlyn sah ihre Mutter, die sie nun aufmerksam anschaute. Sie hielt Caitlyn das Päckchen Karten entgegen. »Leg deine Hand darauf.«

Caitlyn tat es, dann nahm ihre Mutter die Karten wieder an sich und begann einige mit dem Bild nach unten auszulegen. Als sie fertig war, legte sie das restliche Päckchen zur Seite und schloss tief atmend für einen Moment die Augen. Als sie sie wieder öffnete, blickte sie Caitlyn an und drehte dann die erste Karte um. »Diese Karte steht für dich und die Kraft, die hauptsächlich auf dich wirkt.«

Es war die »Neun der Schwerter«. Sie zeigte eine Frau, die aufrecht in einem Bett saß, das Gesicht in die Hände gestützt, als wäre sie durch einen unsagbaren Kummer aus dem Schlaf gerissen worden. An der schwarzen Wand hinter ihr hingen neun riesige Schwerter.

»Das sieht nicht gut aus«, sagte Caitlyn voller Zweifel.

»Mhm. Nicht gut, aber auch nicht unbedingt schlecht. Die Karten haben keine festgelegte Bedeutung; sie verändert sich, je nachdem, was ich hier fühle«, sagte ihre Mutter und legte die Hand auf ihr Herz, »und was du *hier* fühlst.« Sie streckte die Hand aus, sodass sie mit den Fingerspitzen fast Caitlyns Herz berührte. »Sag du mir: Was glaubst du, was diese Karte bedeutet?«

»Die Kreischer«, sagte Caitlyn. Es schien wie von selbst aus ihr zu sprechen.

Ihre Mutter zog fragend eine Braue hoch.

Caitlyn lächelte verlegen und befürchtete, dass ihre Mutter sie nicht ernst nehmen würde. »So nenne ich meine Albträume.«

»Diese Albträume sind wichtig. Beachte sie«, sagte ihre Mutter eindringlich.

Caitlyn runzelte die Stirn und biss sich auf die Lippen. Der Gedanke an die Kreischer löste in ihr Anspannung und Angst aus. Sie würde sie lieber vergessen, sobald sie aufwachte, und so tun, als gäbe es sie nicht.

»Die nächsten beiden Karten sind die Menschen, die in dein Leben treten.« Sie drehte die erste um: die »Königin der Schwerter«. Sie zeigte eine streng blickende Frau mit einer Krone aus Schmetterlingen, die mit einem Schwert in der Hand auf einem Thron saß. »Das ist eine Frau mit kalter, nüchterner Intelligenz. Sie kann dir helfen, aber wenn du sie verärgerst, wird sie dich ohne zu zögern fallen lassen.« Sie kniff die Augen zusammen. »Sei vorsichtig in ihrer Nähe. Sie sucht etwas. Ein Herz, das sie nicht hat.«

»Na toll«, murmelte Caitlyn.

Ihre Mutter drehte die nächste Karte um. »Vielleicht gefällt dir das hier besser?«

Es war der »Ritter der Kelche«: Ein Ritter in Rüstung saß auf einem Pferd. Er trug einen goldenen Pokal, und ein leichtes Lächeln umspielte seine Lippen. Auf seinem Helm und an seinen Fersen befanden sich Flügel, und auf seinem Umhang waren Wasser und Fische zu sehen. »Ein Junge?«, fragte Caitlyn hoffnungsvoll.

Ihre Mutter sah sie mit einem amüsierten, wissenden Blick an. »Ein Junge. Ein junger Mann mit Fantasie und Gefühl, der Liebe bedeutet.«

Caitlyn strahlte. »Ja!«

Ihre Mutter lächelte und deutete dann auf die nächsten drei Karten. »Die kommende Situation, die nahe Zukunft.« Sie drehte sie alle um: Die »Drei der Schwerter« zeigte ein rotes Herz, das von drei Schwertern durchbohrt war, im Hintergrund stürmischer Regen; die Karte »Der Narr« zeigte einen jungen Mann, der in den Himmel blickte und kurz davor war, über den Rand eines Felsens zu treten und in einen Abgrund zu stürzen; und schließlich ein Skelett in schwarzer Rüstung auf einem weißen Pferd. Zwischen den Hufen des Pferdes lag der Körper eines Königs: Es war die Karte »Der Tod«.

Caitlyn schrie vor Schreck auf.

»Es ist nicht annähernd so schlimm, wie es aussieht.«

»Was soll das heißen, es ist nicht so schlimm, wie es aussieht?«, rief Caitlyn. »Was könnte denn noch schlimmer sein? Die letzte Karte ist der *Tod*!«

»Das ist nicht immer wörtlich zu nehmen. Es gibt den Tod auch im übertragenen Sinn. Aber wir müssen uns die drei Karten im Zusammenhang anschauen.« Caitlyns Mutter legte die Hände über die Karten und schloss die Augen. Als sie sie wieder öffnete, hatten sich ihre Pupillen geweitet, und sie sah aus, als sei sie blind. Ihr Gesicht war starr. Es schien, als sei sie nicht mehr in ihrem Körper. Oder als habe ein *anderer* von ihm Besitz ergriffen. Caitlyn schauderte.

Ihre Mutter deutete auf das Herz, das von drei Schwertern durchbohrt war. »Sie versuchen, das Herz zu vernichten«, begann sie. Dann deutete sie auf die Karte mit dem Narren, also dem jungen Mann, der kurz davor war, in einen Abgrund zu stürzen. »Der Abgrund wartet auf dich. Du stehst an seinem Rand. Um seine Tiefen zu überleben, musst du dir voll und ganz dessen bewusst sein, was geschieht.« Ihre Hand bewegte sich zu der Karte, die den Tod zeigte. »Der Tod ist die Kraft, die dein neues Leben erschaffen wird. Er ist die Triebkraft der Verwandlung. Heiße ihn willkommen.«

»Ich werde ihn nicht willkommen heißen«, protestierte Caitlyn. »Wann hat mir der Tod jemals etwas Gutes gebracht?«

Ihre Mutter blinzelte ein paar Mal. Als sie zu Caitlyn aufblickte, waren ihre Pupillen wieder kleiner, und auch ihr Gesicht war wieder normal. »Dem Tod kann man nicht aus dem Weg gehen, Caitlyn. Ohne ihn kann das Leben nicht weiterbestehen.«

»Ich verstehe den Sinn nicht«, murmelte Caitlyn.

Ihre Mutter lächelte sanft. »Du bist noch nicht so weit, um das zu verstehen. Aber bald wirst du es sein.«

Caitlyn presste die Lippen zusammen. Sie *wollte* es nicht verstehen. Der Tod war nicht ihr Freund. »Und wo bleibt der Ritter der Kelche bei all dem? Sollte er mich nicht vor Abgründen retten und Skelette auf weißen Pferden abwehren?«

»Er wird da sein. Aber ich glaube, nicht so, wie du es erwartest.«

Verwirrt und enttäuscht schüttelte Caitlyn den Kopf und deutete dann auf die letzte Karte, die umgedreht auf dem Tisch lag. »Und für was steht die?«

»Das ist das, was dabei herauskommt.«

»Okay, lass sie uns anschauen. Es kann bestimmt nicht schlimmer sein als das, was du mir schon gezeigt hast.«

Ihre Mutter drehte die letzte Karte um.

Das »Rad des Schicksals«.

Caitlyn blickte ihre Mutter überrascht an.

»*Rota Fortunae*«, sagte ihre Mutter sanft. »Das Rad des Schicksals.« Sie schwieg einen Moment. »Die Vorsehung bestimmt dein Leben. Was aussieht wie Zufall, ist in Wirklichkeit keiner. Du bist im Moment am Rande des Rads, verloren im Chaos einer Welt, die sich in irrwitziger Geschwindigkeit dreht, aber wenn du deine Bestimmung kennst, wirst du zum Herz des Rads reisen, wo alles ruhig und klar ist. Du wirst zum Herzen reisen. Das Herz. Das Herz«, wiederholte sie, als sei sie besessen, »das Herz in der Dunkelheit.« Ihre Augen wurden groß, und sie blickte Caitlyn an. »Dort wirst du deine wahre Bestimmung finden.«

Caitlyn begriff nicht, was das alles bedeutete. »Was ist das Herz in der Dunkelheit? Und warum hast du diese Karte unter mein Kissen gelegt, bevor du bei dem Autounfall gestorben bist? Was wolltest du mir damit sagen?«

Ihre Mutter schien nicht zu verstehen. »Autounfall?«

»Als ich vier Jahre alt war, am 25. April.« Caitlyn blickte ihre Mutter mit gerunzelter Stirn an. »Du hast doch nicht vergessen, dass du tot bist, oder?«

Ihre Mutter wirkte nervös, ihr Blick irrte durch das Zimmer, ihre Hände wurden unruhig und schoben die Karten auf dem Klapptisch herum. Eine Hand hielt bei der Karte des Todes inne, dann wurde ihr Gesicht plötzlich von Trauer überschattet. »Tot. Und du warst so klein.« Ihr Mund verzog sich vor Kummer nach unten. Mit einer heftigen Bewegung fegte sie die Karten auf den Boden. Der Klapptisch schwankte und fiel polternd um. Sie legte die Hände vors Gesicht, schluchzte und wurde zu einem lebenden Abbild der Frau, die auf der Karte »Neun der Schwerter« abgebildet war.

»Mama …«, sagte Caitlyn. Aber gerade als sie die Hand tröstend auf die Schulter ihrer Mutter legen wollte, spürte Caitlyn selbst eine Hand auf ihrer Schulter, die sie schüttelte.

»Caitlyn? Wach auf«, sagte die Stimme ihres Vaters.

Ihre Mutter begann in der Dunkelheit zu verblassen und wurde durchsichtig. »Mama!«, rief Caitlyn und versuchte verzweifelt, sie festzuhalten, während ihre Mutter weggezogen zu werden schien.

Mit vom Weinen geröteten Augen sah ihre Mutter auf, dann bekam ihr Gesicht einen angstvollen Ausdruck. Sie streckte die Hände aus und versuchte, Caitlyn zu erreichen. »Caitlyn! Geh nicht weg!«

»Wach auf! Caitlyn, Zeit aufzustehen!«, rief ihr Vater und rüttelte sie stärker.

»Mammmaa!«, stöhnte Caitlyn und wurde gegen ihren Willen in die Welt des Wachseins gezerrt. Ihre Mutter verschwand, und sie öffnete die Augen.

Ihr Vater beugte sich über sie. Man sah ihm an, dass er zu wenig geschlafen hatte. Er richtete sich auf. »Wir müssen los. Du willst doch nicht dein Flugzeug verpassen, oder?« Er ging aus dem Zimmer und schloss die Tür hinter sich.

Caitlyn setzte sich auf und nahm die Tarotkarte vom Nachttisch. »Schicksal«, flüsterte sie und fuhr mit der Fingerspitze über den Rand des Schicksalsrads. Die anderen Bilder aus ihrem Traum verblassten schnell, ebenso begann sie die Dinge zu vergessen, die ihre Mutter gesagt hatte. Sie griff nach ihrem Skizzenbuch und zeichnete die Tarotkarten, die ihre Mutter für sie ausgelegt hatte. Am deutlichsten stand ihr der Ritter der Kelche vor Augen.

»Ich wusste, dass du irgendwo da draußen bist«, flüsterte Caitlyn dem Ritter zu, während sie mit ein paar schnellen Strichen seinen Helm mit Flügeln krönte.

»Caitlyn!«, rief ihr Vater vom Flur. »Komm! Wir müssen gehen.«

Mit einem Lächeln auf den Lippen steckte sie das Skizzenbuch in ihren Rucksack. Dank ihrer Mutter fühlte sie sich endlich bereit zu gehen.

Es war an der Zeit, ihrem Schicksal zu begegnen.

Kapitel 3

21. JANUAR, SÜDWESTFRANKREICH

Caitlyn starrte auf den breiten rosafarbenen Nacken des Fahrers, von dem weiße Haare abstanden wie die Borsten eines Schweins. Er roch nach Wolle und Tabak, und die Gerüche erfüllten den überheizten Mercedes. Seit er sie mittags am Flughafen von Bordeaux abgeholt hatte, hatte er kein Wort mit ihr gesprochen. Seine Mitteilungen beschränkten sich auf Grunzen und Kopfbewegungen. Er kam ihr vor wie einer dieser bösen Gehilfen in einem James-Bond-Film, und sie hatte das beunruhigende Gefühl, dass er sie in ihr Verderben fuhr.

Während des Flugs von Oregon nach Bordeaux in Frankreich, bei dem sie dreimal umsteigen musste, hatte sie nur wenig geschlafen. Sie war benommen vor Schlafmangel. Hinzu kamen die Zeitverschiebung und das bedrückende Gefühl, alles und jeden hinter sich gelassen zu haben, der ihr vertraut war. Zuerst hatte sie noch Trost in dem Traum von ihrer Mutter gefunden, doch nun war sie nur noch erschöpft von den engen Flugzeugsitzen, den Zwischenlandungen und dem Umherirren auf Flughäfen, um ein anderes Flugzeug zu besteigen. Ihr war schlecht, und an einem Augenlid hatte sie ein nervtötendes Zucken, das nicht mehr aufhörte. Es fühlte sich an, als würde eine Motte gegen ihren Augapfel flattern.

Sie war noch nie von einem Chauffeur irgendwohin gebracht worden, und sie hatte noch nie in einem Mercedes gesessen. Beim Einsteigen hatte sich Caitlyn wie ein Filmstar gefühlt, sich auf dem Flughafenparkplatz umgeblickt und gehofft, jemand würde sie sehen: Caitlyn Monahan aus Spring Creek, Oregon, wurde in einem Mercedes chauffiert! Aber niemand hatte sie beachtet, und das kurze Hochgefühl, das die Ledersitze und der uniformierte Fahrer ausgelöst hatten, war schnell verflogen. Spätestens in dem Moment, als sie beim Verlassen des Flughafens zum ersten Mal das wirkliche Frankreich gesehen hatte.

Bislang war es genauso grau, verregnet und trostlos wie Oregon vor zweiunddreißig Stunden. Bordeaux lag an der Südwestküste und etwa vierhundertfünfzig Kilometer von Paris entfernt. Der Fahrer war auf eine Umgehungsstraße gefahren und dann Richtung Osten aufs Land, vorbei an winterlich kahlen Weinbergen, sanft gewellten Feldern und niedrigen, baumbestandenen Hügeln.

Die Fortuna-Schule lag gut eine Autostunde entfernt oberhalb des Flusses Dordogne in einer Region namens Périgord Noir – *noir*, schwarz, wegen der vielen dunklen Eichen- und Pinienwälder. Caitlyn hatte in einem Reiseführer von den prähistorischen Höhlenmalereien in Lascaux und Les Eyzies gelesen, die über fünfzehntausend Jahre alt waren und zu den frühesten Kunstwerken der Menschheitsgeschichte gehörten. Die Gallier waren auch hier gewesen und die Römer, ebenso wie die Engländer, die während des Hundertjährigen Krieges gegen die Franzosen gekämpft hatten.

Trotz dieser offensichtlich interessanten und spannenden Historie war die Gegend so ländlich wie Spring Creek. Caitlyn war siebentausendfünfhundert Kilometer weit weg von zu Hause, und Höhlenmalerei hin oder her – sie war trotzdem umgeben von Bauernhöfen und trostlosem Winterwetter. Na toll.

Vielleicht hatten Dad und Joy recht gehabt, vielleicht war es für ein unglückliches Mädchen, das möglicherweise psychische Probleme hatte, wirklich nicht das Richtige, hierherzukommen. Sie wusste, dass ihre Eltern im Grunde schon immer befürchtet hatten, ihre bösen Träume und düsteren Stimmungen könnten bedeuten, dass sie am Rande eines Nervenzusammenbruchs stand. Sie würden nie verstehen, dass es in Wahrheit die lähmende Ödnis ihrer Heimat war, die sie bedrohlich nah an den Abgrund der Verzweiflung trieb.

Caitlyn dachte an Joys trauriges Gesicht und ihre lange Umarmung beim Abschied, und sie spürte, wie es ihr die Kehle zusammenschnürte. Einen Moment lang hätte sie am liebsten den Fahrer gebeten, zu wenden und sie zurück zum Flughafen zu fahren; sie hatte einen schrecklichen Fehler gemacht und musste wieder nach Hause. Aber aus Angst vor dem unfreundlichen fremden Mann und weil sie nicht gern eine Niederlage zugab, schluckte sie die Worte hinunter.

Sie war nicht nur von der anstrengenden Reise so mitgenommen. Was ihr Übelkeit verursachte, war auch nicht die Tatsache, dass sie absolut nichts darüber wusste, wie es sein würde, in Frankreich zu leben und zur Schule zu gehen. Es war vielmehr die Angst davor, wie ihre Mitschülerinnen sein würden.

Sie hatte im Internet herausgefunden, dass die Fortuna-Schule von Töchtern blaublütiger, stinkreicher Familien besucht wurde, nicht von Töchtern von Lkw-Fahrern. Die Mädchen in der Fortuna-Schule sprachen bestimmt mehrere Sprachen, fuhren in den Alpen Ski, machten auf Privatjachten im Mittelmeer Ferien und kauften ihre Kleider bei Chanel und Dior.

Sie war die ganzen letzten Monate zu sehr damit beschäftigt gewesen, ihren Aufenthalt in Frankreich zu planen, um sich darüber

Gedanken zu machen, wie es dort wohl sein würde. Jetzt hatte sie den Flug hinter sich und war wieder auf dem Boden, nur eine Stunde von der Fortuna-Schule entfernt. Und nun fing sie an, sich nicht nur darüber Gedanken zu machen, was *sie* von den Menschen halten würde, denen sie begegnen würde, sondern auch, was diese von *ihr* halten würden.

Und sie wusste, sie würden sie für ein Landei halten.

Sie *war* ein Landei.

Bei dem Gedanken zuckte ihr Augenlid, und sie presste die Hand dagegen. Nach allem, was sie durchgestanden hatte, um hierherzukommen, würde sie es sich nie verzeihen, gleich am ersten Tag aufzugeben.

Sie schloss die Augen, lehnte den Kopf an die Nackenstütze und versuchte, sich zu entspannen.

Plötzlich erhellte grelles Scheinwerferlicht das Wageninnere. Eine Hupe dröhnte warnend. Caitlyn schrie – ein riesiger Lkw näherte sich von hinten aus dem grauen Nieselregen und hielt direkt auf den Mercedes zu. Der Kühlergrill nahm das ganze Rückfenster ein. Es gab einen heftigen Ruck, dann wurde alles schwarz.

Der Mercedes war nicht mehr da. Wie in einem Traum segelte Caitlyn mit der graziösen Leichtigkeit eines Vogels über vom Sommer gebleichte Felder und Eichenwälder. Sie sah die Dordogne, breit, ruhig und grün, von Pappeln und Weiden gesäumt. An einem Ufer ragten golden schimmernde Kalksteinfelsen schroff in die Höhe. Am Fuße der Felsen drängten sich, vom Fluss begrenzt, Dörfer aus Steinhäusern. Sie waren mit Schiefer gedeckt und sahen aus, als seien sie Jahrhunderte alt.

Sie flog über eine Bauernfamilie hinweg, die wie in längst vergangener Zeit mit der Hand Getreide erntete. Sie flog so niedrig, dass sie die Sense der Mutter hörte, die durch die Halme schnitt, und dass der Staub der Ähren sie in der Nase kitzelte. Sie flog weiter und erblickte eine Gruppe von Reitern auf einem Feldweg. Sie trugen Kleider wie aus einem Shakespeare-Stück: Wämser, Kniehosen, hohe Stiefel und federgeschmückte Hüte. Als sie sich näherte, drehte sich einer der Reiter in seinem Sattel um, als wolle er sie ansehen. Es war ein wunderschöner junger Mann mit bronzefarbenen Locken, einer schmalen, geraden Nase und sanft geschwungenen Lippen über einem markanten Kinn mit dunklen Bartstoppeln.

Der Ritter der Kelche, sagte eine Stimme in Caitlyn. *Du hast ihn gefunden.*

Der junge Mann kniff die haselnussbraunen Augen zusammen, als sie zu ihm hinflog und einen Moment lang nur wenige Zentimeter vor ihm schwebte, wie ein Kolibri vor einer Blume. War er es, auf den sie gewartet hatte?

Sie wollte ihn anfassen, die rauen Stoppeln auf seiner Wange spüren. Sie streckte die Hand nach ihm aus, um sein Gesicht zu berühren. Er konnte sie nicht sehen, sein Blick ging durch sie hindurch, war kalt und misstrauisch, als wüsste er, dass jemand oder etwas ihn beobachtete. Als wüsste er, dass sie aus einer anderen Welt die Hand ausstreckte, um ihn zu berühren.

»Raphael, was ist los?«, fragte einer der anderen Männer, als ihre Fingerspitzen fast seine Wange streiften.

Der bronzegelockte junge Mann zuckte mit den Schultern und blickte nach vorn. »Nichts.«

Nichts? Caitlyn legte beide Hände in seinen Nacken und fuhr mit den Fingern durch sein Haar, warf seinen Hut hinunter und flog dann schnell fort von dem Chaos, das sie angerichtet hatte. Raphael zuckte zusammen, sein Pferd scheute und stieß gegen ein anderes zu seiner Rechten, Stimmen riefen, die Pferde bäumten sich auf und wurden wieder gebändigt.

Als Caitlyn zurückschaute, um noch einmal einen Blick auf den wunderschönen jungen Mann zu werfen, waren die Reiter verschwunden. An ihrer Stelle befand sich nun ein großes Armeelager mit Männern, Zelten und Pferden, mit Frauen in abgerissenen Kleidern, die sich um die Kochfeuer kümmerten, und Knappen, die Rüstungen polierten. Sie konnte den Rauch riechen, gebratenes Fleisch, ungewaschene Körper, den Dung von Tieren. Auch diese Szene verschwamm und löste sich wie eine Vision auf. Sie blickte nach vorn und sah ein Feld, das von einer Kolonne römischer Soldaten durchschritten wurde. Sie marschierten auf einer mit Steinen gepflasterten Straße, und ihre in Leder steckenden Füße schlugen einen trommelartigen Rhythmus auf dem Boden. Die Straße verschwand hinter dichten Sträuchern und Bäumen, und mit ihr die Soldaten. Eine Herde riesiger Rinder mit seltsamen Hörnern graste an ihrer Stelle unter einer Sonne, die Caitlyns Haut verbrannte, und als auch die Herde im Nichts verschwand, spürte sie, wie ein Schauder über ihren Körper lief. Die Landschaft löste sich auf, um sie herum war ein gewaltiges Schneetreiben, so als wäre alles von einer Eiszeit verschluckt worden.

Bei dem Geräusch von prasselndem Schneegraupel auf dem Autodach wachte sie mit einem Ruck auf. Die Eiskügelchen verursachten auf dem Blech ein Scharren, das sich anhörte wie die Krallen verängstigter Mäuse. Verwirrt blickte sie um sich, während die Bilder aus ihrem Traum wie Wolken im Wind zerrissen. Ihr blieb nur die Erinnerung an wunderschöne haselnussbraune Augen und einen Namen: Raphael.

Der Mercedes fuhr ruhig die Straße entlang. Wo war auf einmal der Lastwagen?

»Entschuldigung?«, sagte sie mit heiserer Stimme zu dem Fahrer. »Äh, *excusez-moi?*«

Der Fahrer hob den Kopf und sah sie im Rückspiegel an.

»Hatten wir keinen Unfall? *Un accident?*«

Fragend gerunzelte weiße Augenbrauen.

»Mit einem Lastwagen?«, fügte sie hinzu. »*Camisole?*«

»*Camisole?*«

Mist. *Camisole* hieß Unterhemd, nicht Lastwagen. »Ein großes Auto, mit dem man Sachen transportiert?«

»Ah. *Un camion.*«

»*Oui!* Sind wir nicht fast mit *un camion* zusammengestoßen?«

»Ich bin ausgewichen.«

»Oh.« Natürlich. Sie erinnerte sich an den Ruck, den das Auto gemacht hatte. »Bin ich bewusstlos geworden?«

Er grinste und richtete den Blick wieder auf die Straße.

Sie war bewusstlos geworden. Das war ihr noch nie passiert. Sie rieb sich die Stirn und schüttelte den Kopf. Offensichtlich war sie erschöpfter, als sie gedacht hatte.

Wenigstens hatte sie während ihrer Ohnmacht keinen Kreischer-Albtraum gehabt. Vielleicht konnten die Erscheinungen aus ihren Träumen bewegtes Wasser nicht überqueren – so wie die bösen Geister aus den Sagen – und hatten sie über den Atlantik hinweg nicht verfolgen können. Sie konnte zumindest hoffen, dass sie die Kreischer in ihrem alten Leben zurückgelassen hatte.

Haselnussbraune Augen und ein Lockenkopf tauchten aus ihrem Unterbewusstsein auf. *Raphael*, flüsterte eine Stimme in ihr, und ihr Herz setzte einen Schlag aus.

Caitlyn zog ihr Skizzenbuch aus dem Rucksack. Sie schlug ihre letzte Zeichnung auf, die von den Tarotkarten. Der Ritter der Kelche saß mit dem geflügelten Helm und der Rüstung auf seinem Pferd und hielt einen Kelch in der Hand. Das Einzige, worin er dem Mann in ihrem Traum ähnelte, waren seine Jugend und das Pferd. Raphael hatte keine Rüstung angehabt und keinen Kelch getragen. Sie zog einen Stift hervor und schrieb *Raphael?* unter den Ritter der Kelche. Sie schlug eine neue Seite auf und zeichnete die Reiter auf der Straße, in ihrer Mitte Raphael, wie er sich im Sattel nach ihr umdrehte.

Als sie zu seinem Gesicht kam, hielt sie zögernd inne. Seine Gesichtszüge verblassten bereits in ihrer Erinnerung, und es blieb nur eine Ahnung davon zurück, wie lebhaft sie erst vor wenigen Minuten gewesen waren. Sie zeichnete ein paar Schatten, um die Züge seines Gesichts anzudeuten, aber sie wusste nicht mehr, wie er ausgesehen hatte. Die Schatten in ihrer Zeichnung ähnelten eher einem Gespenst als dem Mann ihrer Träume, und sie seufzte enttäuscht. Ihre künstlerischen Fähigkeiten hatten der Lebhaftigkeit ihrer Träume noch nie gerecht werden können. Aber selten hatte sie das so bedauert wie jetzt.

Sie blätterte zurück an den Anfang des Buchs, zur ersten Zeichnung vor drei Jahren: ein Kreischer mit dunklem Gesicht und langen schwarzen Haaren rannte heulend durch einen Wald aus gewundenen Bäumen auf sie zu. Caitlyn hatte das Bild mit einem Tintenstift gezeichnet, mit heftigen, zackigen Strichen und Tintenflecken auf dem weißen Papier. Die Zeichnung ließ sie noch immer schaudern.

Diese sowie das nächste halbe Dutzend waren der Versuch gewesen, die Kreischer aus ihren Träumen zu verjagen, als könne sie sie aus ihrem Kopf vertreiben, wenn sie sie auf Papier bannte. Es hatte nicht funktioniert.

Sie blätterte durch die Zeichnungen von den Kreischern. Sie sahen alle menschenähnlich aus. Sie hatten verwischte, undeutliche Gesichter und griffen nach ihr, schlugen nach ihr, verwünschten sie. Sie schrien und heulten und warfen mit Dingen. Aber am schlimmsten waren die, die sie nur stumm mit ihren runden, toten Augen anstarrten.

Schnell blätterte sie die Seite um. Nach einigen Monaten war ihr klar geworden, dass die Kreischer nicht dadurch verschwanden, dass sie sie zeichnete. Um nicht durchzudrehen, hielt sie stattdessen Bilder aus ihren angenehmeren Träumen fest. Nun blätterte sie durch diese Zeichnungen, sah allerdings mehr ihr wachsendes Können als die Zeichnungen selbst: Jäger verfolgten einen Hirsch, ein Siedler-Mädchen ritt auf einem Pferd, Teenager fläzten sich auf einer Couch; auf einer weiteren Zeichnung kleidete sich eine Frau für ihre Hochzeit an. Es gab keinen ersichtlichen Sinn oder Rhythmus in den Träumen, kein erkennbares Muster.

Sie betrachtete das Bild mit der Frau auf dem brennenden Scheiterhaufen und hielt inne. Das war ein ungewöhnlich grausiger Traum gewesen, der unangenehm lange in ihrem Gedächtnis haften geblieben war. Er hatte sich so wirklich angefühlt, dass sie sich fragte, ob sie einmal eine Frau gewesen war, die auf dem Scheiterhaufen verbrannt worden war.

Caitlyn schloss das Buch und blickte aus dem Fenster. Sie wollte nicht an Flammen und brennendes Fleisch denken. Die Landschaft in ihren kalten Grauntönen war ein willkommener Kontrast zu den heißen, orangefarbenen Flammen, die in ihrer Erinnerung züngelten.

Der Mercedes war von der Hauptstraße abgebogen. Nun schlängelten sich das Sträßchen durch ein kleines, am Fuße einer steilen Bergkette gelegenes Dorf. Sie folgten der Asphaltstraße, die an einer Seite des Bergs emporstieg, und fuhren unter dunklen, immergrünen Eichen entlang.

Der Fahrer räusperte sich plötzlich, und sie erschrak. Ihre Blicke trafen sich im Rückspiegel, als er den Wagen verlangsamte und mitten auf der menschenleeren Straße anhielt. Er nickte nach rechts, wo die Bäume den Blick freigaben. »Château de la Fortune«, sagte er, was sich anhörte wie »Schato dö la Fortün«.

Caitlyn öffnete ihr Fenster und schaute über die Landschaft. Das Auto hatte auf halber Höhe des Bergs angehalten. Auf dem nächsten

Berg stand hoch auf einem Felsvorsprung eine Festung aus goldfarbenem Kalkstein. Ihr Fundament schien aus dem Felsen zu wachsen.

Caitlyn verspürte eine prickelnde Mischung aus Aufregung und Angst. Doch zugleich breitete sich ein Gefühl der tiefen Vertrautheit und des Wiedererkennens in ihrer Brust aus, so als sei sie endlich heimgekommen.

Kapitel 4

Der Mercedes fuhr durch ein Tor in der dicken Festungsmauer und erreichte eine parkähnliche Anlage. Der Burgkomplex stand auf einem Felsen, von dem aus man über das Tal blicken konnte. Die äußere Mauer mit ihren Zinnen und Türmen verlief vom südlichen Teil der Anlage bis zum nördlichen und trennte das Burggelände von dem dunklen Wald, der den übrigen Berg bedeckte.

Die Auffahrt führte durch eine Wiese zu der imposanten, von Gärten, Ställen und Nebengebäuden umgebenen Burg. Ihre Außenmauer war von einem Torbogen unterbrochen. Caitlyn schaute nach oben, als sie langsam hindurchrollten, und bemerkte die eisernen Spitzen eines gigantischen Fallgatters in den Schatten über ihr; zum ersten Mal in ihrem Leben sah sie so etwas. Ein Schauder lief ihr über den Rücken, als ihr klar wurde, dass sie wirklich angekommen war.

Das Auto hielt auf dem riesigen Innenhof in der Mitte der Burganlage. Der stiernackige Fahrer schaltete den Motor aus.

Caitlyn holte tief Luft, zog die Kapuze ihres Secondhand-Parkas über und glitt aus dem Wagen. In der frostigen Luft stieg ihr Atem in weißen Wolken auf. Als sie dabei zuschaute, wie sie sich auflösten, verspürte sie eine eigenartige Abspaltung von ihrem Körper, als wäre sie ein Alien, der durch die Augen eines anderen sah. Dieses Gefühl hatte sie schon öfter gehabt, wenn sie besonders aufgeregt gewesen war.

Als jemand sie an der Schulter fasste, kam sie wieder zu sich. Sie zitterte, und der Geruch nach schalem Zigarettenrauch, den die Kleider des Fahrers verströmten, drang ihr in die Nase. Er blickte sie mit zusammengekniffenen Augen prüfend an. »Ist dir schlecht?«

Ihr Augenlid zuckte und flatterte. Sie schüttelte den Kopf. Im nächsten Moment beugte sie sich nach vorn und übergab sich. Ihr Flugzeugfrühstück, Omelette und Orangensaft, platschte auf das Kopfsteinpflaster und spritzte auf seine Schuhe. Er fluchte auf Französisch und sprang zur Seite. Sie bekam undeutlich mit, dass er wegging, etwas rief und an eine Tür klopfte. Die Hände auf die Knie gestützt, ihr langes schwarzes Haar ins Gesicht hängend, blickte sie auf den Boden und versuchte durch tiefe Atemzüge, die Übelkeit zu überwinden. Dann waren Frauenstimmen und schnelle Schritte zu hören, und sie hob den Kopf.

Eine mollige Frau mittleren Alters mit kurzem, abstehendem blondem Haar und einem besorgt gerunzelten, rosigen Gesicht eilte auf sie zu. Hinter ihr ging, langsamer, eine große, elegante Frau in den Dreißigern, mit blasser Haut und dunkelrotem Haar, das im Nacken zu einem Knoten gebunden war. Caitlyn kannte sie von dem Foto auf der Website der Schule: Es war die Schulleiterin, Eugenia Snowe.

Na super! Ein toller erster Eindruck, den du da abgibst, Caitlyn. Note eins. Mit zitternder Hand wischte sie sich den Mund ab, richtete sich auf und zwang sich zu einem Lächeln. Ihr Augenlid zuckte erneut. »Es tut mir schrecklich leid«, sagte Caitlyn. »Gibt es hier einen Wasserschlauch? Ich putze es gleich weg.«

Die strubbelige Blonde gluckste erschrocken und streckte die Hand nach ihr aus. »Kind, darum musst du dich nicht kümmern.«

Sie legte ihre Handfläche auf Caitlyns Stirn, dann ihren Handrücken auf Caitlyns Wange. »Kein Fieber. Wie lange ist dir schon schlecht?«

»Es ist alles in Ordnung, wirklich«, sagte Caitlyn. Da, wo sie berührt worden war, spürte sie ein Prickeln auf der Haut. Die letzten Spuren ihrer Übelkeit schienen verschwunden zu sein. »Die lange Reise …«, schwindelte Caitlyn, die nicht zugeben wollte, dass sie so angespannt war wie eine Geigensaite. »Vielleicht ist mir von der Autofahrt schlecht geworden?«

»Und vom Jetlag«, sagte die Dame. »Das kommt öfter vor bei Schülerinnen, die von weit her anreisen.«

Dankbar für diese Erklärung nickte Caitlyn. Sie nahm sich zusammen und blickte Madame Snowe an. Sie hatte Angst, dass die Schulleiterin schon jetzt befürchtete, das falsche Mädchen mit einem Stipendium bedacht zu haben.

Die Schulleiterin schaute sie mit einer leicht hochgezogenen rotbraunen Augenbraue an. Ihre dunkelbraunen Augen schienen direkt durch Caitlyn hindurchzusehen. Ihre Kleidung, ein dünner kastanienbrauner Pullover und ein schwarzer Bleistiftrock, betonte ihre schlanken Kurven. Trotz des Schneegraupels, der sich auf ihr Haar und ihre Schultern gelegt hatte, schien sie die eisige Kälte nicht zu spüren.

»Geht es dir wieder gut?«, fragte sie ohne viel Anteilnahme und mit kaum wahrnehmbarem französischem Akzent.

»Ja, danke.« Caitlyn presste die Hände zusammen, damit sie aufhörten zu zittern.

»Dann wollen wir hineingehen, ja?« Madame Snowe wandte sich an den Fahrer. »Das Gepäck der Mademoiselle, wenn ich bitten darf«, sagte sie auf Französisch und ging in einer Haltung, die so tadellos war wie die einer Ballerina, ohne eine Antwort abzuwarten, zurück zu dem Gebäude.

Caitlyn und die blonde Frau folgten ihr. Caitlyn hörte, wie der Kofferraum des Autos geöffnet wurde, und verzog das Gesicht, als sie daran dachte, was darin lag. Sie schickte ein Stoßgebet zum Himmel, Madame Snowe möge zu anderen Pflichten gerufen werden, bevor sie einen Blick auf ihr ramponiertes Gepäck werfen konnte.

Durch einen Seiteneingang betraten sie eine äußerst nüchterne Eingangshalle. Vor einem riesigen offenen Kamin standen ein paar Sessel mit Gobelinpolstern um einen Kaffeetisch, auf dem Illustrierte lagen. Links trennten eine hohe Theke und das Glasfenster einer Rezeption einen Bürobereich ab. Daneben hingen an einer Wand Postfächer mit Glasfenstern und Messingverzierungen. An der gegenüberliegenden Seite des Raums befanden sich zwei Flügeltüren in gotischen Steinbögen.

Madame Snowe wischte sich die Graupelkörner von den Ärmeln, dann faltete sie locker die Hände. »Jetzt, wo wir der Kälte entkommen sind, lass mich die Erste sein, die dich, Caitlyn, im Château de la Fortune willkommen heißt.«

»Danke«, murmelte Caitlyn.

»Wie du vielleicht schon vermutet hast, bin ich die Schulleiterin, Madame Snowe. Ich hoffe aufrichtig, dass die Zeit hier bei uns an der Fortuna-Schule dir von Nutzen sein wird und du von allem, was wir zu bieten haben, vollen Gebrauch machst. Das hier ist Greta«, sagte sie und nickte zu der blonden Frau mittleren Alters. »Sie ist die Hausmutter und wird dir dein Zimmer zeigen. Wenn du Fragen hast oder etwas für deinen persönlichen Bedarf brauchst, wende dich an sie.«

Der Fahrer polterte herein und ließ Caitlyns Gepäck fallen. Caitlyn bemerkte, wie Madame Snowe große Augen machte, als sie es sah. Caitlyns Wangen brannten.

Ihr Gepäck war ein grüner Seesack aus Zeiten des Vietnamkriegs, den sie für einen Dollar auf einem Flohmarkt erstanden hatte. Der ausgeblichene Stoff war mit wolkenförmigen Stockflecken übersät, an einem Ende war ein Riss mit gezackten Stichen aus schwarzem Teppichgarn geflickt worden. Dank Caitlyns mangelhafter Nähkünste erinnerte er an eine von Frankensteins Narben.

»Ist das alles, was du dabeihast?«, fragte Greta.

Caitlyn nickte und wäre am liebsten im Erdboden versunken.

»Sehr gut. Du hast sicher schnell ausgepackt, und dann verbrennst du die Tasche am besten.«

»Recyceln und wiederverwenden!«, entgegnete Caitlyn gespielt fröhlich. »In Oregon sind wir Meister darin, umweltbewusst zu leben. Warum einen neuen Koffer kaufen, wenn es der Seesack von jemand anders genauso tut?«

»Wir werden dafür sorgen, dass er ... ordnungsgemäß entsorgt wird«, sagte Madame Snowe trocken. »Wir sehen uns morgen früh um neun Uhr in meinem Büro, damit ich dir Informationen über die Schule geben und dir mitteilen kann, was ich von dir als Stipendiatin erwarte.«

Sie wandte sich an Greta. »Greta, bitte sorge dafür, dass Caitlyn sich in ihrem Zimmer einrichtet und dass sie duscht.« Mit einem Nicken drehte sie sich auf dem Absatz um und ging.

Caitlyn hob einen Arm und schnüffelte verstohlen an ihrer Achsel. Wollte Madame Snowe etwa andeuten, dass sie schlecht roch? Sie sah, dass Greta sie beobachtete, und ließ den Arm sinken. »Ich wollte mich nur vergewissern«, sagte sie verlegen.

»Bist du sicher, dass mit dir alles in Ordnung ist?«, fragte Greta fürsorglich.

Caitlyn lächelte schief. »Ja. Wirklich. Ich bin nur müde.« Gretas Wärme tat gut nach der eisigen Kälte der Schulleiterin. Sogar Gretas deutscher Akzent war irgendwie tröstlich, er klang nach warmem Apfelstrudel und heißer Schokolade.

»Nach einem Bad und vielleicht etwas Tee, der deinen Magen beruhigt, wird es dir wieder besser gehen. Versuch, bis heute Abend wach zu bleiben, dann wirst du besser mit dem Zeitunterschied zurechtkommen«, sagte Greta.

»Okay. Danke.« Caitlyn wusste nicht, wie sie das schaffen sollte. Sie konnte sich jetzt schon kaum noch auf den Beinen halten.

Greta tätschelte ihr den Arm und lächelte. »Es wird alles gut.«

Caitlyn kam es so vor, als ließe Gretas Berührung sanfte Energie durch ihren Arm fließen, und sie glaubte ihr.

»Nun komm«, sagte Greta und öffnete die Flügeltür auf der rechten Seite des Raums. Caitlyn nahm ihr ökologisch korrektes Gepäck und folgte ihr durch eine riesige mittelalterliche Halle mit einem Steinboden in Schachbrettmuster und tiefroten Wänden, die mit goldenen Liliensymbolen, gemustert waren; die hohe Decke war königsblau und mit goldenen Sternen gesprenkelt. In der Mitte verliefen zwei Reihen ockergelber Säulen, die die hohen Bögen stützten. Der Raum war voller Tische, Bänke und dem Geruch nach Mittagessen. »Die Halle stammt aus dem Jahre 1140«, sagte Greta, als sie Caitlyn durch eine weitere Tür in einen kleinen Raum aus hellem Stein führte. Dann gingen die beiden eine breite Wendeltreppe hinauf. Das Geländer bestand aus einem Seil, das so dick war wie Caitlyns Handgelenk und zwischen stählerne, in die gewölbte Mauer eingelassene Ringschrauben gespannt war.

Caitlyn blieb ein paar Schritte hinter Greta zurück und blickte sich staunend um. Sie hatte Stunden mit Bildbänden über Burgen und Schlösser verbracht, sie hatte sie in Filmen gesehen und in Romanen darüber gelesen, aber sie hatte im Traum nicht daran geglaubt, jemals selbst in einer echten Burg zu wohnen. In jede Stufe der Wendeltreppe hatten Tausende von Füßen eine Mulde getreten, und ihre eigenen Schritte klangen gleichzeitig gedämpft und laut. Sie nahm den schwachen, feuchten, mineralischen Geruch nach Felsen wahr und die Kühle des Steins, gegen die keine noch so moderne Heizung ankommen konnte. Ihre Fantasie überschlug sich, als sie die Treppe höher und höher hinaufstieg und dabei das Seil unter ihrer Hand spürte, das gleichzeitig rau war von den Fasern und glatt von den vielen Händen, die es angefasst hatten. Sie war froh über das schwere Gewicht ihres Seesacks: Es war real und ließ sie auf dem Boden bleiben.

»Ich hoffe, Amalia ist nicht ausgegangen«, sagte Greta über die Schulter zu ihr. »Sie kann dir zeigen, wo alles ist. Sie ist eine bezaubernde junge Frau, eine Prinzessin von Liechtenstein.«

»Eine was?«, fragte Caitlyn und stolperte über eine Stufe.

»Eine bezaubernde junge Frau.«

»Nein, ich meine, eine Prinzessin? Eine echte Prinzessin?«

»Natürlich.« Greta blieb stehen, senkte das Kinn und blickte Caitlyn stirnrunzelnd an, als wäre diese schwer von Begriff.

Caitlyn war zu verblüfft, um es zu bemerken. »Und sie ist von wo?«

»Liechtenstein.«

»Aha!« Caitlyn hatte eine vage Vorstellung von einem winzigen Land irgendwo bei Deutschland oder Österreich. »Ist es die Aufgabe dieser Prinzessin, neue Schülerinnen herumzuführen?«

Greta lachte. »Nein. Aber du bist etwas Besonderes.«

»Ich?«

Greta lächelte. »Du wirst mit ihr das Zimmer teilen.«

»Toll!« Ihr Augenlid zuckte. Nur kein Stress. Vielleicht würde es eine Prinzessin nicht merken, dass ihr ein unwissendes Landei als Zimmergenossin zugeteilt worden war?

»Reitest du?«, fuhr Greta fort.

»Nein.«

»Ach, wie schade. Amalia ist eine hervorragende Reiterin. Aber ihr werdet sicher feststellen, dass ihr auch viel gemeinsam habt.«

Oh, ganz sicher! Caitlyns Lid zuckte so schlimm, dass sich ihr Auge schloss. Die Prinzessin und die Erbse, dachte sie niedergeschlagen. Und ganz bestimmt würde nicht Amalia das lästige grüne Kügelchen sein, das unter einer Matratze steckte.

Kapitel 5

Später an diesem Abend saß Caitlyn, an das dunkle, geschnitzte Kopfende gelehnt, im Schneidersitz auf ihrem Bett. Sie hatte sich in den weichen marineblauen Bademantel der Fortuna-Schule eingewickelt, den sie im Kleiderschrank auf ihrer Seite des Zimmers gefunden hatte.

Amalia war sie immer noch nicht begegnet, aber dafür hatte sie die begrenzten Abmessungen ihres düsteren, ein bisschen unheimlichen Zimmers samt der Möbel in den vergangenen Stunden sehr gründlich kennengelernt.

Der Raum war rechteckig. In der Mitte der einen Längswand befand sich die Tür zum Gang, in der honigfarbenen Wand gegenüber waren Fenster. Die beiden Seitenwände bestanden aus prachtvollen, polierten dunklen Holzvertäfelungen, wie in einem Herrenhaus in einem englischen Kostümfilm. Der Steinboden war mit einem abgetretenen, dunkelroten orientalischen Teppich bedeckt. Die hohe Decke wurde von massiven, altersgeschwärzten Balken gestützt. Im Tageslicht hatten sie beeindruckend ausgesehen, aber nun konnte Caitlyns Nachttischlampe die Dunkelheit über ihr nicht mehr durchdringen. Das gab ihr das ungute Gefühl, dass an diesen Balken über ihr alles Mögliche hängen und sie beobachten konnte.

Sie und Amalia hatten jede ein antikes Holzbett, Schreibtisch, Stuhl, Bücherregal und Kleiderschrank. In ihrem Schrank hatte sie eine komplette Fortuna-Schulgarderobe in ihrer Größe gefunden: Socken, Schuhe, Röcke, Blusen, Pullover, sogar ein Wickelkleid mit einem geometrischen Muster in den Farben der Fortuna-Schule, Marine und Burgunder. Wenn sie Glück hatte, würde vielleicht niemand die alten, ziemlich schäbigen Kleider zu Gesicht bekommen, die sie von zu Hause mitgebracht hatte. Secondhand-Klamotten waren in Spring Creek wagemutig, aber hier wirkten sie wie Altkleider und nicht wie ein kreativer Ausdruck ihrer Persönlichkeit.

Das Zimmer hatte zwei Bleiglasfenster mit tiefen Nischen, in denen man sitzen konnte. Bevor die Sonne untergegangen war, hatte Caitlyn eins davon geöffnet, den Kopf hinausgestreckt und an einer mehrere hundert Meter senkrecht abfallenden Felswand hinuntergeblickt, die bis zu den Baumwipfeln und Felsen weiter unterhalb reichte. Sie hatte sich in der unsinnigen Angst, sie könnte hinausfallen, an den Fensterrahmen geklammert. Weit unten zog die Dordogne in großen Schleifen durch das Tal; zu beiden Seiten des Flusses waren Flickenteppiche aus Feldern und Äckern zu sehen. Im Osten hatte sie zwei weitere Schlösser auf Felsen entdeckt und im Westen ein drittes. In ihrem Reiseführer stand, dass die Dordogne einst die Grenze zwischen Frankreich und dem englischen Gebiet Aquitanien gewesen war, was die vielen Festungsanlagen erklärte.

Nachdem sie den Kopf wieder hereingezogen hatte, hatte sie einen Blick auf die Sachen ihrer Zimmerkameradin geworfen, um vielleicht Hinweise darauf zu bekommen, wie sie wohl war. An der Wand über Amalias Bett hing ein großes, modernes Ölgemälde. Caitlyn hatte sich vorgebeugt, um die Signatur darauf zu lesen: Picasso.

Ein *echter* Picasso. Groß. In Öl. Er war wahrscheinlich Hunderttausende von Dollar wert, wenn nicht Millionen. Sie, Caitlyn Monahan, teilte sich das Zimmer mit einem Mädchen, das ihr Zimmer mit einem Picasso schmückte.

Auf Amalias Schreibtisch stand das gerahmte Foto eines Pferdes. Andere Fotos waren keine zu sehen: keine Eltern, keine Freunde, kein fröhlicher Haufen lachender Mädchen, die sich zusammendrängten, um alle aufs Bild zu passen. Caitlyn fand, das sprach nicht gerade für die sozialen Kompetenzen der Prinzessin, aber es lag sicher nicht an ihr, das zu beurteilen.

Vielleicht war die Prinzessin auch nur zurückhaltend. Oder vielleicht bedeutete ein Foto von der Familie oder von Freunden mehr Schmerz als Trost, genau wie für Caitlyn. Alles in allem war dies das luxuriöseste Schlafzimmer, das Caitlyn je gesehen hatte; es war das historischste, ausländischste, romantischste und das, in dem man sich am besten vorstellen konnte, während eines Gewitters in einem weißen Nachthemd und mit einem Kerzenleuchter in der Hand umherzuwandern. Die Burg selbst schien ihren wildesten Fantasien entsprungen zu sein, wie sie mit ihren tausendjährigen Mauern auf dem Felsen thronte. Trotzdem hätte Caitlyn in diesem Moment am liebsten nur geweint.

Ein tiefes Gefühl von Einsamkeit überkam sie. Es war ihr zwar immer so vorgekommen, als gehörte sie nicht wirklich zu ihrer Familie und als würde sie von ihr eher geduldet als verstanden, aber im Innersten wusste sie doch, dass ihre Eltern und ihre drei kleinen Brüder sie liebten.

Sie seufzte. Der Laptop, den die Fortuna-Schule ihr zur Verfügung gestellt hatte, stand vor ihr auf der Daunendecke. Sie hatte E-Mails an ihre Eltern und sogar an ihre Brüder geschickt, aber niemand hatte bisher geantwortet.

Sie blinzelte gegen die Tränen an, starrte auf den leeren E-Mail-Eingangsordner und beschwor ihn, sich mit etwas anderem zu füllen als mit den Dutzenden Info-Mails, die sie von der Schulverwaltung bekommen hatte, jede mit einer pdf-Datei mit Karten, Klassenlisten, Schulregeln, Stundenplänen.

Wie auf ein Stichwort machte der Laptop leise Pling, und einen Moment lang war Caitlyn freudig erregt. Dann sah sie, dass die Mail von Madame Snowe war:

Bitte lies vor unserem morgigen Treffen das gesamte Infomaterial genau durch.
E. S.

Caitlyn schloss den Laptop. Sie würde sich zwingen, eine Stunde zu warten, bevor sie wieder ihre Mails checkte. Wie hatten es die Leute früher nur ausgehalten, bevor es E-Mails gab? Kaum vorstellbar, dass man eine Woche auf einen Brief hatte warten müssen oder einen Monat oder sogar ein Jahr oder zwei, wenn man sehr weit voneinander entfernt wohnte.

Egal. Sie würde nicht einsam bleiben. Jetzt im Moment war sie einsam, ja, aber das war nicht anders zu erwarten gewesen.

Sie legte sich auf ihr Bett, kuschelte sich unter die Daunendecke, schloss die Augen und ließ die vergangenen Stunden noch einmal an sich vorbeiziehen. Nachdem Greta sie zu ihrem Zimmer gebracht und ihr die Gemeinschaftswaschräume am Ende des Gangs gezeigt hatte, hatte Caitlyn ihre Sachen ausgepackt, geduscht, den Tee getrunken und die Kekse gegessen, die Greta ihr gebracht hatte. Dann hatte sie aufgeregt allein in ihrem Zimmer gesessen und sich gefragt, wann Amalia wohl auftauchen würde. Sie traute sich nicht, die Burg auf eigene Faust zu erkunden.

Um sieben Uhr hatte der Hunger sie gezwungen, all ihren Mut zusammenzunehmen und zum Abendessen hinunterzugehen. Der Unterricht würde erst in vier Tagen beginnen, und laut Greta waren viele Schülerinnen noch nicht angekommen. Caitlyn hatte sich mit ihrem Tablett in den Händen in dem leeren Speisesaal umgeschaut und hätte sich am liebsten allein an einen Tisch gesetzt. Aus Ärger über ihre eigene Feigheit hatte sie schließlich zwei deutsche Mädchen gefragt, ob sie sich zu ihnen setzen dürfe. Sie hatten zugestimmt, und nachdem sie ein paar höfliche Fragen auf Englisch gestellt hatten, waren sie wieder zu Deutsch übergegangen und hatten ein langes Gespräch geführt, das beide offensichtlich sehr anregend fanden. Caitlyn hatte kein Wort verstanden und war erstaunt gewesen, wie verletzend diese unabsichtliche Ausgrenzung war. Es war eine Erleichterung gewesen, in ihr Zimmer zurückeilen zu können.

Allein auf ihrem Bett sitzend, sagte Caitlyn sich, dass alles besser werden würde. Sie wusste, dass sie kein überdurchschnittlich talentierter oder außergewöhnlicher Mensch war oder in gesellschaftlicher Hinsicht besonders gewandt, aber sie hielt sich auch nicht für dumm oder unfähig. Andere kamen auch auf eine neue Schule und fanden Freunde. Das würde bei ihr nicht anders sein. Wahrscheinlich.

Wie sehr konnten sich blaublütige, reiche Mädchen eigentlich wirklich von Mädchen unterscheiden, die aus Oregon vom Land kamen?

Vom Gang her war Stimmengewirr zu hören. Caitlyn setzte sich schnell auf, als auch schon die Tür aufging. Hastig wischte sie sich die Tränenspuren aus dem Gesicht und setzte ein Lächeln auf. Ein Mädchen-Trio wirbelte lachend und Französisch sprechend zur Tür herein.

Ein dunkles, herrisch aussehendes Mädchen mit kastanienbraunen Strähnchen in ihrem langen, dunkelbraunen Haar blieb abrupt stehen und machte ein finsteres Gesicht, als sie Caitlyn sah. Sie gab einer rundlichen Dunkelblonden mit dem Handrücken einen Klaps und erntete genervtes Stöhnen.

Das dritte Mädchen, eine Brünette mit hübschen, unauffälligen Gesichtszügen und dunkelblauen Augen, blickte Caitlyn einen langen Moment feierlich an, dann trat sie mit ausgestreckter Hand auf sie zu. »Du musst Caitlyn sein«, sagte sie mit einem fast unmerklichen, nicht zu identifizierenden Akzent. »Ich bin deine Zimmergenossin, Amalia.«

Caitlyn schüttelte unbeholfen Amalias Hand und überlegte, ob sie aufstehen sollte oder einen Knicks machen oder irgendetwas Formales und Korrektes sagen sollte. »Hi«, sagte sie schließlich.

»Das sind Daniela und Brigitte«, sagte Amalia und deutete auf das dunkle Mädchen, dann auf das dunkelblonde. Die beiden nickten Caitlyn zu.

»Freut mich, euch kennenzulernen«, sagte Caitlyn.

»Mucho gusto.«

»Enchanté.«

Sie musterten sie, und ihre Blicke wanderten über ihr offenes Haar und den Fortuna-Bademantel, als wollten sie herausfinden, wer sie war. Wussten sie, dass sie als Stipendiatin hier war?

Aber auch wenn sie es nicht wussten – konnten sie ihre Armut sehen, so wie sie ihren Reichtum sah? Daniela trug schwarze Leggings, eine lange, mehrreihige Kette aus Perlen und Gold und ein Minikleid aus Wolle mit schwarz-weißem Hahnentrittmuster. Caitlyn hätte schwören können, dass sie es in einer Anzeige in der *Vogue* gesehen hatte, die sie an einem Zeitungskiosk im Flughafen durchgeblättert hatte. Amalia trug eine kurze, taillierte schwarze Lederjacke über einer Seidenbluse in Blautönen, die den dunklen Farbton ihrer Augen zur Geltung brachten, Designer-Jeans und Lederstiefel. Brigitte hatte magentarote Strumpfhosen an und ein merkwürdiges, unvorteilhaftes Strickkleid mit zahllosen Rüschen und weiten Ärmeln, aber der feine Strick und die erstklassige Verarbeitung ließen »Kaschmir« und »Designer« durchblicken, genauso wie das Funkeln an ihren Ohren »Diamanten« sagte.

»Du bist Amerikanerin, oder?«, sagte Daniela.

»Ja.«

»New York?«

»Oregon.«

»*Dónde?*« – Woher?

»Das ist ein Staat an der Westküste.«

»In der Nähe von Los Angeles?«

»Nördlich davon. Südlich von Kanada.«

Alle drei seufzten »Ah.«

»Du bist vom Ende der Welt«, sagte Amalia mit einem neckenden Lächeln.

»Nicht von *so weit* weg.«

»Fast!«, sagte Brigitte. »Da gibt es immer noch wilde Tiere und Cowboys und nackte Wilde, die durch den Wald rennen, *oui*?«, fragte sie lachend.

Caitlyn war ein wenig überrumpelt von den Neckereien und lächelte unbeholfen.

»Cowboys gibt es, zumindest auf Rodeos. Und in den Bergen Bären und Pumas. Und wenn du mit ›Wilde‹ die Nachkommen des Umpqua-Stammes meinst, dann ja, auch das. Mein Urgroßvater mütterlicherseits war ein Vollblut-Umpqua«, sagte Caitlyn stolz. Sie bemerkte, wie Brigitte überrascht den Mund spitzte und sich ihre Wangen rosa färbten, als sie erkannte, dass ihre Scherze vielleicht beleidigend gewesen waren. »Ich glaube allerdings nicht, dass er je nackt durch den Wald gerannt ist«, fügte Caitlyn hinzu und lächelte, um der Entgegnung die Schärfe zu nehmen. »Das Wetter lädt nicht gerade zu FKK ein.«

»Sind deine anderen Vorfahren auch so exotisch?«, fragte Daniela mit hochgezogenen Augenbrauen. »Ich kann meine Familie bis zu Ferdinand von Aragón zurückverfolgen, der Kolumbus ausschickte, um deinen Kontinent zu finden.« Ein eingebildetes Lächeln umspielte ihre Lippen. »Vielleicht verbindet uns das ja auf gewisse Art.«

Und wie? So wie den Eroberer mit dem Eroberten? Danielas Bemerkungen klangen nicht so harmlos wie Brigittes.

Caitlyn zuckte mit den Schultern und spielte die Lässige. »Da, wo ich herkomme, legen wir nicht so viel Wert auf Herkunft.« Sie verzog das Gesicht, als würde sie nur ungern weitersprechen, und fuhr dann in entschuldigendem Ton fort: »Man gilt als Versager, wenn man so tief sinkt, dass man mit seiner Familie angeben muss, um andere zu beeindrucken.«

Daniela riss den Mund auf, dann schloss sie ihn wieder und kniff die Augen zusammen.

Caitlyn erwiderte ihren Blick und hielt ihm stand. Sie war vielleicht ein kleiner Niemand aus Nirgendwo, aber sie wollte einen Besen fressen, wenn sie sich von einem Mädchen dumm anquatschen ließ, das mit nichts anderem prahlen konnte als mit den vergangenen Heldentaten anderer Leute.

Brigitte kicherte nervös, was die Spannung im Raum aber nur vergrößerte.

Amalia räusperte sich. »Wir sind alle müde. Wir sollten besser schlafen gehen«, sagte sie und schob ihre Freundinnen zur Tür.

»*Bonne nuit, petite Americaine*«, sagte Brigitte fröhlich und wedelte zum Abschied mit den Fingern.

»Ich hoffe, sie ist nicht eine von diesen ›hässlichen Amerikanern‹, ungehobelt und laut!«, flüsterte Daniela Amalia zu, aber laut genug, dass Caitlyn es hören konnte. »Es wäre zu schlimm, wenn du mit so jemandem in einem Zimmer wohnen müsstest.«

»Jetzt reicht es!«, fauchte Amalia und schob sie zur Tür hinaus.

»Schlaf gut, träum süß«, sagte Daniela spöttisch auf Englisch zu Caitlyn; die vertraute Sprache hörte sich seltsam an mit ihrem leichten spanischen Akzent.

»*Buenas noches*«, sagte Caitlyn und war froh, dass von dem einen Jahr Spanisch, das sie gehabt hatte, ein paar Alltagsphrasen hängen geblieben waren. »*Que descanses.*« Sie wurde mit einem überraschten Aufblitzen in Danielas Augen belohnt, dann waren die Mädchen fort, und sie war allein mit Amalia.

»Es ist mir so peinlich«, sagte die Prinzessin. »Daniela …« Sie schüttelte den Kopf. »Jedenfalls – ich wollte eigentlich hier sein, wenn du kommst, aber dann kam Brigitte an, und ich musste mit den beiden in Sarlat abendessen gehen. Es ist Brigittes erster Tag hier, nachdem … na ja, nach einer sehr schweren Zeit, aber das erzähle ich dir ein andermal.«

Amalia setzte sich an das Ende von Caitlyns Bett und sah sie mit ihren blauen Augen hoffnungsvoll an. »Wir können noch mal von vorn anfangen, oder?«

Es war der leise Anflug von Unsicherheit in Amalias Blick, der Caitlyns Herz erweichte. »Ja, machen wir«, sagte sie lächelnd.

Amalia grinste. »Ich garantiere dir, dass sich die beiden morgen sehr schämen werden, aber es wird ihnen zu peinlich sein, es zuzugeben und sich zu entschuldigen.«

»Kennst du sie schon lange?«

»Eineinhalb Jahre, aber Freundschaften entstehen hier schnell. Es ist so abgelegen hier, es gibt wenig, womit man sich ablenken kann.«

Caitlyn lachte kläglich.

»Was ist?«

Sie schüttelte den Kopf. »Ich hatte mir vorgestellt, ganz Frankreich wäre so wie in den Filmen, die ich von Paris gesehen habe: voller Menschen, die auf Fahrrädern über kopfsteingepflasterte Straßen fahren, mit einem Baguette auf dem Gepäckträger.«

»Und einer kleinen roten Baskenmütze auf?«, sagte Amalia fröhlich lachend. »Vielleicht auch noch ein Akkordeonspieler, der *La Vie en Rose* singt?«

Caitlyn grinste. »Ja. Museen und Käseläden an jeder Ecke, und überall Schlösser und Burgen. Ich wusste nicht, dass es auf dem Land so ... ländlich ist.«

»Aber zumindest mit den Schlössern und Burgen hattest du recht, sogar hier, mitten auf dem Land«, sagte Amalia. »Du warst vorher noch nie in Europa?«, fragte sie vorsichtig, als befürchte sie, ihr zu nahe zu treten.

»Ich habe gestern zum ersten Mal in einem Flugzeug gesessen.«

»*Vraiment?* Wirklich?

»*Oui, vraiment.* Wirklich. Aber das erzählst du den beiden nicht, ja?«, fragte Caitlyn.

Amalia schüttelte den Kopf, dann stand sie auf und fing an, sich für die Nacht fertig zu machen. »Was hat dich hierher verschlagen? Oder hattest du keine Wahl?«

»Das hört sich beinahe so an, als sei das hier eher eine Strafanstalt als eine Schule.«

Amalia verzog das Gesicht und zuckte mit den Schultern. »Mir gefällt es ganz gut, aber ein paar andere Mächen finden, es ist wie im Gefängnis. Sie vermissen Jungs und die Stadt, Shoppen, Clubs. Was vielleicht der Grund ist, warum manche von ihren Eltern hierhergeschickt worden sind.«

Caitlyns ließ mit einer übertriebenen Geste die Schultern hängen. »Ich habe mich selbst in eine Besserungsanstalt eingewiesen.«

Amalia lachte trällernd. »Nein, nein, so ist es auch wieder nicht! Oder jedenfalls nicht *ganz* so. Du solltest es dir vielleicht eher wie ein Kloster vorstellen.«

Caitlyn zog die Mundwinkel nach unten und brachte Amalia damit erneut zum Lachen. »Kannst du dir vorstellen, dass ich tatsächlich wegen des Unterrichts hergekommen bin?«, sagte sie.

Amalia kletterte in ihr Bett und machte das Licht aus. »Es ist eine gute Schule. Vielleicht nicht die allerbeste, aber wenn du eine gute Schulbildung willst, kannst du hier eine bekommen.«

Caitlyn stellte ihren Laptop zur Seite und schlüpfte unter ihre Bettdecke. Nachdem auch sie die Nachttischlampe ausgemacht hatte, senkte sich Dunkelheit über das Zimmer, die nur von den grauen Rechtecken der Fenster und der grünen Digitalanzeige von Caitlyns Wecker durchbrochen wurde. Caitlyn zog die Decke bis zum Kinn hoch und drehte sich auf die Seite, mit dem Gesicht zu den Schatten, in denen Amalia lag.

»Hattest du im letzten Schuljahr eine Zimmerkameradin?«, fragte sie und hoffte, dass Amalia für heute nicht schon fertig war mit Reden. Caitlyn mochte sie bereits und wollte sich gerne mit ihr anfreunden.

»Sie wurde der Schule verwiesen.«

»Warum? Was hat sie gemacht?«

»Sie hat übers Wochenende ihren Freund mit aufs Zimmer gebracht, als ich weg war.«

Caitlyn war schockiert. »Oh.«

»Madame Snowe ist sehr streng in solchen Dingen.«

»Ich habe morgen Vormittag einen Termin bei ihr.«

»Sag zu allem Ja und Amen, was sie sagt. Stell nichts infrage. Je eher du es hinter dir hast, desto besser.«

Caitlyn konnte in der Dunkelheit nicht erkennen, ob Amalia es ernst meinte. »Ist sie so schlimm?«

»Das Leben ist leichter, wenn du nicht ihre Aufmerksamkeit auf dich ziehst. Jetzt müssen wir schlafen, sonst wachst du morgen nicht auf und kommst zu spät, und das wäre sehr, sehr schlecht.«

Angesichts dieser bedrohlichen Aussicht drehte sich Caitlyn auf den Rücken und zwang sich, die Augen zu schließen. Sie war überzeugt davon, dass sie niemals einschlafen würde. Es kam ihr vor, als läge sie Stunden so da.

Und dann begannen die Geräusche.

Kapitel 6

Caitlyn lag wie erstarrt da. Sie lauschte, wagte aber nicht, die Augen zu öffnen.

Murmelnde Stimmen waren zu hören, Wortfetzen, die von ihrem Bettende kamen. Schritte. Eine Tür, die geschlossen wurde.

Amalia?

Dann hörte sie Geplätscher, als würde jemand Wasser von oben in ein Becken oder eine Schale gießen.

In ihrem Zimmer gab es kein Waschbecken.

Summen, eine unbekannte Melodie, leise.

Eine männliche Stimme.

Caitlyn riss die Augen auf.

Orangefarbenes, flackerndes Licht wurde von den holzgetäfelten Wänden reflektiert. Sie hörte ein Knistern und Knallen und roch Holzrauch.

Feuer?

Feuer!

Mit einem Ruck setzte sie sich kerzengerade auf. Über das Bettende hinweg sah sie auf der anderen Seite des Zimmers orangefarbene

Flammen auf dem Boden. Sie brauchte einen langen Moment, um zu begreifen, dass sie sich nur innerhalb der Ummauerung eines offenen Kamins befanden.

Erleichterung durchströmte sie wie warmes Wasser … bis ihr einfiel, dass es in ihrem Zimmer gar keinen Kamin gab.

Wo war sie?

Ein Schatten bewegte sich, dann hörte sie wieder das Geräusch von plätscherndem Wasser. Ihre Sicht wurde versperrt von der Ecke eines Himmelbetts mit Vorhängen, in dem sie sich befand – ein fremdes Bett, nicht das Bett in ihrem Zimmer, in dem sie schlafen gegangen war. Vorsichtig kroch sie ans Fußende, um nachzusehen.

In einem Waschzuber saß mit angezogenen Knien ein nackter junger Mann. Er hatte die Augen geschlossen und hielt einen Schwamm in seiner Hand, die entspannt auf seinem Knie lag. Dichte, bronzefarbenen Locken, die das Wasser nicht ganz bändigen konnte, umrahmten sein Gesicht, das vom Schein des Feuers beleuchtet wurde. Blitzartig erkannte Caitlyn ihn: Es war der Junge, der mit einer Gruppe von Begleitern durch das Land geritten war und sich umgedreht hatte, um in ihre Richtung zu schauen, als wüsste er, dass er verfolgt wurde: *Der Ritter der Kelche.*

»Raphael«, flüsterte sie. Sein Name kam ihr ohne nachzudenken über die Lippen. Natürlich. Sie war bei Raphael. Ihr träumender Verstand, der seiner eigenen Logik folgte, fand es ganz normal, dass sie in seinem Zimmer war.

»Was ist denn schon wieder?«, sagte Raphael auf Italienisch, die Augen immer noch geschlossen.

Er hatte sie gehört! Ihr träumender Verstand wusste, dass sie eigentlich nicht Italienisch sprach, aber aus irgendeinem Grund verstand sie, was er sagte. Die Bedeutung der Worte erschloss sich ihr, während er sprach.

»Bitte, ich hab es dir doch schon gesagt. Ich habe keinen Hunger«, sagte er. »Wenn du Essen gebracht hast, nimm es wieder mit. Alles, was ich brauche, ist ein bisschen Zeit für mich.«

Mit klopfendem Herzen versteckte Caitlyn sich neben dem Bettpfosten hinter einem der Vorhänge. Sie spähte zu Raphael hinüber. Was würde er denken, wenn er sie in seinem Bett dabei erwischte, wie sie ihn beim Baden beobachtete? Er würde denken, dass sie ihn toll fand. Bei diesem peinlichen Gedanken erschauderte sie innerlich. Sie musste hier raus, bevor er sie sah.

Ein Holzscheit im Feuer knackte. Raphael runzelte die Brauen und öffnete die Augen. »Beneto?« Er drehte sich in dem Zuber um, sodass das Wasser schwappte, und blickte prüfend in die Schatten bei der Tür. »Ursino?«

Als er nichts entdeckte, zuckte er mit den Schultern, schloss die Augen und ließ sich wieder in den Zuber sinken. »Hervorragend. Jetzt höre ich schon Gespenster.«

Das war womöglich ihre einzige Chance. Sie glitt vom Bettrand und begann, auf allen vieren Richtung Tür zu kriechen. Im Stillen verwünschte sie ihr langes Nachthemd, das sich unter ihren Knien verhedderte.

Sie schaffte einen Meter, zwei, drei … Sie konnte schon den Türriegel sehen, einen schmiedeeisernen Hebel mit einer spiralförmigen Verzierung aus Metall am Ende. Mit gebeugtem Rücken begann sie sich aufzurichten.

»Halt!«, rief Raphael. Man hörte Wasser plätschern und spritzen.

Caitlyn schrie auf, sprang zur Tür, blickte über die Schulter, als sie sie erreicht hatte, und zerrte an dem Riegel.

Er war direkt hinter ihr, nass und wütend, ein Handtuch locker um die Hüfte gebunden. Er war schnell – zu schnell. Caitlyn kreischte und fummelte an dem Türriegel herum.

»Ich sagte halt!« Er wechselte zu Französisch. »Halt!«

Der Riegel bewegte sich, und sie begann die schwere Tür aufzuziehen, aber dann war er da und warf sich dagegen. Die Tür schlug zu. Von seinem nassen Haar spritzten Tropfen in Caitlyns Gesicht.

Sie schrie, sprang aus seiner Reichweite und rannte wie ein verängstigtes Kaninchen Richtung Bett. Sie machte einen Satz auf die Matratze und krabbelte darüber. Das Bett knarrte, als er darauf sprang, und dann packte er sie am Handgelenk. Mit einem einzigen heftigen Ruck zerrte er sie zur Mitte des Betts, wobei sich ihr Nachthemd über ihre Beine hochschob, warf sich auf sie und drückte sie nieder. Er griff nach ihren Handgelenken und hielt sie mit einer starken Hand über ihrem Kopf fest, während er mit der anderen grob ihren Körper absuchte.

»Was hast du geklaut? Hast du versucht, das Herz zu stehlen? Wer hat dich geschickt?«

Sie geriet in Panik. »Hände weg!«, rief sie auf Französisch, so fließend, wie sie es in ihrem wachen Leben nicht gekonnt hätte, und bäumte sich unter ihm auf. »Hör auf!« Sie hob den Kopf, schnappte mit den Zähnen nach seinem Hals und versuchte ihn zu beißen.

»Genug!«, brüllte er sie an. Er hörte auf, sie abzusuchen, presste die Handfläche auf ihre Stirn und drückte ihren Kopf nach unten, damit sie ihn nicht in den Hals beißen konnte.

Er sah ihr in die Augen. Die Kraft seines Blickes verwandelte ihre Panik in etwas Tieferes, Angstvolleres. Sie spürte etwas Gefährliches in ihm und bewegte sich nicht mehr.

»Wer bist du?«, fragte er auf Französisch, mit leiser Stimme, in der aber ein drohender Unterton lag, der sie davor warnte, nicht zu antworten.

»Caitlyn«, keuchte sie. Vor Angst und unter seinem Gewicht bekam sie kaum Luft.

»Warum bist du in meinem Zimmer?«

Sie sah ihn an. Was sollte sie nur sagen?

Er schüttelte sie. »Warum bist du hier?«

»Ähm … äh«, stotterte sie, und dann kam ihr eine Eingebung. »Ich, äh, ich bin ein Dienstmädchen und dachte, dass Sie vielleicht Hilfe beim Baden brauchen.«

Er blickte sie einen langen Moment an, dann wich die Strenge in seinem Gesicht einem Zweifel, und es wurde sanfter. Seine Hand auf ihrer Stirn lockerte ihren Griff, glitt dann sanft über ihr Gesicht und streichelte ihre Wange. »Wer hat dich geschickt? Giovanni? Oder Philippe? Haben sie dir gesagt, ich bräuchte Gesellschaft?«

»Niemand hat mich geschickt.«

Ein lautes Klopfen an der Tür unterbrach sie. »Raphael?«, rief eine männliche Stimme. »Ist alles in Ordnung?«

Wieder wurde Caitlyn von Panik ergriffen, wirre Gedanken an Madame Snowe und die Jungsverbote rasten ihr durch den Kopf. »Er darf mich nicht sehen! Ich darf nicht allein mit einem Jungen gefunden werden! Bitte, ich bekomme sonst große Schwierigkeiten!«

Er ließ sie los, und sie kletterte auf der anderen Seite vom Bett hinunter, versteckte sich in den Schatten und Vorhängen am Kopfende und blieb so steif wie ein Bettpfosten stehen. Sie schloss die Augen und betete, der, der vor der Tür stand, möge weggehen.

Im Zimmer war es still. Caitlyn wartete darauf, Raphaels Stimme oder die des anderen zu hören, aber die Sekunden dehnten sich zu Minuten, und es blieb still. Sie waren fort.

Mit wachsender Angst begriff sie, dass sie nicht mehr in dem Zimmer mit Raphael war. Sie konnte ihren eigenen Atem nicht mehr hören, ihr Herz in ihrer Brust nicht mehr spüren. Sie war woanders, an einem schrecklichen Ort.

Nein, nicht das wieder …

Kälte kroch über ihre Haut, als würde sich Glas beschlagen. Sie hatte das schwindelerregende Gefühl, zu fallen, und breitete die Arme aus, um sich an etwas festzuhalten. Sie griff nach etwas Kaltem und Feuchtem, das unter ihren Fingern nachgab, und obwohl sie wusste, was sie erwartete, öffnete sie die Augen.

Im selben Augenblick überfiel sie der Lärm: panisches Kreischen, Schreie aus tiefster Seele. Dieses Mal kamen sie von einem dünnen Mädchen, das so durchsichtig war wie Rauch. Ihr Haar hing in wirren feuchten Strähnen um ihr blasses Gesicht, ihr schreiender Mund war weit aufgerissen. Sie klammerte sich mit zu Krallen gekrümmten Fingern an Caitlyn und fuchtelte verzweifelt mit ihren dürren Armen herum.

Caitlyn schrie.

Der Klang ihrer eigenen Stimme drang durch ihren Schlaf und zerrte sie abrupt in die wache Welt. Sie spürte den Schrei in ihrer Kehle, selbst in dem Moment noch, als sie sich aufsetzte und nach dem Schalter der Nachttischlampe suchte.

Amalia war schon aus dem Bett und auf halbem Wege zu ihr. »Ist alles in Ordnung? Mein Gott, hast du mich erschreckt!«

»Tut mir leid! Tut mir wirklich leid! Ich hatte einen Albtraum.« Sie versuchte, sich zu fassen und ihren schnellen Atem zu beruhigen.

»Das scheint mir auch so! Ist alles in Ordnung?«

»Ja, ja, alles okay. Es tut mir leid, dass ich dich geweckt habe.«

Amalia winkte ab. »Man kann seine Träume nicht kontrollieren.«

Mit zitternden Händen wischte Caitlyn sich übers Gesicht und spürte den kalten, feuchten Angstschweiß.

Amalia ging zurück in ihr Bett. »Möchtest du darüber reden? Von was hast du geträumt?«

Caitlyn nahm ihr Kissen und hielt es sich schützend vor die Brust. »Von nichts Bestimmtem. Es ist nie etwas Bestimmtes.«

»Hast du diese Albträume oft?«

Caitlyn zuckte mit der Schulter. »Ich hatte gehofft, hier würde ich keine haben«, antwortete sie ausweichend. »Vielleicht sollte ich dir Ohrstöpsel kaufen?«, sagte sie scherzend.

Amalia ließ sich wieder auf ihr Kissen fallen. »Wenn es schlimmer wird, kannst du Schlaftabletten nehmen, ja?«, sagte sie, und wieder war Caitlyn sich nicht sicher, ob sie es ernst meinte oder scherzte.

»Ich glaube nicht, dass es schlimmer wird«, sagte sie und hoffte, dass dies der Wahrheit entsprach. »Ich bin nur angespannt. Neuer Ort, neue Menschen, du weißt schon.«

»Ich träume manchmal, dass ich eine Prüfung habe, auf die ich nicht vorbereitet bin, und einmal hab ich sogar geträumt, dass mich ein Tiger fressen will, aber ich glaube, ich hatte noch nie einen so schlimmen Traum, dass ich schreiend davon aufgewacht bin. Was jagt dir so schreckliche Angst ein?«

»Dinge … die mir wehtun wollen.«

»Was für Dinge?«

Sie schüttelte den Kopf. »Ich weiß nicht wirklich, was es ist.«

Amalia zog die Augenbrauen hoch. »Aber was vermutest du?«

»Sie sehen so aus wie irgendeine Art … na ja, eine Art Gespenster oder böse Geister. Natürlich sind sie nur in meinen Träumen. Ich weiß, dass sie nicht echt sind«, schwindelte sie. Sie war sich da ganz und gar nicht sicher.

»Gut, dass sie nicht echt sind. Wenn sie es wären, hättest du ein Problem.« Amalia lächelte. »Schlösser sind doch immer voller Gespenster.«

»Da bin ich aber erleichtert, dass die hier nur in meiner Vorstellung existieren«, sagte Caitlyn schwach. Sie machte das Licht aus, legte sich wieder hin und starrte in die Dunkelheit. Sie versuchte, die Kreischer aus ihren Gedanken zu verbannen und stattdessen an den Teil des Traumes zu denken, den sie vor diesem kreischenden, klammernden Mädchen gehabt hatte.

Raphael.

Es war das zweite Mal, dass sie innerhalb eines Tages von ihm geträumt hatte, und beide Male war ihr der Ritter der Kelche eingefallen. Einen Moment lang hörte sie den vollen Klang seiner Stimme und sah seine haselnussbraunen Augen, die direkt in ihre blickten. Sie konnte die Hitze seiner Hand spüren, die er gegen ihre Stirn presste, und wie aus seiner Berührung ein Streicheln wurde.

Wer war er? Und war er echt?

Und wie konnte er ihr Ritter der Kelche sein, wenn er nur in ihren Träumen existierte?

Eine Träne rann ihr übers Gesicht. Es spielte keine Rolle. Die Kreischer waren ihr gefolgt. Ein Ozean hatte sie nicht aufgehalten. Nichts würde sie je aufhalten.

Kapitel 7

22. JANUAR

»*Entrez!*«

Caitlyn hielt eine Hand an ihr Augenlid, um das Zucken zu unterdrücken. Dann öffnete sie die schwere Eichentür zu Madame Snowes Büro. Es war neun Uhr morgens, sie war pünktlich erschienen. Sie betrat einen Raum, dessen warme Gemütlichkeit in krassem Kontrast stand zu der Eiseskälte, die die Schulleiterin ausstrahlte.

Der Steinboden war mit orientalischen, dunkelblau und rot gemusterten Teppichen bedeckt. Die eine Längswand bestand aus Bleiglasfenstern, die den Blick über das Burggelände und über das Dordogne-Tal freigaben. Zwei weitere Wände waren wie in Caitlyns Zimmer mit dunklem Holz vertäfelt.

Die vierte Wand wurde von einem riesigen Kamin eingenommen, in dem ein loderndes Feuer brannte. Über dem großen steinernen Kaminsims hing das goldgerahmte Porträt einer Frau in historischer Kleidung: eine Adlige, deren rotblondes geflochtenes Haar zu einer Krone aufgesteckt war und an deren Ohrläppchen Perlenohrringe hingen. Ihr Gesicht war ein perfektes Oval, ihre dunklen Augen hatten einen wissenden Blick, und um ihre Lippen spielte ein kleines

Lächeln. Sie trug ein rosafarbenes Satinkleid mit Puffärmeln und eine Kette aus Rubinen und Gold. Auf ihrem Schoß lag ein geöffnetes Buch, auf das sie eine Hand gelegt hatte.

Caitlyn fühlte sich unwiderstehlich zu dem Porträt hingezogen Ihre Füße trugen sie gleichsam zu dem Gemälde, wobei sie Madame Snowe völlig ignorierte, die hinter ihrem Schreibtisch wartete. Das Porträt war offensichtlich ein Original und sicher mehrere hundert Jahre alt. Irgendetwas daran rief eine Erinnerung in ihr wach, das Gefühl eines vergessenen Traums oder eines Ortes, an dem sie schon einmal gewesen war.

»Gefällt dir das Gemälde?«, fragte Madame Snowe. Sie erhob sich hinter ihrem Tisch und ging zu Caitlyn, die noch immer vor dem Kamin stand und das Porträt betrachtete.

»Es erinnert mich an etwas, aber ich weiß nicht, an was.« Caitlyn warf den Kopf zurück, dann wusste sie plötzlich die Antwort. »Ich weiß es!«

Madame Snowe sah sie prüfend an. »Ja?«

»Zu Hause in meinem Zimmer hängt ein Poster von einem Gemälde aus einem Museum in Italien. Es ist das Porträt eines Mädchens in Weiß namens Bia. Jemand mit Namen Bronzino hat es gemalt, und es heißt *Die Perle.*«

»*La Perla*«, sagte Madame Snowe, deren Gesichtsausdruck so gefasst war wie der der Frau auf dem Gemälde über dem Kamin. Aber in ihren Augen blitzte großes Interesse.

»Ja!«

»Dieses Gemälde hier ist ebenfalls von Agnolo Bronzino. Es stammt aus dem Jahr 1559.«

In Caitlyn sprudelte Freude auf, und sie war stolz auf sich. Sie war also doch keine totale Landpomeranze! »Wirklich? Ich muss etwas an seinem Stil erkannt haben.«

»Oder vielleicht hast du das Modell erkannt. *La Perla* ist ein Porträt von Bianca de' Medici als Mädchen. Dies hier ist ebenfalls ein Porträt von ihr, als erwachsene Frau.«

Caitlyn betrachtete das Porträt. Was für ein unglaublicher Zufall. *Hey, Bia. Folgst du mir?* »Wer war sie?«

»Kunsthistoriker sagen, *La Perla* war eine Kurtisane im Florenz des 16. Jahrhunderts. Sie war jedoch mehr als das: Sie war ein uneheliches Kind von Cosimo de' Medici, dem Mann, der einst das Oberhaupt der Medici-Familie in Italien war. Sie wurde 1572 wegen Ketzerei auf dem Scheiterhaufen verbrannt.«

Caitlyns Augenlid zuckte. »Ketzerei?«

»In ihrem Fall bedeutete das Hexerei. Ihr Reichtum und ihre guten Beziehungen zu mächtigen Menschen konnten sie nicht vor Papst Pius V. retten. Er war es, der sie verbrennen ließ.«

Caitlyn dachte an das Bild, das sie an dem Tag gezeichnet hatte, an dem sie von ihrer Aufnahme an der Fortuna-Schule erfahren hatte: eine weise Frau, die auf einem Scheiterhaufen verbrannt wurde. Ein Schauder lief ihr über den Rücken. Sie riss sich von dem Gemälde los und sah Madame Snowe an. »Was hat Bianca getan, dass er sie für eine Hexe hielt?«

Madame Snowe verzog ironisch den Mund. »Bianca war die Liebhaberin von Kardinal Rebiba geworden, dem Großinquisitor der Römischen Inquisition.«

Caitlyn machte große Augen. »Sie schlief mit einem *Kardinal*? Ich dachte, die mussten im Zölibat leben.«

»Das mussten sie auch, aber es gab sogar einige Päpste, die Liebhaberinnen und Kinder hatten. Die Leute schauten weg, zumindest so lange, bis Papst Pius an die Macht kam. Er hatte andere Moralvorstellungen, viel strenger, und zu Biancas Unglück glaubte Pius, dass nur eine Hexe die Macht haben konnte, einen Mann wie Kardinal Rebiba von seinen Gelübden gegenüber Gott abzubringen. Er war schließlich ein Großinquisitor. Er war über geschmacklose Skandale erhaben.« In Gedanken versunken schwieg Madame Snowe einen Moment, dann fragte sie: »Glaubst du an Hexen, Caitlyn?«

»Wenn Sie spitze schwarze Hüte meinen und fliegende Besen und die verfluchte Kuh des Nachbarn, die keine Milch mehr gibt – nein«, sagte Caitlyn, die immer noch schockiert war von der Vorstellung, dass Kardinäle und Päpste Liebhaberinnen gehabt haben sollten. »Wenn Sie Frauen meinen, die intuitive Fähigkeiten haben, die über den Verstand der meisten Männer hinausgehen, dann ja.«

»Glaubst du, dass *du* solche Fähigkeiten hast?«

Überrascht von der Frage, runzelte Caitlyn die Stirn und schüttelte den Kopf. »Nicht dass ich wüsste.«

»Oh.« Die eine Silbe beinhaltete abgrundtiefe Enttäuschung. »*Tant pis*. Sehr schade. Ich fand schon immer, dass solche Begabungen sehr nützlich sein könnten, du nicht?«

Caitlyn murmelte etwas Unbestimmtes und dachte an ihre Mutter. Die Zukunft vorhersehen zu können war für sie offensichtlich nicht besonders gut gewesen.

Caitlyn wandte sich wieder dem Gemälde zu. Sie bewunderte Bianca de' Medicis strahlenden Teint und ihre beherrschte Haltung. Sie schaute Madame Snowe an. »Sie sehen ihr ein wenig ähnlich.«

Madame Snowe ließ ein Lächeln aufblitzen, das erste echte, das Caitlyn bei ihr sah. »Ja, nicht wahr?«

»Ist sie eine Vorfahrin von Ihnen?«

»In Europa sind alle miteinander verwandt; wir sind alle eine große Familie«, sagte sie leichthin. »Angeblich kann mindestens die Hälfte von uns sich auf Karl den Großen als Vorfahren berufen! Bianca könnte also mit mir genauso gut verwandt sein wie mit irgendjemand anderem. Aber genug davon. Komm, setz dich.«

Madame Snowe setzte sich wieder an ihren großen, mit Ebenholz ausgelegten Tisch mit den verzierten goldenen Beinen. Darauf standen ein Computer mit Flachbildschirm sowie ein schickes Telefon, sonst nichts. Der Tisch war sehr elegant, genau wie Madame Snowe selbst. Heute trug sie einen dunkelgrünen Tweed-Kostümrock und eine elfenbeinfarbene Bluse, um ihren Hals hingen mehrere lange Reihen Bernstein- und Korallenketten. Sie deutete auf einen Ebenholzstuhl vor dem Tisch.

Caitlyn setzte sich aufrecht auf den Rand des goldenen Satinpolsters. Sie war um sechs Uhr morgens aufgewacht und hatte die Regeln und die allgemeinen Informationen über die Fortuna-Schule studiert. Sie hatte sogar auswendig gelernt, welche Regelverstöße einen sofortigen Verweis von der Schule zur Folge hatten, weil sie sicher war, dass Madame Snowe sie abfragen würde.

»Ich nehme an, dass du dich eingerichtet hast?«, fragte Madame Snowe.

»Ja, Madame.«

»Gut.« Sie presste die Fingerspitzen aneinander, fast so, als würde sie beten, und tippte damit leicht gegen ihr Kinn, während sie Caitlyn einen langen Moment prüfend anblickte. »Du bist eine junge Frau, die das außergewöhnliche Glück hat, als erste Stipendiatin an unserer Schule angenommen worden zu sein.«

Caitlyn öffnete überrascht den Mund. »Die erste?«

Madame Snowe ließ die Hände sinken. »Wir – und mit ›wir‹ meine ich die Schwesternschaft der Fortuna, die die Schule leitet – glauben, dass du außergewöhnliche Fähigkeiten hast. Fähigkeiten, die unter der Anleitung der Lehrer in deiner Highschool in Oregon vermutlich nicht zur Entfaltung kommen würden. Du musst uns beweisen, dass wir recht haben und unsere Entscheidung nicht bereuen werden. Wir setzen hohe Erwartungen in dich.«

»Äh, welche Fähigkeiten meinen Sie denn?«, fragte Caitlyn, verwirrt und geschmeichelt zugleich. Bisher hatte sie in keinem Fach auch nur ansatzweise geglänzt.

»Das lässt sich nicht so leicht sagen. Es ist eine Kombination aus Charaktereigenschaften und Talenten, die unserer Meinung nach den Zielen der Fortuna-Schule auf einzigartige Weise dienlich ist.«

»Wirklich? Meine Eltern halten mich für verhaltensgestört und unsozial.«

Madame Snowe lächelte. »Ich nehme an, sie sähen dich gerne im Basketballteam und vielleicht sogar als Kandidatin für die Schülervertretung?«

Caitlyn nickte. »Sie wären begeistert.«

»Die Schüler, denen solche Dinge gefallen, werden ihren eigenen Weg in der Welt gehen. Aber diejenigen, die eine grundlegend andere Haltung haben, so wie du, können einzigartige Begabungen einbringen, wenn man ihnen die Chance dazu gibt. Diese Chance hat jedoch ihren Preis.« Madame Snowe blickte Caitlyn einen unangenehm langen Moment in die Augen.

»Und welchen?«, fragte Caitlyn mit bebender Stimme.

Madame Snowe lächelte leicht. »Der Preis ist, dass du über deine Zukunft nicht frei entscheiden kannst. Du wirst die Fächer belegen, die die Schwesternschaft für dich ausgewählt hat, und wenn du von der Schule abgehst, wirst du eine Universität unserer Wahl besuchen – auf unsere Kosten –, wo du das studieren wirst, was wir für dich ausgesucht haben.«

»Aber warum wollen Sie das tun?«, fragte Caitlyn verwundert.

»Wir möchten nicht, dass unsere Investition in dich umsonst war.«

»Sie glauben nicht, dass ich selbst entscheiden kann, wie meine Zukunft aussehen soll?«

»Wir werden keine Entscheidung treffen, die deinem Wesen widerspricht. Vielmehr werden wir uns so entscheiden, wie du dich selbst entscheiden würdest.«

»Aber falls nicht?«, fragte Caitlyn immer beunruhigter. Sie hörte förmlich, wie Gefängnistüren hinter ihr ins Schloss fielen.

Madame Snowe faltete die Hände auf dem Tisch. »Ich möchte dich bitten, jetzt gleich eine überlegte Entscheidung zu treffen, Caitlyn. Du kannst kostenlos die erstklassige Schulbildung annehmen, die wir anbieten, und dazu unsere Unterstützung, oder du kannst nach Oregon zurückkehren und deinen eigenen Weg gehen.«

Caitlyn wurde flau im Magen. Sie konnte nicht zurückgehen nach Spring Creek. »Warum haben Sie mir das nicht gesagt, bevor ich hergekommen bin? Ich kann mich nicht daran erinnern, dass in all dem Infomaterial etwas darüber gestanden hat.«

»Wir haben durchaus darauf hingewiesen, dass du unsere Entscheidungen über deinen Stundenplan akzeptieren musst, sowohl zu Beginn als auch in Zukunft. Ich habe diese Klausel gerade nur näher erläutert.«

»Ich dachte, Sie meinen, wie viele Mathestunden ich belegen muss oder welche Sportart!« Sie runzelte die Stirn. »Moment mal. Haben Sie gerade gesagt, dass Sie meine Unigebühren übernehmen würden?«

»Plus Unterkunft und Verpflegung. Du bekommst einen ›free ride‹, wie ihr das in den Staaten nennt, eine Freifahrt.«

Caitlyn ließ das Gesagte auf sich wirken. Sie hatte immer geglaubt, ihr Weg zu höherer Bildung würde zwei Jahre an einem College bedeuten, danach einen Wechsel auf eine staatliche Uni. Studentenjobs, Ausbildungsdarlehen, Zimmergenossinnen und billige Wohnungen – sie wusste, dass dieser Weg vor ihr lag, wenn sie nach Hause zurückging. Es wäre natürlich viel besser, wenn jemand für alle Kosten aufkommen würde.

»Es ist dieselbe Entscheidung, vor die Kinder von Reichen oft gestellt sind«, sagte Madame Snowe. »Sollen sie das Geld ihrer Eltern annehmen und nach deren Regeln leben, oder sollen sie die Freiheit wählen und sich selber durchschlagen? Geld ist Macht, ob uns das gefällt oder nicht, und es kann uns dazu bringen, Dinge zu tun, die wir verabscheuen.«

»Das hört sich nicht so an, als wollten Sie mich dazu überreden zu bleiben.«

»Wie gesagt, Caitlyn, ich bitte dich, eine überlegte Entscheidung zu treffen. Ich erwarte auch, dass du bei dieser Entscheidung bleibst, nachdem du sie getroffen hast. Du darfst dein Wort nicht brechen. Und ich erwarte, dass du deine ganze Energie in die Arbeit steckst, die wir von dir verlangen. Herumbummeln ist nicht drin. Nimmst du an?«

Caitlyn musste nicht zweimal darüber nachdenken. Bestimmt würde sie es einige Jahre lang aushalten, dass diese Schwesternschaft über ihre Ausbildung bestimmte; immerhin fanden sie, dass sie Potenzial hatte.

Sie glaubten an sie. Das hatte sie noch nie erlebt.

»Ich nehme an.«

Madame Snowe lächelte. »Gutes Mädchen.«

»Muss ich jetzt einen Eid mit meinem Blut unterschreiben oder so was?«

»Wir sind eine moderne Institution. Ein DNA-Abstrich genügt.«

Caitlyn lachte, aber Madame Snowes Gesicht blieb unbewegt, als sie zur Wand ging und auf einen Knopf in der Vertäfelung drückte, woraufhin sich ein geheimer Wandschrank öffnete. Sie holte ein schmales Röhrchen mit einem übergroßen Wattestäbchen darin heraus, das sie Caitlyn reichte.

»Streich dir damit bitte über die Innenseite deiner Wange.«

Caitlyn starrte es an. »Wirklich? Warum?«

»Damit können wir Tests durchführen, um festzustellen, ob du für verschiedene Krankheiten anfällig bist, und, falls nötig, geeignete Vorsorgemaßnahmen ergreifen. Wir wollten diese Information einholen, als du bei deinem Hausarzt in Oregon deine Routine-Untersuchung hattest, aber dein Vater verweigerte seine Unterschrift unter das Einwilligungsformular, das wir ihm zugeschickt haben.«

In Caitlyn machte sich Unbehagen breit. Auch wenn sie es ungern zugab, empfand sie Respekt gegenüber ihrem Vater und seiner instinktiven Paranoia. »Ich habe nicht unterschrieben, dass ich meine Privatsphäre aufgebe, wissen Sie. Ich verstehe nicht, was mein genetischer Code damit zu tun hat, dass ich auf die Fortuna-Schule gehe.«

»Du weigerst dich, diese einfache Sache für uns zu tun, die dein Leben retten könnte?«

»Ihnen ist es wirklich ernst damit, dass Sie Ihre Investition schützen müssen, oder?«, fragte Caitlyn, nahm zögernd das Wattestäbchen, rieb sich damit im Mund herum und gab es Madame Snowe zurück.

»Vor dir liegen zahlreiche Möglichkeiten, um ein langes, erfülltes Leben zu führen. Du kommst vielleicht aus dem Nichts, aber in fünfzig Jahren – ja, fünfzig, du wirst dann sicher noch vital und aktiv sein – kannst du eine Frau sein, die in der Welt Einfluss hat. Vielleicht führst du ein Land oder bist Beraterin in einem Regierungskabinett. Vielleicht bist du Vorsitzende einer Hilfsorganisation, die Hunderttausenden das Leben rettet. Oder vielleicht bewegst du dich in Kreisen, in denen deine Meinung in wichtige Ohren geflüstert wird und in denen du aus dem Hintergrund internationale Ereignisse bestimmst. Es wäre ein großer Verlust für die Welt, wenn du jung sterben müsstest.«

»Das sind ziemlich große Erwartungen.«

»Für uns nicht. Du wirst später verstehen, warum die Schwesternschaft über deine Unterrichtsfächer entscheidet. Du weißt weder, wozu du in der Lage bist, noch wozu du bestimmt bist.«

»Ist das nicht etwas, das die meisten Menschen selbst herausfinden? Ich dachte, es gehört zum Erwachsenwerden dazu, seine Berufung zu finden.«

Madame Snowe lächelte. »Das ist ein hübscher Mythos, eine Seifenblase, die zum Platzen gebracht werden muss. Die meisten Menschen fühlen sich nie zu einer bestimmten Laufbahn berufen. Sie stolpern zufällig über einen Job, der mehr oder weniger zu ihrer Persönlichkeit und ihren Fähigkeiten passt, und kommen dann so weit, wie ihr Können – oder ihr Nichtkönnen – es ihnen erlaubt. Die Schwesternschaft will dich aber nicht in die Mittelmäßigkeit stolpern sehen. Wir werden dir dabei helfen, ein einflussreiches Leben zu führen, und du wirst der Welt das, was wir dir jetzt in deiner Jugend ermöglichen, zehnfach zurückgeben.«

Caitlyn biss sich auf die Lippe. Diese Schwesternschaft traute ihr wesentlich mehr zu, als ihr realistisch vorkam, aber was sollte sie tun? Eine Schulbildung ausschlagen, die mehrere Hunderttausend Dollar wert war, nur wegen Selbstzweifeln? Sie war doch nicht blöd!

Madame Snowe zog unter ihrem Tisch eine Ablage mit einer Tastatur hervor und tippte darauf herum. Sie schob sie wieder zurück und drehte den Monitor in Caitlyns Richtung.

Der Bildschirm zeigte die Homepage der Fortuna-Schule. Da war das bekannte Foto von der Burg mit dem Namen der Schule, daneben die Gestalt einer Frau in einem blauen Umhang mit verbundenen Augen. Ihre Hand lag auf einem großen Holzrad. Um ihren Oberkörper war eine Schärpe gebunden, auf der in Lateinisch stand: *Fortuna Imperatrix Mundi.*

Caitlyn hatte die Gestalt auf der Website schon gesehen, ihr aber keine weitere Beachtung geschenkt. Sie hatte nur Augen für die Burg gehabt.

»Verstehst du, was diese Gestalt bedeutet?«, fragte Madame Snowe.

Caitlyn schüttelte den Kopf.

»Es handelt sich um ein altes Symbol, das in der Geschichtsschreibung bis auf die Griechen zurückgeht, aber es stammt mit Sicherheit aus einer viel früheren Zeit. Die lateinischen Worte bedeuten ›Fortuna, Herrscherin der Welt‹. Was sagt dir das?«

Caitlyn betrachtete die Gestalt genau. Fortuna war eine Frau. Und sie stand neben einem Rad.

Fortuna und ihr Rad. Fortunas Rad. Schicksalsrad.

Das Rad des Schicksals.

Caitlyn schauderte. Wieso hatte sie das nicht erkannt? Es war so offensichtlich! Die Tarotkarte ihrer Mutter; sie hatte bedeutet, dass sie dazu bestimmt war hierherzukommen, in die Fortuna-Schule!

»Fortuna, Herrscherin der Welt«, wiederholte Caitlyn Madame Snowes Übersetzung der lateinischen Worte auf der Schärpe. »Ich glaube, es bedeutet, dass wir alle den Launen des Schicksals unterworfen sind.«

»Ja, wir befinden uns alle auf dem *Rota Fortunae*, dem Schicksalsrad«, sagte Madame Snowe. »Die Botschaft ist, dass sogar die Mächtigsten stürzen und die Niedrigsten aufsteigen können. *Fortune rota volvitur*: Das Schicksalsrad dreht sich. Wir wollen, dass du dich auf dem Rad nach oben bewegst, Caitlyn.«

»Wurde die Burg nach dem Schicksalsrad benannt?«

»Nein. Die Burg heißt seit dem 13. Jahrhundert Château de la Fortune. Einer ihrer ersten Besitzer, Simon de Gagéac, war ein Tempelritter – «

»Die Burg hat einem Tempelritter gehört?«, unterbrach Caitlyn sie. »Sie hatten etwas mit den Kreuzzügen zu tun, nicht wahr?« Sie kamen in einigen der historischen Romane vor, die sie gelesen hatte, und in *Sakrileg*.

Madame Snowe nickte. »Ihr eigentliches Anliegen war, die Pilger auf ihrem Weg ins Heilige Land zu beschützen, aber sie haben sich auch an den Kreuzzügen beteiligt. Die Legende erzählt, dass Simon de Gagéac einen riesigen Schatz aus dem Heiligen Land mitbrachte. Er kam jedoch zu der Überzeugung, dass der Schatz verflucht sei. Deshalb versteckte er ihn irgendwo in der Burg und schwor, die Welt vor seinem bösen Einfluss zu beschützen.«

»Cool!«, sagte Caitlyn.

»Vielleicht war der Schatz tatsächlich verflucht. Simon de Gagéac wurde wahnsinnig.«

»Was passierte mit dem Schatz?«

»*Alors*, so kam die Burg zu ihrem Namen. Die Burg und das Wissen um das geheime Versteck des Schatzes wurde über Generationen weitervererbt, aber dann starb dieser Zweig der Familie aus, und damit ging das Wissen um das Versteck des Schatzes verloren.«

»Er ist also noch hier?«

Madame Snowe hob eine Augenbraue. »Es ist nur eine Geschichte, Caitlyn. Die Welt ist voller Märchen über vergrabene Schätze, und nur wenige davon haben sich als wahr herausgestellt.« Ihr Gesicht wurde sanfter. »Trotzdem, mir gefällt es, zu glauben, dass es hier im Château de la Fortune etwas Besonderes gibt, etwas, das *in seinem Herzen versteckt ist*«, sagte sie mit bedeutungsvoller Stimme, »etwas, das dem, was wir von der Schwesternschaft den jungen Frauen in diesem Gemäuer mitgeben wollen, Kraft verleiht.« Sie blickte Caitlyn erwartungsvoll an.

Im Herzen versteckt …

Hast du versucht, das Herz zu stehlen? In Caitlyns Kopf hallten Raphaels zornige Worte wider.

Ein Schauder überlief sie.

Madame Snowe kniff die Augen zusammen. »Stimmt etwas nicht?«

Caitlyn schüttelte den Kopf und versuchte zu lächeln. »Nein, nein.« Ihr Augenlid zuckte. »Aber ich bin mir nicht sicher, ob sich ein Schatz, auf dem ein Fluch liegt, als Herz einer Burg so gut eignet.«

Madame Snowe machte eine missbilligende Miene. »Wir betrachten es als Inspiration. ›Fortune‹ bedeutet sowohl großer Reichtum als auch Schicksal. Wir von der Schwesternschaft der Fortuna haben uns entschlossen, jungen Frauen eine Schulbildung zu ermöglichen, die es ihnen erlaubt, sowohl ihren Reichtum als auch ihr Schicksal zu bestimmen. Wir möchten, dass sie ihr Schicksalsrad selber drehen können, zu ihrem eigenen Nutzen und zum Nutzen der Welt, in der wir leben. Von *dir*, Caitlyn, erwarten wir, eine Kraft zu werden, die in der Welt etwas verändert, kein unglückliches Opfer am Rande des Rades.«

Caitlyn schluckte. Sie fühlte sich klein angesichts der gewaltigen Erwartungen von Madame Snowe. »Ich verspreche, mein Bestes zu tun, um mich nicht von Fortuna totfahren zu lassen.«

»Eine passende, wenn auch nicht gerade schöne Metapher«, sagte Madame Snowe und verkniff sich ein Lächeln. »Wir scheinen uns zu verstehen. Du kannst jetzt gehen.«

Caitlyn blinzelte, überrascht, dass die Unterredung so plötzlich beendet war. »Sie wollen nicht die Schulregeln mit mir besprechen oder so was?«

»Hast du sie alle gründlich gelesen?«

»Ja, natürlich.«

»Hast du irgendwelche Fragen dazu?«

»Nein.«

»Dann sehe ich keine Notwendigkeit, darüber zu sprechen. Du kannst gehen.«

Erstaunt stand Caitlyn auf und wandte sich zum Gehen, dann blieb sie stehen und drehte sich halb um. »Ich – «

»Ja, Caitlyn?«

»Ich möchte Ihnen und der Schwesternschaft der Fortuna dafür danken, dass Sie mir diese Chance geben. Es bedeutet mir … alles. Ich werde mein Bestes tun, Sie nicht zu enttäuschen.«

»Das wissen wir. Ich möchte trotzdem klar sagen: Du bekommst eine einmalige Gelegenheit, und wir erwarten, dass du dich dafür entsprechend anstrengst. Wenn du uns enttäuschst, wirst du der Schule verwiesen. Ist das klar?«

Caitlyns Lid zuckte. »Ja.«

Madame Snowe entließ sie mit einem Fingerschnipsen.

Caitlyn ging. Als sie an dem Porträt vorbeikam, blickte sie nach oben und traf den Blick von Bianca de' Medici. Der hochmütige Gesichtsausdruck der Adligen schien zu fragen: *Bist du sicher, dass du diesen hohen Erwartungen gerecht werden kannst?*

Nein, ganz und gar nicht, antwortete Caitlyn im Stillen. *Aber ich werde bis zu meinem letzten Atemzug alles daransetzen, es zu versuchen.*

Caitlyn floh aus dem Zimmer. Sie wusste nur eines ganz sicher: Sie konnte es sich nicht leisten, Madame Snowe zu enttäuschen.

Kapitel 8

10. FEBRUAR

Die nächsten zweieinhalb Wochen vergingen für Caitlyn wie im Flug. Amalia nahm sie unter ihre Fittiche und führte sie durch die Schule, stellte ihr Mädchen vor, deren Namen Caitlyn sofort wieder vergaß, und zeigte ihr, wie sie alles erledigen konnte: von ihrer Wäsche bis hin zum Besorgen von Toilettenartikeln.

Nachdem der Unterricht begonnen hatte, konnte sich Caitlyn vor Hausaufgaben und Lesestoff nicht mehr retten. Amalia zeigte ihr ruhige Plätze, an denen sie lernen konnte, und half Caitlyn durch ihr eigenes Vorbild, sich in die Arbeit zu knien und durchzukämpfen.

Caitlyn hatte solche Angst, Madame Snowe zu enttäuschen, dass sie es sich kaum erlaubte, zwischen Aufstehen und Schlafengehen Luft zu holen. Sie stürzte sich mit einer Besessenheit ins Lernen, die ihre Lehrer daheim in Erstaunen versetzt hätte. Nur in den wenigen einsamen Momenten – unter der Dusche oder wenn sie am Ende des Tages ihren Kopf aufs Kissen sinken ließ – drifteten ihre Gedanken zu Raphael, und ihr Herz zog sich zusammen. Sie hatte nicht wieder von ihm geträumt, und jeden Morgen, wenn ihr Wecker klingelte, wachte sie mit dem Gefühl auf, eine Chance verpasst zu haben.

Die Kreischer dagegen waren unglücklicherweise noch mehr als früher darauf aus, ihr Besuche abzustatten. Noch drei Mal hatte Caitlyn Amalia geweckt, weil sie in ihren Albträumen geschrien hatte. Allmählich schien die Prinzessin ihre bemerkenswerte Geduld zu verlieren. Caitlyn war sicher, dass sie Amalia einige sehr unhöfliche Dinge hatte sagen hören, als sie sie das letzte Mal geweckt hatte.

Sie konnte sich nicht daran erinnern, noch andere Träume gehabt zu haben, und fragte sich, woran das lag. Stress? Ihr straffer Stundenplan begann sie zu erschöpfen, und es zehrte auch an ihren Kräften, sich an das neue Leben anzupassen. Das Wort *Kulturschock* bekam eine neue Bedeutung für sie. Das Essen, die Menschen, der Unterricht, die Umgebung: Alles war neu und strengte sie an.

Zum Beispiel ihr Stundenplan: Statt jeden Tag dieselben sechs oder sieben Unterrichtsstunden zu haben wie an ihrer Highschool, gab es an der Fortuna-Schule einen Stundenplan, der dem an Universitäten ähnelte. Montags, mittwochs und freitags hatte Caitlyn je eineinhalb Stunden Algebra, Geschichte, Französisch und Erdkunde. Dienstags und donnerstags hatte sie je zwei Stunden Englisch, Französisch-Sprachlabor und Kunst. Und um alles noch komplizierter zu machen, gab es samstagvormittags Reitunterricht.

Wie sollte sie da den Überblick behalten?

War es ihre Schuld, dass sie, als sie vor ein paar Minuten vom Mittagessen aufgestanden war, irgendwie gedacht hatte, es sei Freitag statt Donnerstag, und zum Erdkunde-Zimmer gegangen war statt in den Kunstraum?

Und dass sie sich, nachdem sie ihren Irrtum bemerkt hatte, auf der Suche nach dem Atelier verlaufen hatte und nun wie eine Ratte im Labyrinth herumrannte? Verlaufen! Nachdem sie schon zweieinhalb Wochen in der Burg lebte! Madame Snowe würde es nicht gefallen zu hören, dass sie zu spät zum Unterricht gekommen war.

Caitlyn fluchte leise vor sich hin und hastete die südöstliche Wendeltreppe hinauf. Das heißt, zumindest hoffte sie, dass es die südöstliche Treppe war. Es gab vier große Steintreppen in der Burg, eine in jeder Ecke, und sie war immer noch nicht sicher, welche welche war.

Sie schob ihren mentalen Aussetzer auf den grässlichen *Salade Périgourdine*, den es zum Mittagessen gegeben hatte. Zu den Mahlzeiten nahmen die Schüler der Fortuna Schule ein Kunststofftablett und stellten sich bei der Essensausgabe am Ende der Großen Halle an. Die Speisekarte hing an der Wand, auf Französisch, ohne Übersetzung, und die Mädchen konnten selbst wählen, was sie bestellen wollten. Die Köchinnen waren einheimische Frauen, die nur wenig Englisch konnten und eine barsche Ungeduld an den Tag legten gegenüber Mädchen, die *Cassoulet* oder *Soupe de chou-fleur* falsch aussprachen oder fragten, was *Ris de veau* sei. Caitlyn fand schnell heraus, dass sie sich am besten hinter jemandem anstellte, der gut Französisch sprach, und das Gleiche bestellte. Ein Überraschungsessen zu bekommen, war immer noch besser, als die ganze Schlange aufzuhalten, während eine rotgesichtige Frau dauernd »Hä?« sagte.

Daher der *Salade Périgourdine*. Der Teller mit Salat, Walnüssen, Tomaten, dunklem Fleisch, einer Scheibe von etwas, das aussah wie brauner Käse, Toast und einem kleinen Becher mit geleeartigem Zeug darin hatte verlockend ausgesehen. Sie hatte sich zu Brigitte gesetzt, den weichen braunen Käse und das Gelee auf den Toast gestrichen und einen großen Bissen genommen.

Nur dass das braune Zeug kein Käse war. Der Geschmack von Leber, deren Beschaffenheit so cremig wie Butter war, breitete sich in ihrem Mund aus. Caitlyn hatte gewürgt, aber als Brigitte sie fragend ansah, verzog sie ihre Grimasse zu einem Lächeln und kaute »mit langen Zähnen«, wie ihre Großmutter das genannt hatte. Das hielt die triefende Leber jedoch nicht davon ab, in jeden Winkel ihres

Mundes zu kriechen, und das Gelee – ein Gemisch aus Feigen, deren Körnchen laut zwischen ihren Backenzähnen knirschten – war keine große Hilfe. Schließlich schluckte sie und spülte mit einem halben Glas Wasser nach.

»Was ist das?«, fragte sie heiser und deutete auf den Rest des »braunen Käses«.

»Das ist *Pâté de foie gras*. Die beste in Frankreich kommt von hier, aus dem Périgord.«

»Aber was ist patee dö foa gra?«, fragte Caitlyn und versuchte dabei, Brigittes Aussprache nachzuahmen.

»Es ist eine Art Pastete aus fetter Gänse- oder Entenleber. Lecker, *non*?«

»Fette Leber?« Sie hatte einen Onkel, der eine Fettleber hatte. Caitlyn biss sich auf die Lippen und blickte auf die *Pâté*, die noch auf ihrem Teller lag. »Willst du meine haben?«

»*Oui!*« Brigitte nahm sie mit ihrer Messerspitze auf und aß sie direkt von der Klinge. »Und das ist *Magret de canard fumé*«, sagte sie und deutete auf die papierdünnen Fleischscheiben, die noch auf Caitlyns Teller lagen. »Geräucherte Entenbrust. Und das«, sagte sie und deutete auf die kleinen Fleischstücke, »das musst du versuchen. Mein Bruder Thierry hat es immer geliebt, und ich musste ihm immer dosenweise davon mitbringen, wenn ich heimkam.«

Argwöhnisch stach Caitlyn ihre Gabel in eins der Stücke. Es sah unauffällig aus, wie normales Fleisch. Sie schob es in den Mund und kaute und wurde unmittelbar in ihre Kindheit zurückversetzt, als sie einmal an Thanksgiving neugierig gewesen war, was da auf dem Herd vor sich hin kochte. Sie hatte den Deckel von dem kleinen Topf gehoben, ihre Nase in den Dampf gesteckt und tief eingeatmet – nur um festzustellen, dass es verschiedene Innereien waren, die für die Katze gekocht wurden.

»*Gésiers!*«, rief Brigitte glücklich.

»Geh-zi-äi«, wiederholte Caitlyn unglücklich. Das konnte nur »gizzards«, Magen, bedeuten.

»Du hast so ein Glück, im Périgord Noir auf die Schule zu gehen. Hier bekommst du fantastisches Essen! Und nicht deine amerikanischen 'amburger und 'ot dogs, nur Ente, Ente, Ente!« Brigitte quakte und bekam einen Kicheranfall.

Hungrig, ohne Aussicht darauf, in absehbarer Zeit normales Essen zu bekommen, und mit einer offensichtlich wahnsinnigen Tischgenossin, hätte Caitlyn am liebsten angefangen zu weinen. Es war der letzte Tropfen, der das Fass zum Überlaufen brachte. War es ein Wunder, dass sie anschließend nicht mehr klar denken konnte, die Wochentage durcheinanderbrachte und sich auf der Suche nach dem Kunstraum in der Burg verirrte?

Caitlyn kam zu einem kleinen Absatz in dem halbrunden Treppenhaus und drückte eine schwere Eichentür auf. Die vom Alter schwarzen Balken waren mit Beschlägen aus gehämmertem Eisen versehen. Sie rannte durch den dahinterliegenden Steingang, auf der Suche nach der Flügeltür, die in den Kunstraum führte.

Schließlich erreichte sie das Ende des Gangs, aber dort war keine Flügeltür. Sie stöhnte enttäuscht auf und rannte den Gang zur Hälfte zurück, um noch einmal nachzuschauen. Hatte sie die Tür übersehen?

Und wo waren die anderen alle? Sie konnte keine einzige Stimme hören.

Caitlyn drückte die nächstbeste Tür auf. In dem grauen Licht, das durch die Fenster fiel, konnte man einen Abstellraum erkennen, der vollgestopft war mit verstaubten Bücherregalen, Kisten und Dutzenden von hölzernen Schulstühlen mit Schreibplatte.

Caitlyn seufzte. Kein Wunder, dass sie keine Stimmen hören konnte. Wo zum Kuckuck war sie? Sie hastete zwischen den Stühlen hindurch zum Fenster, in der Hoffnung, sich orientieren zu können. Ihr Herz hämmerte in ihren Ohren.

Das Fenster ging auf den Hof hinaus. Das Château hatte die Form eines hohlen Quadrats, in dessen Mitte sich der kopfsteingepflasterte Hof befand. Dort parkten einige Autos, und in einer Ecke stand ein kunstvoll gemauerter Ziehbrunnen mit einem eisernen Abstellgitter für den Eimer. Der Ostflügel wurde in der Mitte von dem bogenförmigen Eingangstor durchbrochen, und dieses Tor befand sich offenbar drei Stockwerke tiefer, direkt unter ihrem Fenster. Das Dach des Südflügels links von Caitlyn wies eine Reihe großer Oberlichter auf.

Das Atelier.

Ihr hämmerndes Herz setzte einen Schlag aus. »Mist!« Sie war im ganz falschen Flügel! Ihr Herz raste panisch, das Hämmern dröhnte in ihrem Kopf und schien in ihrem Gehirn zu vibrieren – *bu-BUMM, bu-BUMM*! –, und dann wurde ihr schwindelig, und sie begann Sterne zu sehen.

Caitlyn ließ sich auf die Knie nieder, beugte den Kopf vor, legte die Stirn auf den kalten Steinfußboden und hoffte, so eine Ohnmacht verhindern zu können. Einen Moment lang schien ihr Herzschlag den ganzen Raum einzunehmen. Er war so laut, dass er von *außerhalb* ihres Körpers zu kommen schien, als gehörte ihr Herz jemand anderem. Sie spürte eine Präsenz in dem Raum, die von diesem unmöglich lauten Herzschlag herrührte … *und sie hatte es auf sie abgesehen.*

Caitlyn stöhnte wieder, kniff die Augen zusammen und schlang die Arme um den Kopf.

Ein ohrenbetäubendes *bu-BUMM* erfüllte den Raum, dann herrschte totale Stille, die in ihren Ohren klingelte. Einen Augenblick später schien Caitlyns Herz wieder seinen normalen ruhigen Rhythmus gefunden zu haben, und sie stieß den angehaltenen Atem aus. Das Schwindelgefühl ließ nach. Vorsichtig lugte sie unter ihren

Armen hindurch. Als sie nichts weiter sah als den mit Möbeln vollgestellten Abstellraum, stand sie wieder auf. Ihre Hände zitterten.

Was war *das* gewesen? Was war diese Präsenz gewesen?

Sobald sie darüber nachdachte, zweifelte sie auch schon daran. *Eine Präsenz? Wirklich, Caitlyn? Es war wahrscheinlich nur eine Panikattacke.*

Aber ihr Verstand konnte das Frösteln nicht vertreiben. Sie hastete aus dem Raum und war froh, dass sie die Tür hinter sich schließen konnte.

Fünf Minuten später schlüpfte sie atemlos, aber einigermaßen gefasst durch die Flügeltür des Ateliers und versuchte, sich unter die herumschwirrende Schar von Mitschülerinnen zu mischen, die Staffeleien aufbauten und Zeichenbretter und Papier aus einem Regal holten.

»Schön, dass du auch kommst, Caitlyn«, sagte Monsieur Girard, ohne sich von dem Holzpodest abzuwenden, auf dem er einen Stuhl und ein Kissen arrangierte. Er war ein untersetzter Mann mit rundem Gesicht und einem braunen Lockenkranz, der seinen ansonsten kahlen Schädel umgab. Wie alle Lehrer mit Ausnahme der Französischlehrerin sprach er Englisch, da dies die offizielle Sprache der internationalen Schülerschaft an der Fortuna-Schule war.

»Tut mir leid. Ich habe mich verirrt.«

Er blickte mit einer übertriebenen Geste auf die Uhr. »Im Wald vielleicht? Oder auf der Straße nach Paris?«

»Tut mir leid«, murmelte sie noch einmal mit eingezogenen Schultern.

Er prustete verächtlich. »Bau deine Sachen auf«, sagte er und wandte sich wieder dem Stuhl und dem Kissen zu.

»*Oui*, Monsieur«, sagte sie gehorsam. Sie war froh, dass ihre Verspätung bis auf dieses verächtliche Schnauben keine weiteren Folgen hatte. Sie blickte sich um und versuchte herauszufinden, wie sie ihre Sachen genau aufbauen sollte. Einige Staffeleien weiter links spähte Daniela zu ihr herüber.

Caitlyn wandte den Blick ab. Sie aß jeden Abend gemeinsam mit Amalia, Daniela und Brigitte zu Abend, und von den dreien war es immer Daniela, die abfällige Bemerkungen machte, die ganz offensichtlich Caitlyn in ihre Schranken weisen sollten. Statt Caitlyns Horizont erweitern zu wollen, so wie Brigitte es beim Mittagessen getan hatte, machte sich Daniela über ihren Mangel an Erfahrungen lustig. »Du warst noch nie im Louvre?«, hatte sie gesagt. »Du kannst dich nicht als Mitglied der menschlichen Rasse bezeichnen, bevor du nicht mindestens eine Woche dort verbracht hast.« – »Du fährst nicht Ski? Und was machst du dann im Winter? Genügt es dir, mit Kindern Schneemänner zu bauen?« – »Englisch ist eine Sprache, der es an Poesie mangelt. Zu schade, dass deine Muttersprache nicht schön klingt, so wie Spanisch. Als Allermindestes solltest du lernen, richtig Französisch zu sprechen. Dein Akzent ist grauenhaft.«

Caitlyn war sich nicht sicher, ob Daniela in ihr eine Konkurrenz sah, die es auszuschalten galt, oder einen Schwächling, der mit derselben Schadenfreude gequält werden musste, mit der ein kleiner Junge einer Fliege die Flügel ausriss.

Die anderen Schülerinnen in der Klasse stammten aus Japan, Laos, Dubai, Neuseeland, Schweden, Frankreich und von den Bermuda-Inseln. Ein Mädchen mit ebenholzfarbener Haut und Haaren, die in Hunderte dünne, hüftlange Zöpfchen geflochten war, bemerkte Caitlyns verwirrten Blick. »Hier, nimm meine Staffelei«, sagte sie mit einem sehr eigenen englischen Akzent. Sie kam aus Ghana. Caitlyn konnte sich die Herkunftsländer der Mädchen besser merken als ihre Namen.

»Danke!«, sagte sie erleichtert.

»Ich bin Naomi.«

»Caitlyn.«

Naomi grinste und nickte zu Monsieur Girard hinüber. »Das war nicht zu überhören.«

Caitlyn stöhnte. »Warum ist Monsieur Girard so griesgrämig?«, flüsterte sie.

»Hast du das noch nicht gemerkt? Das ist sein normaler Zustand.«

Naomi zeigte Caitlyn, was sie aufbauen musste. Während der letzten drei Unterrichtsstunden hatten sie Vorträge über Anatomie gehört und per Power-Point-Präsentation eine Einführung in die Kunstgeschichte bekommen. Heute würden die Mädchen zum ersten Mal selbst etwas tun.

»Wir zeichnen heute also?«, fragte Caitlyn.

»Monsieur ist der Ansicht, dass wir aufhören sollten, über Kunst zu sprechen, und anfangen sollten, sie zu machen.«

»Das wird auch Zeit! Ich kann's kaum noch erwarten, mit dem Malen anzufangen. Das ist so ungefähr das Einzige, was ich gut kann.«

»Hochmut kommt vor dem Fall«, sagte Naomi trocken. »Laut Monsieur Girard kann niemand malen. Letztes Schuljahr haben wir Stillleben gemalt. Du hättest mal sehen sollen, wie wütend er war wegen einer nicht richtig schattierten Kugel.«

Caitlyn musste schlucken. »Er gehört also nicht zu den freundlichen, hilfsbereiten Lehrern.«

Naomi lachte. »Nein.«

Monsieur Girard drehte sich um und starrte sie an, die Finger in einer »Ruhe!«-Geste aneinandergepresst.

Caitlyn schwieg und sah zu Naomi hinüber, die die Augen in einem gespielten »Ich-hab-Angst«-Blick aufriss.

Caitlyn unterdrückte ein Kichern.

Monsieur Girard verdunkelte die Oberlichter und schaltete einen

Scheinwerfer an. Er war auf das Podest gerichtet und machte aus den Umrissen des Stuhls und des Kissens eine dramatische Licht-und-Schatten-Kulisse. Durch die Beleuchtung wurden die Linien und Flächen klarer. Caitlyn verspürte einen Funken Hoffnung, dass sie sich nicht komplett blamieren würde, wenn sie versuchte, den Stuhl zu zeichnen, egal, wie kritisch Monsieur Girard sein würde.

Die Tür zum Atelier öffnete sich und eine der grobschlächtigen Köchinnen aus der Schulküche kam herein. Sie trug nur einen alten Baumwollbademantel, und ihr Haar war noch vom Kochen zu einem Knoten hochgebunden. Caitlyn starrte sie erschrocken an. War die Frau verrückt geworden?

Monsieur Girard begrüßte die Köchin und wandte sich dann an die Klasse. »Wir beginnen mit Zeichnungen von 30-Sekunden-Positionen. Ich mache es vor. Madame Dupont, *s'il vous plait*?«

Madame Dupont zog ihren Bademantel aus, legte ihn auf einen Hocker und stieg nackt auf das Podest. Caitlyn fielen fast die Augen aus dem Kopf, vor Schreck blieb ihr der Mund offen stehen. Madame Dupont sah jedoch völlig ungerührt aus, so als stünde sie komplett bekleidet an einer Straßenecke und wartete auf den Bus.

Caitlyn war zu fassungslos, um mehr zu tun als zu starren. Eine Woge der Verlegenheit überrollte sie. Sie hielt den Blick auf Madame Duponts Gesicht geheftet, aber dann sah ihr die Köchin in die Augen, und Caitlyn spürte, wie sie noch röter wurde. Ihr Blick wanderte hektisch über die Gefahrenzonen des Körpers der Köchin und ließ sich schließlich in der relativen Sicherheit ihrer Füße nieder.

»*Allez*«, sagte Monsieur Girard. »Los.«

Madame Dupont streckte ein Bein in die Luft und breitete die Arme aus wie ein übergroßer Vogel im Flug. Es schien ihr völlig gleichgültig, dass ihr Körper so zur Schau gestellt war. Es schien ihr egal zu sein, dass alle ihre Falten am Bauch sehen konnten, ihre Brüste herabhingen, ihre delligen Oberschenkel in dem grellen Scheinwerferlicht narbig aussahen.

Ungläubig schüttelte Caitlyn langsam den Kopf. Dies hatte mit dem Kunstunterricht an ihrer Highschool wirklich *überhaupt* nichts zu tun.

»*Changez*«, sagte Monsieur Girard.

Madame Dupont ging in die Hocke und legte einen Arm über den Kopf. Dreißig Sekunden später, nachdem Monsieur Girard wieder »*Changez*« gesagt hatte, legte sie sich auf die Seite. Sie hatte ihre vierte Pose eingenommen, bis Caitlyn sich so weit gefasst hatte, dass sie schauen konnte, was Monsieur Girard machte.

Monsieur Girard kritzelte mit Zeichenkohle wild auf seiner Staffelei herum und skizzierte grob die Umrisse der verschiedenen Positionen der Köchin. »Es ist der Ausdruck der Bewegung, den ihr einfangen sollt«, sagte er und bewegte schwungvoll die Arme, während er das Papier stetig mit schwarzen Linien bedeckte. »Was macht das Rückgrat? Wo ist der Mittelpunkt der Schwerkraft? In welche Richtung blickt der Kopf? Was drückt die Pose aus? Ihr müsst übertreiben. So etwas will ich nicht sehen«, sagte er und zeichnete eine steife Strichmännchen-Figur. »Ich will Bewegung.«

Die Neugier war stärker als die Verlegenheit. Caitlyn und die anderen Mädchen drängten sich um Monsieur Girard und sahen ehrfürchtig zu, wie er die plumpe Gestalt der Köchin auf dem Papier in anmutige runde Formen verwandelte. Ihr schwabbeliger Bauch und ihre dicken Oberschenkel wurden zu lebendigen Linien, die von üppiger Anmut und der Pracht der Weiblichkeit erzählten. Monsieur Girards geübte Hände machten etwas sichtbar, für das Caitlyn blind gewesen war: die Schönheit von Madame Dupont.

Dann waren die Mädchen an der Reihe. Caitlyn nahm ihre Zeichenkohle und sah Madame Duponts Körper genau an. Sie sah nicht länger Genitalien und Krampfadern. Stattdessen bemühte sie sich um die Linie von Madame Duponts Rückgrat, die Neigung ihrer Hüften, ihre anmutigen Armbewegungen. Sie wollte die Schönheit der Köchin zur Geltung bringen, so wie Monsieur Girard es getan hatte.

»Nicht mit der Hand zeichnen!«, sagte Monsieur Girard. Er stellte sich neben Caitlyn und umfasste ihre beiden Handgelenke. »Gekonnte Aktzeichnungen kommen aus der Schulter!« Er machte mit ihrem Arm die Bewegung, die er meinte, und schwang ihn wie einen riesigen Pinsel. »Siehst du? Viel besser.«

»*Oui*«, quiekte Caitlyn.

Dann kam eine längere Pose. Monsieur Girard arbeitete sich durch den Raum, um nacheinander jede Schülerin zu martern.

»Was ist das für ein hässliches Gekritzel?«, hörte Caitlyn ihn zu dem Mädchen aus Laos sagen.

»Schatten?«

»Du musst deine Linien vereinheitlichen. Zeichne sie alle in dieselbe Richtung. Parallel.«

Caitlyn blickte auf ihre eigene Zeichnung, die voller gekritzelter Schatten war, und machte sich schnell daran, sie mit parallelen Linien zu überarbeiten.

Monsieur Girard kam zu seinem nächsten Opfer. »Du glaubst also, dass ihr Kopf diese Größe hat? Wirklich?«, fragte er Daniela. »Du glaubst, er ist ein Zehntel so groß wie ihr gesamter Körper? Du achtest nicht auf die Proportionen. Der Kopf hat ein Siebtel bis ein Achtel der Körpergröße.«

»Natürlich. Das weiß ich. Ich hab nur Schwierigkeiten, es aufs Papier zu bringen«, sagte Daniela. »Ich kann sehr gut zeichnen, aber es ist alles in meinem Kopf eingesperrt.«

Monsieur Girard prustete erst leise, dann immer lauter, bis aus dem Prusten schallendes Hohngelächter wurde. Caitlyn blickte auf, als er Daniela an die Stirn tippte. »In deinem Kopf eingesperrt! Ich habe ein Klassenzimmer voller brillanter Künstler, aber die Kunst ist in ihren Köpfen eingesperrt! Ha! Der einzige wirkliche Künstler, der hier je lebte, wenn auch nur für kurze Zeit in den Siebzigerjahren des 19. Jahrhunderts, war Antoine Fournier. Er war es, der die Oberlichter in das Atelier einbauen ließ. Von ihm stammt das Gemälde der Fortuna im Großen Salon, nach der das Emblem der Schule gestaltet wurde. Fournier sagte, dass es dieses Gemälde war, das ihn dazu zwang, das Château zu verlassen.«

Der Köder hing mehrere Sekunden lang in der Luft, bis Caitlyn schließlich danach schnappte. »Wie konnte ein Gemälde ihn dazu bringen wegzugehen?«

»Wie, fragst du? Fournier sagte, dass sein Modell für die Fortuna ein Gespenst gewesen sei, ein Geist, der ihn heimsuchte, wenn er in seinem Atelier malte. Sie befahl ihm, was er malen sollte.« Der Lehrer warf die Arme in die Luft. »*Alors!* Welcher Maler möchte sich schon sagen lassen, was er auf die Leinwand bringen soll? Es gibt so etwas wie Inspiration, wie eine Muse, aber ein Geist, das geht zu weit.«

Caitlyn erstarrte. *Ein Geist. In der Burg gab es einen Geist. Es war also doch eine Präsenz gewesen, die sie wahrgenommen hatte!* Ein Schauder kroch ihr über die Arme.

Monsieur Girard grinste über die Wirkung seiner Geschichte und ging weiter, um sich über die Bemühungen einer weiteren Schülerin abfällig zu äußern. Als er sich Caitlyn näherte, machte sie sich schnell wieder an die Arbeit. Er stellte sich hinter sie und beobachtete ihre Versuche. Sie bemühte sich, aber dann wurde ihr Arm langsamer, und schließlich ließ sie ihn vor lauter Verlegenheit ganz sinken.

»Ist in deinem Kopf auch ein hervorragender Künstler eingesperrt?«, fragte er.

»Nein. Ich fange an zu glauben, dass ich überhaupt nichts von Kunst verstehe.«

»Alle mal herhören! Sie versteht nichts von Kunst! Und sie beweist es mit ihrer Skizze.«

Caitlyn zuckte zusammen.

»Das«, fuhr er fort und legte seine Hand auf ihren Kopf, »ist die richtige Einstellung, um malen zu lernen. Dein Geist muss frei sein von deinen alten Vorstellungen und deinen alten Sichtweisen. Du musst von vorn anfangen, wie ein Baby, das die Welt noch nie gesehen hat.« Er nahm die Hand von ihrem Kopf und deutete auf die Stelle, die sie mit parallelen Linien schattiert hatte. »Das ist gut.«

»Danke«, sagte Caitlyn leicht überrascht.

Er nickte anerkennend. »Hör weiterhin gut zu. Wenn du die Ohren offen hältst, wirst du eine der wenigen sein, die etwas lernen.«

Caitlyn fühlte Stolz in sich aufwallen. Das kleinste Kompliment von Monsieur war zehnmal mehr wert als das überschwängliche Lob eines freundlicheren Menschen.

Nach dem Unterricht gingen Caitlyn und Naomi zurück zu dem Flügel, in dem die Zimmer der Mädchen lagen. Sie nahmen die oberen drei Stockwerke der Westseite ein, die direkt an die Felsen grenzte. Die anderen drei Seiten der quadratischen Burg waren umgeben von geometrisch angelegten Gärten, einem Küchengarten, Reitställen, einer offenen Wiese und, im Süden, von einer auf einem Felsen errichteten Kapelle. Es war eine in sich abgeschlossene, abgeschiedene Welt, die innerhalb der äußeren Festungsmauern lag. Das Dorf Cazenac lag einen guten halben Kilometer vom Fuße des Felsens entfernt. Die größere Stadt Sarlat-la-Canéda war nahe genug, dass sich die Mädchen, die Geld hatten, ein Taxi dorthin nehmen konnten, um shoppen oder in ein Restaurant zu gehen.

»Wir sind zusammen in Erdkunde, oder?«, sagte Naomi.

Caitlyn nickte. Ihr gefiel Naomis lässiges Selbstbewusstsein; ihr schien es egal zu sein, was irgendjemand von ihr dachte, und das machte es angenehm, mit ihr zusammen zu sein. »Wie lange bist du schon auf der Fortuna-Schule?«, fragte Caitlyn, die sich gerne länger mit ihr unterhalten wollte.

»Das ist mein zweites Jahr. Vorher bin ich in ein Internat außerhalb von London gegangen, aber meine Eltern haben beschlossen, dass ich hier sicherer bin.«

»Sicherer vor was?«

»Keine Ahnung!« Naomi verdrehte die Augen. »Vor den Sünden Londons, nehme ich an. Sie fürchten sich vor Drogensüchtigen und Alkoholpartys und wollen nicht in einer Klatschzeitung sehen, wie ich ohne Slip aus einem Auto falle.«

»Und wieso würde dich jemand in eine Klatschzeitung bringen wollen?«

»Das würde niemand tun, da bin ich sicher. Aber meine Mutter ist die Königin der Ashanti, und sie glaubt, dass jeder auf unsere Familie blickt.«

Caitlyn riss die Augen auf. »Königin? Gott, wohin ich hier auch blicke, sehe ich Prinzessinnen!«

Naomi lachte. »Was wiederum bedeutet, dass wir nichts Besonderes sind. Eine Prinzessin zu sein, wird überbewertet.«

Caitlyn hatte da ihre Zweifel.

»Ich bin die Erste in der Thronfolge, aber ich will nicht«, fuhr Naomi so gleichmütig fort, als ginge es darum, dass sie nicht in das Schuhreparaturgeschäft ihrer Familie einsteigen wollte. »Ich möchte in den USA auf die Universität gehen und Jura studieren. Eines Tages möchte ich mich international für die Rechte von Frauen einsetzen.«

»Wow.« Caitlyn war beeindruckt. Das war ein sehr edles Ziel, und Naomi würde dafür sogar darauf verzichten, Königin zu werden!

Alles, was sie selbst je hatte erreichen wollte, war, von Spring Creek fortzukommen; sie hatte sich allerdings nicht viele Gedanken darüber gemacht, *wohin* sie wollte. Was wollte sie eigentlich mit ihrem Leben anfangen?

Natürlich, jetzt würde die Schwesternschaft das für sie entscheiden, und es würde vielleicht nicht das sein, was sie gewählt hätte. Sie hatte ihre Entscheidungsfreiheit mit einer Unterschrift hergegeben, noch bevor sie überhaupt mit den Entscheidungen angefangen hatte. Bei dem Gedanken runzelte sie die Stirn.

»Was ist mit dir? Was hat dich hierhergeführt?«, fragte Naomi.

»Ein Stipendium«, bekannte Caitlyn.

»Du bist also ein Genie?«

»Ich bin weit davon entfernt!«

»Du bist bescheiden. Warum würdest du sonst ein Stipendium bekommen?«

»Madame Snowe glaubt, dass ich Potenzial habe.«

»Dann musst du es haben«, sagte Naomi einfach.

»Wenn, dann hat es sich die letzten fünfzehn Jahre jedenfalls nicht bemerkbar gemacht«, sagte Caitlyn mit ironischem Unterton.

Naomi lachte. »Was ist mit Kunst? Du warst heute die Beste von allen. Vielleicht wirst du der nächste Rembrandt!«

Caitlyn schüttelte den Kopf und lehnte das Kompliment ab. »Alles, was ich in meiner Skizze sehen konnte, war, was ich falsch gemacht habe.«

»Das bedeutet, dass du eine wahre Künstlerin bist: Du bist nie zufrieden.« Naomi lächelte, winkte lässig zum Abschied und ging zu ihrem Zimmer.

Caitlyn sah ihr nach, dann machte sie sich, tief in beunruhigende Gedanken versunken, auf den Weg zu ihrem eigenen Zimmer. Was, wenn sie sich wirklich entschließen würde, ernsthaft Kunst zu studieren und Künstlerin zu werden? Würde die Schwesternschaft der Fortuna das erlauben?

Caitlyn begann langsam zu ahnen, dass sie mit ihrer Zustimmung zum Stipendium der Schwesternschaft womöglich dem Teufel ihre Seele verkauft hatte.

Als sie daran dachte, fiel ihr wieder ein, dass es die Schwesternschaft der Fortuna war und dass es ein *Geist* gewesen war, der Antoine Fournier befohlen hatte, das Porträt von Fortuna im Großen Salon zu malen.

Caitlyn hatte das Gemälde zwar schon gesehen, es aber nicht genau betrachtet. Plötzlich war sie sicher, dass es mehr zu sehen gab als das, was sie auf den ersten Blick wahrgenommen hatte.

Es war an der Zeit, das Gemälde ein zweites Mal anzuschauen.

Kapitel 9

Was machst du denn noch so spät hier?«, fragte jemand.

Caitlyn blickte erschrocken von ihrem Buch auf und blinzelte in das gedämpfte Licht des Großen Salons. Dann lächelte sie erleichtert: Zu ihrer Freude war es Naomi.

»Hast du vor, den Orden für die fleißigste Schülerin zu gewinnen?«, fragte Naomi.

»Ich wusste gar nicht, dass es so was gibt.«

»Gibt's auch nicht.« Naomi setzte sich in ihrem Schlafanzug auf die Ecke des Tisches, an dem Caitlyn saß.

Der Große Salon war ein riesiger Aufenthaltsraum im zweiten Stock des Flügels, in dem die Zimmer der Mädchen lagen. Terrassentüren führten auf einen breiten, über die Felswand hinausragenden Balkon. An der Längsseite befand sich ein offener Kamin, der so groß war, dass man einen Ochsen darin hätte braten können. An einem Ende des Raums hing ein Flachbildfernseher, das andere wurde eingenommen von dem großen Gemälde der Fortuna von Antoine Fournier. Es gab dicke orientalische Teppiche, einen Flügel, mehrere Tische und drei Sitzgruppen mit Sofas und Sesseln. In Bücherregalen standen ledergebundene antike Wälzer, die von den Schülerinnen so gut wie nie angefasst wurden; sie nutzten den Raum lieber, um fernzusehen oder zu lernen.

»Amalia geht früh ins Bett und kann nicht schlafen, wenn meine Schreibtischlampe brennt«, sagte Caitlyn, was zwar stimmte, aber nur die halbe Wahrheit war.

»Es ist nach zwei Uhr nachts.« Naomi blickte auf Caitlyns Buch. »Ich weiß, dass *Die Abtei von Northanger* nicht spannend genug ist, um einen so lange wachzuhalten.«

»Mir gefällt es.«

»Du wirst bald so aussehen, wenn du nicht genug schläfst«, sagte Naomi und zog die Haut unter ihren Augen nach unten. »Und du bist blass.«

Caitlyn schloss das Buch und lehnte sich zurück. »Okay, ich gebe es zu. Ich bin nicht nur wegen der Hausaufgaben wach. Ich hab Probleme mit dem Schlafen.« Was mit anderen Worten bedeutete, dass sie es gerne hinauszögerte, das Licht auszumachen und sich hinzulegen, aus Angst, der Schlaf würde erneut einen Besuch der Kreischer mit sich bringen. Ein weiterer Besuch würde weiteres nächtliches Schreien bedeuten, und das wiederum würde bedeuten, dass Amalias letzter dünner Geduldsfaden riss.

Naomi zog die Augenbrauen hoch. »Dann haben wir etwas gemeinsam.«

»Leidest du auch an Schlaflosigkeit?«

Naomi ließ ein Lächeln aufblitzen. »Wäre ich sonst hier?«

»Was hält dich wach?«

»Meine Mutter sagt, dass ich nachts geboren wurde.« Naomi zuckte mit den Schultern. »Ich weiß nicht, ob es daran liegt. Aber meine Gedanken fahren jede Nacht Karussell. Wenn etwas Vernünftiges dabei herauskäme, würde es mir nichts ausmachen.«

»Du nimmst keine Schlaftabletten?«, fragte Caitlyn.

Naomi rümpfte die Nase. »Die machen mich tagsüber noch schlapper als der Schlafmangel. Und du?«

Caitlyn schüttelte den Kopf. »Ich habe oft Albträume. Das Letzte, was ich will, ist, wegen der Tabletten nicht aus diesen Träumen aufzuwachen.«

»Ich habe schon davon gehört.«

»Amalia hat es dir erzählt?«, fragte Caitlyn verlegen und ein wenig verärgert.

»Nicht mir. Irgendjemandem, der es jemand anders erzählt hat, bis alle es wussten. So ist das hier. Es ist nicht einfach, ein Geheimnis zu bewahren.«

»Das hätte ich mir denken können.« Sie waren nur fünfundfünzig Mädchen in jeder Jahrgangsstufe. Pro Unterrichtsfach waren es im Schnitt fünfzehn Schülerinnen, was bedeutete, dass man sich nicht unter dem Radar hindurchmogeln konnte, wenn man seine Lektüre nicht gelesen hatte oder einem ins Gesicht geschrieben stand, dass man die quadratischen Gleichungen nicht verstanden hatte. In den vergangenen Tagen hatte Caitlyn manchmal die relative Anonymität ihrer Highschool vermisst. »Andererseits: Wie viele Geheimnisse, die es wert sind, für sich behalten zu werden, hat ein Haufen Mädchen eigentlich, der ohne Jungs in einer Burg eingesperrt ist?«

Naomi kicherte. »Mehr, als du denkst.«

»Wirklich? Lass hören!«

Naomi schüttelte den Kopf, und ihre langen geflochtenen Zöpfe tanzten über ihre Schulter. »Du musst sie selbst entdecken. Ich höre mir Tratsch an, aber ich behalte ihn für mich.« Naomi tat so, als schließe sie ihren Mund ab und werfe den Schlüssel fort.

»Das sagst du nur, um mich dazu zu bringen, dir etwas zu erzählen«, sagte Caitlyn zweifelnd. Sie war plötzlich kurz davor, Naomi alles über die Kreischer, Raphael, ihre Mutter und die Tarotkarten zu erzählen. Und alles andere, das sie immer für sich behalten hatte.

»Du hast meinen raffinierten Plan durchschaut.«

Caitlyn lachte nervös. Sie fühlte sich sehr versucht, alles zu erzählen. »Bist du hierhergekommen, um das Gemälde des großen Fournier zu betrachten?«, fragte sie und hoffte, das Thema wechseln zu können, bevor sie der Versuchung erlag. Sie hatte das Gefühl, dass sie Naomi vertrauen konnte, aber Worte, die man einmal ausgesprochen hatte, konnte man nicht mehr zurücknehmen.

»Das verwunschene Gemälde! Ha! Diese Geschichte hat Monsieur Girard letztes Schuljahr auch schon erzählt.« Naomi drehte sich zur Seite, um das Gemälde anzuschauen, aber es war zu dunkel im Raum. Sie stieß sich vom Tisch ab und ging hin.

Caitlyn wartete einen Moment, dann folgte sie ihr. Sie hatte das Gemälde bereits kurz ein zweites Mal betrachtet, aber es war ihr nichts daran aufgefallen. Und vor den anderen Mädchen im Großen Salon war es ihr unangenehm gewesen, es genauer zu studieren. Als es spät wurde und die anderen Mädchen die Lichter ausmachten und den Salon verließen, um schlafen zu gehen, tauchte das Bild auf beunruhigende Weise wieder in Caitlyns Kopf auf. Und als sie dann schließlich allein war, hatte sie Angst gehabt, den Raum zu durchqueren, um es noch einmal zu betrachten. Lieber hatte sie sich in ihr Buch vertieft.

Naomi fand den Schalter für den Strahler, der auf das Bild gerichtet war, und schaltete ihn an.

Das Gemälde, das ein Meter zwanzig mal zwei Meter vierzig maß, tauchte in einer Explosion aus blassen Rosatönen, Türkis und Gold aus der Dunkelheit auf. Fortuna stand in ihren wallenden Gewändern auf einer Wolke neben einem großen schwarzen Rad mit zwölf Speichen. Auf der Nabe in der Mitte sowie an den Endpunkten der

Speichen am Radkranz befanden sich goldene Scheiben. Jede Scheibe am Radkranz war außen mit einem andersfarbigen Edelstein besetzt und hatte in der Mitte ein anderes weibliches Gesicht eingeprägt. Caitlyn beugte sich vor, um zu sehen, wie der Maler Fournier die Illusion dreidimensionaler Gesichter und Edelsteine mit seinen Ölfarben erschaffen hatte. Die Scheibe im Zentrum des Rads hatte kein Gesicht, sondern einen großen Rubin in ihrer Mitte.

Fortuna schwebte in einem Himmel, der vom Licht der magischen Stunde vor Sonnenuntergang erleuchtet war. Hinter ihr türmten sich hohe Wolkenberge. Aus der Erde links unterhalb ragte ein goldener Felsen auf, auf dem das Château de la Fortune thronte. Rechts tat sich in der Erde ein schwarzer Abgrund auf, aus dem ein Drache emporstieg. Ein Ritter in glänzender Rüstung, der auf einem Pferd saß, kämpfte gegen den Drachen. Er trug einen weißen Schild mit einem roten Kreuz darauf und durchbohrte mit seiner Lanze den Hals des Drachen.

Caitlyns Herz setzte einen Schlag aus. Der Ritter der Kelche? Nein – dieser Ritter hier sah kriegerisch aus und hatte nichts von Raphaels Schönheit.

Caitlyn studierte Fortunas kraftvollen Körper in den hellblauen Gewändern und die Schärpe mit der Aufschrift *Fortuna Imperatrix Mundi*. Fortunas rosige Lippen waren geöffnet, als wollte sie etwas sagen, aber die Augenbinde versteckte jeden Hinweis darauf, was es sein könnte. Ihr dunkles Haar war zu einem kunstvoll geflochtenen Kranz aufgesteckt, nur einige lange Locken, die den Umrissen der Wolken entsprachen, hingen auf die Schultern hinab. »Wer, glaubst du, ist der Ritter?«

Naomi prustete. »Der heilige Georg natürlich.«

»Hey, wieso ›natürlich‹«, verteidigte sich Caitlyn. »Ich bin nicht gläubig. Mit Heiligen kenne ich mich nicht aus.«

»Tut mir leid! Er ist nur so bekannt in Europa. Er ist der Schutzheilige von England und ein paar Dutzend anderen Ländern. Der heilige Georg, der den Drachen tötet und so weiter.« Naomi deutete auf den Schild. »Das rote Kreuz des heiligen Georg. Man sieht es auch auf den Wappenröcken der Tempelritter.«

Caitlyn horchte auf. »Die Tempelritter. Der heilige Georg ist also auf dem Gemälde wegen der Legende von einem Tempelritter, dem einst die Burg gehörte und der seinen gestohlenen, verfluchten Schatz unter ihr vergrub.«

Naomi zuckte mit den Schultern. »Ja, ich glaube schon.«

»Es wäre toll, wenn der Schatz noch hier wäre, oder?«

»Klar.« Naomi blickte zu dem Bild auf. »Weißt du, ich wette, dass die ganze Geschichte von der Frau in Schwarz genau hier angefangen hat, mit diesem Gemälde und Fourniers Geschichte, dass er von einer Geisterfrau heimgesucht wurde.«

»Die Frau in Schwarz?«

Naomi sah sie listig an. »Ich bin nicht sicher, ob ich dir so spät in der Nacht von ihr erzählen soll. Dann kannst du vielleicht gar nicht mehr schlafen. Hast du Angst vor Gespenstern?«

Caitlyn kicherte nervös und dachte an die Kreischer und den merkwürdigen Herzschlag in dem Abstellraum. »Du hast keine Ahnung, wie sehr. Absolute Todesangst.«

»Gut!« Naomi schaltete den auf das Porträt gerichteten Lichtstrahler aus, ging zu der Couch vor dem Kamin und kuschelte sich in einer Ecke zusammen. Caitlyn setzte sich zu ihr, zog die Beine an und schlüpfte unter eine Decke. Sie hatte vor einiger Zeit im Kamin ein Feuer angemacht und ab und zu einen Holzscheit nachgelegt. Ein Urinstinkt in ihr hoffte, das Feuer würde böse Geister abhalten.

Wenn nichts anderes half, würde Licht helfen. Sie hatte schon vor Jahren festgestellt, dass die Erscheinungen sie bei genügend Licht viel seltener heimsuchten. Vielleicht hielt es die Kreischer fern, oder es wirkte so auf ihr schlafendes Gehirn, dass sie nicht erschienen.

»Also, wer ist die Frau in Schwarz?«, fragte Caitlyn.

»Das weiß niemand so genau«, sagte Naomi mit leiser Stimme, als habe sie Angst, von den Schatten belauscht zu werden. »Man weiß nur, dass mitten in der Nacht das Geräusch von raschelnden Seidengewändern zu hören ist. Als würde eine Frau durch die Gänge eilen, auf der Suche nach etwas oder jemandem, den sie niemals findet.«

»Seidengewänder?«, fragte Caitlyn. Kein Herzschlag?

»Raschelnd. *Sch, sch, sch …*«, sagte Naomi mit übertrieben weit aufgerissenen Augen. »Die beliebteste Version der Geschichte ist, dass sie eine junge Frau war, die darauf wartete, dass ihr Liebster aus dem Krieg zurückkehrte. Aber er fiel in der Schlacht, und sein Feind nahm sich erst die Burg und dann sie. Sie stürzte sich von den Zinnen, um ihm zu entkommen, und wandert seither für alle Ewigkeit in schwarzer Trauerkleidung durch die Burg, auf der Suche nach ihrem verlorenen Liebsten, Raphael.«

Caitlyn stockte der Atem. *Raphael!*

Sie starrte Naomi an. Das Holz im Feuer knackte, und sie fröstelte.

»Es ist nicht *wahr*, Caitlyn!«, sagte Naomi lachend. »Es gibt keine Gespenster.«

Raphael. Das konnte kein Zufall sein! Caitlyn schauderte und zog sich die Decke bis zur Brust. »Hat schon mal jemand die Schwarze Frau gesehen?«

»Na ja …« Naomi biss sich auf die Unterlippe. »Zuerst musst du feierlich schwören, dass du es niemandem erzählst.«

Caitlyn nickte. Ein boshaftes Lächeln erschien auf Naomis Lippen. »Manchmal, wenn ich nicht schlafen kann, wandere ich durch die Burg. Und du weißt, wie dämmrig die Gänge nachts beleuchtet sind …«

Caitlyn nickte wieder.

»Nun, einmal hat Daniela mich nachts gesehen. Sie war auf dem Weg zur Toilette, und ich war am anderen Ende des Gangs, fast im Dunkeln. Ich hatte meinen dunkelblauen Schlafanzug an und stand bewegungslos da. Sie starrte mich mit diesem Kaninchen-kurz-vor-der-Flucht-Blick an, wie jemand, der erschrocken ist von etwas, das er sieht, aber nicht genau weiß, was er sieht. Mir fiel ein, dass sie Kontaktlinsen trägt, und mir wurde klar, dass sie sie wahrscheinlich vor dem Schlafengehen rausgenommen hatte. Ich muss für sie ausgesehen haben wie ein undeutlicher Schatten in Menschengestalt. Sie starrte und starrte, und ich weiß nicht, warum, aber ich sagte nichts. Und dann begann ich auf sie zuzugehen. Ganz langsam, weißt du, auf Zehenspitzen, ohne ein Geräusch zu machen, bis auf das leise Rascheln meines Satinpyjamas.«

Entrüstet und neugierig zugleich beugte Caitlyn sich vor. »Was hat sie gemacht?«

»Sie ist ein paar Schritte rückwärts gegangen, hat wie eine Irre irgendwas gestammelt, dann hat sie sich umgedreht und ist in ihr Zimmer zurückgerannt. Am nächsten Tag wusste die ganze Schule, dass Daniela die Frau in Schwarz gesehen hatte.«

»Naomi, das ist gemein!«, sagte Caitlyn, auch wenn sie ein klein wenig Schadenfreude verspürte.

Naomi legte die Fingerspitzen einer Hand an die Lippen und riss in gespieltem Entsetzen die Augen auf. »Das war wirklich hinterhältig von mir, oder? Ich glaube, sie ist seitdem nicht mehr nachts auf die Toilette gegangen.«

»Warum hast du das getan?«

»Du kennst Daniela.«

»Ja. Okay. Ich glaube, ich brauche keine Erklärung.«

»Jedenfalls, ich hab ihr nichts Böses getan. Sie hat diese Geschichte ein Jahr lang ausgeschlachtet und noch Mathilde Obermann übertrumpft, das letzte Mädchen, das die Frau in Schwarz gesehen hatte.«

»Es gibt hier also wirklich ein Gespenst?«

Naomi schüttelte den Kopf. »Mathildes Frau in Schwarz war bestimmt nicht echter als Danielas. Sie lässt sich leicht beeinflussen und ist nicht allzu helle. Ich glaube, ich hätte die Frau in Schwarz inzwischen gesehen, so oft, wie ich mitten in der Nacht hier durch die Gänge spaziere.«

»Da hast du recht«, gab Caitlyn zu.

Naomi gähnte. »Was meinst du? Wollen wir's noch mal mit Schlafen versuchen?«

»Geh du nur. Ich warte, bis das Feuer noch ein bisschen heruntergebrannt ist.«

Sie zuckte mit den Schultern. »Wie du willst. Gute Nacht.«

»Nacht.«

Als sie weg war, wickelte Caitlyn sich in die Decke ein, kuschelte sich auf das Sofa und schaute ins Feuer. Ihre Lider wurden schwer, und ihre Gedanken hingen der Geschichte nach, die Naomi von der Frau in Schwarz erzählt hatte, die nach Raphael rief. Was hatte das zu bedeuten? Es musste doch eine Erklärung dafür geben.

Wer war die Frau in Schwarz?

Und wer war eigentlich Raphael? Und warum hatte sie von ihm geträumt und warum war sie so sicher, dass er der Ritter der Kelche war? Sie konnte sich keinen Reim darauf machen.

Dann fielen ihr trotz des Tumults in ihrem Kopf die Augen zu.

Und dann hörte sie seine Stimme.

Kapitel 10

Caitlyn fand sich im Hof des Château de la Fortune wieder, im Schatten unter einem Holzgerüst, das an einer Mauer stand. Sie erkannte den Brunnen in einer Ecke des Hofs, mit seiner schmiedeeisernen Kuppel, die die Seilwinde und den Eimer überdachte. Die Sonne ging gerade unter, der Himmel über ihr leuchtete in hellem Orange, und es roch nach Pferden, Stroh und Holzrauch. Einen Augenblick lang war sie verwirrt, aber dann nahm es ihr träumender Verstand als gegeben hin, dass sie hier war.

»Du hättest mit mir kommen sollen, Ursino!«, rief Raphael.

Caitlyn holte tief Luft und spähte hinter einem Pfosten des Gerüsts hervor. Raphael stand ein paar Meter entfernt. Er trug ein Wams, Kniehosen und hohe lederne Reitstiefel. Er hatte die Hände in die Hüften gestemmt und blickte nach oben zu einem offenen Fenster im zweiten Stock der Burg. Ein Stallbursche führte sein Pferd weg, dessen Hufe über das Kopfsteinpflaster klapperten.

»Es war ein wunderbarer Abend zum Ausreiten«, fuhr Raphael fort, der nicht bemerkte, dass er beobachtet wurde. »Du verbringst zu viel Zeit drinnen mit Lesen!«

Ein etwa zehn Jahre älterer Mann mit braunem Haar und einem schmalen, ausgezehrten Gesicht – offenbar Ursino – lehnte sich aus dem Fenster. »Ich fülle lieber meinen Kopf, als ihn so leer zu lassen wie du deinen!«, erwiderte er höhnisch.

»Den Frauen ist ein Mann mit einem vollen Leben lieber als einer mit einem vollem Kopf, Ursino!«

»Woran man sieht, wie wenig ihr alle beide davon versteht«, sagte ein eleganter, schlanker, schwarzhaariger Mann, der mit einem Degen in der Hand aus einer Tür in den Hof trat, gefolgt von einem kleineren, stämmigen Mann. »Eine volle Geldbörse, *das* wollen sie.«

Die Männer, auch Raphael, lachten. Caitlyn schmunzelte. Raphael nahm sie nicht übel, dass er lachte. Mit seiner entspannten Haltung und dem Lächeln auf seinen Lippen sah er strahlend lebendig und sorglos aus.

Das Gelächter weckte einen älteren Mann, der auf einer Bank nahe der Mauer saß und den Caitlyn bis dahin nicht bemerkt hatte. Er hustete und bewegte sich, dann schaute er sich mit dem verwirrten Blick von jemandem um, der gerade aufgewacht ist.

Ursino zog sich in das Zimmer hinter dem Fenster zurück, und Raphael ging zu dem alten Mann auf der Bank hinüber. Caitlyn versteckte sich wieder im Schatten unter dem Gerüst. Sie wollte lieber warten, bis Raphael allein war.

»Beneto, du solltest hineingehen«, hörte sie Raphael sagen. »Es tut deinen Knochen nicht gut, hier draußen auf den kalten Steinen zu sitzen. Sie werden morgen schmerzen.«

»Die Steine waren noch ganz warm von der Sonne, als ich mich hier hingesetzt habe«, erwiderte der alte Beneto mit einem Funken Lebendigkeit in der brüchigen Stimme. Er war kahl bis auf einige Büschel weißes Haar, die seinen Schädel umkränzten, und er hatte eine lange, krumme Nase.

»Aber jetzt ist die Sonne weg«, sagte Raphael freundlich. Er schien sich um den alten Mann zu sorgen. Wie standen sie wohl zueinander?, fragte sich Caitlyn.

Beneto blickte zum Himmel hinauf. »Ja, in der Tat.«

Raphael bückte sich und hob einen Stapel Papier, ein Brett und ein Stück rote Kreide vom Boden neben der Bank auf. Er reichte dic Sachen Beneto, der aufgestanden war. Caitlyn sah, dass auf dem obersten Blatt Papier eine Skizze war. War der alte Mann ein Maler? Beneto nickte dankend, als er Raphael die Sachen abnahm, und ging dann langsam hinein. Seine Bewegungen waren steif, sein Rücken vom Alter gekrümmt.

Caitlyn hörte das Klirren und Schaben von Metall und drehte sich um. Der schlanke schwarzhaarige Mann und der Stämmige begannen in der Mitte des Hofs mit ihren Degen zu fechten. Sie waren beide Mitte zwanzig, aber der Schwarzhaarige bewegte sich mit der Anmut eines Tänzers und ließ seinen Gegner im Vergleich dazu aussehen wie einen schwerfälligen Ochsen.

Caitlyn blickte zu Raphael hinüber. Auch er beobachtete die beiden fechtenden Männer. Der Stämmige machte einen Satz vorwärts, aber im selben Moment sprang der Schwarzhaarige zur Seite, drehte sein Handgelenk und ließ den Degen des anderen Mannes durch die Luft fliegen. Er landete klirrend auf dem Steinboden.

»Wo hast du denn das gelernt?«, beschwerte sich der Stämmige und machte ein ärgerliches Gesicht wegen seiner Niederlage.

»Von einem deiner Landsleute«, sagte der Schlanke. »Jeder weiß, dass die Italiener die besten Fechter der Welt sind, Giovanni.«

Giovannis Miene hellte sich auf. »Das stimmt, Philippe. Wir Italiener sind viel besser als die Franzosen«, sagte er. »Normalerweise. Heute vielleicht nicht.« Er streckte mit kaum sichtbarem Zögern den Arm aus, und die beiden Männer schüttelten sich die Hand.

»Jetzt bist du dran, Raphael!«, sagte Philippe, drehte sich plötzlich um und richtete seinen Degen auf Raphael. Caitlyn stockte kurz der Atem.

»Vielleicht morgen, wenn ich nicht gerade von einem langen Ausritt komme«, sagte Raphael.

Philippe ging auf ihn zu und machte dabei Täuschungsmanöver mit seinem Degen. »Wenn diese Mörder es wieder versuchen, ist es ihnen egal, ob du müde bist oder die falsche Kleidung trägst. Wenn du keine Übungen machst, wird es für sie ein Leichtes sein, dich zu töten. Willst du das?«

»Da sei Gott vor, dass du es einem Mörder leicht machst«, sagte Giovanni, hob sein Schwert auf und reichte es Raphael. »Du willst ihn doch nicht langweilen.«

»Das wäre allerdings wirklich eine Tragödie«, sagte Raphael, nahm den Degen und warf seinen Hut zur Seite. Er landete direkt neben dem Gerüst, nur wenige Meter von Caitlyn entfernt. Raphael ging gegenüber von Philippe in Stellung und hob seinen Degen. Caitlyn hielt sich die Hände vor das Gesicht. Sie fürchtete sich fast davor zuzuschauen.

»Ich stimme Giovanni zu. Die Mörder sollen wenigstens ins Schwitzen kommen, bevor sie dich aufspießen«, sagte Philippe, und dann kreuzten sie die Degen. Die Klingen tanzten in kurzen, heftigen Stößen umeinander. Caitlyn hielt die Luft an, aber dann traten sie, genauso plötzlich, wie sie begonnen hatten, auseinander und versuchten die nächste Bewegung des anderen vorherzusehen.

»Ich weiß nicht, warum«, sagte Raphael atemlos, den Blick auf jede von Philippes Bewegungen geheftet, »ein Mörder« – er parierte und machte einen Ausfall, Philippe jedoch tänzelte zur Seite und machte ebenfalls einen Ausfall – »sein Opfer« – Raphael sprang in Philippes Richtung. Philippe grinste, als er Raphael den Degen aus der Hand schlug, aber das Grinsen verschwand, als Raphael weiter auf ihn zuging und seine andere Hand erschien, in der er einen Dolch trug, dessen Spitze nun auf Philippes Kehle gerichtet war – »mit einem Degen angreifen sollte, wenn er es mit einem Dolch viel leichter tun kann«, endete Raphael.

Giovanni johlte begeistert. Caitlyn jubelte im Stillen.

Philippes überraschter Ausdruck verwandelte sich in Anerkennung. »Da hast du recht«, sagte er, dann aber schlug er mit drei schnellen Bewegungen den Dolch aus Raphaels Hand, drehte ihm den Arm auf den Rücken und trat ihm die Beine weg. Raphael fiel auf den Boden.

Caitlyn zuckte zusammen, und Giovanni zog eine Grimasse.

»Aber für den Fall, dass du mit einem Dolch angegriffen wirst, solltest du wissen, wie du dich verteidigen kannst, auch ohne Waffe.« Philippe zog hämisch die Augenbrauen hoch. »Um den Mörder nicht zu langweilen, natürlich.«

Raphael rollte sich auf den Rücken und setzte sich auf. Er schüttelte den Kopf, lächelte aber. »Du musst mir zeigen, wie du das gemacht hast.«

»Ah, endlich habe ich das Interesse meines Schülers geweckt! *Bon!* Morgen werde ich es dir beibringen. Jetzt möchte ich mein Abendessen.«

Raphael gab Giovanni seinen Degen zurück, und Giovanni und Philippe gingen in die Burg zurück.

»Kommst du?«, fragte Giovanni Raphael von der Tür aus.

»In einer Minute.«

»Die Farben des Himmels ändern sich jeden Abend auf die gleiche Weise«, sagte Giovanni mit einer Kopfbewegung nach oben.

Raphael schüttelte den Kopf. »Dann hast du keine Augen, um sie zu sehen.«

Giovanni zuckte mit den Schultern, und die beiden Männer verschwanden nach drinnen. Raphael ging in die Mitte des Hofs, legte den Kopf in den Nacken und beobachtete, wie sich der orangefarbene Himmel verdunkelte und grüne und dunkelblaue Nuancen annahm. Caitlyn beobachtete ihn, ihrerseits entzückt von seinem faszinierten Gesichtsausdruck. Sie wollte ihn nicht stören.

Schließlich senkte er den Kopf wieder. Dann fiel sein Blick auf seinen Hut, der vergessen auf dem Boden bei dem Holzgerüst lag. Er näherte sich dem Gerüst – und Caitlyn. Nervös verknotete sie die Hände und überlegte, was sie zu ihm sagen könnte. Und dann war er nur noch einen Meter von ihr entfernt und bückte sich, um den Hut aufzuheben.

Als er danach griff, hörte Caitlyn über sich das schabende Geräusch von Stein, der über Holz geschleift wird. Sie blickte genau in dem Moment auf, als sich über ihr eines der Bretter des Gerüsts löste und sich mit einem Ende Richtung Raphael neigte.

Ihr blieb das Herz stehen, und sie handelte, ohne nachzudenken. Sie machte einen Satz aus den Schatten und schubste Raphael zur Seite. Er schrie überrascht auf und taumelte rückwärts. Im selben Moment fielen ein Brett und ein großer Steinblock von oben herab. Caitlyn spürte einen kalten Luftzug, als sie neben ihr auf den Boden krachten.

Raphael blickte schockiert auf den Stein und sah dann sie an. »Du!«

Sofort erschien Ursinos Gesicht in dem über ihnen liegenden Fenster. »Was war das?«, rief er. »Raphael! Ist alles in Ordnung?«

Blitzschnell versteckte sich Caitlyn wieder in den Schatten unter dem Gerüst.

»Es ist nichts!«, rief Raphael mit bebender Stimme zurück. »Ein Unfall.«

»Heilige Mutter Gottes, hätte dieser Stein dich etwa fast getroffen?«

»Es war ein Unfall.«

»In letzter Zeit hängt ein Fluch von Unfällen über dir!«

»Oder ein Segen, der mich vor ihnen beschützt.«

»Man sollte die Arbeiter auspeitschen dafür, dass sie diesen Stein dort hingelegt haben. Ich komme runter, um es mir anzusehen.«

»Wie du willst.«

Raphael drehte sich um und blickte suchend in den Schatten unter dem Gerüst. Es war unmöglich, seinen Gesichtsausdruck zu deuten, aber als er die Hand ausstreckte, zögerte Caitlyn nur einen kurzen Moment, bevor sie sie ergriff. Sie war warm und stark und ein wenig schwielig.

Er zog sie mit sich durch eine Tür und griff nach einer Laterne. Hastig beleuchtete er eine Wendeltreppe, die Caitlyn bekannt vorkam, und zog sie im Laufen mit sich. Mit der freien Hand raffte Caitlyn ihre rosafarbenen Satinröcke hoch, um auf den keilförmigen, ausgetretenen Stufen nicht zu stolpern, während sie versuchte, mit ihm Schritt zu halten.

Ein Gefühl der Verwirrung überkam sie, und sie blickte auf den Satin in ihrer Hand hinab. War das ihr Kleid? Es kam ihr so vor, als habe sie es schon einmal gesehen, an jemand anderem. Aber an wem? Und wann?

Sie hatte keine Zeit, darüber nachzudenken. Raphael zog sie einen Korridor entlang und eine andere Treppe hinauf, zerrte sie halb durch einen Gang und stieß dann eine Tür zu einem kleinen Abstellraum auf, der leer war bis auf ein paar lederne Schrankkoffer mit Metallbeschlägen. Einen Moment lang sah Caitlyn alte Tische und Stühle, Bücherregale und Kisten vor sich und hörte den Klang eines schlagenden Herzens. Sie schüttelte den Kopf, um das Bild zu vertreiben, und der Raum verwandelte sich wieder in seinen fast leeren Zustand.

Raphael zog sie hinein, schloss die Tür hinter ihnen und verriegelte sie. Caitlyn keuchte vom Laufen und weil das, was gerade geschah, so völlig unerwartet war.

Raphael hob die Laterne und sah sie an. »Du hast mir das Leben gerettet«, sagte er auf Französisch. Mit den anderen Männern hatte er Italienisch gesprochen. Er schien sie für eine Französin zu halten. Schließlich waren sie in Frankreich. »Entweder das«, fuhr er fort, »oder du hast gerade versucht, mich zu töten.«

Erschöpft von den Treppen und mit klopfendem Herzen schüttelte Caitlyn den Kopf. »Nein! Ich habe dich zur Seite geschubst!«, antwortete sie in fließendem Französisch, als sei es ihre Muttersprache.

»Aber hast du zuerst das Brett gekippt? Das ist es, was ich wissen will.«

»Nein! Warum sollte ich?«

Raphael stellte die Laterne auf einen Koffer und schritt auf sie zu, so langsam und geschmeidig wie eine Katze. Sie bewegte sich rückwärts, sie hatte Angst vor dem Ausdruck in seinem Gesicht. Er sah nicht mehr sorglos aus, sondern so, als würde er die Wahrheit notfalls aus ihr herausprügeln. Das Klopfen in ihrer Brust wurde stärker.

»Mit einer Mörder*in* habe ich nicht gerechnet. Wer hat dich geschickt?«, wollte er wissen. Er stand buchstäblich über ihr.

»Niemand!«

»War es Pius?«

»Wer?«

Er schnaubte. »Wer? Was glaubst du denn?«

Eine Erinnerung tauchte auf, der Name des Mannes, der Bianca de' Medici zum Scheiterhaufen verurteilt hatte. »Papst Pius?«

»Hat er dich geschickt?«

»Nein! Niemand hat mich geschickt!«, rief Caitlyn. Ihr Herz fühlte sich an, als würde es in ihrer Brust zerspringen.

»War es diese Medici-Hexe?«

In ihren Ohren dröhnte es, und ihr war schwindelig. »Bianca?«

Raphael wurde weiß. Er ballte die Faust, und einen Moment lang dachte Caitlyn, er würde sie schlagen. Abwehrend hob sie die Arme.

Sekunden vergingen, dann senkte sie die Arme und sah, wie er sich mit langsamen, stolpernden Schritten von ihr entfernte. Plötzlich ging er in die Hocke und verbarg das Gesicht in den Händen. Caitlyn hörte, wie er einen tiefen, ächzenden Atemzug nahm. Seine Schultern zuckten.

Weinte er?

Sie ging langsam zu ihm, unsicher, ob sie fliehen oder bleiben und ihn trösten sollte. »Ich habe mit dem heruntergefallenen Steinblock nichts zu tun«, sagte sie ruhig. »Ich würde dir nichts tun.«

Seine Schultern hörten auf zu zucken. Er ließ die Hände sinken, schaute abschätzend zu ihr auf, dann fiel sein Blick auf ihr Satinkleid. Er runzelte die Augenbrauen, als wollte er nicht glauben, was er sah.

Caitlyn blickte auf ihre glänzenden Röcke und strich sie mit den Händen glatt. Sie fragte sich verwirrt, was das Kleid für ihn bedeutete. »Ich möchte gerne, dass du mir vertraust«, sagte sie.

»Ich soll dir vertrauen?«, fragte er heiser. »Deswegen trägst du dieses Kleid. Es ist eine Botschaft.« Er blickte ihr in die Augen. »Wer bist du?«

»Ich heiße Caitlyn. Das habe ich dir schon gesagt.«

Er schüttelte den Kopf, stand auf und setzte sich auf einen der Koffer. Er sah sie an, als wartete er darauf, dass sie etwas tat.

Sie wand sich unter seinem Blick. »Äh, der heruntergefallene Stein war doch ein Unfall, oder nicht?«, fragte sie.

»In den letzten paar Monaten hat es eine Menge Unfälle gegeben. Entweder bin ich zerstreut und schusselig geworden, was möglich sein kann«, sagte er mit einem schwachen Lächeln, »oder jemand hilft dem bösen Schicksal bei seinen Versuchen, mich loszuwerden.«

»Jemand versucht, dich umzubringen?! Wer? Und warum?« Caitlyns Herz begann vor Angst um ihn schneller zu klopfen. Das Geräusch verursachte in ihrem Hinterkopf ein unangenehmes Trommeln. *Du-dumm, du-dumm …*

»Ich weiß nicht genau, wer dahintersteckt«, sagte er, aber sie spürte, dass er einen Verdacht hatte. »Sag mir, wie bist du vor zwei Wochen in mein Zimmer hinein- und wieder hinausgekommen?«, fragte er abrupt. »Ich habe dich nicht kommen und nicht gehen sehen.«

Caitlyn versuchte, sich zu erinnern. »Ich habe mich zwischen den Bettvorhängen versteckt, und dann … Ich weiß nicht, was dann passiert ist. Es war dunkel«, war alles, was ihr einfiel. Sie runzelte die Stirn. Sie wusste, dass sie tatsächlich in seinem Zimmer gewesen war und dass sie dann *nicht* mehr dort gewesen war. Sie konnte sich aber nicht an irgendein Leben oder eine Existenz außerhalb der Zeit erinnern, die sie mit ihm zusammen verbracht hatte.

Wer war sie? Er hatte ihr diese Frage gestellt, aber ihr wurde plötzlich bewusst, dass sie es nicht wusste.

Raphael blickte sie sanft an, dann streckte er ihr einladend die Hand mit der Handfläche nach oben entgegen.

Caitlyn zögerte und kam dann langsam näher. Sie legte ihre Hand auf seine. Sein Daumen strich über ihre Knöchel, was ihr einen Schauder über den Unterarm jagte. Sie sah ihm in die Augen, die im fahlen Licht der Laterne tief und unergründlich waren. Er zog sie näher an sich heran. Sie gab nach und hielt erst inne, als ihre Röcke seine Knie berührten. Ihr Herz klopfte so stark, dass sie glaubte, er müsse es ebenfalls hören. *Du-dumm, du-dumm, du-dumm …*

»Das kannst du gut, in den Schatten herumschleichen«, sagte er sanft, als wollte er sie nicht erschrecken. »Aber du bist kein Dienstmädchen, so wie du behauptet hast. Ich habe herumgefragt. Niemand kennt ein Dienstmädchen namens Caitlyn, nicht einmal ein Dienstmädchen mit glattem schwarzem Haar.«

Sie biss sich auf die Lippe. »Ich bin kein Dienstmädchen.«

»Das habe ich mir gedacht. Was bist du?«

Sie zermarterte sich das Gehirn nach einer Antwort, während er sie anschaute, aber seine Nähe brachte sie ganz durcheinander.

»Weißt du selbst es denn?«, fragte er.

»Natürlich weiß ich, was ich bin«, log sie. Plötzlich flog ihr aus dem Nichts eine Antwort zu. »Ich bin eine Schülerin. Hier.«

»In dem Kloster bei Cazenac?«, fragte er erstaunt.

Caitlyn nickte langsam. Vielleicht stimmte das. Sie hatte das vage Gefühl, dass sie mit anderen Mädchen zusammen auf eine Schule ging. Es fiel ihr jedoch schwer zu denken. Das Schlagen ihres Herzens schien nun von *zwei* Herzen zu kommen, die nicht im Takt waren: *DU-DUMM du-dumm ... DU-DUMM du-dumm ... DU-DUMM du-dumm ...*

»Warum bist du zu mir gekommen?«

»Du bist der Ritter der Kelche«, sagte sie. Die Worte schienen wie von selbst aus ihrem Mund zu kommen.

Er blinzelte überrascht. »Was bedeutet das?«

Sie schüttelte den Kopf. Sie wusste nicht, was es bedeutete, nur, dass es stimmte. »Als ich das letzte Mal hier war, wollte ich nicht, dass du mich siehst. Ich wollte dich nicht beim Baden beobachten. Es ist einfach ... passiert.«

Er verzog den Mund. »Wie lange hast du mich denn beobachtet?«

Caitlyns Gesicht wurde heiß. »Nicht länger als nötig.«

Er schmunzelte und zog sie ein wenig näher zu sich heran, sodass ihre Knie seine berührten. »Als du das letzte Mal hier warst, hast du gesagt, dass du mich schon einmal gesehen hast. Wann? Und wo?«

In ihren Ohren dröhnte es, und das Wummern von zwei schlagenden Herzen übertönte fast ihre eigene Stimme, als sie antwortete. »In dem Tal, als du mit den anderen geritten bist. Du hast deinen Hut verloren.«

Sein Gesicht wurde starr. »Ich habe dich nicht gesehen.«

»Nein. Das konntest du auch nicht.«

»Ich habe gespürt, dass mich jemand beobachtet. Du musst dich in der Wiese oder zwischen den Bäumen am Ufer versteckt haben.«

»Nein, ich war direkt hinter dir. Ich habe deinen Hut hinuntergestoßen.«

Seine Hand, die ihre hielt, wurde kalt, als wäre das Blut aus ihr gewichen. »Der *Wind* hat meinen Hut weggeblasen.«

Sie sagte nichts. Stattdessen zog sie ihre Hand aus seiner und ging um den Koffer herum, auf dem er saß. Er drehte sich um und folgte ihr mit Blicken, so weit er konnte, und als er sich nicht weiter drehen konnte, machte sie eine schnelle Bewegung und fuhr mit den Fingern über seinen Nacken und durch seine Haare.

Er sprang von dem Koffer auf, wirbelte herum und starrte sie mit weit offenem Mund an.

»*Ich* habe deinen Hut heruntergestoßen«, sagte sie stolz. »Nicht der Wind.«

»Sie hat dich also doch geschickt«, flüsterte er ehrfürchtig.

Der Klang des doppelten Herzschlags dröhnte hundertfach verstärkt in ihrem Kopf. Caitlyn zuckte zusammen und hielt sich die Hände über die Ohren. Sie schüttelte heftig den Kopf, um das Dröhnen zu vertreiben. Der Herzschlag, der anscheinend ihr eigener war, wurde leiser, aber nun war dieser zweite, fremde Herzschlag zu hören. Er wurde lauter.

»Was ist los?«, fragte er. Seine Stimme klang wie aus weiter Entfernung. »Hörst du etwas?«

»Ein klopfendes Geräusch.«

»Ich höre es nicht.« Er kam näher und blickte sie prüfend an, als suche er nach einem Hinweis darauf, wer oder was sie wirklich war.

Sie fühlte sich benommen. Das Klopfen wurde schneller, als käme es näher. *DU-DUMM DU-DUMM!*

»Weißt du, wer Bianca war?«, fragte er und schaute ihr tief in die Augen.

Caitlyn versenkte sich für einen Moment in diesen Blick und versuchte, die wummernden Herzschläge auszublenden. »Ich weiß, dass sie als Hexe verbrannt wurde.«

»Und?«

Caitlyn streckte die Arme aus, mit den Handflächen nach oben. Sie wusste nicht, was er hören wollte. Der Herzschlag kam mit voller Kraft zurück, hämmerte gegen ihre Trommelfelle, und sie zuckte zusammen. »Hörst du wirklich nichts?« Sie blickte sich suchend in dem Raum um, um die Ursache des Lärms ausfindig zu machen. Es machte sie halb wahnsinnig. *DU-DUMM DU-DUMM DU-DUMM …*

»Ich höre nichts.«

Sie neigte den Kopf zu einer Wand. Nein, von da kam es nicht. Sie ging zu einem der Koffer. Von dort auch nicht. »Wen hast du vorhin eigentlich gemeint mit der ›Medici-Hexe‹?«, fragte sie.

»Caterina«, stieß er hervor. »Die Königinmutter von Frankreich. Wen sonst?«

»Du hasst sie«, stellte Caitlyn verwundert und beunruhigt fest.

»Wie sollte ich sie nicht hassen? Sie hält meine Schwestern gefangen.«

»Warum?«

Er überhörte ihre Frage. »Nach was suchst du wirklich?«

»Nach der Ursache von diesem Dröhnen! Es kann nicht nur in meinem Kopf sein!« *DU-DUMM-DU-DUMM!*

»Ich höre immer noch nichts«, sagte er.

»Warum befreist du deine Schwestern nicht und bringst sie irgendwo in Sicherheit?«, wollte sie wissen. Dieser Herzschlag, sie musste herausfinden, woher er kam, und ihn stoppen!

»Und wohin bringen? Es müsste das Ende der Welt sein, um Caterinas Zugriff zu entkommen.«

DU-DUMM-DU-DUMM-DU-DUMM! Caitlyn presste die Fingerspitzen an die Schläfen. »Warum bringst du sie nicht dorthin?«

»Wohin?«

Caitlyn zwang sich still zu stehen und versuchte ein ganz normales Gesicht zu machen. »Ans Ende der Welt. An die pazifische Küste von Amerika. In die Neue Welt.«

Er lachte. »Dort gibt es nichts außer Spaniern und Wilden. Ich würde meine Schwestern lieber töten, als sie an einen solchen Ort zu bringen.«

Die Bemerkung mit den »Wilden« kränkte sie. »Es muss *irgendeinen* sicheren Ort geben.«

»England vielleicht. Aber dafür muss ich erst einen Schatz finden.«

»Den Templerschatz natürlich.«

»Du weißt davon? Was weißt du?« Er packte sie am Oberarm und hielt sie fest. »Sag es mir!«

»Woher kommt dieses Geräusch?«, jammerte sie. »Es ist, als wäre ein riesiges Herz hier mitten im Raum, das schlägt und schlägt und schlägt. Kannst du es nicht hören?«

Raphael wurde blass. »Was hast du da gesagt?«

Draußen vom Gang her rief eine Stimme nach Raphael und sagte dann auf Italienisch: »Bist du da oben?«

»Hier drinnen, Beneto!«, rief Raphael, dann sagte er zu Caitlyn: »Was hast du da von einem Herz gesagt?«

»Das Schlagen! Woher kommt es?«

Beneto hämmerte an die Holzplanken der Tür. »Mach auf! Ursino hat mir gesagt, was passiert ist!«

Raphael machte ein enttäuschtes Gesicht, dann ließ er mit einem erbitterten Knurren Caitlyns Arme los und wandte sich zur Tür. »Einen Moment, Beneto! Hier ist jemand, der Informationen hat, die uns von Nutzen sein könnten.«

Als Raphael zur Tür ging, eilte Caitlyn zu dem Koffer, auf dem er zuvor gesessen hatte. Das Geräusch des schlagenden Herzens erfüllte ihren Kopf und verdrängte alle Gedanken. Der schwarze Koffer war mit verschnörkelten Beschlägen, Griffen und Riegeln bedeckt. Mit tauben Fingern drückte sie auf mehrere verborgene Knöpfe und unauffällige Hebel. Unerklärlicherweise schienen ihre Hände zu wissen, was sie tun mussten. Sie konnte hören, wie sich durch jede Berührung im Inneren des Koffers ein mechanisches Teil bewegte. Einen Moment später machte sie den Deckel auf und sah einen komplizierten Schließmechanismus, eine Anordnung von Rädchen und Zahnrädern, die die gesamte Innenseite des Deckels einnahmen.

Der Inhalt des Koffers war mit einer Wolldecke bedeckt. Mit dröhnenden Ohren und am ganzen Körper bebend, zog sie die Decke zur Seite. In den Tiefen des Koffers schimmerte etwas.

Plötzliche Stille umfing sie, und die Welt wurde schwarz.

Kapitel 11

11. FEBRUAR

Caitlyn spürte eine Hand auf ihrer Schulter und wachte mit einem Ruck auf.

»Kind, hast du die ganze Nacht hier verbracht?«, fragte eine Stimme mit deutschem Akzent.

Caitlyn hatte abwechselnd zwei Szenen vor Augen: Gretas besorgtes, mütterliches Gesicht, dann die Decke, die vom Inhalt des Koffers weggezogen wurde und den Blick freigab auf –

»Kind?« Wieder war Gretas Gesicht in ihrem Blickfeld.

»Mmh?«, murmelte Caitlyn verschlafen.

»Es ist fast acht Uhr. Du hast in einer halben Stunde Unterricht.«

Langsam kam Caitlyn zu sich. Der Traum begann in lauter Bruchstücke zu zerfallen, die ihr entglitten. Als die Bedeutung von »fast acht« in ihr Bewusstsein drang, stieß Caitlyn einen leisen Fluch aus, kletterte von der Couch und hastete zu dem Tisch, auf dem ihre Sachen lagen. Sie griff nach einem Stift und ihrem Skizzenbuch und versuchte in hastigen Skizzen, Einzelheiten ihres Traums festzuhalten, bevor sie sich ganz auflösten.

»Gibt es zwischen dir und Amalia ein Problem?«, fragte Greta.

Caitlyn hob die linke Hand und bat um einen Moment Geduld.

Caterina de' Medici, schrieb sie an den Rand einer Seite.

Beneto

Ursino

Fallender Stein

Gefangene Schwestern

Schlagendes Herz

Als sie alles notiert hatte, was ihr einfiel, blickte sie schließlich zu Greta auf. »Es gibt kein Problem mit Amalia. Ich bin beim Lernen eingeschlafen, das ist alles.«

»Guter Schlaf ist so wichtig wie Bücher. Für deinen Kopf ist es besser, wenn du in deinem eigenen Bett schläfst, zu einer vernünftigen Uhrzeit.«

»Ich werde daran denken.« Caitlyn sammelte ihre Sachen zusammen. »Und danke, dass Sie mich geweckt haben.«

Greta brummte. »Du hast nicht mal Zeit fürs Frühstück.«

Caitlyn lächelte. »Ist schon in Ordnung.« Sie eilte in ihr Zimmer, um sich anzuziehen. Dabei ging sie im Kopf immer und immer wieder die bruchstückhaften Szenen durch, die sie notiert hatte. Sie zwang sich dazu, sich daran zu erinnern.

Die ganze Algebra-Stunde über spielte sie in Gedanken wieder und wieder die Szenen ihres Traumes durch. Sie war erstaunt darüber, wie schwierig es war, sich zu erinnern. Noch erstaunlicher war, wie sehr das, woran sie sich erinnerte, mit ihrem wachen Leben verbunden zu sein schien: das rosafarbene Satinkleid, das, wie sie jetzt erkannte, genauso aussah wie das Kleid, das Bianca auf dem Porträt in Madame Snowes Büro trug; dass sie mit Mädchen in einem »Kloster« zur Schule ging; der Abstellraum und das Geräusch eines schlagenden Herzens; der Templerschatz.

Caterina de' Medici, die Königinmutter von Frankreich, war allerdings jemand, von dem sie noch nie gehört hatte, aber sie konnte etwas über sie herausfinden. Hatte es jemanden mit diesem Namen gegeben? Oder hatte Caitlyns schlafendes Bewusstsein Bianca de' Medicis Namen abgewandelt?

Google würde ihr bald eine Antwort geben.

Sie musste bis zum Mittagessen warten, um im Internet nach Caterina de' Medici suchen zu können, wurde aber schnell fündig. Sie war eine reale Person.

Die in Italien geborene Caterina Maria Romula di Lorenzo de' Medici, die 1547 Heinrich II. von Frankreich heiratete und bis zu ihrem Tod im Jahre 1589 an der Macht war, wurde von allen verachtet. Man beschuldigte sie, Jeanne d'Albret ermordet zu haben, die Königin von Navarra, und ein Massaker an Hugenotten befohlen zu haben, Gästen, die zur Hochzeit ihrer eigenen Tochter nach Paris gekommen waren. Ihre Feinde nannten sie eine Hexe, eine Jüngerin der schwarzen Kunst, die mit dem Teufel paktierte, um an der Macht zu bleiben.

Caitlyn blieb die Luft weg. Sie starrte auf den Computerbildschirm und konnte es kaum glauben.

Bis letzte Nacht hatte sie noch nie zuvor von Caterina de' Medici gehört; darauf konnte sie schwören.

Woher kannte ihr träumendes Bewusstsein den Namen? Wie konnte sie wissen, dass man Caterina als Hexe bezeichnet hatte?

Wenn die Informationen nicht aus ihrem Gehirn stammten, mussten sie von außerhalb kommen. Raphael war es gewesen, der ihr gegenüber Caterinas Namen erwähnt hatte.

Wer *war* Raphael? Und, vielleicht noch wichtiger: *Was* war Raphael? Er konnte keine Fantasiegestalt sein, die nur in ihrem eigenen

Kopf existierte, wenn er ihr von Caterina de' Medici erzählt hatte. Welche Möglichkeiten blieben also noch?

Caitlyn runzelte die Stirn. Es gab keine Möglichkeiten. Zumindest keine rationalen.

War Raphael eine reale Person? Er musste es sein, wenn er ihr Ritter der Kelche war und sie füreinander bestimmt waren. Aber wenn er real war, wo war er dann? Vielleicht war er eine lebende Person, der sie in ihren Träumen begegnete. Vielleicht hatte sie eine übersinnliche Verbindung zu irgendeinem Jungen hier in Frankreich, der gerade in diesem Moment ebenfalls an seinem Computer saß und versuchte herauszufinden, wer Caitlyn war. Vielleicht war die Traumwelt ihr eigenes virtuelles Reality Game, in dem sich ihre Avatars manchmal trafen.

Es war jedenfalls eine Möglichkeit.

Natürlich gab es noch eine andere Möglichkeit. Vielleicht war Raphael einmal eine reale Person gewesen, war es jetzt aber nicht mehr.

Caitlyn hatte das Gefühl, eine nasse, kalte Hand glitte ihr Rückgrat hinunter. Konnte Raphael ein Geist sein?

Sie war versucht, mit Naomi darüber zu sprechen. Wenigstens würde sie dann ihre Gedanken mit jemandem teilen können. Andererseits würde Naomi sie vielleicht für eine komplette Spinnerin halten, die sie lieber nicht näher kennenlernen wollte, und dann könnte Caitlyn sich von dieser Freundschaft verabschieden. Dasselbe galt für Amalia: Caitlyn befand sich mit der Liechtensteiner Prinzessin bereits auf dünnem Eis, weil sie sie mit ihren Albträumen so oft geweckt hatte. Ihr von Träumen zu erzählen, in denen sie Gespenstern aus dem 16. Jahrhundert begegnete, schien ihr nicht gerade der richtige Weg zu sein, das Band zwischen ihnen zu stärken.

Brigitte wäre vermutlich begeistert von dieser Geschichte, wäre aber keine Hilfe dabei, sie zu enträtseln. Und außerdem würde sie sie allen erzählen, nicht aus Bösartigkeit, sondern weil sie einfach eine Tratschtante war.

Mit Daniela zu sprechen kam sowieso nicht infrage.

Caitlyn seufzte und verspürte plötzlich einen Anfall von Einsamkeit. Einen Moment später tippten ihre Finger wieder auf der Computertastatur herum. Die Suche nach der Kombination »Caterina« und »Raphael« ergab keine offensichtliche Verbindung; die Treffer bezogen sich alle auf den Renaissance-Künstler Raphael und seine Verbindung zu den Florentiner Medicis.

Sie hatte keine Zeit weiterzusuchen. Sie schlang ihr Mittagessen hinunter – sautierte Entenbrust und Spargel – und hetzte zum Französischunterricht, mit den Gedanken mehr als vierhundert Jahre in der Vergangenheit versunken.

»Caitlyn, *s'il vous plaît*!«, sagte Madame, tippte mit ihrem Stock auf die Tafel und deutete auf das unregelmäßige Verb *devoir*, »müssen«. Caitlyn sollte es konjugieren.

Caitlyn spürte, wie sie plötzlich im Mittelpunkt der Klasse stand, und unter ihren Achseln brach feuchter Schweiß aus. Ihr Gehirn, unfähig, unter Druck zu funktionieren, versagte seinen Dienst. Vage erinnerte sie sich, dass sie in ihren Träumen Französisch sprechen konnte, aber diese Fähigkeit war ihr in der wachen Welt ebenso versagt wie die Nähe zu Raphael.

»*Devoir*«, krächzte Caitlyn. »Äh. *Je dev? Tu dev?*«

Madame starrte sie entsetzt an.

Caitlyn schüttelte den Kopf. Sie wusste selbst, dass es falsch war. »Äh … ich meine, ähm …« Und dann kam plötzlich aus dem Nirgendwo »*Egli deve, lei dovrebbe* …« Das kam ihr richtig vor. *Er muss, sie muss …*

Ein paar Mädchen brachen in Lachen aus.

»Was ist?«, wollte Caitlyn wissen.

»Das ist Italienisch!«, kreischte ein Mädchen und bekam einen hysterischen Kicheranfall.

Madame verdrehte die Augen und seufzte tief angesichts dieser Zumutung.

Verwirrt und gedemütigt schrumpfte Caitlyn auf ihrem Stuhl zusammen. Sie *konnte* nicht Italienisch sprechen.

Madame schrieb die Konjugationen von *devoir* an die Tafel und sprach jede Form überdeutlich aus. Dabei tippte sie mit ihrem Stock auf die Wörter, als könne sie sie so in Caitlyns Kopf hineinschlagen. Sie ließ sie Caitlyn wiederholen, immer und immer wieder, während der Rest der Klasse kicherte.

Als die Tortur zu Ende war, versank Caitlyn in das Elend derer, die keine Sprachbegabung haben, und bemühte sich, dem Unterricht zu folgen. Ihr ungehorsamer Verstand jedoch kümmerte sich nicht um französische Grammatik, sondern beschäftigte sich mit zwei nervenaufreibenden Fragen: Wer war Raphael? Und warum verfolgte er sie?

Kapitel 12

12. FEBRUAR

Caitlyns Reitstunde am nächsten Morgen, einem Samstag, sollte noch schlimmer enden als die katastrophale Französischstunde.

Der Tag begann zunächst gut. Mit ihren Gedanken immer noch halb bei Raphael, ging Caitlyn zusammen mit Amalia durch die kühle Morgenluft zu den Ställen, wo Amalia Dressurreiten trainieren und Caitlyn und die anderen Neuen zum ersten Mal ein Pferd satteln und reiten durften.

In der vorigen Unterrichtsstunde hatten sie sich mit der Pflege von Pferden sowie Zaum- und Sattelzeug beschäftigt, und Caitlyn war zugleich freudig erregt und nervös, weil sie endlich ein Pferd besteigen würde.

»Bist du wirklich noch nie geritten?«, fragte Amalia sie.

»Im echten Leben nicht, aber ich habe früher immer wieder geträumt, dass ich im 19. Jahrhundert mit einem Siedler-Mädchen befreundet war und wir ohne Sattel gemeinsam auf ihrem Pferd durch Wälder und Felder geritten sind.«

»Ein Traum zählt nicht!«

»Es fühlte sich aber ziemlich echt an«, sagte Caitlyn gespielt ernsthaft. »Ich bin sicher, dass ich alles übers Reiten gelernt habe. Es kann doch nicht so schwer sein, oder?«

Amalia schnalzte mit der Zunge und schüttelte den Kopf.

»Ich dachte, du wolltest heute mit Daniela und Brigitte nach Sarlat gehen?«, sagte Caitlyn, um das Thema zu wechseln. Daniela hatte beim gestrigen Abendessen Amalia und Brigitte zu Mittagessen und Shopping eingeladen, dann Caitlyn angeschaut und hinzugefügt: »Du kannst auch mitkommen, falls wir alle in das Taxi passen.«

»*Bien sûr* passt sie noch rein!«, hatte Brigitte gesagt. »Du *musst* mitkommen, Caitlyn. Es ist eine sehr schöne Stadt.«

Ein Taxi und Mittagessen bedeuteten jedoch Geld, und Caitlyn hatte keins. Sie murmelte eine Entschuldigung, dass sie zu viele Hausaufgaben hätte.

Amalia zuckte mit den Schultern. »Ich wollte lieber hierbleiben und reiten. Und Daniela …«

Caitlyn neigte den Kopf. »Was ist mit ihr?«

»Manchmal zeigt sie sich nicht gerade von ihrer besten Seite. Sie ist ein guter Mensch, aber sie hat es schwer zu Hause. Es ist jedes Mal am Schulanfang das Gleiche. Nach den Ferien bei ihren Eltern ist sie ganz unglücklich und benimmt sich unerträglich. In ein paar Wochen hat sie sich aber wieder eingelebt, dann wirst du sie anders erleben.«

»Ich hoffe es«, murmelte Caitlyn. »Brigitte wirkt aber nett.«

»Das ist sie …« Amalia knabberte an ihrer Oberlippe.

»Aber?«, fragte Caitlyn neugierig.

»Mhm. Es ist ein bisschen peinlich.«

»Was?«

»Ich bin ein paar Mal mit ihrem Bruder Thierry ausgegangen, nur um meine Mutter zu ärgern und zu beweisen, dass ich in Wahrheit eine Rebellin bin.«

Caitlyn musste lachen. »Eine Rebellin? Du?«

Amalia sah leicht genervt aus. »Rebellion ist etwas Relatives. Du kennst meine Mutter nicht. Sie ist Deutsche, also ist ihre Art, ihre Zuneigung zu zeigen, mich zu meinem eigenen Besten zu kontrollieren.« Amalia schauderte. »Sie ruft mich jeden Sonntag auf dem Handy an, um über unseren Hund, ihre Reisepläne und alles, was ich falsch mache, zu sprechen.«

Caitlyn lächelte schief. »Ich bekomme E-Mails über unsere Katze, den Sport meiner Brüder und Fragen, ob ich damit klarkomme, hier zu sein.«

»Unsere Eltern sind also nicht so unterschiedlich.«

»Anscheinend nicht.« *Abgesehen von ein paar Millionen Dollar, die die einen haben und die anderen nicht*, fügte Caitlyn im Stillen hinzu. »Und, wie ist Brigittes Bruder?«

»Thierry? Er ist ein Aufreißer. Oder war es jedenfalls«, fügte sie murmelnd hinzu.

»Sieht er gut aus?«

»Fantastisch. Aber er war auch ein totaler Idiot. Ich bin nur mit ihm ausgegangen, um zu beweisen, dass ich nicht von gestern bin. Trotz aller Anstrengungen scheine ich es aber nicht ändern zu können, einer von diesen beherrschten Menschen zu sein, die Angst davor haben, impulsiv zu handeln. Ich bin überhaupt nicht spontan.«

»Das ist nicht unbedingt etwas Schlechtes«, widersprach Caitlyn. »Das bewahrt dich ganz sicher vor Schwierigkeiten.«

»Thierry hat zu mir gesagt, ich sei kalt. Und er ist nicht der erste Junge, der das gesagt hat.«

»Das ist doch Quatsch«, meinte Caitlyn.

Amalia wandte sich ihr zu. »Ich wünschte, ich könnte mehr so sein wie du.«

»*Ich*? Machst du Witze? Warum?«

»Dir kann man deine Gefühle im Gesicht ablesen. Jeder kann sie sehen.«

Caitlyn zog eine Grimasse. »Ich dachte, das hätte ich inzwischen in den Griff bekommen.«

»Siehst du?« Amalia machte ihre Grimasse nach. »Ich weiß sofort, was du fühlst!«

»Mpf«, grunzte Caitlyn unglücklich.

»Mpf«, machte Amalia sie nach.

Caitlyn gab sich geschlagen. Sie hob die Hände und warf Amalia dann einen warnenden Blick zu. »Mach das ja nicht nach!«

Amalia kicherte.

Sie hatten die Ställe erreicht und trennten sich. Während Caitlyn zu der kleinen Gruppe von Mädchen ging, die auf ihre Reitlehrerin wartete, dachte sie verwirrt über das Gespräch mit Amalia nach.

Wie seltsam, dass eine wunderschöne, reiche, intelligente Prinzessin genau die Eigenschaft gerne hätte, die ihr einst den Spitznamen Moan-n-Groan eingetragen hatte. Amalia war in Caitlyns Augen so perfekt, dass sie nie auf die Idee gekommen wäre, dass auch sie in manchem unsicher sein könnte.

Prinzessinnen waren auch nur Menschen, oder?

Sie gesellte sich zu den anderen Mädchen. Alle sahen angespannt aus. Die kleine, drahtige, schlecht gelaunte Reitlehrerin, Madame Pelletier, war bei niemandem beliebt. Caitlyn und ihre Klassenkameradinnen trugen burgunderrote Reithosen, hohe Stiefel, marinefarbene Pullover, schwarze Helme und hatten ihre Haare zu französischen Zöpfen geflochten. Endlich würden sie reiten! Bei dem Gedanken wurde Caitlyn wieder ganz aufgeregt. Sie hatte noch nie auf einem Pferd gesessen, aber irgendwie war sie sich ganz sicher, dass es ihr im Blut lag. Um es mit Danielas Worten im Kunstunterricht zu sagen: Es kam ihr vor, als sei eine gute Reiterin in ihr eingesperrt.

Leider mindestens so gut wie in einem Banktresor, wie Madame Pelletier bald klarstellte.

Bevor sie den Mädchen erlaubte, die Pferde zu besteigen, mussten sie sie aus ihren Boxen auf den breiten Gang führen, der zwischen den Ställen verlief. Dort waren an beiden Seiten Seile angebracht, an denen man die Pferde mit ihrem Halfter festbinden konnte. Dann mussten sie die Tiere striegeln, die Hufe säubern, einen Sattel richtig auflegen und Zaumzeug anlegen.

Caitlyn kämpfte mit der Angst vor einem Tritt, als sie die Hufe ihres Pferdes nacheinander anhob und mit einem Hufkratzer Schmutz und Steinchen entfernte, die sich unter dem Hufeisen festgeklemmt hatten. Als der letzte Huf sauber war, ließ sie ihn mit einem erleichterten Seufzer los, legte den Kopf an den warmen Hals ihres Pferdes und atmete den tröstlichen Pferdegeruch ein. Er löste eine entfernte Erinnerung aus, die irgendwo in ihrem Gehirn vergraben und mit guten Gefühlen verbunden war, auch wenn sie noch nie zuvor einem Pferd so nahe gewesen war.

Die guten Gefühle verschwanden allerdings, als sie begann, das Reitzeug anzulegen. Der hornlose Englische Sattel und das Zaumzeug waren ein wirres Knäuel aus Lederriemen und Eisenteilen, und je mehr Caitlyn damit herumfuhrwerkte, umso mehr begann ihr Pferd, das wegen ihrer Ungeschicktheit nervös wurde, zur Seite zu tänzeln.

»Caitlyn!«, bellte Madame Pelletier und marschierte auf sie zu. Verärgert runzelte sie ihre balkenförmigen Augenbrauen. »Was machst du denn da? Dein Zaumzeug ist linksherum!«

»Tut mir leid!«, rief Caitlyn und nahm das Gewirr aus Lederriemen vom Kopf des Pferdes.

»Sei ruhig! Du erschreckst dein Pferd.« Die Hände auf ihre schmalen, knochigen Hüften gestützt, sah Madame Pelletier sie zornig an. »Sag mal, hast du kein Gespür für Tiere?«

Caitlyn duckte sich unter diesem Angriff, der ihr übermäßig hart vorkam. »*Non*, Madame!«

Madame Pelletier inspizierte den Sattel, den Caitlyn ihrem Pferd aufgelegt hatte, einem Fuchs namens Rosamund. »Die Schabracke ist verkehrt herum. Nimm das herunter und fang noch mal an.«

Caitlyn sank der Mut. »*Oui*, Madame.«

Madame ging zur nächsten Schülerin, und Caitlyn hörte, wie ihre Stimme sanfter wurde, als sie das Mädchen anleitete.

Caitlyn legte ihrem Pferd wieder den einfachen Führstrick an und band es mit einem leicht zu lösenden Knoten, den sie gelernt hatten, an der Wand fest. »Tut mir leid, Rosamund. Ich glaube, Madame Pelletier hat es auf mich abgesehen.«

Die anderen Mädchen waren fertig und führten ihre Pferde zur Reitbahn. Madame Pelletier kam zurück, um Caitlyns Arbeit erneut zu begutachten.

»Was ist denn das?«, fragte Madame ungläubig und schnippte mit den Fingern gegen den Sattel.

»Was?«, fragte Caitlyn, mit den Nerven am Ende, erschrocken. »Was habe ich diesmal falsch gemacht?«

»*Regardez*!« – »Schau!«

Caitlyn schaute. Es dauerte einen Moment, aber dann erkannte sie mit Entsetzen ihren Fehler: Diesmal war der Sattel selbst verkehrt herum aufgesetzt. Ihre Schultern sackten nach vorn. »Mist.«

Madame zog eine Augenbraue hoch. »Es gibt kein ›Mist‹ in Frankreich, Mademoiselle.« Sie verzog den Mund. »In Frankreich gibt es nur *merde*.«

»*Merde!*«, wiederholte Caitlyn mit rollendem R. »*Merde, merde, merde!*« Diese Vokabel würde sie sich mit Sicherheit merken.

»Wenigstens hast du heute irgendetwas gelernt. Ich muss jetzt zu den anderen Mädchen gehen. Sollte es dir gelingen, Rosamund richtig zu satteln, führe sie zur Reitbahn. Aber wenn du es innerhalb der nächsten zwanzig Minuten nicht schaffst«, sagte Madame und blickte auf die staubige Uhr, die an der Wand des Reitstalls hing, »wirst du heute nicht reiten.«

Angesichts dieser Drohung wurde Caitlyn von Panik ergriffen, und sie machte sich schnell an die Arbeit. Je mehr sie sich allerdings beeilte, umso mehr Fehler machte sie und umso nervöser wurde Rosamund und bewegte sich unruhig, was es für Caitlyn noch schwieriger machte. Mit jedem verdrehten Riemen und jeder Falte in der Pferdedecke wurde Caitlyn verzweifelter, und sie war den Tränen nahe. Sie nahm alles wieder von Rosamund herunter, entschlossen, noch mal ganz von vorn anzufangen. Sie wollte reiten. Sie wollte nicht noch eine Woche warten – die einzige Schülerin, die zu ungeschickt war, ein Pferd zu satteln und zu zäumen!

Caitlyn blickte zur Uhr: Achtzehn Minuten waren vergangen. Sie würde es nicht schaffen.

»Rosamund, was soll ich tun?«, fragte Caitlyn mit tränenverschleiertem Blick.

Das Pferd wieherte leise und verlagerte sein Gewicht.

Caitlyn schloss die Augen, holte tief Luft und gestand sich ihre Niederlage ein. Sie würde nicht reiten. In ihr war keine Reiterin eingesperrt.

Jetzt, wo sie es akzeptiert hatte, spürte sie, wie sie ruhig wurde. Caitlyn gab das Kämpfen und Nachdenken auf. In der vagen Absicht, Rosamund in ihre Box zurückzubringen, löste sie die Seile, die am Führstrick festgebunden waren, und nahm dann den Strick selbst ab. Sie fühlte sich eigentümlich gelassen, als würde sie außerhalb ihrer selbst schweben und sich dabei zusehen, wie ihre Hände einen einfachen Strick von einem Haken nahmen und ihn zu einer eigentümlichen Schlinge legten. Sie schob Rosamund die Schlinge über die Nüstern und ordnete dann die Enden des Stricks über ihrem Hals an wie Zügel.

Wie in Trance, ohne sich bewusst zu sein, was sie tat, griff Caitlyn mit einer Hand in die Mähne und legte die andere auf Rosamunds breiten Rücken. Mit einer einzigen fließenden Bewegung zog sie sich hinauf und lag quer über dem bloßen Rücken des Pferdes, dann schwang sie das rechte Bein hinüber und saß aufrecht.

Caitlyn nahm den Strick und dirigierte Rosamund vorwärts, den Gang entlang und hinaus auf die Reitbahn mit ihrem weichen Boden aus Sand und Sägemehl. Sie nahm undeutlich ihre Mitschülerinnen wahr, die mit Madame Pelletier in der Mitte der Bahn standen und Auf- und Absteigen übten. Die fortgeschrittenen Reiterinnen waren etwas weiter weg und übten, Achten zu reiten. Als wären die anderen nicht da, dirigierte Caitlyn Rosamund von Schritt in Trab und kurz darauf in leichten Galopp. Mit fließender Anmut bewegte sie sich in Übereinstimmung mit den wiegenden Bewegungen des Pferdes. Sie lenkte Rosamund weniger mit dem Strick als durch die Verlagerung ihres Körpergewichts.

Plötzlich wurde in Caitlyn die verloren geglaubte Erinnerung, die der Geruch des Pferdes in ihr geweckt hatte, lebendig. Zugleich nahm sie ihre Umgebung kaum noch wahr. Sie verschwamm immer mehr.

Caitlyn saß auf einem Pferd hinter einem Siedler-Mädchen namens Emily. Sie hatte die Arme um Emilys Hüften gelegt, und die beiden galoppierten ohne Sattel einen Feldweg entlang. Emilys langer Baumwollrock war um ihre Hüften gewickelt, ihre schmutzigen, nackten Beine hingen vor Caitlyns Beinen links und rechts vom Pferd hinunter. Vor ihnen war Staub und Lärm. Emily dirigierte das Pferd auf den Grasstreifen, und sie überholten einen Mann, der einen Wagen mit Ochsengespann lenkte.

»Emily!«, rief der Mann. »Ab nach Hause mit dir, Mädchen! Du solltest deiner Mutter helfen statt zu reiten wie der Teufel!«

»Gleich, Pa!«, rief Emily über die Schulter und warf Caitlyn einen verschwörerischen Blick zu. »Ich bin schon tagelang nicht mehr richtig geritten!«

Caitlyn wandte sich um und sah, wie der Mann mit einem leichten Lächeln auf seinem sonnenverbrannten Gesicht den Kopf schüttelte. Sie drehte sich wieder nach vorn, als Emily das Pferd antrieb. Die beiden Mädchen beugten sich vor, der Wind peitschte in ihre Gesichter, und die Welt rauschte an ihnen vorbei.

Madame Pelletier drängte sich in Caitlyns Blickfeld. »*Arrête! Arrête! Mon Dieu, qu'est-ce que tu fais? Arrête!*« Halt, halt, mein Gott, was machst du da?

Der Feldweg verschwand, und vor Caitlyns Augen erschien die Reitbahn in erstaunlicher Klarheit. Die anderen Reitanfängerinnen sahen sie starr vor Erstaunen an.

Die Fortgeschrittenen, darunter auch Amalia, waren stehen geblieben und starrten alle mit derselben erschrockenen Faszination in ihre Richtung. »Sie kommt eben doch aus dem Westen Amerikas«, hörte Caitlyn Amalia sagen. »Reiten auf bloßem Pferderücken liegt ihnen dort im Blut!«

Aber jetzt, wo sie nicht mehr in diesem tranceartigen Zustand war, gerieten die Bewegungen des Pferdes unter Caitlyns Schenkeln außer Takt. Caitlyn drohte das Gleichgewicht zu verlieren. Sie wurde panisch und riss an den Zügeln, sodass Rosamund stolpernd stehen blieb und Caitlyn den Halt verlor.

»*Merde*«, murmelte sie, dann plumpste sie zu ihrer Schande langsam auf den Boden.

Kapitel 13

Caitlyn war froh, dass ihre Französischkenntnisse so erbärmlich waren. Das machte es erträglicher, sich Madame Pelletiers wütendes Geschimpfe über das Fiasko mit dem Reiten ohne Sattel anzuhören. Die Lehrerin hatte sie nach dem Sturz vom Pferd geradewegs in Madame Snowes Büro gezerrt.

Caitlyn saß zusammengekauert auf dem Stuhl vor Madame Snowes edlem Schreibtisch, während die Reitlehrerin schrie, gestikulierte und auf ihre niedergeschlagene Schülerin deutete. Caitlyn war zuvor noch nie ins Büro der Direktorin geschickt worden. Es war demütigend, und sie hoffte, dass es nie wieder vorkommen würde.

Glücklicherweise hatte sich Caitlyn bei dem Sturz nicht verletzt. Der war das Peinlichste an dem Ganzen gewesen, vor allem, weil Amalia zugeschaut hatte.

Madame Snowe machte einige begütigende Gesten in Madame Pelletiers Richtung und sagte dann deutliche Worte auf Französisch, die sie zu beruhigen schienen. Madame Snowe brachte die Reitlehrerin zur Tür und versicherte ihr, dass mit der Übeltäterin streng verfahren werden würde.

Caitlyn spürte ein Kitzeln am Bauch und hob den Saum ihres Pullovers hoch. Etwas Sägemehl von der Reitbahn fiel auf ihre Oberschenkel. Sie klopfte es ab und sah mit Schrecken, dass es auf dem Orientteppich einen hellen Fleck bildete. Heimlich verrieb sie ihn mit ihrer Stiefelspitze.

Als Caitlyn den Kopf hob, um zu sehen, ob jemand sie dabei beobachtet hatte, fiel ihr Blick auf *La Perla*. Bianca wirkte amüsiert. *Das ist nicht lustig*, sagte Caitlyn im Stillen zu ihr. *Ich werde vielleicht wegen dieser Pferdegeschichte von der Schule fliegen.*

»Caitlyn«, sagte Madame Snowe, »gibt es einen bestimmten Grund, warum du dieses Porträt anschaust?«

»Was? Nein!« Sie drehte sich wieder um und richtete sich auf, um sich für die Standpauke zu wappnen, die Madame Snowe ihr bestimmt halten würde.

Die Direktorin – in einem mitternachtsblauen Hosenanzug aus Shantung-Seide – saß auf dem Rand ihres Tisches, verschränkte die schlanken Beine und blickte auf Caitlyn hinab. »Würdest du mir bitte deine Version der Geschichte erzählen?«

»Es tut mir so leid! Ich weiß nicht, was über mich gekommen ist.«

»Es ist etwas ›über dich gekommen‹?«

»Ich schwöre, ich wollte nicht ungehorsam gegenüber Madame Pelletier sein oder ohne Sattel reiten! Ich wollte aber so gerne reiten, und ich dachte, man würde es mir nicht erlauben, und dann …«

»Und dann?«

Angst verschlug Caitlyn die Sprache und sie schwieg. Sie dachte daran, wie ihr Vater und Joy immer reagiert hatten, wenn sie von ihren lebhaften Träumen erzählte, die sich so echt anfühlten, dass sie sie manchmal mit der Realität verwechselte und behauptete, Dinge getan zu haben, die sie sich in Wahrheit nur eingebildet hatte. Ihre Eltern hatten sie anfangs beschuldigt zu lügen, aber nach einer Weile begannen sie zu befürchten, dass mit ihr etwas nicht stimmen könnte. Vielleicht war sie schizophren und konnte nicht mehr unterscheiden, was real war und was nicht? Ein Psychiater, mit dem ihre Eltern gesprochen hatten, sagte, es könnte ein möglicher Hinweis auf Schizophrenie sein, dass Caitlyns Symptome erstmals in der Pubertät aufgetreten waren.

Caitlyn hatte sich angewöhnt, ihre Träume nur noch den Seiten ihres Tagesbuchs anzuvertrauen.

»Und dann habe ich ein einfaches Zaumzeug gemacht, bin auf Rosamund gestiegen und losgeritten«, sagte Caitlyn tonlos.

»Woher wusstest du, wie man ein Zaumzeug macht?«

»Ich wusste es nicht. Aber mit einem Mal konnte ich es.«

»Jemand muss es dir irgendwann einmal gezeigt haben. Madame Pelletier sagt, du hast eine improvisierte Hackamore gemacht.«

Caitlyns Herz machte einen Satz. »Was ist das?«, fragte sie. Sie hatte aus einem ihrer Träume etwas *Reales* gelernt?

»Das ist eine gebisslose Zäumung, die meist beim Westernreiten verwendet wird. Es sieht so aus, als hättest du schon mal eine gemacht oder gesehen, wie jemand eine macht.«

Caitlyn zuckte mit den Schultern und versuchte angestrengt, sich ihr Interesse nicht anmerken zu lassen. Dies wäre nun schon das zweite Mal, dass sie eine *reale* Information aus einem ihrer Träume bekommen hätte!

»Und dann deine Reitkünste. Madame hat zugegeben, dass sie deinen Sitz bewundert habe, wenn sie nicht so erschrocken gewesen wäre und so viel Angst um dich gehabt hätte. Du seist mit natürlicher Anmut geritten, sagte sie. Bis du gestürzt bist, natürlich.« Madame Snowe hob mit ihren langen, kalten Fingern Caitlyns Kinn und zwang sie, ihr in die Augen zu sehen. »*Alors.* Sag mir die Wahrheit. Du bist schon mal geritten.«

Caitlyn stand auf dem schmalen Grat zwischen Wahrheit und Lüge und wusste nicht, ob das eine oder das andere sie retten würde. Allerdings warnte Madame Snowes eindringlicher Blick sie, dass sie eine Lüge ahnen würde. Caitlyn hatte fast das Gefühl, ihren Willen zu spüren, der sie dazu zwang, die Wahrheit zu sagen. »Nur in meinen Träumen«, flüsterte sie.

»Aha?« Madame Snowe ließ Caitlyns Kinn los. »Das müssen sehr lebhafte Träume sein.«

Caitlyn nickte.

»Und hast du auch Träume, in denen du andere Dinge lernst als sattellos auf einem Pferd zu reiten?«

Caitlyn dachte an Raphael und schüttelte den Kopf. Sie wollte ihn nicht mit der Schulleiterin teilen. »Das heißt, ich weiß es nicht. Wie jeder erinnere ich mich meist nur an Bruchstücke meiner Träume.«

Madame Snowe tippte sich mit der Fingerspitze auf die Unterlippe und dachte nach. »Vermutlich könnte Kryptomnesie die Erklärung für deine Reitkünste sein«, sagte sie fast wie zu sich selbst.

»Krypto-was?«

»Kryptomnesie. Das bedeutet, dass man vergessen hat, wie oder wann man etwas gelernt hat, sogar vergisst, dass man es weiß, bis es plötzlich wieder ins Bewusstsein dringt. Das veranlasst manche Leute zu glauben, sie hätten übernatürliche oder andere paranormale Fähigkeiten. Ist es bei dir auch so?«

»Nein. Natürlich nicht«, schwindelte Caitlyn, denn sie hatte tatsächlich geglaubt, an ihren Träumen sei etwas Ungewöhnliches, das seine Erklärung in der Welt des Paranormalen haben könnte.

»*Bon.* Vielleicht hast du reiten gelernt, indem du andere Menschen dabei beobachtet oder es in Filmen gesehen hast. Dann hast du dieses Wissen in dich aufgenommen, indem du geträumt hast, dass du diejenige warst, die reitet.«

»Ich glaube, so war es«, sagte Caitlyn, auch wenn diese Erklärung eine Enttäuschung war. Sie war so … nüchtern.

»Wenn du noch weitere kryptomnesische Anfälle dieser Art hast, möchte ich, dass du mir davon berichtest. Ich habe den Doktortitel in Psychologie und finde sie … faszinierend. Tust du das? Berichtest du mir davon, wenn dir wieder so etwas passiert?«

»Sie glauben nicht …«, begann Caitlyn. »Ich meine, Sie haben keine Angst, dass …« Caitlyn tippte sich mit dem Zeigefinger an die Schläfe.

»Dass es das Anzeichen für eine Geisteskrankheit ist?«

Caitlyn nickte. »Es ist kein Symptom für Schizophrenie?«

Madame Snowe stieß ein kurzes Lachen aus. »Nein. Du bist nicht verrückt. Du bist vielmehr *einzigartig*, Caitlyn. Akzeptiere das, so wie ich es tue.«

Caitlyn blinzelte überrascht. Sie begann zu glauben, dass Madame Snowe wirklich dachte, sie sei etwas Besonderes. Anscheinend waren die Eigenschaften, die sie in Oregon zu einer unglücklichen Spinnerin gemacht hatten, genau das, was Madame Snowe so außergewöhnlich an ihr fand.

Vielleicht war mit Caitlyn in all den Jahren gar nichts verkehrt gewesen, vielleicht war sie nur in der falschen Umgebung und mit den falschen Menschen zusammen gewesen.

Caitlyn lächelte. »Ich glaube, mit Einzigartigkeit kann ich leben.« Trotzdem wollte sie nicht mit Madame Snowe über Raphael sprechen.

»Gut. Und vergiss nicht, mir das nächste Mal davon zu berichten, wenn wieder so etwas passiert. Ich möchte alle Details wissen. Versprochen?«

Caitlyn nickte und hoffte, der Blitz würde sie nicht treffen wegen dieser Lüge.

Kapitel 14

16. FEBRUAR

Das Frühstück war die ruhigste Mahlzeit in der Großen Halle, und, was das Essen anging, Caitlyns liebste. An diesem Morgen war ein langes Büfett aufgebaut mit Croissants, *pain au chocolat*, Butter, Käse, in Scheiben geschnittenem Fleisch, Joghurt, Früchten, Müsli, Milch, Tee, Orangensaft und hart gekochten Eiern. Caitlyn durfte sich nehmen, was sie wollte. Sie musste mit keiner Köchin sprechen.

Mädchen kamen verschlafen und in Pyjamas aus ihren Zimmern, oder sie stürzten herein, kurz bevor die Küche schloss, um sich vom Büfett ein paar Croissants zu angeln. Einige Mädchen kamen überhaupt nicht hinunter, Schlaf war ihnen wichtiger als Essen.

Caitlyn stellte ihre Schale mit Joghurt und Früchten auf den Tisch, an dem Mathilde Obermann saß, das Mädchen, das die echte Frau in Schwarz gesehen hatte.

Bereits seit einigen Tagen überlegte Caitlyn, ob sie mit Mathilde sprechen sollte. Sie wollte erfahren, wie ihr die Frau in Schwarz begegnet war und ob sie gehört hatte, wie die Geisterfrau nach ihrer verlorenen Liebe, Raphael, gerufen hatte.

Madame Snowes Ausführungen über Kryptomnesie waren eine einleuchtende Erklärung für Caitlyns Träume, die ihren Ursprung anscheinend in der realen Welt hatten. Sie musste von Caterina de' Medici schon einmal gelesen oder gehört haben. Vielleicht hatte sie im Fernsehen eine Sendung über sie gesehen, an die sie sich nicht bewusst erinnern konnte, die aber dennoch in ihrem Unterbewusstsein Eindrücke hinterlassen hatte.

Sie gab sich mit dieser Erklärung zufrieden, bis ihr plötzlich einfiel, dass sie, als sie das erste Mal von Raphael geträumt hatte, in dem Auto gewesen war, das sie vom Flughafen in Bordeaux abgeholt hatte. *Bevor* sie in der Schule angekommen war. Wo also konnte sie Raphaels Namen schon gehört haben?

Vielleicht würde Mathildes Begegnung mit der Frau in Schwarz ihr auf diese Frage einen Hinweis geben können, und sei es nur ein kleiner.

Caitlyn war froh, Mathilde allein anzutreffen. Das österreichische Mädchen hatte krauses rotes Haar, das wie ein Heiligenschein um ihr blasses Gesicht stand. Ihre hellen Augenbrauen waren fast unsichtbar und verliehen ihr einen Ausdruck ständigen Erschrockenseins.

»Hi«, sagte Caitlyn.

»Hallo.«

»Ich bin Caitlyn.«

Mathilde grinste. »Das Mädchen aus dem Wilden Westen, das ohne Sattel geritten ist! Ja, ich weiß. Die ganze Schule weiß es! Kannst du auch mit einem Gewehr schießen?«

Caitlyns Wangen brannten vor Verlegenheit. »Ähm«, stammelte sie, »nein.«

»Ich wünschte, ich hätte Madame Pelletiers Reaktion sehen können. Ich habe gehört, dass sie fuchsteufelswild war!« Mathilde wedelte mit den Armen über ihrem Kopf herum und machte ein ärgerliches, verkniffenes Gesicht. Sie ließ die Arme fallen und gluckste. »Das hätte mir gut gefallen.«

»Na ja, was mich angeht, war es nicht so toll.«

Mathilde lächelte, und auf ihren Wangen erschienen Grübchen. »Aber jetzt hast du eine gute Geschichte zu erzählen.«

»So wie du. Ich habe gehört, dass du vor ein oder zwei Jahren die Frau in Schwarz gesehen hast.«

Mathilde wurde ernst. Sie senkte den Blick, nahm ihr Croissant und zerpflückte es. »Das war wirklich schrecklich.«

»So schrecklich wie meine Geschichte mit Madame Pelletier?«

Mathilde ließ ein Lächeln aufblitzen. »Vielleicht nicht ganz so.«

»Ich dachte, du könntest mir vielleicht helfen.«

»Und wie?«

»Ich muss einen Aufsatz über *Die Abtei von Northanger* von Jane Austen schreiben, eine Art Gespenstergeschichte. Ich dachte, vielleicht könnte ich dein Erlebnis mit einarbeiten.« Das stimmte, und es war außerdem eine gute Erklärung für ihr großes Interesse an der Frau in Schwarz.

Mathilde runzelte die Stirn. »Ich habe das Buch gelesen. Da gibt es keinen Geist, nur eine Heldin, die sich Dinge ausdenkt. Ich hab mir die Frau in Schwarz nicht ausgedacht.«

»Nein, natürlich nicht! Darum geht es mir auch nicht. Ich wollte eine echte Begegnung mit einem Geist mit einer nur fiktiven vergleichen.«

Mathilde dachte einen Moment nach, dann steckte sie sich ein Stück Croissant in den Mund und lächelte. »Einverstanden.«

»Fang ganz von vorn an.«

»Es war mitten in der Nacht. Ich war aufgestanden, um mir ein Glas Wasser zu holen«, sagte Mathilde.

»Du warst also auf dem Gang? Welches Stockwerk?«

»Dritter Stock. Ich hörte hinter mir ein Geräusch, wie schwere Seidenröcke. Das Geräusch, das sie machen, wie nennt man das auf Englisch?«

»Rascheln?«, schlug Caitlyn vor.

Mathilde nickte. »Rascheln, wie wenn eine Frau in einem langen Rock geht. Ich war natürlich total erstaunt. *Wer ist das?*, dachte ich. *Wer spaziert zu dieser Uhrzeit in einem langen Rock im Gang herum?* Ich drehte mich also um.«

»Und?«, fragte Caitlyn mit zusammengepressten Händen. »Was hast du gesehen?«

»Nichts! Niemand war da.«

Caitlyn ließ enttäuscht die Schultern sinken. Vielleicht war Mathildes Begegnung mit dem Gespenst so falsch wie Danielas. Ein raschelndes Geräusch konnte alles Mögliche gewesen sein, von Mäusen bis zum Wind.

»Aber das Geräusch – das hörte ich immer noch«, fuhr Mathilde düster fort.

Caitlyn blinzelte. »*Was?*«

»Es wurde lauter und kam näher. Ich spürte den kalten Luftzug, als sie den Gang entlangkam. Ich stand etwa in der Mitte des Gangs und konnte mich nicht bewegen.«

Caitlyns Puls raste. »Und du hast immer noch nichts gesehen?«, flüsterte sie aufgeregt

»Nichts! Ich habe nur dieses Rascheln gehört: *Sch, sch, sch*. Es kam näher und näher.«

»Was hast du gemacht?«

»Ich stand einfach nur da. Meine Beine wollten sich nicht bewegen. Es war wie in einem Traum, weißt du? Und die ganze Zeit dieses *Sch, sch, sch*, das näher kam.«

»Und?«

»Als sie direkt vor mir stand und ich fröstelte, weil sie so nah war, hörte das Geräusch auf. Die Lichter im Gang flackerten, und immer dann, wenn es kurz dunkel wurde, sah ich sie vor mir stehen.«

Ein Schaudern rann Caitlyn über den Rücken. »Wie sah sie aus?«, flüsterte sie.

»Sie war ganz in Schwarz gekleidet und trug einen schwarzen Schleier, aber durch ihn hindurch konnte ich ihr blasses Gesicht sehen. Sie starrte mich an. Und dann gingen die Lichter ganz aus, und alles, was ich sehen konnte, war ihr verschwommenes weißes Gesicht. Nur dass es nicht wirklich ein Gesicht war, es war nur ein verwischter weißer Fleck in der Dunkelheit, und ich hörte einen schrecklichen Schrei.« Mathilde riss die Augen auf. Sie hob die Hände an die Ohren und schüttelte den Kopf, als wollte sie die Erinnerung vertreiben. »Dann gingen die Lichter plötzlich wieder an, und ich sah, dass ich allein war.«

Caitlyn brauchte einen Moment, um sich zu fassen und von dem Bild loszureißen, das sie so sehr an die Kreischer erinnerte. »Hat noch jemand den Schrei gehört?«

»Nein«, sagte Mathilde. Sie ließ die Hände sinken und aß noch ein Stück Croissant.

»Und die Frau in Schwarz hat nichts gesagt?«

»Nein. Ich weiß, dass andere erzählt haben, sie rufe nach ihrem verlorenen Geliebten, aber ich habe das nicht gehört. Die Geschichten stammen jedoch aus vergangenen Zeiten; vielleicht hat sie es aufgegeben, nach ihm zu suchen.«

»Ich frage mich, warum sie hier ist.«

Mathilde zuckte mit den Schultern.

»Danke, dass du mir deine Geschichte erzählt hast.«

»Hast du genug für deinen Aufsatz?«

»Absolut.«

Am Abend war Caitlyn immer noch damit beschäftigt, herauszufinden, was das alles zu bedeuteten hatte und ob es überhaupt etwas zu bedeuteten hatte. Sie ging in den Gang im dritten Stock, wo die Schlafzimmer lagen, und blieb dort stehen, wo Mathilde den Geist gesehen hatte. Sie versuchte sich vorzustellen, wie es für sie gewesen sein musste. Die Wände waren mit Holz verkleidet, und jeweils in der Mitte zwischen zwei Zimmertüren hingen Wandleuchten. Ihr gedämpftes Licht warf nur einen schwachen goldenen Schein in den Gang, der ihn nicht wirklich beleuchtete.

Es musste gruselig gewesen sein, hier allein zu stehen, das *Sch, sch, sch* raschelnder Röcke zu hören und trotzdem keine Menschenseele zu sehen.

Warum hatte die Frau in Schwarz nicht nach Raphael gerufen? Mathildes Vermutung, sie habe es aufgegeben, nach ihm zu suchen, deckte sich nicht mit anderen Gespenstergeschichten. Gespenster änderten ihr Verhalten schließlich nicht, oder?

Wie auch immer, Caitlyn war froh darüber. Raphael gehörte *ihr*, und sie wollte ihn nicht teilen. Die Vorstellung, dass eine lang verlorene Liebe auf der Suche nach ihm durch die Gänge der Burg wanderte, gefiel ihr ganz und gar nicht. Das hieße nämlich, dass es in seinem Leben noch jemand anderen gab.

Plötzlich wurde ihr klar, dass sie eifersüchtig war.

Das ist Unsinn! Wie kann ich auf ein Gespenst eifersüchtig sein wegen eines Jungen, der vielleicht nicht einmal existiert?

Und doch, für das, was sie fühlte, gab es kein anderes Wort. In dem Augenblick, als sie Raphael durch das Tal hatte reiten sehen, hatte ihr Herz ihn zu ihrem Ritter der Kelche auserkoren.

Sie rieb sich die Stirn und schloss die Augen. Sie konnte selbst kaum glauben, was sie da dachte. Sie war wirklich verrückt, oder? Sie schwärmte für einen Jungen, den sie nur im Traum gesehen hatte.

Die Erinnerung daran, wie er ihre Hand gehalten hatte und mit seinem Daumen über ihre Fingerknöchel gestrichen hatte, tauchte auf, und ihr Körper wurde von Wärme durchströmt. Raphaels Augen, die in ihre blickten, als er sie näher an sich zog, bis ihre Knie –

Eine Zimmertür knarrte. Caitlyn schrak auf und drehte sich um.

»Wieso stehst du denn hier herum?«, fragte Daniela und lehnte sich mit verschränkten Armen an den Türrahmen.

»Ich versuche mir vorzustellen, wie es ist, die Frau in Schwarz zu sehen!«, sagte Caitlyn ein wenig hastig. »Ich verwende Mathildes Erlebnis für einen Aufsatz, den ich über *Die Abtei von Northanger* schreiben muss.«

Zu Caitlyns Überraschung hellte sich Danielas Miene auf. »Weißt du eigentlich, dass *ich* den Geist auch gesehen habe?«

»Ich habe so etwas gehört«, sagte sie und dachte an den Streich, den Naomi Daniela gespielt hatte.

»Du solltest meine Geschichte auch für deinen Aufsatz verwenden. Möchtest du sie hören?«

»Äh, ja, klar.«

Sie folgte Daniela in das Zimmer, das sie mit Brigitte teilte. Es war das erste Mal, dass Caitlyn hereingebeten wurde. Wenn der Preis für eine höfliche Behandlung von Daniela der war, sich eine erfundene Gespenstergeschichte anzuhören, würde sie ihn bezahlen. Vielleicht hatte Amalia recht, und Daniela begann zu zeigen, dass sie ein »guter Mensch« war.

Caitlyn konnte der Verlockung nicht widerstehen, sich in dem Zimmer umzuschauen, um zu erfahren, wie die anderen Mädchen in der Burg lebten. Brigitte war nicht da, aber ihre Sachen gaben durchaus Aufschluss über ihre Persönlichkeit: *Hello-Kitty*-Krimskrams, eine grellrosa Tagesdecke auf dem Bett, eine ganze Menagerie von Stofftieren, die zwischen die Bücher in ihrem Regal gestopft waren.

An der Wand neben ihrem Bett hing ein gerahmtes Poster von einer Meerjungfrau, die ihr Haar kämmte. Der Rest der Wand war bedeckt mit Fotos von der Familie, Freunden und von Brigitte selbst, die neben diversen Stars in die Kamera grinste. Ihr Vater war ein berühmter französischer Filmschauspieler.

Caitlyn deutete auf ein professionelles Schwarz-Weiß-Foto, das Brigitte und einen gut aussehenden blonden Mann zeigte, der ein paar Jahre älter aussah als sie. »Wer ist das?«

»Brigittes Bruder, Thierry«, sagte Daniela und setzte sich auf ihr Bett, auf dem eine Tagesdecke aus dunkelgoldener Shantung-Seide lag. In ihrem Teil des Zimmers hingen golden schimmernde Klimt-Poster an den Wänden, am Fuße ihres Betts lag ein schwarzes Pelzplaid, und auf ihrem Tisch stand ein gerahmtes Foto von ihr selbst. »Thierry sieht gut aus, aber Brigitte hat ein gutes Herz.«

Caitlyn warf Daniela einen tadelnden Blick zu. »Ich finde, Brigitte ist absolut hinreißend.«

»Ich weiß. Sie sagt das selbst über ihr Aussehen. Außerdem ist es besser, ein Herz zu haben, als ein herzloses Schwein zu sein.«

Caitlyn hob fragend die Augenbrauen.

»Thierry ist ein Playboy, du weißt schon, die Sorte, die Frauen wie Dreck behandelt«, sagte sie und bestätigte damit Amalias Urteil. Ein Schatten zog über ihr Gesicht. »Zumindest hat er das früher getan. Jetzt nicht mehr.«

»Ist er tot?«

»Er ist quicklebendig«, sagte sie und setzte ein falsches strahlendes Lächeln auf. »Im Gegensatz zur … Frau in Schwarz!«

Caitlyn setzte sich auf Brigittes Schreibtischstuhl und hörte Daniela zu, wie sie die Geschichte ihrer Begegnung mit Naomi in dem dunklen Gang ausschmückte. Einige Details stammten ganz offensichtlich aus Mathildes Geschichte, aber Caitlyn tat trotzdem so, als sei sie fasziniert. Sie würde Daniela ganz sicher nicht erzählen, dass man ihr einen Streich gespielt hatte. Daniela schien begeistert darüber zu sein, den Geist gesehen zu haben.

»In der Burg spukt es also wirklich«, sagte Caitlyn.

»Ah! Es spukt überall in Europa, aber ich glaube, hier ganz besonders. Hast du von dem *gouffre* gehört?«

»Goofy? Was für ein Goofy?«

»*Gouffre*. Das ist, wie sagt man das ... Ein großes Loch in der Erde, sehr tief, das manchmal bis zum Grundwasser reicht.«

»Eine Grube?«

Daniela schüttelte den Kopf. »Groß. Tief.«

Caitlyn sah plötzlich den Drachen vor sich, wie er in dem Gemälde von Fortuna aus einem Abgrund auftauchte. »Ein Abgrund? Ein Schlund?«

»Vielleicht ist Schlund das richtige Wort. Es gibt einen großen *gouffre* in dem Wald bei der Burg. Er ist mit Wasser gefüllt, und dort spukt es. Man sagt, er sei das Tor, durch das der Teufel die Hölle betritt, aber das glaube ich nicht. Ich glaube, es ist etwas Primitiveres als das, etwas Dunkles in der Natur selbst. Weißt du, wie man auf Französisch sagt, dass man der Verzweiflung, der Katastrophe nahe ist?«

Caitlyn schüttelte den Kopf.

»*Je suis au bord du gouffre*. Ich stehe am Rande des Abgrunds.«

Caitlyns Mund wurde trocken. Sie sah plötzlich vor sich, wie ihre Mutter die Tarotkarten gelegt hatte, die Karte mit dem Narren, der kurz davor war, in den Abgrund zu stürzen.

Der Abgrund wartet auf dich. Du stehst an seinem Rand.

»Die Redewendung könnte auch gut von dem *gouffre* hier im Wald stammen«, sagte Daniela.

»Warum? Was ist dort?«

»Brigitte könnte es dir sagen – «

»Was könnte ich ihr sagen?«, fragte Brigitte, die gerade mit Amalia hereinkam. Ihre Stimme klang fröhlich.

»Warum der – «, begann Caitlyn.

»Warum ich die Geschichte von der Frau in Schwarz so oft erzähle«, unterbrach Daniela sie und blickte Caitlyn warnend an.

»Sie liebt es, wenn sie Aufmerksamkeit bekommt!«, sagte Brigitte lachend. »Du hast Caitlyn doch nicht damit behelligt, oder?«

»Sie hat mich danach gefragt. Sie ist selbst schuld.«

»Hättest du mir jedes Mal, wenn du die Geschichte erzählt hast, einen Euro gegeben, hätte ich jetzt eine neue Handtasche, und du weißt, dass ich teure Handtaschen liebe.«

»Ich schreibe einen Aufsatz über echte Gespenstergeschichten im Gegensatz zu denen in Jane Austens *Die Abtei von Northanger*«, erklärte Caitlyn.

Amalia ließ sich auf Brigittes Bett fallen und streifte ihre Schuhe ab. »Hast du dieses Thema wegen der Geister in deinen Albträumen gewählt?«

Brigitte und Daniela drehten sich zu Caitlyn und sahen sie an. »Was für Geister?«, fragte Brigitte.

Caitlyn sah Amalia vorwurfsvoll an, worauf ihr diese einen entschuldigenden Blick zuwarf.

»Ich sehe sie nur in meinen Albträumen. Sie sind nicht so interessant«, antwortete Caitlyn.

»Erzähl uns trotzdem davon«, sagte Brigitte und kletterte neben Amalia auf ihr Bett.

»Da gibt es nicht viel zu erzählen.« Caitlyn rutschte auf ihrem Stuhl herum; das begeisterte Interesse der anderen war ihr unangenehm. Über dieses Thema sprach sie nicht gerne. Andererseits wollte sie neue Freundinnen gewinnen und würde nie einer von ihnen näherkommen, wenn sie sich abschottete.

Außerdem, wenn Daniela Gespenstergeschichten erzählen konnte, warum dann nicht auch sie?

Caitlyn holte tief Luft. Also gut. »Mitten in der Nacht kommen … Gestalten zu mir. Ich nenne sie die Kreischer.«

Alle drei schauten sie mit großen Augen an.

»Sie sehen aus wie Menschen«, fuhr sie fort, »aber normalerweise sind sie schwarz-weiß und irgendwie unscharf, wie auf einem schlechten Foto. Meistens ist es nur einer, manchmal aber auch zwei oder drei. Sie kommen nachts, während ich schlafe, und schreien mich in meinen Träumen an. Manchmal versuchen sie mich zu kratzen oder zu schlagen, oder sie werfen mit Sachen nach mir.«

»*Mon Dieu*«, sagte Brigitte. »Wer sind sie?«

»Ich weiß es nicht. Ich wünschte, ich wüsste es. Vielleicht könnte ich sie dann loswerden.«

»Sind sie echt?«, fragte Daniela. »Oder sind es Träume?«

Caitlyn zuckte mit den Schultern. »Kein anderer sieht sie.«

Amalia nickte bestätigend.

»Das bedeutet, dass sie nur in meinem Kopf existieren, oder?«, sagte Caitlyn.

»Oder es bedeutet, dass sie echt sind und kein anderer sensibel genug ist, sie zu sehen«, sagte Daniela. »Wie die Frau in Schwarz. Nur wenige können sie sehen. Es heißt, dass solche Fähigkeiten innerhalb der Familie weitervererbt werden, besonders von Frauen.«

Caitlyns Lippen öffneten sich, ihr Gesicht wurde starr, als sie begriff.

»Caitlyn?«, fragte Amalia. »Was ist los?«

»Meine Mutter … Ich meine, meine echte Mutter, nicht meine Stiefmutter. Sie kam bei einem Autounfall ums Leben, als ich vier Jahre alt war, ich kannte sie also nicht wirklich, aber ich weiß, dass sie eine Wahrsagerin war.«

»Siehst du!«, sagte Daniela, erfreut darüber, dass sie recht hatte. »Es liegt in deiner Familie. Was ist mit der Mutter deiner Mutter? Hatte sie irgendwelche außergewöhnlichen Fähigkeiten?«

»Ich weiß es nicht, sie starb, bevor ich geboren wurde. Ein Cousin hat mir aber erzählt, dass sie einmal die Umpqua-Jungfrau gesehen hat.«

»Wen?«, fragte Amalia.

»Den Geist eines Umpqua-Mädchens, wahrscheinlich die Tochter eines Indianerhäuptlings. In den Geschichten sind es immer die Töchter von Häuptlingen.«

»Wie die Prinzessinnen in den Märchen«, sagte Brigitte und stieß Amalia an.

»Hm-hm«, lautete Amalias knapper Kommentar.

»Jedenfalls, die Umpqua-Jungfrau geht schon seit Jahrhunderten in Spring Creek um, noch bevor die ersten Siedler nach Oregon kamen. Es gibt verschiedene Versionen der Geschichte, aber die beliebteste ist, dass ein böser Geist den Liebsten des Mädchens tötete, seine Gestalt annahm und sie dann dazu brachte, ihn zu heiraten. In ihrer Hochzeitsnacht entdeckte sie die List und versuchte wegzulaufen. Der böse Geist war so wütend, dass er sie tötete. Jetzt irrt sie auf der Erde herum und sucht bis in alle Ewigkeit ihren Liebsten, ohne ihn jemals zu finden.«

»Wie sieht sie aus?«, fragte Daniela.

Caitlyn zuckte mit den Schultern. »Ich habe sie selbst nie gesehen, aber in den meisten dieser Geschichten wird die Umpqua-Jungfrau als grausiges, totenblasses Gesicht beschrieben, das in der Dunkelheit schwebt und einen anstarrt. Es heißt, wenn man sie sieht, bedeutet das, dass man bald stirbt.«

»Und sterben die Leute wirklich bald danach?«, fragte Brigitte atemlos.

Caitlyn lächelte. »Angesichts der Tatsache, dass in Spring Creek in diesem Moment etliche Leute quicklebendig herumspazieren, die behaupten, sie gesehen zu haben, glaube ich das nicht!«

»Warum ist es anscheinend immer so, dass weibliche Gespenster ihre ganze Zeit damit verbringen, Männer zu suchen, die sie nicht finden können?«, fragte Amalia.

»Weil sie ein Nein nicht akzeptieren können?«, sagte Caitlyn und erntete ein Kichern von den anderen.

»Weil einfach nichts Interessantes im Fernsehen kommt?«, schlug Daniela vor.

»Weil die männlichen Gespenster mit ihren Kumpels in der Kneipe sind?«, warf Brigitte ein.

Alle lachten.

»Sollte eine von euch frühzeitig sterben«, sagte Amalia, »versprecht mir eins.«

»Alles!«, sagte Caitlyn.

»Versprecht mir, dass ihr nicht herumgeistert und bis in alle Ewigkeit einen Jungen sucht, der nicht gefunden werden will!«

Kapitel 15

8. MÄRZ

Drei Wochen später saß Caitlyn mit einem Stapel Bücher über die Medici-Familie in der Bibliothek und kam sich vor, als würde *sie* bis in alle Ewigkeit einem Jungen nachjagen, der nicht gefunden werden wollte. Sie hatte einundzwanzig Nächte lang nicht von ihm geträumt, und Raphael wurde in keinem der Bücher, die sie gelesen hatte, erwähnt.

Die Zeit mit den Büchern war jedoch nicht ganz verschwendet, denn sie konnte das Material für die Geschichtsarbeit verwenden, die sie über Bianca de' Medici schrieb. Es war eine perfekte Ausrede dafür, endlose Stunden in der Bibliothek zu verbringen und über alten, verschimmelten Wälzern zu brüten, deren Inhalt nie das Internet erreicht hatte. Was hätte sie gegeben für eine Suchfunktion, um diese Bücher durchforsten zu können!

Mit jeder Nacht, die ohne einen Traum von Raphael verging, wurde sein Gesicht in ihrer Erinnerung ein wenig undeutlicher, auch wenn er, wie sie feststellte, ihre Gedanken mehr und mehr vereinnahmte.

War er ein Geist?

Und wenn ja, hatte er kein Interesse mehr daran, sie heimzusuchen?

Wenn er kein Geist war, was war er dann, und warum fühlte sie sich so stark zu ihm hingezogen?

Was auch immer er war – wann würde sie ihn wiedersehen?

Sie wünschte, sie hätte mehr Kontrolle über ihre Träume. Vielleicht wartete Raphael in ihrer Traumwelt ungeduldig auf sie, und *sie* war diejenige, die ihn im Stich ließ, weil sie nicht erschien. Sie hatte keine Ahnung, wie sie sich mit Absicht an einen bestimmten Ort träumen konnte.

Sie hatte auch keinen von diesen kryptomnesischen Träumen mehr, für die sich Madame Snowe so interessierte, Träume, in denen sie reiten lernte oder so nützliche Dinge wie quadratische Gleichungen zu lösen oder den genauen Unterschied zwischen metamorphem und echtem Gestein zu definieren. Die Traumfragmente, an die sie sich erinnerte, waren lebhaft, aber bedeutungslos, kaum ein paar flüchtige Zeichnungen in ihrem Skizzenbuch wert.

Die Kreischer jedoch waren in den letzten Tagen zweimal erschienen. Der erste kam, als Caitlyn träumte, dass sie in der Dämmerung einen Waldweg entlangging, wobei ihre bloßen Füße kein Geräusch auf dem Boden machten. Plötzlich hatte ein kehliges Gebrüll sie erschreckt, und eine massige Gestalt, die eine lange Klinge schwang, war auf sie losgestürzt. Caitlyn schrie, als die Gestalt brüllte und grunzte und herumtobte. Sie hatte ihr Gesicht nur flüchtig gesehen – männlich und von dunklem Haar bedeckt –, bevor Amalias Hand auf ihrer Schulter sie geweckt hatte.

Was die zweite Erscheinung betraf, konnte sich Caitlyn an weniger Details erinnern, sie war aber nicht weniger grauenerregend gewesen. Das Einzige, an das sie sich erinnern konnte, war, dass sie auf einem Bett lag und eine wütende Banshee, eine Geisterfrau, auftauchte,

Caitlyn anschrie und um sich schlug, als wollte sie einen Höllendämon vernichten.

Wegen dieser Träume verbrachte Caitlyn die folgenden Nächte im Großen Salon, um Amalia schlafen zu lassen. Naomi war ebenfalls oft einige Stunden da, und sie unterhielten sich oder lernten oder taten von beidem ein bisschen, und dann ging Naomi wieder zurück in ihr Zimmer, während Caitlyn auf dem Sofa schlief. Ein paar Mal war sie nahe daran gewesen, Naomi zu erzählen, wie besessen sie von den Träumen mit Raphael war, war dann aber in letzter Minute davor zurückgeschreckt. Sie wollte die Freundschaft, die sich langsam zwischen ihnen zu entwickeln schien, nicht gefährden. Sie fürchtete zu sehr, dass Naomi sie nicht mehr mögen würde, wenn sie wüsste, wie wenig Caitlyns Gedanken mit der alltäglichen Realität zu tun hatten.

»Ich bin am Verhungern«, flüsterte Brigitte quer über den Bibliothekstisch und schreckte Caitlyn aus ihren Gedanken auf. Vor Brigitte lagen lauter Bücher über die französische Küche des 18. Jahrhunderts, das Thema ihrer schriftlichen Arbeit. Die gesamte Klasse war in der Bibliothek und recherchierte auf die altmodische Art: in Büchern.

»Noch eine Dreiviertelstunde bis zum Mittagessen.«

Brigitte stöhnte leise. »Und ich muss hier über die Geschichte des Brots lesen. Es ist unerträglich.«

Caitlyn kicherte und wandte sich wieder ihren Büchern zu.

Ihre Versuche, Raphael zu finden, hatten sie auf eine lange Reise voller Umwege durch die Geschichte der Tempelritter, der Medici-Familie und des Château de la Fortune geführt. Ihre Aufzeichnungen waren ein wildes Durcheinander von Informationen über diese Themen, weniger über Bianca selbst, die in den Geschichtsbüchern nur wenige Spuren hinterlassen hatte.

Caitlyn wandte sich wieder ihren Notizen zu und versuchte, die Informationen herauszufiltern, die hilfreich waren für ihre Suche nach Raphael.

Ihre Notizen über Biancas entfernte Cousine, Caterina de' Medici, waren umfangreich. Caterina wurde mit dem zukünftigen König von Frankreich, Heinrich II., verheiratet, als sie erst vierzehn Jahre alt war. Heinrich zeugte neun Kinder mit ihr, beachtete sie jedoch ansonsten nicht und schenkte seine ganze Aufmerksamkeit seiner Geliebten, Diane de Poitiers, die Caterina hasste. Als Heinrich bei einem merkwürdigen Unfall auf dem Turnierplatz starb, wurde Caterina von einigen der Hexerei bezichtigt.

Nach Heinrichs Tod erbten Caterinas Söhne den Thron, aber sie besaß großen Einfluss auf ihre Söhne und war bis fast zu ihrem Tod im Jahr 1589 die maßgebliche Macht in Frankreich. Sie herrschte jedoch über ein Land, in dem ein religiös motivierter Bürgerkrieg tobte. Katholiken kämpften gegen protestantische Hugenotten. Caterinas Rücksichtslosigkeit wurde legendär, als sie mit allen Mitteln versuchte, die Kontrolle über ihr Land und ihre Söhne zu behalten, und dabei zu jedem Mittel griff, gleichgültig, wie niederträchtig es war. Mord, Entführung, Hexerei: Sie schreckte vor nichts zurück.

Caitlyns Recherche zur Geschichte des Château de la Fortune erbrachte dagegen nur eine einzige Erwähnung des Schatzes der Tempelritter und der Legende, die besagte, dass er irgendwo in der Burg versteckt sei.

Der letzte Burgherr, der das Geheimnis kannte, Gerard, starb ohne Nachkommen im 14. Jahrhundert. Er hatte die Burg durch eine umfangreiche Renovierung der Festungsanlage und der Kapelle in den Bankrott getrieben. Offensichtlich in dem Versuch, ungenannte Familiensünden zu büßen, hatte er überall christliche Motive anbringen lassen. Kurz vor seinem Tod schrieb er einen Brief an einen Freund, in dem stand: »Nur das Licht Gottes wird euch zu dem wahren Schatz führen«, wobei mit »der wahre Schatz« Erlösung gemeint war.

Eine ungewöhnliche Sonnenuhr war das bemerkenswerteste Ergebnis der von Gerard durchgeführten Renovierung; im Internet wurde allerdings nicht erwähnt, was so besonders an ihr war. Caitlyn hatte ein ganzes Wochenende auf dem Burggelände gesucht, aber keine Sonnenuhr gefunden.

Der arme Gerard. Seine einzige erwähnenswerte Leistung war vom Erdboden verschwunden. Vielleicht war der Schatz *doch* verflucht.

Caitlyn stand auf und reckte sich. Vom gebeugten Sitzen über Büchern und Notizen tat ihr der Rücken weh. Sie ging zu einem Fenster, stützte die Hände auf die steinerne Fensterbank und dehnte sanft ihre Waden. Froh über die Ablenkung, gesellte sich Brigitte zu ihr. Auch die anderen Schülerinnen begannen sich zu rühren und ihre Bücher und Hefte zusammenzusammeln. Die Uhr sagte, dass die Lernstunde in fünf Minuten vorbei war.

»Ich finde diese Buntglasscheiben wunderschön, du auch?«, fragte Brigitte.

Caitlyn folgte Brigittes Blick zu dem Quadrat aus bemaltem gebranntem Glas in der Mitte des Fensters, auf dessen Sims sie sich abstützte. Es zeigte eine strahlend gelbe Sonne über gemalten blauen Wellen. In den Ecken standen die lateinischen Worte *Fiat Lux*. Caitlyn wusste nicht, was das bedeutete.

»Das Fenster im Chemielabor gefällt mir am besten«, sagte Brigitte. »Es ist eine Frau in einem Umhang, die Blumen auf einen Pfad streut.«

»Das habe ich noch nicht gesehen.« Die bemalten Scheiben waren etwa dreißig Zentimeter hoch und zwanzig Zentimeter breit und jeweils in die Mitte eines Bleiglasfensters eingesetzt. In der Burg gab es Dutzende davon, und jede trug ein anderes Motiv: das Bildnis eines

Mannes, eine Stadt auf einem Hügel, Schwert und Schild, einen Greif. »Es kommt mir so vor, als hätten sie alle eine Bedeutung, die ich nicht enträtseln kann.«

»Die meisten haben wahrscheinlich einen religiösen Hintergrund«, sagte Brigitte. »Ich glaube, sie sind geheimnisvoller und schöner, wenn man nicht weiß, was sie bedeuten.«

»Vielleicht hast du recht.«

Sie schwiegen einen Moment, und Caitlyn hatte das Gefühl, dass Brigitte gerade all ihren Mut zusammennahm, um etwas zu sagen.

»Amalia hat mir erzählt, dass du immer noch von Albträumen gequält wirst«, sagte sie schließlich.

Caitlyn verzog das Gesicht. »Ja. Es tut mir leid, dass sie es mit mir aushalten muss.«

»Ich weiß vielleicht etwas, das dir helfen könnte.«

»Ehrlich?«, fragte Caitlyn interessiert. »Was denn?«

»Meine Eltern haben mich eine Zeitlang zu einer Therapeutin in Paris geschickt, als ich schlimme Träume hatte und ... na ja, noch ein paar andere Probleme.« Sie zupfte an den Blättern einer Topfpflanze, die unter der Glassonne auf der steinernen Fensterbank stand. »Sie ließ mich etwas ausprobieren, das man ›luzides Träumen‹ nennt. Hast du schon mal davon gehört?«

»Nein. Was ist das?«

»Während du träumst, versuchst du dir dessen bewusst zu werden, dass du träumst. Und dann veränderst du, ohne aufzuwachen, den Traum, sodass er so verläuft, wie du es willst.«

»Aber wie merkst du, dass du träumst? Ich merke es immer erst, wenn ich aufwache!«

Brigitte hörte auf, die Pflanze zu drangsalieren. »Es gibt Tests, die du in deinem Traum machen kannst, zum Beispiel dein Gesicht in einem Spiegel betrachten: Wenn dein Spiegelbild nicht normal ist, träumst du. Oder du hältst dir die Nase zu«, sagte sie und machte es vor. »Wenn du schläfst, kannst du immer noch atmen, ohne den Mund aufzumachen.«

»Aber ich müsste wissen, dass ich träume, bevor ich diese Tests machen kann«, sagte Caitlyn zweifelnd. Außerdem glaubte sie nicht, dass sie die Geistesgegenwart hatte, so etwas auszuprobieren, wenn die Kreischer kamen.

»Es gibt noch eine andere Möglichkeit.«

»Ja?«

»Es funktioniert am besten, wenn du nicht zu müde bist, also tagsüber. Du versuchst, vom Wachsein zum Träumen zu wechseln und die ganze Zeit über mit deinem Bewusstsein dabei zu sein.«

»Wie macht man das?«

»Das ist schwer zu erklären, aber wenn du es ausprobierst, wirst du es selbst erleben. Beim Einschlafen hast du doch bestimmt auch manchmal seltsame, traumartige Gedanken oder Visionen, oder?«

Caitlyn nickte. »Ja.«

»Das ist das Gefühl, das du festhalten musst. Lass dich tiefer in die Träume fallen, aber halte einen Teil von dir wach. Denk daran, die Kontrolle zu bewahren. Wenn du es übst, wird es dir gelingen. Dann kannst du alles beeinflussen, was in dem Traum geschieht. Wenn du anfängst, einen Albtraum zu haben, kannst du ihn stoppen und stattdessen etwas Schönes träumen.«

Caitlyn senkte den Kopf und dachte darüber nach. Es schien ihr kaum möglich zu sein. Wenn es aber doch möglich war, konnte sie nicht nur die Kreischer im Zaum halten, sondern vielleicht auch Raphael finden! Sie würde nicht auf Träume warten müssen, die ihn zu ihr brachten – *sie* konnte sich in diese Träume begeben. Eine Welle der Aufregung erfasste sie. »Hast du jemals einen luziden Traum gehabt?«

Brigitte neigte den Kopf erst zur einen, dann zur anderen Seite, lehnte sich zurück und stützte die Ellbogen auf das Fensterbrett. »Ja und nein. Wenn ich etwas geträumt habe, das ich nicht wollte, habe ich zu mir selbst gesagt, dass ich das jetzt nicht träume, sondern stattdessen zum Beispiel, wie ich ein großes Haus einrichte. Manchmal hat es funktioniert.« Sie lächelte. »Ich habe im Schlaf schon viele Häuser eingerichtet.«

»Du hattest also viele Träume, die du in eine andere Richtung lenken wolltest?«

Brigitte nickte langsam. »Mein Bruder, Thierry. Er ist letzten September fast gestorben. Es war eine sehr schwere Zeit für meine Familie.«

»Was ist passiert?«

Brigitte streckte sich und stieß dabei versehentlich den Topf mit der Pflanze um. Er fiel auf den Steinboden, und die Hälfte der Erde fiel heraus. »*Merde!*«

Die Mädchen schaufelten die Erde zurück in den Topf. »Es war ein Versehen«, sagte Caitlyn und meinte damit die Pflanze.

»Mein armer Bruder. Ja, es muss ein Versehen gewesen sein.« Brigitte schüttelte den Kopf, und in ihre Augen traten Tränen. »Er hat nicht versucht, sich das Leben zu nehmen. Es war ein Unfall, dass er in den *gouffre* gefallen ist.«

Caitlyn blickte auf. Der *gouffre*. Ein Schauder überlief sie. Sie hatte ein einziges Mal die Gelegenheit gehabt, mit Daniela allein zu sprechen und sie gebeten, alles über den Abgrund zu erzählen. Aber Daniela hatte die Lippen fest zusammengepresst und den Kopf geschüttelt. »Ich hätte das nicht erwähnen sollen. Bitte sag Brigitte nichts davon.«

»Was ist mit Thierry beim *gouffre* passiert?«, fragte Caitlyn sanft.

»Er war mit ein paar Freunden zu Besuch, um mich, Amalia und

Daniela zu treffen, bevor im September die Schule wieder losging«, begann Brigitte. »Einer seiner Freunde hatte vom *gouffre* gehört, und sie beschlossen, ihn sich anzusehen – von der Burg aus führt ein Weg direkt hin. Seine Freunde haben mir erzählt, dass sie, als sie dort waren, herumalberten und Steine hinunterwarfen, ganz normale Sachen eben. Dann haben sie gemerkt, dass Thierry ganz nah am Rand des *gouffre* stand. Nur da stand, lange Zeit, und in die Tiefe schaute. Und dann beugte er sich ohne Vorwarnung nach vorn und fiel hinunter.« Brigitte schaute Caitlyn in die Augen. »Er ist nicht gesprungen. Er hat nicht geschrien. Er ist einfach … umgekippt und gefallen. Einer seiner Freunde sagte, es habe ausgesehen, als würde ein gefällter Baum umstürzen.«

»Warum hat er das getan?«, fragte Caitlyn fassungslos.

»Ich weiß es nicht. Ich dachte, es ginge ihm gut. Er hatte Drogenprobleme, aber es ging ihm schon wieder besser. Es könnte ein Unfall gewesen sein, oder?«, flehte Brigitte, als könnte Caitlyn die Antwort wissen.

»Ja, wahrscheinlich.«

Brigitte nickte und sprach weiter. »Es dauerte eine halbe Stunde, bis die Rettungskräfte bei ihm waren. Er hat überlebt, aber mit seinem Gehirn ist etwas passiert. Er kann sich an nichts aus seinem Leben vor dem Sturz erinnern. Er kann sich an niemanden von *uns* erinnern.« Tränen liefen ihr übers Gesicht. »Er ist ein ganz anderer Mensch geworden. Die Ärzte sagen, dass er einen Hirnschaden erlitten hat, weil er so lange unter Wasser war, aber auf den Computertomografien ist nichts zu erkennen.«

Sie standen auf. Caitlyn stellte die Pflanze in die Fensternische zurück und rückte sie auf dem quadratischen, verkratzten Stück schwarzem Metall zurecht, das darin eingelassen war. Sie hatte fast ein schlechtes Gewissen, weil sie von ihren schlimmen Träumen erzählt hatte. Sie hatte Albträume. Na und? Brigittes Bruder hatte versucht, sich umzubringen, und nun litt er an einem schweren Gehirnschaden.

Je suis au bord du gouffre, dachte Caitlyn. Ich stehe am Rande des Abgrunds. Die übertragene und die wörtliche Bedeutung waren bei Thierry zusammengekommen.

»Es tut mir leid für deinen Bruder«, sagte Caitlyn, die nicht wusste, was sie sonst sagen sollte. »Ich hoffe, es geht ihm bald besser.«

»Danke«, schniefte Brigitte und fing sich wieder. »Jedenfalls, all das ist der Grund, warum ich schließlich zu einer Therapeutin gegangen bin. Findest du das mit dem luziden Träumen gut?«

»Ja, sehr. Ich werde es heute Nacht versuchen und dir berichten, was geschehen ist.«

»*Bon.* Du kannst mir dann ja erzählen, wie du ein Haus einrichtest.«

Caitlyn schwieg und lächelte nur. Sie wollte nicht davon träumen, ein Haus einzurichten. Sie wollte von Raphael träumen.

Kapitel 16

Nach dem Abendessen, während Amalia mit Daniela und Brigitte im Großen Salon fernsah, schüttelte Caitlyn die Kissen auf ihrem Bett auf, löschte alle Lichter bis auf ihre Nachttischlampe und legte sich auf die Bettdecke. Sie faltete die Hände über dem Bauch und versuchte sich zu entspannen – angesichts ihrer Aufregung ein Ding der Unmöglichkeit. Sie würde Raphael wiedersehen, und dieses Mal würde *sie* bestimmen, was geschehen sollte!

Die Stimmen, die sie draußen auf dem Gang vor ihrer Zimmertür hörte, waren ungewöhnlich laut und störend: Soma, ein Mädchen aus Indien, erzählte Kaori aus Japan, dass sie im letzten Monat ein Kilo zugenommen hätte und eine neue Kokosnussöl-Diät ausprobieren würde, um abzunehmen.

Caitlyn stöhnte frustriert, schaltete ihren Radiowecker an und stellte ihn auf das Rauschen zwischen zwei Sendern. Die Geräusche auf dem Gang wurden davon fast übertönt.

Träume, aber behalte die Kontrolle, sagte sie zu sich selbst.

Nach einigen Minuten spürte sie, wie sie die erste Ebene des Schlafs erreichte, und das Zimmer um sie herum verschwand langsam.

Raphael. Ich möchte von Raphael träumen.

Sie stellte sich sein Gesicht vor, seine lockigen Haare und seine haselnussbraunen Augen. Die Willensanstrengung brachte sie für einen Moment fast zu ihrem wachen Bewusstsein zurück, aber mit seinem Gesicht vor ihrem inneren Auge begann sie wieder in Schlaf zu sinken.

Freudige Erregung durchzuckte sie, als Raphaels Gesicht plötzlich lebendig wurde. Er und der alte Mann, Beneto, standen flüsternd vor einem Bleiglasfenster mit einer bemalten Scheibe in der Mitte. Mondlicht flutete durch das Glas, verlieh ihren Profilen einen silbrigen Schein und warf einen sanften Schimmer auf ein Kästchen, das Raphael in den Händen hielt. Caitlyn stand ein paar Meter entfernt an einer Stelle, die nicht vom Mond erhellt wurde, und blieb von den Männern unbemerkt.

»Wir müssen einen sichereren Platz finden, Beneto«, flüsterte Raphael auf Italienisch. Caitlyn verstand die fremde Sprache mühelos. »Wir können es nicht ständig woanders hinbringen und dem Dieb voraus sein.« Das Kästchen in seinen Händen war etwa fünfzehn Zentimeter lang und zehn Zentimeter breit. Die Seitenwände bestanden aus matten Glasstücken, die Ecken waren mit Gold beschlagen. Der Deckel war ebenfalls aus Gold und mit einem großen geschliffenen Stein aus Quarzkristall besetzt. Er war fast so lang wie die Schachtel, fünf Zentimeter hoch und poliert.

Caitlyns Herz machte einen Satz. Sie wusste plötzlich, dass dieses Kästchen in dem verschlossenen Koffer verborgen gewesen war, den sie in ihrem letzten Traum geöffnet hatte, als sie mit Raphael in dem Abstellraum gewesen war und sie das Geräusch des schlagenden Herzens fast verrückt gemacht hatte. Es war dieses Kästchen gewesen, das in seinen Tiefen gefunkelt hatte, nachdem sie die Decke zur Seite gezogen hatte.

»Wer auch immer danach sucht, steht allmählich unter Druck«, sagte Beneto. »Sie haben sich nicht bemüht zu verbergen, dass sie mein Zimmer durchsucht haben.«

»Wir brauchen einen Ort, an dem wir es lassen können.« Raphael reichte dem alten Mann das Kristallkästchen. »Du hast gesagt, du hast noch einen letzten Platz, an dem du es verstecken kannst, bis wir den Tempelritter-Schatz finden.«

Beneto nickte und schob das Kästchen in eine Öffnung seines Gewands.

»Sei vorsichtig«, sagte Raphael.

»Ich werde es mit meinem Leben beschützen.«

»Ich weiß, mein Freund, genauso wie du dein Leben riskiert hast, um es für mich aus der Asche zu holen.«

Caitlyn spürte, wie eine Hand sie leicht an der Schulter berührte. Sie schrak auf und drehte sich um, aber es war niemand da. Die Szene um sie herum begann plötzlich zu flimmern, und Caitlyn geriet in Panik, als sie spürte, dass sie kurz vorm Aufwachen war.

Nein! Bleib hier. Bleib hier, befahl sie sich verzweifelt selbst.

Die Szene wurde wieder klar. Beneto legte eine Hand auf Raphaels Schulter. »Sie ist noch bei uns. Zweifle nicht daran, Raphael.«

»Ich fange an zu glauben, dass du recht hast.«

Wieder flimmerte die Szene, als versuchte eine Kraft von außen, Caitlyn wegzuziehen.

Ich will bei Raphael bleiben!

Beneto drückte Raphaels Schulter und ging. Nachdem sich die Tür hinter ihm geschlossen hatte, drehte sich Raphael zu ihr um, und dann wurde alles schwarz.

Nein, rief sie leise und streckte den Arm in die Dunkelheit. *Bleib!*

Plötzlich konnte sie alles wieder deutlich sehen. Auf einmal stand sie genau an der Stelle vor dem Fenster, an der Raphael gestanden hatte. Enttäuscht stellte die fest, dass sie ihn nirgendwo sah. Sie war allein.

Das Mondlicht fiel durch die gelbe Sonne des *Fiat-Lux*-Buntglasfensters, und Caitlyn war vage bewusst, dass sie träumte. Dieser Raum war die Bibliothek der Fortuna-Schule.

Die Überschneidung von realer und geträumter Welt verwirrte sie. Ihr Denken verlangsamte sich, als sei sie hypnotisiert oder stünde unter Drogeneinfluss. Sie blickte auf das Fensterbrett. Die Topfpflanze war weg, und die schwarze Metallplatte war nun poliert und schimmerte silbern. Sie sah aus wie ein in die Fensterbank eingelassener Spiegel. Caitlyn beugte sich vor, um sich zu betrachten.

Ein schwarzer Schatten ohne erkennbare Züge glitt über das Quadrat. Caitlyn lief ein Schauder über den Rücken. Instinktiv wollte sie fliehen, weglaufen vor etwas Bösem, das schnell näher kam. Aber sie konnte sich weder bewegen noch den Blick von dem Quadrat abwenden, das sich nun zu bodenlosem Schwarz verdunkelte. Es sah aus, als sei die Silberplatte verschwunden und ein riesiges viereckiges Loch habe sich in der Fensterbank aufgetan. Caitlyn war wie hypnotisiert davon, und als sie hineinsah, bildete sich am Boden des Lochs ein kleiner Fleck hellen Lichts.

Der Fleck begann langsam aus den Tiefen emporzusteigen und brachte entsetzliches Grauen mit sich. Er dehnte sich aus und veränderte seine Form, während er sich wie aus großer Entfernung Caitlyn näherte. Er schien geradezu die Luft, die Caitlyn atmete, zu vergiften. Sie suchte verzweifelt nach einer Erklärung, konnte aber nicht erkennen, was es war. Ein Gefühl des Grauens umklammerte ihre Brust, ihr stockte der Atem, ihr Herz raste und sie war sich auf unerklärliche Weise sicher, dass das Ding, das langsam auf sie zukam, nicht von dieser Welt war. Erstarrt vor Angst, weigerte sich ihr Körper fortzulaufen.

Die blasse Gestalt war jetzt nur noch wenige Zentimeter von ihr entfernt und füllte fast die gesamte Fläche des Spiegels. Namenloses Entsetzen ergriff Caitlyn, als die Erkenntnis schließlich in ihr Bewusstsein gelangte.

Es war der rotblonde Scheitel einer Frau.

Caitlyn schrak zurück, als der Kopf weiter nach oben kam. Nun konnte sie die Nadeln sehen, mit denen die Haarkrone festgesteckt war. Sie war wie gelähmt vor Angst, außerstande, sich zu bewegen. Plötzlich wandte sich das Gesicht der Frau nach oben. Ihre braunen Augen blickten sie direkt an. Caitlyn blieb ein Schrei in der Kehle stecken: Es war Bianca de' Medici. Das kalte Alabastergesicht der Adligen war völlig ausdruckslos. Ihre Arme schossen nach oben, packten Caitlyn seitlich am Kopf und zogen sie mit aller Kraft in die Tiefen des Lochs.

Caitlyn schrie, als sie in die Schwärze fiel, und krallte sich an die steinharten Hände, die ihren Kopf umklammerten. Der Druck der Hände verstärkte sich, bis es sich anfühlte, als würde ihr Schädel zwischen ihnen zerquetscht. Atmen konnte sie auch nicht, denn ihre Brust war wie eingeschnürt. Biancas starres Gesicht war das einzige Licht in dem Abgrund.

Die Dunkelheit wich plötzlich hellem Tageslicht, und Bianca verschwand. Der Druck um Caitlyns Brust verstärkte sich. Als sie an sich herabsah, stellte sie fest, dass sie mit Stricken gefesselt war, die Arme seitlich an den Körper gepresst. Sie war an einen Pfosten gebunden – und sie trug das rosarote Satinkleid. Um sie herum waren Reisigbündel aufgehäuft.

Eine Stimme verlas auf Lateinisch einen Urteilsspruch. Sie verstand, was die Worte bedeuteten: Man würde sie verbrennen, ihre Asche verstreuen und die Stelle, an der sie gestorben war, mit Salz bedecken.

Panik überflutete sie. Sie versuchte zu sprechen, bekam aber keine Luft. Die Reisigbündel waren bereits entzündet, das Feuer brannte mit gierigen Flammen. Sie zerrte an den Stricken, der Rauch brannte ihr in den Augen und versengte ihre Lungen.

Funken flogen auf ihr Kleid, und die Seide ging in Flammen auf. Caitlyn schrie –

Und dann war alles grau, jede Empfindung erloschen.

Caitlyn schwebte auf einmal in der Luft, ihre körperlose Seele hing über einem Haufen schwelender Asche und Holzkohle, aus der schwarze Knochenstücke ragten: Es waren die Überreste ihres Scheiterhaufens. Verwirrt sah sie, wie ein buckliger, vermummter Mann zum Rand des Haufens schlich und mit einem Stock in der Asche herumzuscharren begann. Seine Hand war voller brauner Flecken und Falten, und Caitlyn wusste, dass es Beneto war.

Einen Moment später fand Beneto, was er suchte, als er ein Stück Holz beiseiteschob: Mitten in der schwarzen, teerigen Holzkohle lag ein weinrotes, faustgroßes Fleischstück.

Caitlyn erschrak: Es war ihr Herz, von den Flammen unberührt.

Zitternd nahm Beneto das Herz mit bloßen Händen und schlug es vorsichtig in einen Stofflappen ein. Er senkte den Kopf und weinte.

Und dann traf Caitlyn plötzlich eine eisige Kälte im Gesicht.

Abrupt aus dem Schlaf gerissen, setzte sie sich mit einem Ruck auf und stieß mit ihrem Kopf an Amalias. Die Prinzessin schrie auf und taumelte zurück.

Hustend und spuckend, die Nase voll Wasser, schnappte Caitlyn nach Luft. Sie befand sich in einem Zustand zwischen Schlafen und Wachsein, und es dauerte eine Weile, bis sie begriff, was los war. Kaltes Wasser lief ihr das Gesicht hinunter und durchnässte ihr T-Shirt.

»*Wasser?*« Sie starrte Amalia an. »Hast du *Wasser* auf mich geschüttet?«

»Ich dachte, du wärst tot!«, sagte Amalia mit bleichem Gesicht.

»Tot? Warum um Himmels willen sollte ich tot sein?«

Amalia schüttelte den Kopf. »Du hast nicht mehr geatmet.«

Caitlyn sackte zusammen. Sie hatte nicht mehr geatmet? Sie wurde von Grauen ergriffen, als sie sich daran erinnerte, dass alles grau gewesen war und sie nichts mehr gespürt hatte, während sie über ihrer Asche geschwebt hatte.

Sie war gestorben! Bianca hatte sie in diesem Traum umgebracht!

Aber dann spürte sie die Kälte ihres nassen T-Shirts, und ihr Verstand schaltete sich wieder ein. Sie lebte, oder etwa nicht? Sie saß hier, wach. »Wieso soll ich nicht geatmet haben? Natürlich habe ich geatmet!«

»Ich habe dich gerufen und geschüttelt, aber du bist nicht aufgewacht.«

»Und weil du weißt, wie schlecht ich oft schlafe, dachtest du, wenn ich ausnahmsweise mal fest schlafe, ist das ein Grund, mich zu wecken?«, fuhr Caitlyn sie an. Nach diesem grausigen Traum war sie mit den Nerven am Ende.

Amalia biss sich auf die Unterlippe. »Ich hatte Angst. Du hast so … unnatürlich ausgesehen. Da hat etwas nicht gestimmt.«

Ein Schauder rann Caitlyn den Rücken hinunter. Sie verschränkte die Arme und rieb sie, als könne sie die Schrecken des Traums so leicht wegreiben wie ein Frösteln. Sie sah, wie besorgt Amalia war, und ihr Ärger verschwand. »Entschuldige, dass ich dich angefahren habe«, sagte sie schließlich. »Ich habe mich so erschrocken und dann überreagiert. Es tut mir leid.«

»Tut mir leid, dass ich Wasser auf dich geschüttet habe. Aber du solltest mit der Schulschwester darüber sprechen.«

»Worüber?«

»Dass du nicht atmest. Ich glaube, man nennt es Schlafapnoe.

Vielleicht erklärt das deine Albträume. Dein Gehirn bekommt keinen Sauerstoff mehr und gerät in Panik.«

Caitlyn wollte schon widersprechen, aber dann setzte ihr Verstand ein. »Vielleicht hast du recht«, sagte sie langsam. Konnte es so einfach sein? Ihre Albträume wurden möglicherweise von etwas so Banalem wie Sauerstoffmangel verursacht?

»Ich hole dir ein trockenes Kissen«, sagte Amalia.

Caitlyn nickte ihr dankend zu, war dabei aber ganz in Gedanken versunken. Sie zog ihre nassen Sachen aus und ein Nachthemd an und grübelte über den Traum nach, den sie gerade gehabt hatte.

Der Albtraum mit Bianca war anders gewesen als ein Kreischer-Albtraum. Trotz all des Grauens war er eher wie einer ihrer anderen lebhaften Träume gewesen. Es gab eine Handlung, eine Abfolge von Ereignissen. Als sie wieder ganz trocken war, setzte sie sich mit ihrem Traumtagebuch aufs Bett und skizzierte die Szenen aus dem Traum: das *Fiat-Lux*-Fenster, Raphael und Beneto, die mit dem Kristallkästchen davorstanden; das silberne Viereck im Fenstersims, das sich in ein Loch verwandelte, aus dem Bianca auftauchte; der Scheiterhaufen; und schließlich Beneto, der ihr unversehrtes Herz aus der Asche holte.

Sie blätterte schnell zurück, bis sie die Zeichnung fand, die sie letzten Oktober in Oregon von ihrem Traum, auf dem Scheiterhaufen verbrannt zu werden, gemacht hatte. Es war fast derselbe Traum gewesen, außer dass sie diesmal außerdem Beneto beim Durchsuchen der Asche gesehen hatte.

Caitlyn erstarrte. »*… so wie du dein Leben riskiert hast, um es mir aus der Asche zu holen*«, hatte Raphael zu Beneto gesagt.

War es womöglich *ihr* Herz in dem Kristallkästchen?

Sie schauderte und versuchte, das Grauen abzuschütteln.

Plötzlich kam ihr ein Gedanke. Sie blätterte in ihrem Skizzenbuch bis zu dem Traum, in dem ihre Mutter die Tarotkarten gelegt hatte, und betrachtete erneut die Zeichnungen, die sie von den Karten gemacht hatte.

Die Karten mit der Darstellung von Menschen, die in ihr Leben treten würden, waren die »Königin der Schwerter« und der »Ritter der Kelche«. Den »Ritter der Kelche« glaubte sie deuten zu können: Raphael. Aber wer war die »Königin der Schwerter«?

Eugenia Snowe, antwortete ihr Unterbewusstsein. Eine kalte, intelligente Frau, die ihr helfen konnte, sie ohne zu zögern jedoch auch wieder fallen lassen würde.

Aber konnte die Königin der Schwerter nicht auch Bianca de' Medici sein?

Die nächste Kartenserie war die wichtigste, es waren die drei Karten, die ihre momentane Situation darstellten: die »Drei Schwerter«, auf der drei Schwerter ein Herz durchbohrten; der »Narr«, der am Abgrund stand; und schließlich der »Tod«.

Sie las, was sie auf die Rückseite der Karte geschrieben hatte, die das durchbohrte Herz zeigte: *Sie versuchen, das Herz zu vernichten, aber du darfst es nicht zulassen.* Wer versuchte es zu vernichten, und wie konnte sie sie daran hindern?

Caitlyn zog die Tarotkarte mit dem Schicksalsrad aus ihrem Skizzenbuch und las noch einmal, was ihre Mutter an den Rand geschrieben hatte: *Das Herz in der Dunkelheit.*

Welche Dunkelheit? Und was hatte das mit dem Schicksalsrad zu tun?

Caitlyn seufzte entmutigt und betrachtete den Narren, der an den Abgrund trat. Darunter hatte sie geschrieben: *Ich muss erwachen zu dem, was ist. Ich stehe am Rande des Abgrunds.*

Es waren dieselben Worte, die Daniela benutzt hatte, als sie über Brigittes Bruder Thierry gesprochen hatte: *Je suis au bord du gouffre.* Aber was hatte Thierry möglicherweise mit all dem zu tun?

Und dann die dritte Karte der Serie: der Tod. *Nicht immer wörtlich*, hatte Caitlyn daruntergeschrieben. *Übergang zu einem neuen Leben.* Nun, sie war gerade gestorben, im Traum. Zählte das auch?

Die letzte Karte war das Schicksalsrad. Sie hatte geglaubt, diese Karte wäre eine Bestätigung dafür, dass die Fortuna-Schule Teil ihres Schicksals war. Aber jetzt fragte sie sich, ob sie das nicht voreilig für die ganze Antwort gehalten hatte. Irgendwo in der Burg war ein Templerschatz versteckt, und Raphael suchte diesen Schatz. Fortune bedeutete Los, und es bedeutete Schicksal – entweder gutes oder böses –, es bedeutete aber auch Reichtum. Raphael brauchte Reichtum, um seine Schwestern nach England bringen zu können, außer Reichweite von Caterina de' Medici.

Sollte Caitlyn ihm helfen, den Templerschatz zu finden?

Amalia, die mit einem frischen Kissen zurückkam, riss sie aus ihren Gedanken. »Hier«, sagte sie verlegen, legte das Kissen auf Caitlyns Bett und schüttelte es auf. »Schön trocken.«

»Danke.«

Amalia beugte sich vor und blickte auf das Skizzenbuch in Caitlyns Schoß. »Ich habe schon öfter gesehen, dass du etwas zeichnest«, sagte sie mit vorsichtigem Interesse im Blick.

Caitlyn biss sich auf die Unterlippe und drückte das Buch an ihre Brust, um es vor Amalias neugierigen Blicken zu schützen. Sie hatte das Buch nie jemandem gezeigt, sie wollte nicht, dass jemand das Chaos in ihrem Kopf sah.

»Tut mir leid«, entschuldigte sich Amalia und trat errötend zurück. »Es ist wohl nicht für fremde Augen bestimmt.«

»Nein, schon in Ordnung«, sagte Caitlyn, der Amalias Verlegenheit leid tat. Sie zwang sich, das Buch sinken zu lassen. »Es ist ein Traumtagebuch, das ist alles. Jemand anders würde die Bilder nicht verstehen.«

»Du zeichnest deine Träume?«

Caitlyn nickte. »Und meine Albträume.«

»Du hast also diese Gestalten gezeichnet, die du Kreischer nennst?«

»Ja.«

Amalia rückte näher. »Darf ich einen sehen?«

Caitlyn zögerte, dann schlug sie die Zeichnung von dem Kreischer auf, den sie in ihrer ersten Nacht in der Schule gesehen hatte. Sie hielt das Bild von dem schreienden, krallenden weiblichen Wesen mit dem nassen Haar hoch.

Amalia blieb der Mund offen stehen. »Mein Gott«, stöhnte sie. »Ich glaube, da würde ich auch schreiend aufwachen!« Sie schüttelte den Kopf. »Du musst dich auf Schlafapnoe untersuchen lassen, das könnte dich von diesen Monstern befreien. Wie willst du denn je gut schlafen mit solchen Sachen in deinem Kopf?«

Caitlyn schloss das Buch. »Ich weiß. Es ist schlimm.«

Aber wenn sie wirklich unter Apnoe litt und das nicht nur die Kreischer-Albträume auslöste, sondern auch ihre lebhaften Träume von Raphael, dann würde eine Behandlung womöglich beiden Arten von Träumen ein Ende setzen.

Die Kreischer loswerden für den Preis, Raphael zu verlieren – zu diesem Tausch war Caitlyn nicht bereit.

Kapitel 17

In dieser Nacht schlich Caitlyn sich aus ihrem Zimmer und ging in den Großen Salon. Ihr Herz schlug heftig vor Aufregung und Angst. Die letzten zwei Stunden hatte sie im Bett gelegen, an die Decke gestarrt und darüber nachgedacht, was sie anders machen würde, wenn sie das nächste Mal luzides Träumen ausprobierte.

Sie war Brigitte sehr dankbar für den Ratschlag. Es hatte tatsächlich funktioniert, zumindest war sie Raphael begegnet. Sie musste es jedoch weiterentwickeln. Sie musste sich während des Traums dessen bewusst sein, dass sie träumte. Es würde ihr Kontrolle geben über das, was geschah. Sie könnte Bianca aus ihren Träumen fernhalten, oder zumindest könnte sie verhindern, Angst vor ihr zu haben oder auf dem Scheiterhaufen verbrannt zu werden.

Beim nächsten Mal würde sie methodischer an die Sache herangehen, und dafür brauchte sie die Hilfe von jemandem, der wach neben ihr sitzen saß.

Das nächtliche Geschnatter fernsehender Mädchen war längst verstummt. Naomi war die Einzige, die sich im Großen Salon aufhielt. Sie hatte sich in einen Sessel gekuschelt und las ein Buch. Die

Stehlampe neben ihr verbreitete weiches, gedämpftes Licht. Als Caitlyn hereinkam, blickte sie auf. »Huhu«, rief sie wie eine Eule.

»Hu«, erwiderte Caitlyn lächelnd. Das war ihr nächtlicher Eulengruß. Caitlyn baute sich auf dem Sofa aus Kissen und einer Decke eine gemütliche Ecke. »Ich würde gerne ein Experiment machen, und dafür brauche ich deine Hilfe.«

»Ach ja?« Naomi setzte sich auf und legte ihr Buch zur Seite.

Caitlyn erklärte ihr, was sie von Amalia über Schlafapnoe erfahren hatte. »Ich habe also das hier mitgebracht«, sagte sie und nahm einen Taschenspiegel aus ihrer Bademanteltasche, »und wenn es so aussieht, als würde ich nicht mehr atmen, halte ihn bitte vor meine Nase und schau, ob er sich beschlägt.«

»Wie in *Romeo und Julia*?«

»Ja. Aber nimm kein Gift oder erdolche dich, wenn er sich nicht beschlägt.«

Naomi machte ein gespielt trauriges Gesicht. »Dann denkst du aber, es wäre mir egal.«

Caitlyn kicherte und legte den Spiegel auf den Couchtisch, außerdem einen kleinen Reisewecker, der am nächsten Morgen klingeln sollte, damit sie den Unterricht nicht verpasste. »Weck mich auch nicht auf.«

»Wie könnte ich? Wenn du nicht atmest, bist du tot.«

»Bis jetzt bin ich noch nicht daran gestorben. Wenn es Apnoe ist, wache ich nach einer Minute oder so von selbst auf, weil ich nach Luft schnappe.« Das hatte sie bei einer schnellen Recherche im Internet herausgefunden. »Möglicherweise atme ich auch, aber nur zu flach, um es sehen zu können. Dann hilft der Spiegel.«

»Du scheinst zu denken, dass ich nichts Besseres zu tun habe, als die halbe Nacht hier wach herumzusitzen und dir beim Schlafen zuzuschauen.«

»Ich weiß, dass du lieber Mädchen mit schwachen Blasen erschreckst.«

Naomi zuckte mit einem belustigten Zwinkern die Schultern. »Wir haben alle unsere Hobbys.«

Caitlyn kuschelte sich auf das Sofa und zog sich eine Decke über die Augen als Schutz vor dem Lampenlicht. »Gute Nacht.«

»Ich hoffe es.«

»Ich auch.« Ein weiterer Wortwechsel, der zwischen ihnen zum Ritual geworden war.

Caitlyn lauschte dem leisen Ticken der Uhr auf dem Kaminsims und hörte, wie Naomi ihr Buch wieder zur Hand nahm.

Sie versuchte an nichts mehr zu denken. Vage nahm sie wahr, dass ihr Atem tiefer wurde, und sie fühlte, wie sich ihre Gesichtszüge und ihr Körper entspannten.

Raphael. Ich will Raphael finden.

Sie hielt sein Gesicht in Gedanken fest und sank in Schlaf …

Und plötzlich stand sie in der Burg vor einer offenen Tür. Sie hörte lachende Stimmen. Es waren junge Männer, die gerade ein Spiel spielten und Scherze machten. Ein Dienstmädchen in einem groben, grauen, vorn geschnürten Leibchen und einem braunen Rock mit einer fleckigen Schürze hastete mit einem Tablett voll Essen an Caitlyn vorbei und betrat das Zimmer.

Caitlyn blickte an sich selbst herab und sah ein rosafarbenes Satingewand. Es kam ihr bekannt vor, aber ihr verwirrtes, träumendes Gehirn konnte es nicht einordnen. Sie folgte dem Dienstmädchen in das Zimmer und war sich dabei seltsamerweise sicher, dass die Männer sie ebenfalls für ein Dienstmädchen halten würden.

Vor einem Kamin saßen vier Männer an einem Tisch, die sie bereits kannte. Sie spielten Karten und tranken. Freude durchflutete sie, als sie Raphael sah: Er saß mit dem Rücken zu ihr, aber seine Haare und seine Schulterhaltung waren unverwechselbar. Da sie ihn nicht bei seinem Spiel unterbrechen wollte, ging sie in dem Zimmer umher und hoffte, er würde sie sehen und selbst aufhören zu spielen.

Am anderen Ende des Zimmers stand ein Himmelbett mit dunkelblauen, silbern bestickten Vorhängen. Die Wände waren mit Holz verkleidet, und die Decke bestand aus dicken Holzbalken. Eine der Wände wurde von einer langen Fensterreihe eingenommen. Ihr träumender Verstand erkannte den Raum zunächst vage wieder, doch als sie sich umdrehte, um den Kamin zu betrachten, hatte sie ein Déjà-vu-Erlebnis. Sie war schon einmal hier gewesen. Sie kannte dieses Zimmer.

Es war Madame Snowes Büro.

In dem Moment, als sie dies dachte, wusste sie, dass sie träumte. Sie blinzelte überrascht und blickte wieder auf ihre Kleidung, erstaunt darüber, wie real alles wirkte. Aber sobald ihr klar war, dass sie träumte, verschwand die Klarheit auch wieder. Sie bemühte sich, sie zu halten, aber sie verflog wie Rauch im Wind, und ihr Bewusstsein nahm die jetzige Realität wieder als einzige Realität wahr.

Weder das Dienstmädchen noch die Männer schienen ihre Anwesenheit zu bemerken. Sie ging zum Kamin, über dem ein seltsames Porträt mit dem Titel *Feuer* hing. Es zeigte einen Mann, dessen Gesicht kunstvoll aus Kerzen, brennenden Scheiten und Öllampen zusammengesetzt war; sein Körper dagegen bestand aus Kanonen und Gewehren.

»Du bist wieder da«, flüsterte Raphael neben ihr.

Caitlyn erschrak, weil er so plötzlich aufgetaucht war. »Ja«, sagte sie. Sie blickte zu ihm auf, dann aber schnell wieder weg, weil seine Nähe sie auf einmal verlegen machte. Insgeheim freute sie sich jedoch, dass er sein Kartenspiel unterbrochen hatte, um mit ihr zu sprechen.

»Lass uns an einen Ort gehen, wo wir reden können.« Er drehte sich um und ging Richtung Tür.

Caitlyn griff nach seinem Arm, aber er machte einen Satz und riss sich los. Verwirrt presste sie die Hände zusammen. Er hatte sich losgerissen, als würde er es nicht ertragen, von ihr berührt zu werden. Sie machte eine Kopfbewegung zu den jungen Männern an dem Tisch, die ohne Raphael weiterspielten. »Stellst du mich deinen Freunden vor?«

»Das wäre nicht sehr klug«, sagte er bestimmt.

Philippe blickte mit seinen leuchtend blauen Augen von den Karten auf. »Mit wem sprichst du da, Raphael?«, fragte er auf Französisch.

Als könnte er mich nicht sehen!, dachte Caitlyn irritiert.

»Mit einem Engel, der mich von hier wegzaubert, bevor ich noch mehr Geld an euch verliere.«

Philippe lachte, und Raphael ergriff die Gelegenheit zu gehen. Offenbar war er sich sicher, dass Caitlyn ihm folgen würde.

Sie war etwas besänftigt, weil er sie Engel genannt hatte, dennoch war es äußerst unhöflich von diesem Philippe, so zu tun, als sei sie unsichtbar. »Wer ist das?«, fragte sie.

»Sein Name ist Philippe, le Comte d'Ormond«, sagte Raphael, während er sie den Gang entlangführte. »Er lädt uns jede Nacht zum Kartenspielen auf sein Zimmer ein.«

»Ist er Franzose?«

»Einer von Caterinas Spionen. Angeblich ist er hier, um ein Auge auf die Hugenotten in der Gegend zu werfen und Bericht zu erstatten über Gerüchte, wonach sie die Befreiung des protestantischen Königs Heinrich von Navarra organisieren, der in Paris unter Hausarrest steht. Navarra liegt südwestlich von hier. Philippe selbst wird dir jedoch erzählen, dass dies ein Vorwand sei und seine eigentliche Aufgabe darin bestünde, sicherzustellen, dass ich nicht Caterinas

Fängen entkomme. In dieser Hinsicht kann er wirklich entwaffnend ehrlich sein.«

»Und was hast du mit Ursino und Giovanni zu tun?«

»Sie sind sozusagen Cousins von mir, aus Florenz.«

»Bist du aus Florenz?«, fragte sie und lief jetzt fast, um mit seinem Schritt mitzuhalten.

Er schüttelte den Kopf. »Rom.«

»Und Beneto? Wer ist er?«, fragte sie. »Macht er nicht mit beim Kartenspiel?«

»Er schläft wahrscheinlich. Er ist mein Lehrer, seit ich ein kleiner Junge war.«

»Oh. Und was tut ihr alle hier? Warum seid ihr nach Frankreich gekommen und habt euch in die Reichweite von Caterina de' Medici begeben?«

»Das weißt du nicht?«, fragte er und blieb überrascht stehen. »Wie kannst du das nicht wissen?«

Sie blieb ebenfalls stehen. »Müsste ich es wissen?«, fragte sie nervös.

Er runzelte die Stirn und musterte sie, als versuchte er, sich ein ganz neues Bild von ihr zu machen. »Wie ist das Leben im Kloster?«, fragte er vorsichtig, nahm eine brennende Kerze aus einem Leuchter und führte sie in ein kleines Arbeitszimmer. Er schloss die Tür hinter ihnen und zündete mit der Kerze zwei weitere in silbern glänzenden Wandhalterungen an.

»Es ist in Ordnung«, sagte sie, setzte sich auf seine Aufforderung hin auf einen Lehnstuhl mit Gobelinpolster und strich ihr Kleid glatt. »Ich habe nicht mehr so viel Heimweh wie am Anfang, aber ich muss sehr viel für die Schule tun. Du hast aber gerade das Thema gewechselt.«

Statt einer Antwort hielt er die Kerze in seiner Hand ganz dicht vor ihr Gesicht und sah sie eindringlich an.

»Was tust du da?«, fragte sie und wich vor der Flamme zurück.

»Dich genau anschauen.« Er steckte die Kerze in einen Kerzenhalter auf dem kleinen Tisch neben Caitlyns Stuhl und setzte sich ihr gegenüber, den Blick unverwandt auf sie gerichtet. »Wo bist du geboren?«

»Am Ende der Welt«, antwortete sie, ohne nachzudenken.

»Und wo ist das?«

»Jenseits des Ozeans«, sagte sie und verschränkte schützend die Arme vor der Brust. »Auf der anderen Seite des Landes, in dem Menschen leben, die Wilde genannt werden.« Er behandelte sie wie einen Angeklagten. Um welches Verbrechen es ging, wusste sie allerdings nicht.

»Wie bist du hierhergekommen?«

»Ich bin geflogen.«

Er zuckte überrascht zusammen. »Mit deinen Flügeln?«, fragte er ironisch. »Oder auf einem Besen?«

Sie lachte und löste ihre verschränkten Arme. »Unsinn. Ich –«, begann sie, doch dann verstummte sie und runzelte die Stirn, weil sie nicht mehr wusste, was sie hatte sagen wollen. Sie konnte sich daran erinnern, dass sie Wolken von oben gesehen hatte und wie die Sonne über den Wolken aufging, aber sie hatte keine Vorstellung mehr davon, *wie* sie geflogen war.

»Warum kommst du dauernd zu mir?«, fragte er.

»Du bist der Ritter der Kelche, und dies hier ist der einzige Ort, an dem ich dich finden kann.«

Er seufzte ungeduldig. »Du hast mich schon einmal Ritter der Kelche genannt, aber was *bedeutet* das?«

Caitlyn wurde rot und antwortete nicht. Sie wusste nicht, warum sie ihn Ritter der Kelche nannte; der Grund war in einem anderen Teil ihres Bewusstseins verborgen. Alles, was sie wusste, war, dass sie sich zu ihm hingezogen fühlte und mit ihm hier sein musste. Sie musste seine Stimme hören und sehen, wie düstere und heitere Stimmungen über sein Gesicht zogen wie Wolken über den Himmel. Sie musste ihm so nahe sein, dass sie die Hand ausstrecken und ihm damit durch die Haare fahren konnte. *Das* konnte sie ihm jedoch nicht sagen.

Er beugte sich nach vorn und sah sie wieder an. Seine Hand lag auf der Armlehne ihres Stuhls, als wolle er sie dort festhalten. Er war so nah, dass sie seine Wärme spüren und den Hauch eines würzigen Geruchs wahrnehmen konnte, der von ihm ausging. Sein Knie stieß an ihres, und das Wissen um seine Nähe ließ ihre Haut prickeln. Sie versank in dem tiefen Braun seiner Augen, in denen sich die flackernde Kerzenflamme spiegelte.

Als würde eine Kraft von außerhalb sie steuern, hob Caitlyn die Hand und streckte sie nach seinem Gesicht aus. Ein überraschtes Funkeln trat in seine Augen, aber er wandte sich nicht ab, als sie leicht seine Wange berührte.

Seine Haut war so weich wie Samt. Sie holte tief Luft, und ihre Lippen öffneten sich. Sie streichelte seine Wange und spürte die rauen Bartstoppeln auf seinem Kinn. Sie piekten in ihre Fingerspitzen, was einen schlafenden Teil ihres Bewusstseins aufweckte.

Ich träume. Sie blinzelte überrascht, und ihre Hand erstarrte. *Er ist nicht echt. Das hier ist nicht echt.*

»Caitlyn«, flüsterte Raphael. Die Verwunderung in seinem Blick machte seine Gesichtszüge weich.

Sie runzelte die Stirn. Er fühlte sich aber echt an. Sie fuhr mit den Fingerspitzen zu seiner Unterlippe und streichelte zart den vollen, sanft geschwungenen Bogen. *Träume fühlen sich nicht so an. Ich kann die Wärme seines Atems spüren. Wie kann ich da träumen?*

Raphael griff nach ihrer Hand und hielt sie fest. »Bist du Die Dunkle, die mir versprochen wurde?«

»Ich bin Caitlyn Monahan«, sagte sie und spürte, wie ihr Bewusstsein versuchte, klar zu bleiben und sich gegen den Traum zu behaupten. *Träume ich oder bin ich wach? Bin ich hier? Wenn nicht, wo bin ich dann?* Flüchtig sah sie das Bild von dem Sofa im Großen Salon vor sich, Naomi, die unter einer Lampe las. Es war weit weg und so zerbrechlich wie ein Traum, es war, als gehöre es zu einem anderen Leben.

»*Sie* hat dich geschickt, oder?«, fragte Raphael.

Caitlyn schüttelte den Kopf. Sie verstand die Frage nicht. »Ich bin aus eigenem freiem Willen gekommen, um dich zu finden.«

Er nickte, als könnte er das verstehen. »Ich brauche dich«, sagte er.

Ihr stockte der Atem. »Ich tue alles, was du willst«, sagte sie.

»Der Templerschatz«, sagte er. »Wir *müssen* ihn finden.«

Sie verspürte einen Stich der Enttäuschung. Sie hatte etwas Persönlicheres erwartet. »Damit du deine Schwestern nach England bringen kannst?«

»Das ist zwar wichtig, aber zweitrangig. Es gibt etwas Dringenderes.«

»Bist du mit deinen Cousins deswegen zum Château de la Fortune gekommen?«, fragte sie leise, lehnte sich zurück und rügte sich selbst, weil ihr Herz zu viel erhofft hatte. »Weil ihr nach dem Schatz sucht?«

Er nickte.

»Aber die Geschichte stimmt vielleicht gar nicht. Vielleicht *gibt* es gar keinen Schatz.«

»Doch. Bianca hat mir gesagt, dass es ihn gibt.«

Der Name ließ sie aufhorchen. »Bianca! Was hast du mit *ihr* zu tun? Wie hast du sie kennengelernt?«

Einen Moment lang verzog er schmerzlich das Gesicht, dann biss er die Zähne zusammen. »Sie war meine Adoptivmutter.«

Caitlyn blieb der Mund offen stehen. *»Bianca de' Medici?«*

»Meine eigene Mutter starb bei meiner Geburt. Mein Vater starb, als ich drei Jahre alt war, kurz nachdem er Bianca kennengelernt hatte. Sie hat mich aufgenommen und wie ihr eigenes Kind großgezogen, als ich niemand anderen hatte. Und jetzt hängt das Leben meiner beiden Stiefschwestern und das ewige Leben von Bianca davon ab, dass ich den Templerschatz finde.«

»Das verstehe ich nicht. Warum?«

»Ich muss dir etwas zeigen, dann verstehst du es. Komm«, sagte er, stand auf und nahm die Kerze.

Caitlyn folgte ihm aus dem Zimmer und dann über Gänge und Treppen hinunter zu den Küchen und Kellern. Raphael blieb an jeder Ecke und Tür stehen, um sich zu vergewissern, dass niemand sie sah. Er führte sie zu einem kleinen, schmutzigen Abstellraum, der leer war bis auf ein paar verrottete Holzkisten, staubige Tonkrüge und den Überresten von etwas, das einmal eine Ratte gewesen war.

Raphael stellte die Kerze auf den Rand einer Kiste und schob die Krüge beiseite. Ein verrosteter Eisenring, der in einen Stein am Boden eingelassen war, kam zum Vorschein. Er kniete nieder und zog den Stein an dem Ring heraus. In einer flachen Mulde lag etwas, das in ein geöltes Tuch eingeschlagen war. Raphael nahm es heraus und faltete das Tuch auf.

Das Kerzenlicht funkelte und brach sich tausendfach in den Tiefen des Quartzsteins auf dem Kristallkästchen. »Dies hier hättest du beinahe oben in dem Koffer gefunden«, sagte er ehrfürchtig. »Darin ist Biancas Herz.«

Biancas Herz. Nicht ihres. Caitlyn wurde schwindlig vor Erleichterung, und sie blickte fasziniert auf den reich verzierten Reliquienbehälter. In ihrem Kopf waren keine Herzschläge zu hören.

»Willst du, dass ich es öffne?«, fragte er mit unsicherer Stimme.

Sie wollte nicht, aber aus irgendeinem Grund *musste* sie es sehen. »Ja.«

Er öffnete den Verschluss am Deckel und nahm in ab. Das Herz, rotbraun und gelb gemasert, war zu einem unkenntlichen, harmlosen Klumpen zusammengeschrumpft.

Caitlyn war zugleich enttäuscht und abgestoßen. »Warum um Himmels willen hast du es aufgehoben?«

»Bianca sagte vor ihrem Tod zu Beneto und mir, dass ihr Herz in der Asche sein würde und dass wir es dort herausholen sollten. Sie sagte, so lange das Herz erhalten bliebe, habe sie immer noch eine Verbindung zu dieser Welt. Das Herz würde jedoch bald zu Staub zerfallen, wenn wir es nicht hierher zum Château de la Fortune bringen und im Templerschatz vergraben würden. Wenn ich das jedoch täte, würde sie die Macht haben, sogar von ihrem Grab aus ihre Töchter zu beschützen.«

»Wie soll das dadurch bewirkt werden, dass man ihr Herz zu dem Schatz legt?«

Er machte ein ratloses Gesicht. »Ich *weiß* es nicht. Ich glaube, sie wusste es selbst nicht. Sie wusste oft Dinge, die stimmten, aber auf den ersten Blick keinen Sinn ergaben oder für die es keine Erklärung gab. Das Schlimmste ist jedoch, dass sie mir nicht sagen konnte, *wo* in der Burg der Schatz versteckt ist.«

»Raphael, wer war Bianca? Was war sie? Wie konnte sie überhaupt von dem Schatz der Templer wissen?«

Er schloss das Kästchen und legte es wieder in sein Versteck. »Sie nannte sich selbst eine Tochter der diesseitigen Welt. Keine Hexe oder Ketzerin. Sie hat weder Satan verehrt noch Flüche verhängt. Sie hat keine Menschen vergiftet. Sie war jemand, der außerhalb der Kirche und den von Menschen gemachten Gesetzen stand.«

Er schob die Krüge wieder auf dem Stein zurecht, nahm die Kerze und stand auf. »Lass uns in mein Zimmer gehen, dort sind wir allein. Dann erzähle ich dir die Geschichte zu Ende.«

Sie nickte, und sie eilten leise zurück durch die Burg und die Wendeltreppe zu seinem Zimmer hinauf. Er verriegelte die Tür und entfachte das Feuer im Kamin. Dann zog er zwei Sessel davor und setzte sich auf einen.

Caitlyn nahm auf dem anderen Platz, streifte heimlich die Schuhe von den Füßen, zog sie unter ihr Kleid und machte es sich bequem. Der Schein der Flammen fing sich in Raphaels bronzefarbenem Haar und liebkoste sein Gesicht. Sie hätte die ganze Nacht hier sitzen können, solange sie ihn nur anschauen konnte.

»Biancas Geschichte beginnt eigentlich im 12. Jahrhundert, mit Simon de Gagéac«, sagte Raphael.

»Der Tempelritter, dem einst diese Burg gehörte.«

Er nickte. »Die Tempelritter waren eingeschworene Mitglieder einer religiösen Bruderschaft. Simon entstammte einer adligen Familie und war ein gläubiger Christ, der davon überzeugt war, im Dienste Gottes zu kämpfen. Er hatte den Rang eines Befehlshabers in Jerusalem, und manche waren sich absolut sicher, dass er eines Tages zum Oberbefehlshaber des gesamten Ordens aufsteigen würde.«

»Es war ihm also ernst.«

»Ja. Aber das änderte sich, als er eine junge Frau aus einer kleinen Gemeinschaft außerhalb von Jerusalem traf. Sie hieß Eshael und war weder Christin noch Jüdin noch Muslimin. Sie und die anderen Frauen ihrer Sippe verehrten stattdessen eine Göttin mit Riten, die in grauer Vorzeit ihren Ursprung hatten. Für Simon war sie eine Heidin. Aber das hielt ihn nicht davon ab, sich wahnsinnig und hoffnungslos in sie zu verlieben.«

Caitlyn lächelte. »Klingt sehr romantisch.«

»Aber wie oft gehen solche romantischen Geschichten gut aus? Simons Leidenschaft für Eshael war so verzehrend, dass er den Templerorden verließ und seine Zölibats- und Armutsgelübde brach. Er schwor Eshael ewige Treue und versprach, sie nach Frankreich zu bringen und wie eine Königin zu behandeln. Die Frauen ihrer Sippe gaben ihr eine Mitgift von so viel Gold und Kostbarkeiten, dass acht Fuhrwerke nötig waren, um sie zu transportieren. Simons Familie behauptete später, dass Eshaels Sippe von Anfang an den Plan hatte, ihre Tochter und die Mitgift nach Frankreich zu schicken, wo sie vor den Kriegern der Kreuzzüge sicher waren. Sie sagten, dass Eshael und ihre Familie die alte Magie ihrer Göttin benutzten, um Simon zu verzaubern.«

»Manche sagen, die Liebe selbst ist der mächtigste Zauber«, warf Caitlyn ein.

»Aber würde wahre Liebe einen Mann dazu bringen, alle Grundsätze, nach denen er sein Leben führte, aufzugeben und seine Gelübde gegenüber Gott zu brechen?« Raphael schüttelte den Kopf. »Simon brachte Eshael hierher zum Château, aber sie entsagte ihrer Göttin nicht, und so konnte er sie nicht heiraten. Die Männer hier hatten Angst vor Eshael und ihrem fremdartigen Benehmen. Man erzählte sich von Feuern in den Höhlen, die in den Felsen unterhalb des Châteaus liegen, und von tanzenden Schatten einheimischer Frauen, die Eshael dazu bekehrt hatte, ihre Göttin zu verehren. Simons Liebe zu Eshael begann zu verblassen. Er fing an, in allem, was sie tat, das Böse zu sehen. Nachdem sie ihm sein erstes Kind geboren hatte, eine Tochter, und Simon herausfand, dass Eshael ihr Kind ihrer Göttin geweiht hatte, lief das Fass über. Der letzte Rest seiner Liebe verwandelte sich in Hass. In seinem Zorn brachte er sie um.«

»Oh mein Gott«, flüsterte Caitlyn entsetzt. »Und was geschah mit dem Kind?«

»Simon konnte das Mädchen nicht lieben, aber er konnte auch nicht sein eigen Fleisch und Blut töten. Er schickte sie zu entfernten Verwandten im Osten und vergaß sie. Simon heiratete und bekam eheliche Söhne und Töchter, aber nach Eshaels Tod war er nicht mehr derselbe. Er war von seinen Sünden so besessen wie einst von seiner Liebe zu Eshael, und er war davon überzeugt, dass ihre Mitgift verflucht sei. Eshaels Tochter heiratete schließlich und bekam nur Töchter. Diese Töchter wiederum heirateten und bekamen nur Töchter und so weiter, über die Jahrhunderte hinweg. Jede Tochter gab die Geschichte als ihr Vermächtnis an ihre Tochter weiter. Die Töchter von Eshael hatten eine Begabung für die Hebammenkunst und gaben diese Fähigkeiten ebenfalls weiter. Schließlich heiratete eine dieser Töchter einen Kaufmann aus Florenz, und so wurde ein Nachkomme von Eshael nahe dieser großen Stadt geboren. Sie hieß Ania und sollte eines Tages Biancas Mutter werden. Mit vierzehn war Ania wunderschön, aber es war etwas Jenseitiges an ihr. Sie konnte manchmal die Zukunft vorhersagen, und die Leute glaubten, dass mehr hinter ihrer Heilkunst steckte als nur der Umgang mit Kräutern und heißen Kompressen. Es waren ihre Hände selbst, die andere heilten. Eines Tages, als sie beim Kräutersammeln war, begegnete sie Cosimo de' Medici. Es war das Jahr 1535, und er war erst sechzehn.«

Caitlyn nickte und erinnerte sich an das, was sie bei ihrer Recherche über Bianca gefunden hatte.

»Wie Simon war er fast verrückt vor Liebe. Ania wurde schwanger, und obwohl es vollkommen undenkbar war, dass sie und Cosimo heirateten, versprach er ihr, für sie und das Kind zu sorgen. Anias Schwangerschaft war ungewöhnlich schwierig, und Anias Mutter wandte alles an, was sie über Geburtshilfe wusste, um ihre Tochter und das Baby zu retten. Als nichts half, machte sie in ihrer Verzweiflung mit Ania Experimente und probierte Behandlungen aus, die sie in Träumen gesehen hatte. Aber am Ende starb Ania bei der Geburt ihrer Tochter, der sie den Namen Bianca gab. Bianca erzählte mir, dass ihre Großmutter immer behauptet hatte, es läge an der

Arznei, die sie Ania während der Schwangerschaft gegeben hatte, dass sich Bianca von einem normalen Kind aus Eshaels übersinnlich begabter Linie in etwas … anderes verwandelt hätte. Der junge Mann, Cosimo, war nach Anias Tod am Boden zerstört, aber seine Familie erwartete, dass er in die Stadt zog und seine neue Rolle als Führer der Medici-Familie einnahm. Er hielt sein Versprechen, sich um Bianca zu kümmern, nahm sie mit nach Florenz und zog sie gemeinsam mit anderen Medici-Kindern auf. Auch als er Eleanor de Toledo heiratete und mit ihr Kinder hatte, wurde Bianca als vollwertiges Mitglied der Familie behandelt. Es heißt, Eleanor habe sie geliebt wie ihre eigenen Kinder. Jedenfalls eine Weile lang.«

»Warum tat sie es irgendwann nicht mehr?«, fragte Caitlyn.

»Die Begabungen, die Bianca von Eshaels Familienzweig mitbekommen hatte, wurden durch die Arzneien, die Ania während ihrer Schwangerschaft einnahm, verstärkt. Schon als kleines Kind konnte Bianca Gegenstände durch die Luft fliegen lassen, wenn sie wütend war. Sie wusste, wer sterben würde, und sie sagte es den Betreffenden. Sie hatte Visionen von der Zukunft, die sich immer als richtig erwiesen. Und wenn sie sich sehr anstrengte, konnte sie ein Lebewesen krank machen und es sterben lassen, nur indem sie es anschaute.«

»Großer Gott«, flüsterte Caitlyn.

»Cosimo war der einzige Mensch, den sie genug liebte, um ihm zu gehorchen, zumindest ab und zu. Alle anderen hatten Angst vor ihr und ließen ihr ihren Willen. Auch Cosimo verlor schließlich die Kontrolle über sie, als sie mit zwölf den Familienpriester verführte.«

»Du meinst, *er* verführte *sie*.«

Raphael schüttelte den Kopf. »Nein. Sie sagte mir, sie habe sich diese Herausforderung gesucht, nur um zu sehen, ob es ihr gelingen würde. Danach hatte selbst Cosimo keinerlei Einfluss mehr auf sie. Sie lief mit einem Maler davon: meinem Vater.«

»Dein Vater war ein Künstler!«

»Ein Schüler von Bronzino.«

»Das Porträt! Bronzino hat zwei Porträts von Bianca gemalt!«

Raphael nickte. »Mein Vater starb, kurz nachdem er mit Bianca davongelaufen war, und obwohl sie fast nichts hatte und selbst fast noch ein Kind war, nahm sie mich unter ihre Fittiche. Im Laufe der Zeit wurde sie eine allseits berühmte Schönheit und benutzte ihren Medici-Namen und ihre Verbindungen, um immer mächtigere Liebhaber zu finden, bis sie schließlich die Mätresse von Kardinal Rebiba, dem Großinquisitor der Römischen Inquisition, wurde.«

»Und damit ihr eigenes Todesurteil unterschrieb«, sagte Caitlyn leise.

Raphael nickte. »Sie bekam zwei Töchter, bevor sie Rebiba begegnete, Giulia und Elisabeta, die von verschiedenen Vätern stammen. Bianca reiste mehrmals nach Paris, um ihre entfernte Medici-Cousine, Caterina, die Königin von Frankreich, zu besuchen. Bianca deutete an, dass sie es war, die auf Caterinas Ersuchen dafür sorgte, dass Heinrich II. auf dem Turnierplatz einen Unfall hatte, bei dem er ums Leben kam. Dadurch erlangte Caterina die Macht über das Land. Als Papst Pius V. schließlich erfuhr, dass Bianca die Mätresse seines Großinquisitors war, tobte er vor Wut. Kardinal Rebiba leitete die Ermittlungen gegen Ketzer, und gleichzeitig schlief er mit einer über die Landesgrenzen hinaus bekannten Ketzerin. Rebiba verleugnete sie«, sagte Raphael bitter, »um seine eigene Haut zu retten. Er stopfte Pius' Kopf mit Märchen über ihre Hexerei voll, aber dann ging er noch einen Schritt weiter und sagte, Giulia und Elisabeta hätten Biancas satanische Künste geerbt. Nachdem Kardinal Rebiba seine Aussage gemacht hatte, konnte nicht einmal mehr Cosimo Bianca vor dem Scheiterhaufen retten.«

Caitlyn schimpfte leise vor sich hin. Sie erinnerte sich plötzlich an den Albtraum, in dem sie verbrannt worden war und den sie Bianca zu verdanken hatte.

»Cosimo konnte zwar Bianca nicht retten, aber er sorgte dafür, dass Giulia und Elisabeta – und ich – in Caterina de' Medicis Obhut kamen und damit mehr oder weniger geschützt waren.«

»Haben Giulia und Elisabeta Biancas Fähigkeiten geerbt, so wie der Kardinal behauptete?«

»Ja. Deswegen behält Caterina sie bei sich. Frankreich befindet sich in einer Krise, und sie braucht jedes verfügbare Mittel, um ihre Macht zu erhalten. Giulia und Elisabeta könnten sich als unbezahlbare Waffen gegen Caterinas Feinde erweisen. Das habe ich allerdings zuerst nicht erkannt. Ich war dumm. Ich vertraute darauf, dass es Caterinas einziger Wunsch sei, Giulia und Elisabeta zu helfen, und in meiner Blindheit beging ich einen schrecklichen Fehler.«

»Was hast du getan?«

»Ich erzählte Caterina, dass im Château de la Fortune ein Templerschatz versteckt ist und dass Bianca mich gebeten hatte, ihn zu finden und ihr Herz hineinzulegen.« Raphael schlug vor Scham die Hand vors Gesicht und schüttelte den Kopf über seinen Fehler. »Ich hätte nicht so naiv sein dürfen!« Er ließ seine Hand sinken und seufzte. »Caterina behielt die Mädchen bei sich in Paris, ›zu ihrer eigenen Sicherheit‹, und ich kam hierher, um den Schatz zu finden.«

»Caterina hält sie also als Geiseln fest und stellt damit sicher, dass du, falls du den Schatz findest, nicht damit davonrennst.«

Er nickte. »Und jetzt versucht jemand, Biancas Herz zu stehlen. Ich vermute, es ist jemand, der von Caterina beauftragt wurde, da der Besitz des Herzens die Kräfte meiner Schwestern vergrößern würde. Es ist aber möglicherweise auch jemand, der von Pius geschickt worden ist. Vielleicht betrachtet er es als letzte Spur von Bianca, die vernichtet werden muss.«

»Hat denn das Herz wirklich Kräfte, so wie sie denken?«

»Ich glaube, ja.« Er hielt inne und sah Caitlyn in die Augen. »Ich glaube, es hat dich hierhergebracht.«

Caitlyn fröstelte. *Biancas Herz aus der Asche* war die Kraft, die sie zu Raphael geführt hatte? Sie schüttelte ablehnend den Kopf.

»Du hast mich vor dem herunterfallenden Stein gerettet«, beharrte Raphael. »Und du weißt etwas über den Schatz. Ich habe Bianca geschworen, dass ich ihn finde, und das werde ich auch. Mit deiner Hilfe.«

Die Bestimmtheit, mit der er darauf vertraute, dass sie ihm helfen würde, war fast beängstigend. Caitlyn war immer noch erschüttert von dem, was er über Eshael, Ania und Bianca erzählt hatte, und von dem Gedanken, dass die Königin von Frankreich seine Adoptivschwestern als Geiseln hielt und womöglich hoffte, Biancas Herz in die Hände zu bekommen.

Caitlyn holte tief Luft. Dann erzählte sie Raphael das Wenige, das sie über Gerard wusste, den Letzten der Familie von Simon de Gagéac, und der Legende nach der Letzte, der wusste, wo der Schatz war, den Simon irgendwo in der Burg versteckt hatte. »Kurz vor seinem Tod«, sagte Caitlyn, »schrieb Gerard einen Brief an einen Freund, in dem stand: ›Nur das Licht Gottes wird euch zu dem wahren Schatz führen‹, womit vermutlich Erlösung gemeint war.« Und als sei es nebensächlich, fügte sie noch hinzu: »Außerdem konstruierte Gerard eine ungewöhnliche Sonnenuhr.«

Raphaels Augen wurden groß.

»Warum schaust du mich so an?«, fragte sie.

»Das Licht Gottes.«

»Was genau ist das eigentlich?«

»Es kann vieles sein. Wahrheit. Christus. Gottes Wort. Gerechtigkeit.« Raphael lächelte. »Es kann sogar … Sonne bedeuten.«

Caitlyn öffnete die Lippen. »Die Sonnenuhr«, flüsterte sie.

Er nickte, und der Schein des Feuers tanzte in seinen Augen. »Nur die *Sonne* kann uns zu dem wahren Schatz führen.«

Caitlyn sprang auf die Füße. »Es muss hier noch irgendwo etwas von der Sonnenuhr zu sehen sein!«

Er lachte. »Das würde uns im Moment nicht weiterhelfen – es ist Nacht.«

»Na und? Wir können sie trotzdem suchen.«

»Das müssen wir nicht.«

»Warum nicht?«

Er grinste. »Ich weiß bereits, wo sie ist.«

Kapitel 18

Zeig sie mir!«, verlangte Caitlyn.

»Du kannst nicht bis morgen warten?«

»Nein!«

»Ich auch nicht«, gestand er mit einem Lächeln. Mit der Kerze in der Hand entriegelte er die Tür und führte sie hinaus auf den Gang, nachdem er sich vergewissert hatte, dass niemand in der Nähe war.

Sie stiegen eine der Wendeltreppen hinauf und gingen durch einen weiteren Gang, dann hatten sie ihr Ziel erreicht: einen großen Raum am Ende eines Flügels der Burg. Durch die Fenster fiel gerade so viel Mondlicht, dass man die karge Einrichtung des Raumes erkennen konnte: ein Kamin, der groß genug war, dass man aufrecht darin stehen konnte, ein paar Holzstühle, eine Sammlung von Schwertern und Äxten, die an den Wänden hing, Schutzpolster und Schilde in einem Gestell und ein ramponierter Tisch. Raphael stellte die Kerze darauf ab.

»Hier üben die anderen bei schlechtem Wetter fechten«, erklärte Raphael.

»Du nicht?«

»Ich auch. Nur nicht mit derselben Begeisterung.«

»Magst du es nicht?«

»Es ist ein gutes Training, um stark zu bleiben, und es ist eine Fertigkeit, die ich beherrschen muss, aber nein, mir gefällt es nicht so wie den anderen. Ich würde meine Energie lieber auf andere Weise loswerden.«

Caitlyn ging zu einem Fenster und blickte durch eine kleine Bleiglasscheibe auf das Tal weit unten. Die Dordogne sah aus wie ein silbernes Collier auf einem Samtkissen aus Bäumen und Feldern. Sogar bei Mondlicht konnte man erkennen, dass Sommer war, nicht Winter. »Ich liebe diesen Ausblick«, sagte sie.

Er stellte sich neben sie ans Fenster, so nah, dass sich ihre Arme berührt hätten, wenn sie ein wenig näher gerückt wäre. »Mir würde er besser gefallen, wenn eine Stadt zu sehen wäre«, sagte er.

»Magst du das Land nicht?«

»Ich bin nicht gerne allein.«

Sie schaute zu ihm auf. Fühlte er sich einsam?. »Du bist allein, obwohl deine Cousins und dein Lehrer hier sind?«

»Ich war es, bis jetzt«, sagte er und blickte ihr in die Augen.

»Hast du niemanden in Rom, der dir etwas bedeutet? Kein Mädchen?«

Raphael schüttelte den Kopf. »Ich war zu sehr in Benetos Atelier beschäftigt, um jemanden kennenzulernen. Ich habe noch nie gerne in Gaststätten herumgesessen und gezecht. Am wohlsten habe ich mich immer in der Stille des Ateliers gefühlt.«

»Willst du damit sagen, dass Beneto ein *Kunst*lehrer ist?«

»Natürlich. Er hatte das Glück, als sehr junger Mann ein Schüler von Raffaelo Sanzino gewesen zu sein – ich bin übrigens nach ihm benannt. Beneto hat es nie geschafft, sich mit seiner Kunst einen Namen zu machen, aber in seinem Atelier hat er vielen jungen Künstlern in

Rom einen guten Ruf verschafft. Bianca war eine große Gönnerin von ihm, und er war ihr zugetan. Er schloss sein Atelier, um mit mir und mit ihrem Herzen hierherzukommen.«

»*Du* bist also auch ein Maler, so wie dein Vater?«

Sichtlich verlegen schüttelte Raphael den Kopf. »Ich wage es noch nicht, mich so zu nennen. Ich hatte erst einige kleine Aufträge. Aber eines Tages möchte ich mein eigenes Atelier haben. Eines Tages, wenn meine Schwestern in Sicherheit sind.«

»Und was willst du eines Tages in deinem Atelier malen?«

Er wandte den Kopf und sah sie von der Seite an. »Vielleicht male ich dich.«

Geschmeichelt legte Caitlyn ihren Handrücken an die Stirn und verlagerte in einer melodramatischen Pose ihr Gewicht auf ein Bein.

»Nein, so würde ich dich nicht malen«, sagte Raphael sanft. »Ich würde einen Geist der Luft aus dir machen, der über die Wolken schreitet. Eine Göttin.«

Caitlyn ließ die Hand sinken. »Mich hat noch nie jemand mit einer Göttin verglichen.«

»Sollte man nicht alle Frauen so behandeln?«

Sie blickte ihn argwöhnisch an. »Es ist gut, dass du nicht oft aus deinem Atelier herausgekommen bist. Du hättest die Mädchen von Rom sonst in Schwierigkeiten gebracht.«

Er grinste und zuckte mit den Augenbrauen. »Ja, meinst du?«

Sie knuffte ihn gegen die Schulter. »Böser Junge.«

»Ich könnte noch viel böser sein.«

Beunruhigt und erregt zugleich angesichts des gefährlichen Ausdrucks in seinen Augen, holte Caitlyn tief Luft und faltete sittsam die Hände vor sich.

»Also, wo ist jetzt die Sonnenuhr?«, fragte sie mit dünner, schwacher Stimme.

Raphael warf ihr einen belustigten Blick zu, ging dann in die Mitte des Raums und bedeutete ihr, zu ihm zu kommen. »Schau dich um und sag mir, was du siehst.«

Sie stellte sich neben ihn, und erst jetzt, als sie sich umsah, bemerkte sie, dass in eines der Fenster eine Scheibe mit einer Sonne eingelassen war, die auf Wasser herabschien. »Die Bibliothek!«, rief sie.

»Nein«, sagte Raphael und schien sichtlich verwirrt.

»Doch, es ist …« Sie verstummte. Ihre Gedanken flackerten hin und her, zwischen Traum und Realität. *Er kennt den Raum nicht als Bibliothek,* dachte sie. Langsam ging sie zu dem Sonnenfenster und blieb davor stehen. Die in das gemauerte Fenstersims eingelassene polierte Metallplatte, die sie schon gesehen hatte, reflektierte das Mondlicht.

»Du hast sie gefunden«, sagte Raphael.

Sie wandte sich zu ihm. »Was?«

»Die Sonnenuhr.«

Sie begriff nicht und schüttelte den Kopf.

»Die Sonne kommt durch das Fenster und trifft auf den silbernen Spiegel«, sagte er und deutete auf die Metallplatte. »Der wirft das Licht nach oben. Über uns sind an die Decke Zeitlinien gemalt. Das vom Spiegel reflektierte Licht fällt darauf und zeigt so an, wie viel Uhr es ist.«

Überrascht blickte Caitlyn an die Decke, deren Balken, im Gegensatz zu den meisten anderen in der Burg, unter einer glatten, verputzten Oberfläche verborgen waren. Die Decke war jedoch nicht weiß, sondern über und über mit Bildern bemalt, die sie im Kerzenlicht allerdings nicht richtig erkennen konnte. »Der Hinweis auf den Schatz ist irgendwo in diesen Malereien verborgen?«

»So muss es sein«, sagte er aufgeregt.

Sie wurde nun ebenfalls ganz ungeduldig und wünschte nur, sie wüsste, nach was sie suchen oder wo sie anfangen sollten. »Was bedeutet *Fiat Lux*?«, fragte sie, wandte sich wieder zu dem Fenster und deutete zu der Stelle, wo, wie sie wusste, die Worte standen. Sie waren in der Dunkelheit kaum zu sehen.

»Es werde Licht.«

»Ist das aus der Bibel?«

»Du bist wirklich ein gottloses Wesen, oder? Es ist aus der Genesis, Kapitel eins, Vers drei. Es geht um die Erschaffung der Welt.«

»Oh«, sagte sie verlegen. Sie vermied seinen Blick und schaute auf den Spiegel. Trotz einer gewissen Scheu trieb die Neugier sie dazu, die Fingerspitzen auf seine Oberfläche zu legen, bereit, ihre Hand beim geringsten Anzeichen eines bedrohlichen Schattens zurückzuziehen.

Nichts geschah. Das Silber fühlte sich kühl und glatt an. Kein Schatten erschien, nicht einmal ihre Fingerspitzen spiegelten sich in dem Silber. Verwirrt beugte sich Caitlyn wieder über das schimmernde Viereck, um ihr Gesicht darin zu spiegeln.

Doch da war nichts außer dem Silber.

Eine eisige Welle des Schocks lief über ihren Körper. Ein Ratschlag drang an die Oberfläche ihres Bewusstseins: »*Es gibt Tests, die du in einem Traum machen kannst, zum Beispiel dein Gesicht in einem Spiegel betrachten. Wenn dein Spiegelbild nicht normal ist, träumst du.*«

Caitlyns Verstand schärfte sich plötzlich. Sie träumte. Sie drehte sich langsam um, blickte Raphael an und spürte, wie sich ihr Herz vor Schmerz zusammenzog. War auch *er* nur eine Fantasiegestalt?

Sie schüttelte den Kopf. Sie wollte, dass er echt war. Nein, sie *brauchte* es, dass er echt war. Er war ihr Ritter der Kelche, oder nicht?

»Spring auf und ab«, sagte sie mit einem Kloß im Hals. Sie wollte sehen, ob die Fantasiegestalt ihren Befehlen gehorchte.

»Warum?«

Das war genau die Antwort, die sie von ihm erwartet hatte. Sie testete ihn nicht gerne, aber sie musste es tun; sie musste wissen, ob dies alles eine Einbildung war, die ihrer Einsamkeit entsprang.

Caitlyn schloss die Augen und ließ aus den geheimen Tiefen ihres Herzens ein Bild emporsteigen: Raphael, der sie in den Armen hielt, eine Hand an ihrem Kopf, die andere um ihre Taille gelegt. Sie stellte sich seinen warmen Körper vor, den sanften Druck seiner in Samt gekleideten Schulter gegen ihre Wange. Und dann wartete sie mit geschlossenen Augen, ob es passieren würde.

»Caitlyn? Was ist los?«

Sie öffnete die Augen. Er näherte sich ihr, und ihr Herz klopfte schmerzhaft schnell. Was würde er tun? Sie umarmen, so wie sie es heraufbeschworen hatte? *Bitte nicht. Bitte sei nicht nur eine Fantasiegestalt, die lediglich tut, was ich von ihr will.*

»Du siehst aus, als hättest du Angst.« Er hob die Hand und streckte sie nach ihr aus, dann zögerte er. Mit großer Behutsamkeit schob er eine Haarsträhne aus ihrem Gesicht. Die Berührung war so zart, dass sie kaum seine Fingerspitzen spüren konnte. »Ist alles in Ordnung?«

»Ich weiß es nicht.« Er tat das, was sie wirklich wollte: Er verhielt sich, als existiere er unabhängig von ihrer Vorstellungskraft. »Bist du echt?«, fragte sie heiser.

Er ließ seine Hand seitlich auf ihrem Hals ruhen und fand offenbar nichts Seltsames an ihrer Frage. »Ja.«

Sie schloss die Augen und spürte die Wärme seiner Berührung. »Du kannst dir nicht vorstellen, wie sehr ich dir glauben möchte.«

»Muss ich dich wirklich davon überzeugen?«

Sie spürte, wie er näher kam. Jeder Nerv ihres Körpers war sich seiner Nähe bewusst. Eine Hand lag auf ihrer Taille und glitt dann auf ihren Rücken. Die andere bewegte sich von ihrem Hals zu ihrem Hinterkopf. Seine langen Finger glitten durch ihr Haar.

Er tat genau das, was sie sich vorgestellt hatte. Sie öffnete die Augen, Tränen der Enttäuschung verschleierten ihren Blick.

»Schsch«, flüsterte er. »Nicht weinen.« Zärtlich küsste er ihre Augenbrauen, ihre Schläfen, ihre Wangen.

»Ich möchte an dich glauben«, sagte sie und lehnte sich an seine starke Brust. Ihr Kopf reichte nur bis zu seinem Kinn. Er fühlte sich warm und stark und fest an. Sie spürte seinen sanften Atem in ihrem Gesicht und seinen Herzschlag.

»*Caitlyn*«, sagte er mit sehnsüchtiger Stimme. Er senkte den Kopf, legte seine Wange an ihre und küsste zärtlich ihr Kinn und ihr Ohrläppchen. Der Druck seiner Hände auf ihrem Rücken und ihrem Kopf verstärkte sich, und er zog sie näher an sich heran. Er neigte leicht den Kopf. Sein Mund wanderte über ihr Gesicht, um ihre Lippen zu finden. »Du kannst nicht an mir zweifeln«, sagte er, während seine Lippen über ihren schwebten, »wenn vielleicht du es bist, die nicht echt ist.«

Seine Worte durchfuhren sie wie ein Schock.

Im nächsten Moment öffnete Caitlyn die Augen und war im Großen Salon. Sie lag auf der Ledercouch, die Decke so eng um sich gewickelt wie die umschlingenden Arme eines Geliebten, und der Wecker gab missvergnügt klingelnd bekannt, dass Morgen war.

Kapitel 19

9. MÄRZ

An diesem Nachmittag beobachtete Caitlyn, wie ein Dreieck aus Licht langsam über die weiße, unspektakuläre Decke der Bibliothek wanderte. Es wurde von dem Spiegel reflektiert, den sie auf die matt gewordene Silberplatte im Fenstersims gelegt hatte. Inzwischen hatte sie es über eine Stunde lang beobachtet. Sie hatte die erste Hälfte ihres Französischunterrichts verpasst, aber ihr Körper weigerte sich, von dem Stuhl aufzustehen. Jetzt war sie zu müde, zu erschöpft und zu sehr voller Selbstzweifel, um sich noch weiter für die Sonnenuhr zu interessieren.

Nach dem Algebra- und Geschichtsunterricht am Morgen hatte sie sich gleich zur Mittagessenszeit auf den Weg hinunter in die tieferen Etagen der Burg gemacht und den Lagerraum gesucht, in dem Raphael das Kristallkästchen versteckt hatte. Sie hatte eine halbe Stunde lang gesucht, aber nur unbekannte Gänge, Rohre, Wäschekörbe und Abstellräume voller kaputter Möbel gefunden. Nichts kam ihr bekannt vor, und sie verlor schnell die Orientierung in den niedrigen Gängen. Biancas Herz hätte ebenso gut nur einen Meter von ihr entfernt sein können wie weit weg auf der ganz anderen Seite der Burg.

Niedergeschlagen war sie in die Bibliothek gegangen, hatte den Spiegel auf die Fensterbank gelegt und war in einem Sessel zusammengesunken, um zu beobachten, wie das Licht über die Decke wanderte. Sie versuchte verzweifelt zu beweisen, dass etwas – egal was – an ihren Träumen real war.

Sie wurde gequält von dem, was Raphael gesagt hatte, als seine Lippen sie fast geküsst hätten: *Du kannst nicht an mir zweifeln, wenn vielleicht du es bist, die nicht echt ist.*

Dachte er, dass *sie* eine Gestalt *seiner* Fantasie war?

Ihr fiel ihre Theorie ein, nach der sie und Raphael Avatare in einer Traumwelt waren. Raphael war also vielleicht wirklich ein Junge ganz in der Nähe, der von ihr träumte, so wie sie von ihm.

Vielleicht war sie aber auch nicht ganz bei Trost, und die Träume waren Träume, sonst nichts.

Naomi hatte ihr im Großen Salon eine Nachricht hinterlassen und sie mit dem Spiegel beschwert:

Atmung: 5 mal/Min. Puls: 30 Schläge/Min. Diagnose: Winterschlaf. Du bist ein Bär, kein Mensch.

Amalia hatte also recht gehabt: Ihre Albträume hatten möglicherweise eine körperliche Ursache. Sie sollte froh darüber sein. Es war etwas, das man behandeln konnte, etwas, das ein Arzt diagnostizieren und für das er ein Rezept ausstellen konnte, und dann würde sie so friedlich schlafen wie alle anderen.

Sie würde normal sein.

Ganz tief in ihrem Inneren jedoch gefiel es ihr, anders zu sein. Und durch die Träume fühlte sie sich ihrer Mutter mit ihren Tarotkarten und ihren Vorhersagen für die Zukunft näher verbunden.

Vielleicht waren die Träume doch nicht nur Träume. Vielleicht ging etwas Außergewöhnliches vor sich. Etwas Übernatürliches, Paranormales. Etwas, das nicht von der Welt war, die alle kannten.

Wenn es so war, was war der Grund?

Gab es einen Grund?

Und Bianca – war sie ein Geist, der immer noch im Château de la Fortune als die Frau in Schwarz umging? Wenn ja, was wollte sie von Caitlyn?

Oder – dieser Gedanke ließ sie schaudern – war Caitlyn vielleicht selbst die Inkarnation von Bianca de' Medici? Schließlich hatte sie in ihren Träumen Biancas Kleid getragen, und sie hatte gespürt, dass sie es gewesen war, die auf dem Scheiterhaufen verbrannt wurde.

Sie schüttelte den Kopf. Nein. Sie konnte nicht die Frau mit dem kalten Gesicht auf dem Gemälde sein.

Caitlyn kam zu dem Schluss, dass sie würde warten müssen, bis sie erfuhr, was Bianca – oder welche Kraft auch immer hinter alldem steckte – ihr noch zeigen wollte. Die Träume waren eine Geschichte in Fortsetzungen, und sie hatte den Eindruck, dass diese Geschichte erst halb erzählt war. Wenn die Träume eine rein psychologische Funktion hatten, dann war es eben so. Sie würde abwarten und sehen, was sie ihr über ihr verkorkstes Ich mitteilten.

Und wenn irgendeine seltsame Form von Schlafapnoe die Ursache von allem war, würde sie vielleicht eines Tages gar nicht mehr aufwachen und für immer in ihren Träumen verschwinden.

Caitlyn blickte auf, als sich ihr jemand näherte, und stöhnte. Es war die Bibliothekarin. Sie wusste ganz bestimmt, dass Caitlyn den Unterricht schwänzte.

»M'mselle Monahan, Madame Snowe möchte Sie in ihrem Büro sehen.«

Caitlyn wurde übel. Panik erfasste sie, der kalte Schweiß brach ihr aus. Schnell sammelte sie ihre Sachen zusammen. Sie schwänzte gerade den Unterricht, ein klarer Verstoß gegen die Regeln, und wenn die Direktorin ihr androhte, sie der Schule zu verweisen …

Sie konnte nicht zulassen, dass Madame Snowe sie zurückschickte nach Oregon. Sie würde alles tun, *alles*, damit es nicht so weit kam. Sie gehörte hierher, das fühlte sie. Die Burg zu verlassen würde bedeuten, Raphael zu verlassen.

Caitlyn hastete durch die Gänge und über die Treppen zu Madame Snowes Büro und verhandelte dabei in Gedanken mit der Schulleiterin, um ihren Rauswurf zu verhindern. Sie würde mehr lernen, sie würde für jedes Fach eine Extra-Arbeit schreiben, sie würde jede Aufgabe noch einmal machen …

Die Tür zu Madame Snowes Büro stand halb offen, als Caitlyn dort ankam. Sie blieb davor stehen, um wieder zu Atem zu kommen und ihre Kleidung zu richten, und hörte dabei die Direktorin und Greta auf Französisch miteinander sprechen. Die Wörter flossen in einem ruhigen Fluss dahin, ohne dass Caitlyn, deren Sprachkenntnisse immer noch mangelhaft waren, sie verstehen konnte. Plötzlich jedoch, während sie ihre Strümpfe hochzog und ihr T-Shirt glatt strich, verstand sie das Gespräch, so wie in ihren Träumen. Die Bedeutung der Wörter ergab sich ohne ihr Zutun von selbst in ihrem Kopf. Ein schwindelerregendes Gefühl der Unwirklichkeit überkam sie, und sie war sich mit einem Mal sicher, dass sie von ihr sprachen.

»Du selbst hast keine Zeichen gesehen?«, fragte Madame Snowe.

»Nichts«, antwortete Greta. »Andererseits, wir wissen nicht genau, nach was wir suchen oder was sie vielleicht verbirgt.«

Madame Snowe seufzte. »Wir wissen, dass sie ein Teil des Baumes ist, aber vielleicht ist sie nichts weiter als ein verrotteter Nebenast. Ihr Blut ist vielleicht zu sehr verdorben.«

»Und wenn es so ist?«

»Wir müssen sie zum Wohle der Schwesternschaft loswerden. Wir können unsere Mittel nicht an jemanden verschwenden, dessen Fähigkeiten vielleicht niemals zutage treten.«

Gemurmel und Schritte waren zu hören, und Caitlyn wich zurück. Greta öffnete die Tür ganz und senkte überrascht das Kinn, als sie sie sah. Dann lächelte sie herzlich. »*Bonjour*, Caitlyn. Ich hoffe, es geht dir gut?«

»Ja, danke«, stammelte sie.

»Gut, gut.« Sie nickte und ging.

Benommen blickte Caitlyn ihr nach. Sie hatte das Gespräch nicht verstanden, sie konnte es nicht verstehen. Sie konnte kaum *être* konjugieren. Ihr Gehirn musste sich seine eigene Bedeutung zurechtgebastelt haben.

Was sollte das überhaupt bedeuten, dass sie ein verrotteter Ast war? Es ergab keinen Sinn. »Sie loswerden« war allerdings eindeutig genug. Anscheinend hatte sie solche Angst davor, heimgeschickt zu werden, dass sie halluzinierte.

Sie holte tief Luft, trat zur Tür und klopfte leise an das schwere Eichenholz.

»*Entrez*!«

Caitlyn ging hinein und hielt dabei den Blick von Bianca de' Medicis Porträt abgewendet. Sie konnte nicht noch einmal einen solchen Albtraum gebrauchen wie den letzten.

Madame Snowe trug ihr Haar an diesem Tag offen. Es sah aus wie ein glänzender, glatter Helm, was sie noch makelloser und noch furchteinflößender wirken ließ. Sie hatte ein schwarzes Kostüm und Stöckelschuhe an, und Caitlyn dachte bei sich, sie hätte die Vorsitzende einer internationalen Hexenvereinigung sein können.

Madame Snowe deutete auf einen Stuhl vor ihrem Schreibtisch. Caitlyn nahm Platz und blickte sich dabei verstohlen um. Sie wollte sich vergewissern, dass dies der Raum war, in dem in ihrem Traum die Männer Karten gespielt hatten.

»Soweit ich weiß, unterbreche ich deinen Französischunterricht für dieses Gespräch nicht«, sagte Madame Snowe mit einem Gesicht, das so unbewegt war wie ein Stein.

»Nein«, gestand Caitlyn.

»Geht es dir nicht gut? Soll ich einen Arzt rufen?«

»Nein, Madame.«

»Wärst du dann so freundlich, mir zu erklären, warum du den Unterricht schwänzt in einem Fach, in dem du zuletzt eine Fünf geschrieben hast?«

Caitlyn zuckte zusammen. »Ich habe nicht gut geschlafen«, sagte sie leise.

»Du bist lange aufgeblieben und auf der Couch im Großen Salon eingeschlafen. Vielleicht wäre es eine geeignete Lösung für dein Problem, wenn du zu einer normalen Uhrzeit in deinem eigenen Bett schlafen würdest.«

»Das wäre es nicht«, sagte Caitlyn bestimmt.

Madame Snowes rechte Augenbraue hob sich einen Zentimeter. »Aha?«

Caitlyn presste die Hände zusammen und überlegte im Stillen, wie viel sie der Schulleiterin erzählen sollte. Wenn sie an der Schule bleiben wollte, würde sie vielleicht mehr erzählen müssen, als ihr recht war. »Sie wissen, dass ich diese kryptomnesischen Träume habe, aber ich habe Ihnen nicht erzählt, dass ich auch Albträume habe.«

Madame Snowes dunkle Augen blickten interessiert. »Tatsächlich? Erzähl mir davon.«

»Sie haben angefangen, als ich ungefähr zwölf war, und sind immer schlimmer geworden.«

Madame Snowe lehnte sich in ihrem Stuhl zurück und legte ihre weißen, langfingrigen Hände in den Schoß. »Fahre fort.«

Caitlyn erzählte von den Kreischern, wobei Madame Snowe die ganze Zeit nickte.

»Hast du auch Albträume von etwas anderem als von diesen Kreischern?«

Caitlyn konnte gleichsam spüren, wie sich hinter ihr der Blick von Biancas gemalten Augen in sie hineinbohrte. »Eigentlich nicht.«

»Und was ist mit deinen anderen Träumen, den kryptomnesischen? Du hast mir nicht davon berichtet. Hast du hier welche gehabt?«

»Ich hatte welche, die hier im Château spielten, aber ich glaube nicht, dass irgendetwas Wahres an ihnen ist«, sagte sie ausweichend. Sie wollte mit Madame Snowe nicht über Raphael sprechen. Es wäre zu peinlich, zu verraten, dass sie sich womöglich einen Freund ausgedacht hatte. »Ich führe aber ein Traumtagebuch, damit ich mich an sie erinnern kann.«

Madame Snowe nickte. »Gut. Was passiert in diesen Träumen, die in der Burg spielen?«

»Nicht viel. Ich habe dieses Zimmer gesehen«, brachte Caitlyn langsam vor und hoffte, damit Madame Snowes Neugier zu befriedigen. »Nur war es vor sehr langer Zeit. Dort drüben stand ein Bett mit dunkelblauen Vorhängen«, sagte sie und deutete zu einem Ende des Raums, »und über dem Kamin hing ein seltsames Gemälde von einem Mann mit einem Gesicht aus brennenden Holzscheiten und Kerzen. Es hieß *Feuer.*«

»Aha.« Madame Snowe lächelte. »Das war ein Arcimboldo.«

»Wie bitte?«

»Giuseppe Arcimboldo, Hofmaler des Heiligen Römischen Kaisers in der zweiten Hälfte des 16. Jahrhunderts. Er hat eine Reihe von sehr bekannten Porträts gemalt, die sich aus Gegenständen zusammensetzen: zum Beispiel einen Bibliothekar aus Büchern, einen Gärtner aus Gemüse und so weiter. *Feuer* gehört zu einer Serie mit Darstellungen der Elemente.«

Caitlyn blinzelte überrascht. Das Gemälde gab es wirklich? »Wahrscheinlich habe ich das Bild mal im Internet gesehen.«

»Schon möglich. Vielleicht findet aber auch etwas Interessanteres als Kryptomnesie statt, wenn du träumst.«

»Was zum Beispiel?«, fragte Caitlyn, wachsam, aber neugierig.

»Ich brauche etwas mehr Informationen, bevor ich Vermutungen anstellen kann. Kannst du mir noch mehr erzählen?«, bedrängte die Schulleiterin sie.

Caitlyn hatte das seltsame Gefühl, dass Madame Snowe in ihren Kopf eindrang und sachte Türen aufstieß, die sie lieber geschlossen halten wollte. »Äh …«

»Du *kannst* mir doch noch mehr erzählen, oder?«

Wieder war es, als würde etwas aufgestoßen, diesmal mit mehr Nachdruck. Caitlyns Mund öffnete sich, bevor sie es verhindern konnte. »Ich habe von Bianca geträumt«, sagte sie.

Madame Snowe lächelte warm, und der Druck ließ nach. »Tatsächlich?«

Caitlyn verzog das Gesicht. »Vielleicht träume ich gerne von Gemälden, die über Kaminen hängen.«

»Erzähl mir, was du geträumt hast.«

Caitlyn zögerte.

Madame Snowe wartete, und währenddessen verstärkte sich der Druck in Caitlyns Kopf wieder.

Caitlyn rutschte auf ihrem Stuhl herum. Madame Snowe war als Vertraute ziemlich bedrängend und unheimlich. »Bianca zerrte mich durch die Dunkelheit zu einem Scheiterhaufen, und dann wurde ich an den Pfosten gebunden und verbrannt. Danach kam ein alter Mann und scharrte mein Herz – Biancas Herz – aus der Asche.«

Madame Snowes Gesicht ließ keine Regung erkennen, aber ihr Blick war klar und hart. »Interessant. Was, glaubst du, bedeutet das?«

Caitlyn zuckte mit den Schultern. »Ich weiß es nicht. Es ist irgendwie komisch, oder? Warum ist das Herz nicht verbrannt?«

»So etwas ist vorgekommen. Der Komponist Chopin zum Beispiel wurde eingeäschert, aber sein Herz blieb von den Flammen unberührt. Manche halten das für ein Zeichen göttlichen Schutzes. Was geschah mit dem Herz in deinem Traum, nachdem der alte Mann es genommen hatte?«

Caitlyn wendete den Blick ab. »Ich weiß es nicht.«

»Hast du gar keine Idee?«

Wieder der Druck. »Es wurde in ein Kristallkästchen gelegt.«

»Und was passierte mit dem Kristallkästchen?«

Caitlyn presste die Lippen zusammen. Sie wollte es nicht sagen. Raphael wollte nicht, dass irgendjemand es wusste. Was, wenn das Herz immer noch hier war, unter dem Stein im Keller? Es wäre nicht recht, wenn Madame Snowe es bekäme.

»Du musst gesehen haben, wie das Kästchen irgendwohin gebracht wurde. Vielleicht wurde es an einem sicheren Ort versteckt?«

Der Druck in Caitlyns Kopf wurde stärker, aber sie schüttelte ihn ärgerlich ab. Sie würde Raphaels Vertrauen auf keinen Fall missbrauchen. »Ich weiß nicht, wo es ist!«

Madame Snowe kniff die Augen zusammen. »Ich glaube, du sagst mir nicht die Wahrheit, Caitlyn.«

»Ich weiß nicht, wo es ist«, beharrte sie.

Wieder schien es, als wollte Madame Snowe in ihren Kopf einzudringen, aber Caitlyn blieb auf der Hut. Sie würde der starken Persönlichkeit der Schulleiterin nicht nachgeben.

»Gibt es eine symbolische Bedeutung des Traumes mit dem Herz?«, versuchte sie abzulenken. »Ich meine, psychologisch gesehen.«

Madame Snowe zuckte mit den Schultern und hörte auf, so eindringlich zu schauen. Offenbar war sie bereit, Caitlyn dieses Duell gewinnen zu lassen. »Wenn du wissen willst, ob Dinge oder Ereignisse in Träumen festgelegte Bedeutungen haben, lautet die Antwort Nein. Die Deutung hängt von demjenigen ab, der träumt, also von dir. Andererseits hat die Menschheit universelle Archetypen.«

»Universelle was?«

»Archetypen. Das sind urtümliche Bilder, die Grunderfahrungen des Menschen ausdrücken und uns allen angeboren sind. Zum Beispiel Begriffe wie ›Mutter‹ und ›Gott‹. Oder wie in diesem Fall ›Herz‹. Was fällt dir zu Herz ein?«

»Gefühle.«

Madame Snowe nickte ermunternd.

»Liebe. Gebrochenes Herz.« Caitlyn dachte nach. »Leben. Seele. Ich meine, wenn es eine Seele gibt, wo sollte sie anders sein als im Herzen?«

»Eine mögliche Interpretation dieses Traums wäre also, dass du eine schwierige Zeit durchmachst, vielleicht sogar eine Zerstörung deines alten Selbst erfährst – symbolisiert durch die Verbrennung auf dem Scheiterhaufen –, aber dass ein wesentliches Element von dir überlebt.«

Caitlyn war überrascht. Dies war eine sehr positive Sichtweise auf etwas, das ein grauenhafter Albtraum gewesen war. »Glauben Sie, dass es das bedeuten könnte?«

»Es kommt nicht darauf an, was *ich* denke. Was zählt, ist, was der Traum für dich bedeutet.«

»Huh.«

Madame Snowe lächelte. »So ist es.«

Caitlyn drehte sich um und betrachtete das Gemälde. »Haben Sie dieses Porträt aus einem bestimmten Grund hier hängen?«, fragte sie.

»Abgesehen davon, dass es ein außergewöhnliches Kunstwerk ist?«

Caitlyn nickte.

»Ich habe es geerbt.«

»Bianca hat also nichts mit der Fortuna-Schule oder der Burg zu tun?«

Ein schwaches Lächeln umspielte Madame Snowes Mund. »Mir gefällt die Vorstellung, dass sie eine Schutzheilige ist.«

Caitlyns Ansicht nach war Bianca eine eher furchterregende Schutzheilige. Sie wünschte, es gäbe eine einfache Möglichkeit, die Dinge, die sie in ihren Träumen gesehen hatte – so wie die Sonnenuhr –, mit der Wirklichkeit abzugleichen. »Äh … mich interessiert die Geschichte der Burg. Haben Sie vielleicht Bücher darüber? Ich kann im Internet nicht viel darüber finden.«

»Welcher Aspekt der Geschichte interessiert dich? Die früheren Besitzer der Burg? Ihre Rolle im Hundertjährigen Krieg?«

»Äh, ja. Aber auch, wie sie gebaut wurde, ob sie umgebaut wurde, ob es Anbauten gibt. War sie auch mal eine Ruine? Mussten Sie viel verändern, um eine Schule daraus zu machen?«

Madame Snowe sah sie argwöhnisch an. »Ich wusste gar nicht, dass du dich für Architektur interessierst.«

»Ich habe nie irgendwo gelebt, wo die Architektur interessant gewesen wäre. Da, wo ich herkomme, sind Gebäude aus dem Jahr 1920 historische Monumente.«

Madame Snowe schmunzelte und stand von ihrem Stuhl auf. Sie ging zu der holzgetäfelten Wand mit dem Geheimschrank, und als sie auf ein Paneel drückte, öffnete sich eine große Tür. Sie nahm ein dickes, in Leder gebundenes Album heraus, trug es zu Caitlyn und legte es vor ihr auf den Tisch.

»Hier drin ist alles, was wir über das Château de la Fortune wissen«, sagte sie und tippte auf den Einband. Die Prägung auf der Vorderseite stellte drei im Kreis tanzende Frauen dar. »Meine Urgroßmutter kaufte die Burg in den Zwanzigerjahren des 20. Jahrhunderts. Es war jedoch meine Großmutter, die gegen Ende des Zweiten Weltkriegs die Fortuna-Schule gründete. Die finanzielle Situation der Familie hatte sich verschlechtert, und sie war eine geschäftstüchtige Frau.« Madame Snowe öffnete das Album. Auf der ersten Seite war ein Schwarz-Weiß-Foto der Burg zu sehen, aufgenommen vom Tal aus. »So sah die Burg aus, als meine Urgroßmutter sie kaufte.« Sie blätterte einige Seiten mit Aufnahmen durch, die Schutt in den Räumen, eingestürzte Balken und fehlende Fenster zeigten. »Innen war die Burg in einem schlechten Zustand, wie du sehen kannst.«

Sie schlug die nächste Seite um, und Caitlyn konnte einen kurzen Blick auf eine bemalte Zimmerdecke werfen. Sie beugte sich vor und stieß einen protestierenden Laut aus, als Madame Snowe das Album schloss.

»Hierin findet sich alles, was meine Familie zur Geschichte der Burg zusammentragen konnte, sowie Aufnahmen von der Renovierung, die meine Urgroßmutter in den Zwanzigerjahren veranlasste.«

Caitlyn konnte den Blick nicht davon abwenden. »Darf ich es anschauen?«

Madame Snowe schaute auf ihre Uhr. »Deine nächste Unterrichtsstunde beginnt in zehn Minuten. Ich glaube nicht, dass die Zeit dafür reicht.«

Caitlyn spürte einen Kloß im Hals, und sie schluckte. Am liebsten hätte sie Madame Snowe zur Seite gestoßen und sich das Album geschnappt, um sich das Foto von der bemalten Decke noch einmal genau anzusehen. »Darf ich es mit in mein Zimmer nehmen, um es später anzuschauen? Ich verspreche, dass ich es morgen früh zurückbringe.«

Madame Snowe machte ein unbestimmtes Geräusch und tippte lässig mit den Fingern auf den Einband. »Ich bin bereit, ein Abkommen mit dir zu treffen, Caitlyn.«

Caitlyn runzelte argwöhnisch die Augenbrauen. »Ja?«

»Ich möchte, dass du auf deinem Laptop mit einem Traumtagebuch beginnst. Jeden Morgen, wenn du aufwachst, schreibst du alles auf, was du geträumt hast. Wenn du willst, kannst du auch eine Deutung versuchen, so wie wir es gerade mit dem Herz und dem Scheiterhaufen gemacht haben. Du schickst mir das Tagebuch jeden Sonntagabend per E-Mail. Schreib auch alle ungewöhnlichen Tagträume auf, die du hast, und alles andere, das irgendwie besonders ist. Würdest du das tun?«

Caitlyn nickte. Klar, das Kreischerzeug konnte sie aufschreiben, aber ihre Raphael-Träume würde sie weiterhin auf Papier festhalten und für sich behalten. Ihr Traumtagebuch lag in der Schultasche zu ihren Füßen, und sie musste sich anstrengen, nicht schuldbewusst darauf zu schauen.

»Lasse nichts aus, notiere alles.«

»Ja«, log sie.

Madame Snowe sah sie streng an. »Ich kann dir nur helfen, wenn du mir gegenüber völlig offen bist.«

»Ich weiß.« Das nervöse Zucken in ihrem Augenlid, das seit über einer Woche verschwunden gewesen war, kam plötzlich wieder zurück.

Madame Snowe kniff die Augen zusammen, und einen Moment lang glaubte Caitlyn, wieder Biancas Hände um ihren Kopf zu spüren, so kalt und hart wie Stein. Sie drückten zu, der Druck wurde größer, bis sie Angst hatte, ihr Schädel würde zerplatzen wie eine Traube.

Dann war es vorbei. Madame Snowe blickte sie aufmerksam an. »Dafür gebe ich dir das Album, damit du es anschauen kannst, denn ich vertraue dir. Du wirst mich nicht enttäuschen, Caitlyn, oder?«

Sie *musste* dieses Album haben. »Nein, Madame«, sagte sie leise.

Die Schulleiterin reichte es ihr. »Du kannst es behalten, so lange du möchtest, aber du bist dafür verantwortlich. Ich möchte nicht sehen, dass es beim Essen am Tisch herumgereicht wird, hast du verstanden?«

»Ja, Madame.« Das ledergebundene Buch lag schwer und kühl auf ihren Oberschenkeln. »Darf ich eine Frage zu einem ganz anderen Thema stellen?«

Madame Snowe nickte.

»Mein DNA-Test, den sie veranlasst haben, hat er Hinweise auf irgendwelche Krankheiten gegeben?« Sie dachte an das, was Madame Snowe und Greta in ihrem auf Französisch geführten Gespräch gesagt hatten: dass Caitlyn vielleicht ein verrotteter Ast war.

»Du meinst eine genetisch bedingte Anfälligkeit für eine Krankheit? Nein.«

»Da bin ich froh!«

»Die Wissenschaft der Genetik steckt natürlich noch in den Kinderschuhen, und dies war nur ein simpler Standardtest. Das Ergebnis ist keine Garantie für eine lange Gesundheit.«

Caitlyn blickte finster. »Warum macht man ihn dann?«

»Weil ein bisschen Information besser ist als gar keine. Das Leben gibt dir keine einfachen Antworten, Caitlyn. Es erfordert Geduld, Konzentration und einen offenen, intelligenten Geist, um die Teile eines Puzzles zu sammeln und sie zu einem stimmigen Ganzen zusammenzusetzen. Nichts, was es wert ist zu wissen, ist je leicht zu erlernen. Ich hoffe, dass du dir diese Haltung auch zu Herzen nimmst, was deinen Französischunterricht angeht.«

»*Oui*, Madame.«

»Ich glaube nicht, dass ich dich daran erinnern muss, welche Konsequenzen es hat, wenn du in einem Fach durchfällst.«

Caitlyn schüttelte den Kopf.

»Gut.« Madame Snowe lächelte, was allerdings eher bedrohlich als freundlich aussah. »Du kannst gehen.«

Caitlyn nahm ihre Tasche und das Album und ging zur Tür. Sie blickte zu Bianca auf, die so wissend wie immer aus ihrem Rahmen herablächelte. Caitlyn sah *La Perla* böse an.

»Caitlyn?«, rief Madame Snowe ihr nach.

Caitlyn zuckte zusammen und wandte sich um. »Ja?«

»Vergiss nicht, mir jede Woche dein Tagebuch zu schicken. Ich kann dir nur helfen, wenn du mich in deinen Kopf blicken lässt. Geheimnisse zu haben wäre nicht in deinem Interesse.«

»Nein, Madame, ich weiß.«

Aber wann hatte sie jemals getan, was gut für sie war?

Kapitel 20

In dieser Nacht saß Caitlyn mit dem schweren Lederalbum an ihrem üblichen Tisch im Großen Salon. Sie war ganz allein. Naomi war noch nicht aufgetaucht, sie versuchte meistens erst einmal einzuschlafen und stand nur wieder auf, wenn sie wusste, dass es hoffnungslos war.

Caitlyn verwünschte wieder einmal ihre miserablen Sprachkenntnisse, als sie das Album durchsah. Es gab ein altes Foto von der Bibliothek, auf dem die Decke mit Farbresten bedeckt war. Einige davon schienen Linien zu sein, die von einem Punkt in der Nähe des Buntglasfensters ausgingen. Auf einer Nahaufnahme der Decke konnte sie gerade noch die abgeblätterte Darstellung eines Steinmetzen erkennen, der einen Stein bearbeitete.

Unter jedem Foto stand ein handgeschriebener französischer Text. Caitlyn hatte ihr Wörterbuch aufgeschlagen und in ihrem Laptop-Browser gleich für mehrere Übersetzungsprogramme Lesezeichen gespeichert. Mit diesen beiden Hilfsmitteln und nach mehreren Stunden hatte sie eine ungefähre Ahnung davon, was dort geschrieben stand.

Neben einer Aufzählung der Schäden waren es Notizen darüber, was gerettet werden konnte und was nicht. Die letzten Sätze schienen zu bedeuten, dass der Erhalt der Decke unmöglich sein würde. Die Fresken waren dauerhaft beschädigt durch Wasser, das jahrzehntelang eingesickert war und den Verputz vom Untergrund gelöst hatte. Die verbliebenen Reste waren versehentlich von Handwerkern abgespachtelt worden, bevor sie dokumentiert werden konnten.

Es war nicht auszuschließen, dass einst eine Sonnenuhr an der Decke gewesen war. Was die Uhr jedoch über den Templerschatz aussagen konnte, war den Wasserschäden und den Spachteln der Handwerker zum Opfer gefallen.

Die Renovierungsarbeiten waren umfänglich gewesen und hatten Handwerksarbeiten erfordert, die, wie Caitlyn vermutete, ein Vermögen gekostet hatten: Maurer, die die Kamine, die Wasserspeier und eine Marmorstatue der Jungfrau Maria in der Kapelle instand setzten oder neu errichteten; Maler für die komplizierten Muster auf den Wänden und an der Decke der Großen Halle sowie für bemalte Stofftapeten in mehreren Räumen; Holzschnitzer und Schreiner für Vertäfelungen und Möbel; Handwerker für Buntglas, Schmiedeeisen, Stein, Kupfer. Die Liste war lang. Madame Snowes Urgroßmutter musste eine sehr reiche Frau gewesen sein, folgerte Caitlyn.

Es gab auch ein Foto von Antoine Fournier als sehr altem Mann, wie er das Gemälde der Fortuna Madame Snowes Urgroßmutter präsentierte. Mehrere Texte berichteten von der Geschichte des Gemäldes.

In den Siebzigerjahren des 19. Jahrhunderts war Fournier ein verarmter Künstler gewesen, der einen Gönner und einen Ort zum Leben gesucht hatte. Der Freund eines Freundes überredete den Besitzer des Château de la Fortune, Fournier in die verlassene Burg ziehen und sich in den Dachräumen ein Atelier einrichten zu lassen.

Im Gegenzug sollte er von dem Maler einige romantische Gemälde der Burgruine und des Dordogne-Tals bekommen.

Fournier war begeistert und hocherfreut, endlich einen Gönner gefunden zu haben. Es gefiel ihm zwar nicht, so weit weg von Paris zu sein, aber das war zweitrangig angesichts der Aussicht auf Essen, Unterkunft und einen Platz zum Malen. Er redete sich selbst ein, dass die Einsamkeit des Château de la Fortune gut für seine Arbeit wäre.

Für kurze Zeit war es auch so. Er fertigte mehrere Skizzen von der Burg und vom Tal an und bereitete seine Leinwände vor, um zu malen. Und dann kam *es*. Das gewalttätige Gespenst. Der fordernde Geist. Es war eine wütende weibliche Kraft, die ihm keinen Frieden ließ, bis er ihr gehorchte und die Göttin Fortuna mit ihrem Rad malte. Allein in der Burg, ohne zu wissen, wie er sich vor dem herrischen Geist schützen konnte, war er ihren Wünschen nachgekommen. Er ließ die romantischen Gemälde für seinen Gönner liegen und widmete jede wache Minute der Erschaffung der Fortuna.

Als er zehn Monate später das Werk vollendete, war seine Gesundheit zerrüttet durch Erschöpfung, Alkohol und die zugige Kälte in der Burg. Der letzte Schlag kam, als sein Gönner ihn besuchte, um zu sehen, wie Fournier vorankam, und feststellen musste, dass sein Günstling nicht die Ruinen gemalt hatte, die er haben wollte. Stattdessen hatte er Fortuna gemalt.

Als Fournier erklärte, er sei von einem Geist heimgesucht worden, war sein Gönner erbleicht und hatte die Flucht ergriffen. Fournier verließ bald darauf ebenfalls die Burg. Seine Energie war erschöpft, sein Wille zu malen gebrochen. Er schickte seinem Gönner das Porträt der Fortuna und kehrte nach Paris zurück. Einige Monate später bekam er das Gemälde wieder, zusammen mit einem Brief, in dem stand, dass sein Gönner kurz nach seinem Besuch auf dem Château de la Fortune an einem Herzanfall gestorben sei. In dem Brief hieß es, dass der Burgbesitzer als kleiner Junge geglaubt habe, ein Gespenst zu sehen, und überzeugt gewesen sei, die Burg sei verflucht. Die Familie wollte nicht an seinen Tod erinnert werden und schickte deswegen das Gemälde an Fournier zurück.

Fournier hatte das Bild weggepackt. Er wagte nicht einmal, es anzuschauen, aus Angst, die weibliche Erscheinung wieder herbeizurufen, die seine Kraft aufgezehrt hatte. Erst gegen Ende seines Lebens, als er erfuhr, dass die Burg von einer Frau gekauft und wieder instand gesetzt worden war, war er imstande, das Bild wieder anzusehen und Fortuna nach Hause zu bringen.

Fournier bestand darauf, dass das Gemälde am Ende des Großen Salons aufgehängt wurde. »Sie wollte es so«, erklärte er Madame Snowes Urgroßmutter.

Caitlyn lief ein Schauder über den Rücken, und sie warf einen besorgten Blick auf das Bild. Zwischen der Frau in Schwarz und Fortuna musste irgendein Zusammenhang bestehen. Aber warum sollte die Frau in Schwarz auf dieses Gemälde bestanden haben?

Enthielt es eine Botschaft?

Caitlyn stand vom Tisch auf und ging den langen Raum hinunter bis zu dem Gemälde. Sie schaltete das Licht an, und Fortuna erwachte zum Leben. Der heilige Georg tötete den Drachen, der aus dem Abgrund kam; die Burg stand stolz auf ihrem Felsen; Fortuna wandelte auf den Wolken, und das Rad stand bewegungslos da, verziert mit Goldscheiben, Edelsteinen und dem riesigen Rubin auf seiner Nabe.

Caitlyn ließ ihre Fingerspitzen über dem gemalten Rubin schweben. Sie erinnerte sich daran, wie ihre Mutter die Tarotkarten für sie gelegt hatte.

»... wenn du deine Bestimmung kennst, wirst du zum Herz des Rads reisen, wo alles ruhig und klar ist. Du wirst zum Herzen

reisen. Das Herz. Das Herz«, hatte sie wiederholt, »das Herz in der Dunkelheit.«

Sie würde zum Herzen des Rads reisen. War damit ein echtes Rad gemeint, genauso verziert wie das auf dem Gemälde? War das die Gestalt, die Eshaels Mitgift angenommen hatte?

Und ging es um ein echtes Herz?

Raphael hatte gesagt, dass er Biancas Herz in dem Templerschatz versenken musste. Vielleicht stellte der Rubin auf dem Gemälde Biancas Herz dar, das sich in der Mitte eines mit Edelsteinen besetzten Rads befand.

Aber wo war das Rad?

Caitlyn seufzte und schaltete den Lichtstrahler wieder aus. Sie gähnte und machte sich auf den Weg nach oben zu dem Waschraum im zweiten Stock, um sich die Zähne zu putzen.

Dort oben war alles ruhig, kein Lichtstrahl drang unter den Türen hervor. Es war eine Stille, die Caitlyn allmählich vertraut geworden war. Es war die Zeit, in der die Gänge denen in ihren Träumen am meisten ähnelten: Sie waren leer und voller Schatten.

Caitlyn öffnete die Tür zu dem großen Waschraum mit seinen Toiletten, Duschkabinen und langen Waschbeckenreihen vor den Spiegeln. Kaum war sie hineingegangen, als sich ihr die Haare auf den Armen aufstellten: Sie hatte das irritierende Gefühl, nicht allein zu sein.

Sie spitzte die Ohren, um auch noch den leisesten Luftzug, die leiseste Andeutung einer Bewegung wahrzunehmen. Dann drehte sie sich langsam um und schaute sich um.

Alles war ruhig.

Plötzlich wurde die Stille von lautem Rauschen durchbrochen, und Caitlyn schrie schrill auf, bis sie erkannte, dass es die Spülung einer Toilette war. Einen Augenblick später kam Soma aus der letzten Kabine. Im Neonlicht sah ihre Haut aschfarben aus.

Sie warf Caitlyn ein kurzes Lächeln zu und legte die Hände über ihren Bauch. »Ich geb dir einen guten Rat«, sagte Soma. »Probier niemals die Kokosnussöl-Diät aus, wenn du abnehmen willst. Dein Magen wird es dir nie verzeihen.«

»Gut zu wissen«, sagte Caitlyn. Vor lauter Erleichterung fühlte sie sich ganz schwach, zugleich kam sie sich vor wie ein Idiot. Sie hatte sich ganz verrückt gemacht mit all diesen Gedanken über Geister und unversehrte Herzen und Medicis.

Soma nickte und wusch sich die Hände. »Ich bin lieber dick, als so was noch mal durchzumachen.«

»Ich finde, du hast eine tolle Figur.«

»Vielen Dank. Meine zu engen Kleider kennen jedoch die Wahrheit: keine Croissants und keine heiße Schokolade mehr für Soma. *Bonne nuit.*«

»*Bonne nuit*«, sagte Caitlyn. Gute Nacht.

Caitlyn putzte sich die Zähne und wusch ihr Gesicht. Während das Wasser lief und sie sich das Gesicht abspülte, hatte sie erneut das Gefühl, nicht allein zu sein. Sie versuchte es zu ignorieren, konnte aber doch nicht widerstehen, den Kopf zur Seite zu drehen und sich schnell im ganzen Waschraum umzuschauen.

Diesmal war niemand da. Alle Kabinentüren standen ein Stück offen, bei allen Duschen war der weiße Plastikvorhang zur Seite geschoben. Sie war allein.

Sei nicht dumm, schalt sie sich selbst. Sie begegnete gruseligen Gestalten nur im Schlaf, nie, wenn sie wach war.

Caitlyn drehte das Wasser ab und trocknete ihr Gesicht. Mit einem Mal durchfuhr sie ein Gedanke.

Was, wenn ich nicht wach bin?

Ein Schauder überlief sie.

Sie dachte an die Tests, von denen Brigitte ihr erzählt hatte, und hielt sich die Nase zu. Sie bekam schnell keine Luft mehr. Sich immer noch die Nase zuhaltend, blickte sie in einen Spiegel und zog eine Grimasse. Sie benahm sich lächerlich!

Aber dann nahm sie irgendwo hinter sich ein Geräusch wahr.

Sch, sch, sch ...

Wie das Rascheln seidener Röcke.

Sch, sch, sch ...

Die Lichter flackerten, und Caitlyn wurde eiskalt. Sie schüttelte abwehrend den Kopf. *Nein!*

Sie drehte sich um und lehnte sich rückwärts gegen das Waschbecken. Hektisch schaute sie in alle Richtungen, um festzustellen, woher das Geräusch kam. Es kam näher, wurde lauter.

Sch, sch, sch ...

Das Geräusch kam von irgendwo *hinter* ihr.

Caitlyn drehte sich langsam zum Spiegel um.

Aus den spiegelnden Tiefen kam eine verschleierte Gestalt auf sie zu, deren Röcke bei jedem *Sch* schwangen.

Caitlyn war unfähig, sich zu bewegen oder zu denken. Mit wachsendem Entsetzen sah sie, wie die Gestalt im Spiegel näher kam und das Rascheln ihrer Röcke mit jedem Schritt lauter wurde. *SCH, SCH, SCH.*

Caitlyn sank gegen das Waschbecken und hielt sich an der Kante fest.

»*Raphael ...*«, schluchzte die Gestalt leise. Es klang wie das Flehen einer gebrochenen Seele. »*Raphael ...*«

»*Nein!*«, flüsterte Caitlyn heiser. »Du kannst nicht echt sein!«

Die Lichter im Waschraum flackerten und gingen aus. Caitlyn wurde von der Dunkelheit verschluckt. Sie bebte.

In den Tiefen des Spiegels glomm hinter dem Schleier blass das Gesicht der Gestalt.

SCH, SCH, SCH …

Die Gestalt blieb wenige Zentimeter vor der anderen Seite des Spiegels stehen. Dort, wo ihre Augen sein sollten, waren hohle Schatten, die durch den Schleier direkt in Caitlyns Seele zu starren schienen.

Caitlyn wimmerte. Aus den Augenwinkeln sah sie flimmernde Sternchen.

Auf der anderen Seite des Spiegelglases griffen bleiche Hände nach dem Rand des Schleiers und begannen ihn zu lüften.

Caitlyns Herz setzte einen Schlag aus, dann spürte sie, wie sie das Bewusstsein verlor. Eine schwarze Welle verschluckte sie und bewahrte sie vor dem grauenhaften Anblick dessen, was hinter dem Schleier verborgen sein mochte.

Kapitel 21

Als Caitlyn wieder zu sich kam, lag sie in einem kahlen Gang auf dem Boden. Auf die gekalkten Wände fiel das orangefarbene Licht eines Sonnenuntergangs, das durch das Fenster am Ende des Gangs drang. Benommen und verwirrt setzte sie sich auf.

Caitlyn blickte an sich herunter. Sie trug ihr Nachthemd und den Fortuna-Schule-Bademantel; beides hatte sie angehabt, als sie im Großen Salon gelernt hatte. Sie wusste nicht, wo in der Burg sie sich befand – oder in welcher Zeit –, aber sie war heilfroh, nicht auf dem Boden des Waschraums zu liegen und die Frau in Schwarz über sich schweben zu sehen. Ein kalter Schauder überlief sie bei dem Gedanken an das fahle Gesicht hinter dem Schleier.

Gerade als sie aufstand, bog Raphaels Cousin Giovanni am anderen Ende des Gangs um die Ecke. Lachend zog er ein Dienstmädchen an der Hand mit sich. Das Mädchen kicherte und tat, als wehre es sich, nur um dann von Giovanni in die Arme genommen und ausgiebig geküsst zu werden.

Caitlyn drückte sich an die Wand und rührte sich nicht. Das Paar war zu sehr mit sich selbst beschäftigt, um in ihre Richtung zu schauen, und einen Moment später verschwanden Giovanni und das Mädchen durch eine Tür.

Caitlyn atmete auf, dann jedoch durchfuhr sie erneut ein Schreck, als ihr klar wurde, dass sie träumte. Ihr lebender Körper musste ohnmächtig auf dem Boden des Waschraums liegen.

Sie tastete sich ab, klopfte auf ihre Arme und ihre Brust. Es fühlte sich sehr echt an, aber das war offensichtlich eine Täuschung. Sie hielt sich die Nase zu.

Sie konnte nicht atmen.

Caitlyn wimmerte und ließ ihre Nase los. Nein, es *musste* ein Traum sein! Sie konnte nicht wirklich hier sein!

Sie würde Raphael finden. Alles würde irgendwie einen Sinn ergeben, wenn sie ihn fand.

Vorsichtig schlich sie in ihren Hausschuhen durch den Gang und blieb vor der Tür stehen, hinter der Giovanni und das Mädchen verschwunden waren. Sie stand halb offen, und man hörte ihr Geflüster und Gekicher. Dann war es einen Moment still. Caitlyn steckte den Kopf durch die Tür, um hineinzuspähen.

Giovanni und das Dienstmädchen umarmten sich, ihre Kleidung war ziemlich in Unordnung geraten.

Caitlyn schnappte nach Luft und wich mit klopfendem Herzen zurück. Sie hastete durch den Gang, fort von den allzu lebendigen Geräuschen und Bildern. Ihre Füße schienen den Steinboden kaum zu berühren. Sie floh eine Treppe hinunter und durch mehrere Räume, dann in einen dunklen, engen Gang. An dessen Ende war Licht, eine Tür stand offen, und sie rannte darauf zu.

Es war ein Seiteneingang, der zu einem kleinen Hof bei den Küchen führte. Als sie leise Stimmen hörte, blieb sie, kurz bevor sie in das schwindende Sonnenlicht trat, stehen und versteckte sich in den Schatten neben der Tür.

Philippe, der Comte d'Ormond, drückte eine Goldmünze in die schmutzige Hand eines Mannes mit wettergegerbtem Gesicht und in Bauernkleidung. Sie sah, wie Philippe dem Mann ein Stück Papier – vielleicht eine Botschaft –, überreichte, die er schnell in den Falten seines Gewands verschwinden ließ. Der Mann neigte den Kopf und ging.

Philippe sah ihm nach, blickte sich um, als hielte er Ausschau nach versteckten Spionen, und wandte sich zum Seiteneingang.

Caitlyn rannte los, zurück in die Tiefen der Burg. Raphael konnte überall sein, aber es bestand die Chance, dass er in der Bibliothek war und dort die Decke untersuchte. Bevor das letzte Tageslicht verschwunden war, wollte sie ebenfalls dort sein.

Sie brauchte nicht lange, um sich zu orientieren und den Weg zu finden. Sie hatte jedoch keine Zeit, um herauszufinden, ob sie wach war oder träumte.

Die Bibliothek – oder der Schwertkampf-Übungsraum, wie Raphael sie nennen würde – war leer. Caitlyn ging in die Mitte des Raums und blickte nach oben.

Die Sonnenuhr war deutlich an der Decke zu sehen. Von einem zentralen Punkt oberhalb des *Fiat-Lux*-Fensters gingen gemalte goldene strahlenförmige Blätter aus. Ein roter Drache wand sich um den zentralen Punkt und spuckte Feuer in Richtung der Kante eines Abgrunds. Die mit Stundenzahlen versehenen Darstellungen der Tageszeiten lagen jenseits der Kante, weiter hinten an den Strahlen. Jeder Strahl verlief durch die Mitte einer Bilderreihe, deren Szenen Caitlyn nicht deuten konnte. Einige zeigten Landschaften, andere esoterische Symbole, wieder andere Tiere, Gegenstände, Menschen oder Menschengruppen. Zudem gab es eine beträchtliche Anzahl von Engeln, Dämonen und Lebewesen, die ihre eigene Stunde des Tages hatten oder von einem Bild zum nächsten hüpften.

Es war ein irrwitziges Durcheinander von Symbolen. Caitlyn konnte jedoch nirgendwo eine Schatzkiste entdecken, die vor Gold und Juwelen überfloss. Wenn es da oben eine Karte gab, dann sah sie diese nicht. Ihr tat das Genick weh vom Hinaufschauen, deshalb zog sie einen der Tische in die Mitte des Raums, legte sich darauf und faltete die Hände über dem Bauch. Das Zwielicht wich schnell der Dämmerung, aber die Fenster lagen Richtung Süden, weshalb sie immer noch die Umrisse der meisten Bilder erkennen konnte. Sie blinzelte zu ihnen hinauf. Sie war sicher, dass sie eine Botschaft enthielten – aber noch gelang es ihr nicht, sie zu deuten.

»Du siehst aus, als würdest du für dein Grabmal posieren«, sagte Raphael.

Caitlyn zuckte erschrocken zusammen und wandte den Kopf. Mit einer Kerze in der Hand kam Raphael auf sie zu.

Bei seinem Anblick überkam sie Erleichterung und Freude. »Ich bin alles andere als tot. Ich will mindestens neunzig werden, bevor ich abtrete.«

»Tatsächlich?«

»Sollte ich aber ein Grabmal haben, möchte ich auch mit neunzig immer noch aussehen wie fünfzehn.«

Er blieb an der Seite des Tischs stehen und stellte die Kerze neben Caitlyns Kopf ab. Das weiche Licht umschmeichelte seine Gesichtszüge und fing sich in dem bronzefarbenen Schimmer seines Haars. Erstaunt blickte er auf sie herab. »So alt bist du also?«

»Fast sechzehn«, sagte Caitlyn. Ihr fielen Giovanni und das Mädchen ein, und der Atem stockte ihr. »Wie alt bist du?«

»Neunzehn.« Er streckte die Hand aus, nahm eine Strähne ihres schwarzen Haars, das auf dem Tisch ausgebreitet war, und wickelte sie um den Finger. Sie spürte, wie jeder zärtliche Zug an ihren Haaren elektrisierend durch ihren Körper fuhr.

»Meine Mutter wäre nicht einverstanden«, sagte Caitlyn mit klopfendem Herzen. »Sie würde sagen, dass du zu alt bist für mich.«

»Zu alt wofür?« Er strich mit dem Finger, um den das Haar gewickelt war, über ihre Wange und ließ dann die schwarze Locke wieder ausrollen und zur Seite fallen. Seine Hand blieb liegen, und sie betrachtete sein Gesicht, als er die Fingerspitzen an ihre Lippen hielt und langsam ihre Umrisse nachfuhr.

»Du bist warm«, sagte er. Seine Finger strichen wieder über ihre Lippen, diesmal langsamer. Unter dem leichten Druck öffneten sie sich, und eine Fingerspitze verharrte einen Moment auf der Innenseite ihrer feuchten Lippen. Er schloss die Augen, und sie sah, wie sich seine Kiefermuskeln anspannten, dann wandte er sich ab. Er blickte aus dem Fenster in die heraufziehende Dunkelheit.

Caitlyn setzte sich auf, zog die Knie an die Brust und schlug ihre Arme darum. Sie fühlte sich merkwürdig zurückgewiesen. »Natürlich ist sie nicht meine echte Mutter«, sagte sie. »So wie deine starb auch meine echte Mutter, als ich klein war, und ich wuchs bei jemand anderem auf. Joy ist allerdings nur eine ganz normale, durchschnittliche Frau, sie ist nicht wie Bianca.«

Raphael drehte sich um, um sie anzusehen. »War sie freundlich zu dir?«

Caitlyn dachte daran, dass Joy immer für sie da gewesen war, und an die Umarmungen, die Geborgenheit, die Liebe, die sie ihr gegeben hatte, obwohl Caitlyn ihr wenig zurückgab. Plötzlich spürte sie, dass Joy ihr fehlte, und Tränen traten ihr in die Augen. »Ja, sie war freundlich. Und liebevoller, als ich es verdient habe.«

»Du vermisst sie«, sagte er und kam näher.

Caitlyn nickte. »Ich hätte nicht gedacht, dass ich das tun würde, aber es ist so.«

»Habt ihr beide euch nicht verstanden?«

»Wir sind sehr unterschiedlich. Sie möchte mich verstehen, aber sie kann es nicht«, schniefte Caitlyn. »Meistens kann ich mich selbst nicht verstehen.«

»Aber das ist es, was die Liebe einer Mutter ausmacht: Ob sie dich versteht oder nicht, sie liebt dich. Eine Mutter ist der einzige Mensch in deinem Leben, der dich je so lieben wird.«

»Du bringst mich zum Weinen!«

»Dann weine ich mit dir«, sagte Raphael. »Wenn du nicht um deine Mutter weinen kannst, um wen solltest du dann weinen können?«

Sie griff nach seiner Hand und hielt sie.

»Ich hatte Angst, dass ich dir diesmal nicht begegnen würde«, sagte sie nach einer Weile und ließ seine Hand los.

»Du warst schon hier, ohne mir begegnet zu sein?«, wollte er mit fragendem Gesichtsausdruck wissen.

»Nein. Aber normalerweise begegne ich dir sofort. Dieses Mal sah ich nur – « Sie verstummte und errötete.

»Was hast du gesehen?«

Sie schüttelte den Kopf.

Er lehnte sich an das Ende des Tischs. Seine Oberschenkel berührten fast die Spitzen ihrer Hausschuhe. Er stützte sich mit den Händen links und rechts von ihr auf dem Tisch ab und beugte sich so weit über sie, dass sie ihr Gesicht nur ein wenig hätte anheben müssen, um ihn zu küssen. »Was hast du gesehen?«

»Giovanni … und ein Mädchen.«

Er machte große Augen, dann richtete er sich wieder auf und lachte. »Giovanni denkt, Vergnügen sei der einzige Sinn des Lebens.«

»Was, glaubst du, ist der Sinn?«

»Gott weiß, dass ich mich das schon oft gefragt habe«, sagte er mit gepresster Stimme. Er blickte ihr in die Augen. »Die einzige Antwort, die ich finden kann, ist: sich um die zu kümmern, die man liebt.«

»Ich finde diese Antwort besser als die meisten anderen«, sagte sie zärtlich.

Er warf ihr ein schiefes Lächeln zu. »Giovannis Vorstellung vom Sinn des Lebens ist einfacher in die Tat umzusetzen.«

»Oh, das hätte ich fast vergessen: Nachdem ich Giovanni gesehen habe, habe ich Philippe entdeckt, an einer Seitentür bei den Küchen. Es sah aus, als bezahle er heimlich einen Bauern, damit der einen Brief für ihn überbringt.«

»Einen Bauern?«

»Einen derb aussehenden, ärmlich gekleideten Mann. Vielleicht irgendein Arbeiter. Du hast gesagt, dass Philippe dich im Auftrag von Caterina ausspioniert, oder?«

Raphael runzelte die Stirn. »Es ist kein Geheimnis, dass er spioniert, und seine Sendschreiben schickt er vor unser aller Augen. Das hier ist etwas anderes. Ich frage mich, was er im Schilde führt.«

»Weißt du, dass hinter der Holzvertäfelung in seinem Zimmer Geheimschränke sind?«

Raphaels Stirnrunzeln verwandelte sich in Erstaunen. »Tatsächlich?«

»Vielleicht ist er derjenige, der versucht hat, dich zu töten. Vielleicht war dieser Bauer ein Arbeiter, der den Stein auf dem Gerüst so hingelegt hat, dass er auf dich fällt.«

Raphael schüttelte den Kopf und hielt dann inne. »Caterina hat Philippe möglicherweise damit beauftragt, das Herz zu stehlen. Aber nein«, sagte er, laut nachdenkend, »jemand hat sogar versucht, es zu stehlen, als wir von Rom aus Richtung Norden reisten.« Er begann auf und ab zu gehen. »Könnte sich Caterinas Einfluss bis nach Rom erstrecken? Ja. Oder vielleicht arbeitet Philippe in dieser Angelegenheit gar nicht für sie. Vielleicht dient er Pius.« Er wandte sich an Caitlyn, sein Blick war plötzlich eindringlich. »Weißt *du*, wer es ist?«

»Der verhinderte Dieb oder der verhinderte Mörder?«

»Es ist ganz sicher ein und dieselbe Person. Wer ist es?«

»Ich weiß es nicht. Wie könnte ich es wissen?«, fragte sie erstaunt.

»Du weißt immer noch nicht, wer du bist, oder?« Raphael schüttelte den Kopf. »Entschuldige. Beachte mich nicht. Ich versuche nur, das alles zu verstehen.«

»Da haben wir etwas gemeinsam«, murmelte sie.

Die Andeutung eines Lächelns umspielte seine Lippen, sein Blick traf für einen Moment lang ihren. Er zeigte auf das Wappen, das in ihren Bademantel eingestickt war. »*Fortuna Imperatrix Mundi.* Das Schicksal regiert die Welt. Ist dies das Motto deiner Familie?«

»Meiner … des Klosters, wo ich zur Schule gehe.« Die Fortuna-Schule war deutlich in ihrem Bewusstsein, ebenso, dass sie dort Schülerin war. Sie konnte denken, ohne dass ihre Gedanken verworren waren, so wie sonst in ihren Träumen, aber irgendwie machte das alles nur noch komplizierter. *Wie kann das alles so echt sein?*

»Ein seltsames Motto für ein Kloster«, sagte Raphael.

»Es ist ein seltsames Kloster.«

Er fuhr mit dem Finger über das Wappen mit dem Rad und liebkoste mit seiner Berührung ihren Körper unter dem Stoff. »Welche Botschaft hat das für mich?«, fragte er wie zu sich selbst.

»Vielleicht, dass bald alles besser wird«, sagte sie, während sie unter seiner Berührung kaum noch atmen konnte.

»Ja, wenn wir den Schatz finden.« Er legte seine Hand flach auf das Wappen, dann strich er ihr seitlich über den Hals.

Ihr Mund öffnete sich. »Ich … ich habe die Sonnenuhr gesehen, bevor es dunkel wurde, aber ich habe nichts entdeckt, was auf den Schatz hindeutet.«

Raphael grinste und ließ die Hand sinken. »Ich aber.«

»Wirklich?«, sagte sie, etwas enttäuscht, dass er seine Hand fortnahm.

Er griff hinter sie und nahm die Kerze, dann schwang er sich auf den Tisch und stellte sich darauf. Er reichte ihr die Hand, um ihr aufzuhelfen. »Schau«, sagte er, hielt die Kerze über seinen Kopf und beleuchtete eine gemalte Szene, einen Ozean, über dem ein Stern stand.

»Ein Stern über dem Ozean. Was hat das mit dem Schatz zu tun?«

»Sieh dir den Stern genauer an.«

Sie blinzelte und betrachtete die angeleuchtete Stelle. »Da ist etwas in seiner Mitte. Es sieht aus wie eine Krone, durch die ein Kreuz gesteckt ist.«

»Ja!«

»Und?«

»Das ist ein Symbol der Tempelritter. Ursprünglich ein Symbol von Konstantin, aber sie verwendeten es mit den Worten *In Hoc Signo Vinces,* ›In diesem Zeichen wirst du siegen‹, als eines ihrer Insignien.«

»Aber was bedeutet es hier?«

»Ich glaube, es sagt uns, dass wir auf der richtigen Spur sind.« Raphael senkte den Arm und deutete Richtung Fenster. »*Fiat Lux*, erinnerst du dich?«

Sie nickte.

»Du hast mich gefragt, woher es stammt. Das hat mich auf einen Gedanken gebracht. Es ist aus der Genesis, die nicht nur der Anfang des Alten Testaments ist. Mir ihr beginnt alles. Ich glaube, es bedeutet, dass diese Sonnenuhr der Anfang einer Karte ist.«

»Du meinst, sie ist der erste Hinweis?«

Er nickte. »*Fiat Lux* steht in Kapitel eins, Vers drei. Ein Uhr«, sagte er und deutete auf den goldenen Strahl, der durch den Ozean verlief, »drittes Bild.«

Caitlyn hielt die Luft an und lächelte. »Du könntest recht haben!«

»Aber ich habe noch nicht herausgefunden, wohin uns das bringt. Ein Stern über dem Meer.«

»Gibt es in der Burg irgendwo einen Stern?«

»Ich habe den ganzen Tag danach gesucht. Es gibt einige auf Kupferspitzen, die sich auf den Dächern befinden, aber da komme ich nicht hinauf. Einige sind um Kamine herum eingeritzt. Ein Zimmer hat einen Kachelboden mit Sternenmuster. In drei Fenstern gibt es Sterne oder Sonnen. Es gibt einen – «

»Ich bekomme den Eindruck«, unterbrach sie ihn, »dass es hier überall Sterne gibt.«

»Wir müssen herausfinden, welcher Stern es ist.«

»Sie gehen im Osten auf, oder?«, brachte Caitlyn zögernd hervor.

»Daran habe ich auch schon gedacht. Aber die Sterne sind bei Weitem nicht alle im Osten der Burg zu finden.«

Caitlyn biss sich auf die Lippe und blickte wieder zu dem Deckengemälde hinauf. Sie warf einen Blick auf die anderen Bilder, die nun nur noch undeutliche Schatten waren.

»Was ist das alles?«, fragte sie und deutete auf die Decke. »Was bedeuten die Bilder?«

»Bei den meisten weiß ich es nicht. Ich habe aber einige biblische Szenen gesehen und einige Symbole von Heiligen. Die abgetrennten Brüste auf einem Tablett, das ist die heilige Agatha«, sagte er und zeigte in die Dunkelheit.

»Großer Gott«, murmelte Caitlyn abgestoßen. »Vielleicht ist der Stern nicht wörtlich gemeint, sondern steht für etwas anderes. Könnte dieser Stern einen Heiligen darstellen?«

»Der einzige mit einem Stern, der mir einfällt, ist Dominikus, aber er trägt ihn gewöhnlich auf der Stirn. Mit Wasser steht er nicht im Zusammenhang.«

Caitlyn blickte wieder auf das *Fiat-Lux*-Fenster, das auf seine Art einen Stern über Wasser darstellte. »Was heißt auf Lateinisch Stern und Meer oder Wasser?«

»*Stella, astrum* oder *sidus* heißt Stern. *Vesper* heißt Abendstern. *Mare, maris* heißt Meer, *aqua* Wasser.«

»*Stella aqua. Aqua stella. Astrum mare maris*«, murmelte Caitlyn und probierte verschiedene Kombinationen aus, auf der Suche nach etwas, von dem sie nicht wusste, was es war. »*Mare maris stella. Stella mare maris.*«

Raphael packte sie am Arm. »Halt. Sag das noch mal!«

»*Stella mare maris.*«

»*Stella maris!*«

»Wie?«

»Stern des Meeres. Ein anderer Name für Maria!«

Caitlyn hatte plötzlich das Foto vor Augen, das zeigte, wie die marmorne Marienstatue von Arbeitern restauriert wurde. »Die Kapelle!«

Raphael sprang vom Tisch, streckte die Arme nach oben und legte sie mit einem breiten, im Kerzenlicht aufleuchtenden Lächeln um Caitlyns Taille. Er hob sie hinunter, als sei sie eine Feder. Sie hielt sich an seinen Schultern fest und lachte. Er ließ sie an seinem Körper herabgleiten, wobei sich der Bademantel und das Nachthemd über ihre Hüften schoben, bis schließlich ihre Zehen gerade so den Boden berührten. So hielt er sie an sich gedrückt.

»Du bist ein Genie«, sagte er und lächelte. Sie lächelte zurück, während er sie ansah. Plötzlich spürte sie eine Veränderung an ihm, und sie hörte, wie er die Kerze auf den Tisch stellte. Dann neigte er den Kopf und küsste sie.

Zart berührte sein Mund ihren Mund einmal, dann zweimal, und beim dritten Mal nahm er ihre Unterlippe zwischen seine Lippen. Sie bekam weiche Knie und klammerte sich an ihn, als der Kuss intensiver wurde und seine Lippen nach einer Antwort von ihren drängten. Sie fühlte sich, als schwebte sie.

Er lehnte sie mit dem Rücken an den Tisch, ließ sie darauf niedergleiten und legte sich mit dem Oberkörper auf sie. Mit seinen Füßen stand er noch auf dem Boden, mit der einen Hand stützte er sein Gewicht ab, mit der anderen fuhr er ihr durch die Haare, umfasste ihren Kopf und hielt sie fest, während er sie leidenschaftlich küsste. Sie konnte seine Kraft spüren, überall da, wo sein Körper sie berührte.

Seine Hand bewegte sich an ihrem Hals hinunter, schlüpfte dann in den Ausschnitt ihres Nachthemds und streichelte ihre Haut. Caitlyn bekam kaum noch Luft, beunruhigt davon, in welche Richtung sich seine Hand bewegte. »Raphael, warte!«

Seine Lippen lösten sich von ihren und bewegten sich ihren Hals hinunter, machten Halt, um sie in der Kuhle zwischen Hals und Schulter zu küssen.

Er begann, ihr Nachthemd hinunterzuziehen, aber sie fasste nach seinem Kopf, und ihre Hände versanken in seinen seidigen Haaren. »Raphael«, sagte sie bittend, sich jedoch zugleich nach mehr sehnend, »halt.«

Sein Mund löste sich von ihrem Hals, und er sah sie an. »Was ist los?«

»Ich bin noch nicht so weit … es ist einfach zu viel auf einmal.«

Er beugte den Kopf und ließ die Stirn auf ihrer Brust ruhen. Caitlyn strich ihm über die Haare.

Raphael umschlang plötzlich mit seinen Armen ihren Rücken und drückte ihr einen Kuss auf den Hals. Dann löste er sich von ihr und zog sie hoch. »Ich habe Frauen gekannt, die mit vierzehn geheiratet haben«, sagte er leichthin.

»Ist das ein Heiratsantrag?«, fragte sie im selben Ton.

»Würdest du denn einen armen Künstler ohne Land und ohne Geld nehmen?«

»*Fortune rota volvitur*. Du weiß nicht, was das Morgen bringt. Es bringt vielleicht den Schatz der Templer.«

»Wenn ja, dann könnte ich dich fragen – «

Aber sie konnte nicht mehr hören, was er als Nächstes sagte – er wurde von einem lauten Sirenengeheul unterbrochen, und sie merkte, wie sie sich fallend von ihm entfernte und in einen tiefen, dunklen Abgrund stürzte.

Kapitel 22

Caitlyn öffnete die Augen und nahm das Heulen eines Martinshorns und das besorgte Gesicht einer Sanitäterin wahr. Sie war auf einer Trage festgeschnallt, die in einem fahrenden Rettungswagen hin und her schwankte. Das Blaulicht von draußen streifte das Gesicht der Sanitäterin.

»*Qu'est-ce qui se passe?*«, fragte Caitlyn matt. Was ist los?

»Du hast dich am Kopf verletzt«, sagte die Frau auf Französisch. »Möglicherweise hast du eine Gehirnerschütterung.«

»Werde ich wieder gesund?«, fragte Caitlyn in fließendem Französisch.

»Natürlich! Aber du musst genäht und geröntgt werden.«

»Oh«, sagte sie und verlor das Bewusstsein erneut.

Als Caitlyn zum zweiten Mal aufwachte – oder war es das dritte Mal? –, lag sie in einem sauberen, unbequemen Krankenhausbett in einem Privatzimmer. Es sah so ähnlich aus wie die, die sie aus ihrer Heimat kannte, nur karger. Madame Snowe stand in der Tür und sprach mit einer kleinen dunkelhaarigen Ärztin. Als die Ärztin sah, dass Caitlyn wach war, kam sie zu ihr, leuchtete ihr mit einer Lampe in die Augen und stellte ihr auf Französisch Fragen.

Caitlyn sah sie stirnrunzelnd an. »Tut mir leid«, sagte sie auf Englisch, »aber mein Französisch ist schrecklich. Sprechen Sie Englisch?«

Die Ärztin wechselte einen Blick mit Madame Snowe, dann sagte sie auf Englisch: »Ja. Ich habe dich gefragt, ob du weißt, was für ein Tag heute ist.«

Caitlyn biss sich auf die Lippe und dachte einen Moment nach. »Wenn es jetzt Vormittag ist, haben wir vermutlich Samstag. Was bedeutet, dass ich meine Reitstunde verpasse.«

Die Ärztin lächelte und tätschelte ihr das Knie. »Du bist bald wieder gesund.« Sie nahm Madame Snowe mit sich hinaus auf den Gang.

Caitlyn spürte seitlich am Kopf einen dumpfen Schmerz und berührte die Stelle. Sie fühlte den steifen Faden, mit dem eine Wunde genäht worden war, unter ihren Fingerspitzen. Sie schauderte und ließ schnell die Hand fallen.

Madame Snowe betrat wieder das Zimmer und setzte sich auf den Stuhl neben dem Bett. »*Alors*! Du hast uns allen einen ziemlichen Schreck eingejagt. Gut, dass Naomi dich so schnell gefunden hat.«

»Naomi?«

»*Oui*. Sie sah deine Sachen im Großen Salon, und als du nicht kamst, ging sie dich suchen.«

»Ich habe das Album nicht absichtlich liegen gelassen«, sagte Caitlyn entschuldigend.

Madame wischte ihre Sorge mit einer Handbewegung weg. »Viel wichtiger ist herauszufinden, was passiert ist. Bist du ausgerutscht und hingefallen? Kannst du dich erinnern?«

Caitlyn schloss die Augen und dachte nach. Sie hörte das *Sch, sch, sch* von seidenen Gewändern und riss die Augen auf. »Ich habe die Frau in Schwarz gesehen.«

Madame Snowe öffnete daraufhin überrascht den Mund. »*Vraiment?*« Wirklich?

»Ich habe das Geräusch von raschelnden Röcken gehört, und dann war die Frau in Schwarz im Spiegel und schaute mich daraus an.«

»Wie sah sie aus?«, fragte Madame Snowe atemlos und beugte sich zu Caitlyn vor.

Caitlyn schüttelte den Kopf. »Sie begann ihren Schleier hochzuheben, aber dann bin ich bewusstlos geworden. Und habe mir anscheinend den Kopf am Waschbecken oder am Boden angeschlagen.« Sie fasste wieder nach der Wunde an ihrem Kopf.

»*Ne touche pas.*« Nicht anfassen.

Caitlyn ließ die Hand sinken.

»Kannst du dich noch an etwas anderes erinnern?«

Caitlyn war auf der Hut. »Erst wieder an den Krankenwagen.«

Madame Snowe lehnte sich mit einem leisen, enttäuschten Seufzen zurück. »Du hast fließend Französisch gesprochen, als du im Krankenwagen die ersten paar Male zu dir gekommen bist, allerdings mit einem seltsam … altertümlichen Akzent.«

»Wirklich?«, fragte Caitlyn überrascht.

»Es ist eigenartig, dass du Französisch sprechen kannst, wenn du halb bei Bewusstsein bist, es im Klassenzimmer aber vergisst, *non*?«

»Sehr seltsam. Und sehr unpraktisch«, brummte sie.

»Nun, die Ärztin sagt, dass mit dir alles in Ordnung ist. Es gibt keine Schwellung in deinem Gehirn, und der Schädelknochen ist unverletzt.« Madame öffnete ihre Handtasche und nahm ein Handy heraus. »Deine Eltern müssen aber noch beruhigt werden. Sie wissen, was passiert ist, und ich habe ihnen versprochen, dass du sie anrufst, sobald du zu dir gekommen bist.« Sie wählte die Nummer, gab Caitlyn das Handy und ging in den Gang hinaus, um sie in Ruhe telefonieren zu lassen.

Einige Augenblicke lang war nur Rauschen zu hören, während die Verbindung hergestellt wurde, dann hörte man das *Brrrr brrrr* des läutenden Telefons. Nach dreimal Läuten wurde das Telefon abgenommen.

»Hallo?« Es war Joys Stimme, und Caitlyn schnappte nach Luft. Sie hätte nie gedacht, dass es so gut tun würde, ihre Stimme zu hören.

»Mom?«, sagte Caitlyn, dann brach ihre Stimme. Weil sie siebentausendfünfhundert Kilometer von ihrer Familie entfernt in einem Krankenhaus lag, kam sie sich plötzlich vor wie ein Kind. Sie wollte am liebsten umarmt werden und gesagt bekommen, dass alles in Ordnung war.

»Caitlyn! Schatz, wir haben uns solche Sorgen um dich gemacht. Geht es dir gut?«

»Ja, alles in Ordnung.« Caitlyn rieb sich ihre Schniefnase am Handrücken ab und versuchte, nicht zu weinen. »Ich bin nur ausgerutscht und im Waschraum hingefallen. Hab mir den Kopf aufgeschlagen.«

»Gibt es dort drüben gute Ärzte? Bist du in guten Händen?«

»Ich glaube, sie wissen, was sie tun. Es ist alles okay, ich hab nur …«

»Angst?«

Caitlyn schluckte einen Schluchzer hinunter und bekam Schluckauf. »Nicht wirklich.« Ihre Tränen begannen ihr unangenehm zu werden. »Es ist alles okay, und Madame Snowe ist hier bei mir.«

»Manchmal braucht man eine Umarmung.«

Caitlyn schniefte. »Stimmt.«

»Ich wünschte, ich könnte dich umarmen, Schatz.«

Caitlyn hätte sich gerne getröstet gefühlt, sie sehnte sich danach, aber irgendwie war sie es nicht. Stattdessen war es so unangenehm wie ein kratziger Wollpullover, dass Joy sie wie ein Baby behandelte. »Dein Vater möchte mit dir sprechen.«

»Okay.«

Es war Geflüster zu hören, das Telefon wurde weitergereicht, und dann war Caitlyns Vater dran. »Wir haben gehört, dass du dir deine Birne ziemlich angeschlagen hast.«

»Ja, und ich hab Stiche, mit denen ich es beweisen kann.«

»Aber du bist okay?«, fragte er.

»Ja.«

»Gut, gut.«

Ihr Vater schwieg. Caitlyn wartete darauf, dass er etwas Liebevolleres zu ihr sagte, aber als die Sekunden vergingen, wurde ihr klar, dass das nicht geschehen würde. Sie konnte sein Unbehagen durchs Telefon spüren, als wüsste er, dass er noch etwas sagen müsste, aber nicht, was.

Caitlyn verspürte einen vertrauten Schmerz, aber dieses Mal schwang unerwarteterweise auch Mitleid mit. Ihr Vater konnte nichts dafür, dass er so war, wie er war, genauso, wie sie nun mal sie selbst war. Er konnte nichts dafür, dass er sie nicht verstehen konnte und, wie sie jetzt erkannte, ein bisschen Angst vor ihr hatte.

Sie ließ Gnade walten und fragte: »Und, wie geht's den Jungs? Gewinnen sie ihre Turniere?«

Sie konnte seine Erleichterung geradezu spüren. Er sprach fröhlich mehrere Minuten lang über die sportlichen Aktivitäten ihrer Brüder, während Caitlyn die Wand anstarrte und »Hmhm« machte.

Dann kam Joy wieder ans Telefon. »Bist du sicher, dass es dir gut geht, Schatz? Wenn du mich brauchst, komme ich zu dir. Ich steige morgen in ein Flugzeug, wenn du willst.«

»Nein, nein. Mir geht's gut. Ich musste nur deine Stimme hören, glaube ich.« Sie dachte an das Gespräch, das sie mit Raphael über die bedingungslose Liebe einer Mutter geführt hatte, und zum ersten Mal gab sie Joy etwas zurück, das sie verdiente. Joy verstand sie nicht, aber ganz egal, was Caitlyn tat, sie würde sie immer lieben. Das war ein größeres Geschenk, als Caitlyn ihr je im Gegenzug gemacht hatte. Sie wusste nicht, ob sie ihr wirklich etwas zurückgeben konnte, aber um Joys willen konnte sie wenigstens so tun als ob. »Ich vermisse dich, Mom. Und ich liebe dich.«

Am anderen Ende war ein verdächtiges Schniefen zu hören, dann sagte Joy: »Ich liebe dich auch, Schatz. Das weißt du. Ich habe dich immer geliebt und werde dich immer lieben.«

»Ich weiß. Ich dich auch.« Das war nicht die ganze Wahrheit, aber sie wusste, dass es richtig war, es zu sagen. Manchmal standen nicht *ihre* Gefühle im Mittelpunkt.

Sie beendeten das Telefonat, und Caitlyn lehnte sich zurück in ihre Kissen. Einen Moment später griff sie nach hinten, zog ein Kissen an ihre Brust und umarmte es. Es roch nach Bleichmittel und bot nur schwachen Trost. Sie warf es zur Seite.

Sie konnte kein Kind mehr sein, das darauf hoffte, dass die Eltern ihm die Stirn küssen und alles wieder gut machen würden, und das zornig wurde, wenn sie es nicht taten. Sie hatten ihr gegeben, was sie konnten, aber ihr Platz war nicht mehr länger bei ihnen. Sie war weitergezogen.

Nun lag es an ihr, das Rad des Schicksals zu drehen und ihrer Bestimmung zu folgen.

Kapitel 23

11. MÄRZ

Caitlyn! Du bist wieder da!«, rief Naomi und steckte den Kopf in Caitlyns Zimmer.

»Ja, Gott sei Dank«, sagte Caitlyn. Sie war 36 Stunden im Krankenhaus unter Beobachtung gewesen und erst an diesem Sonntagmorgen zur Schule zurückgekehrt. »Sie haben mich nicht mal auf die Toilette gehen lassen, ohne dass mir eine Schwester die Hand gehalten hat.«

Naomi kam herein und setzte sich ans Fußende des Bettes. »Es tut mir so leid. Ich musste aber Hilfe holen. Es war so viel Blut da.«

»Nein, ich bin froh, dass du das getan hast. Ich hätte sonst bis zum Morgen da gelegen.« Caitlyn hob ein Büschel Haare hoch und drehte den Kopf, damit Naomi die Wunde sehen konnte. »Fünf Stiche.«

»Super!«, sagte Naomi mit schaurigem Entzücken. »Ich wünschte, ich hätte ein Foto von dem Waschraum gemacht. Es sah aus, als wäre ein Schwein geschlachtet worden, und mittendrin lagst du. Was ist passiert? Kannst du dich daran erinnern?«

»Die Kurzversion ist, dass ich in Ohnmacht gefallen bin und mir den Kopf am Waschbecken aufgeschlagen habe. Als die Sanitäter dann hier waren, haben sie meinen Puls gemessen.«

Naomi blickte Caitlyn bedeutungsvoll an.

»Das Ergebnis hat ihnen nicht gefallen. Die Ärzte haben es aber nicht weiter verfolgt, weil es mir gut geht.«

»Sehr französisch. ›Nun, sie 'at wie tot gewirkt, na und?‹«, sagte sie mit gespieltem französischem Akzent. »Und wie lautet die lange Version? *Bist* du in Ohnmacht gefallen?«

Caitlyn biss sich auf die Unterlippe. Sie hatte im Krankenhaus beschlossen, Naomi die ganze Geschichte zu erzählen. Naomi war die Einzige, bei der sie sicher war, dass sie nichts weitertratschte, und die Einzige, von der sie annahm, dass sie sie verstehen würde.

»Schließt du bitte die Tür?«, fragte Caitlyn. »Ich muss dir etwas erzählen.«

Naomi schloss die Tür, kam zum Bett zurück und setzte sich ans Fußende. Sie machte ein besorgtes Gesicht. »Um was geht es?«

Caitlyn holte tief Luft. »Ich hoffe, du wirst nicht denken, dass ich verrückt bin, nachdem du es gehört hast.« Und dann erzählte sie ihr alles, von Raphael bis zu der Frau in Schwarz, Bianca und dem Templerschatz.

»*Mon Dieu*«, sagte Naomi mit großen Augen, als Caitlyn schließlich geendet hatte. »Das ist ja wirklich eine Geschichte!«

»Glaubst du, dass ich verrückt bin?«

»Verrückt? Nein!«

Caitlyn ließ sich erleichtert zurücksinken. »Gut.«

»Du bist nicht verrückt – du bist eine Hexe!«

Caitlyn setzte sich wieder auf. »Was?!«

»Ich meine das nicht als Beleidigung«, versicherte Naomi ihr. »Ich glaube, du hast irgendwelche außergewöhnlichen Kräfte. Siehst du das nicht?«

»Was?«

»Du ziehst Erscheinungen magnetisch an. Du bist wie ein Medium. Du sprichst mit Geistern. Nur dass es nicht während einer Séance geschieht, sondern während du träumst.«

So hatte Caitlyn das noch nie gesehen, und sie wusste nicht recht, was sie davon halten sollte, möglicherweise ein Medium zu sein. »Das ist das eine verbindende Element, oder?«, fragte sie. »Die Kreischer, die Frau in Schwarz, Bianca, vielleicht sogar Raphael: Sie könnten alle Geister sein.«

»Was sollten sie sonst sein?«

»Da bin ich überfragt.«

»Wenn sie alle Geister sind«, fuhr Naomi aufgeregt fort, »ist es wohl so, dass ein paar von ihnen – oder zumindest einer – mit seinen Besuchen einen Zweck verfolgt.«

»Und der wäre?«, fragte Caitlyn verblüfft. Sie konnte kaum glauben, dass Naomi ihre Theorie gelten ließ und sogar weiterentwickelte. Sie zweifelte nicht einmal daran, dass Caitlyn die Wahrheit sagte!

»Sie wollen offensichtlich, dass du den Templerschatz findest.«

»Aber ich bezweifle, dass er noch hier ist. Die Burg ist vom Dach bis zum Keller renoviert worden, er wäre gefunden worden.«

»Aber warum würdest du sonst in deinen Träumen mit Raphael auf diese Schatzsuche gehen? Er muss noch da sein.« Naomi hüpfte vom Bett. »Darfst du aufstehen?«

»Ja.«

»Dann lass uns zu ihr gehen!«

»Zu wem?«

»Zu Maria natürlich!«

Caitlyn lachte und griff nach ihren Schuhen, wobei sie darauf achtete, sich nicht zu schnell zu bücken. »Ich hab dich noch nie so aufgeregt gesehen.«

»Caitlyn, bis du gekommen bist, gab es an dieser Schule nichts, was aufregend gewesen wäre.«

Sie gingen gemeinsam zur Kapelle, einem kleinen, schmalen Bau, der etwas abseits vom Burggelände auf einem eigenen Felsvorsprung stand. Sie wurde nur für die Proben des A-capella-Chors und gelegentlich für den Vortrag eines Gastdozenten genutzt. Ein Kleinbus-Shuttle brachte die Mädchen, die einen Gottesdienst besuchen wollten, nach Cazenac.

An diesem Märztag war der Himmel leuchtend blau, und die Sonne warf ein kaltes Licht auf die spätwinterliche Landschaft aus Grau-, Braun- und gedämpften Grüntönen. Der Weg von der Burg zur Kapelle war nur kurz, aber es wehte ein stürmischer Wind, weshalb die beiden Mädchen völlig durchgefroren waren, als sie ankamen.

Im Inneren der Kapelle wirkte das Licht anders. Es wurde durch die bunten Bleiglasfenster weicher, so als würde es gebändigt und dadurch heiter. Einen Moment lang stand Caitlyn da, bewunderte das Licht und atmete den Geruch nach alter Kirche ein; er musste, so wie »Mutter« und »Gott«, ein Archetyp der Menschheit sein, dachte sie.

»Hier ist sie«, sagte Naomi.

Caitlyn trat zu einer Nische. Die lebensgroße Marienstatue aus weißem Marmor hatte die Hände zum Gebet gefaltet und den Blick gen Himmel gerichtet. Sie trug ein langes Gewand und eine Krone mit zwölf Sternen auf ihrem langen, gewellten Haar. Sie stand in einer bogenförmigen Nische in einer Wand aus Marmor, in die unzählige Muster gemeißelt waren, deren Vielfalt die des Deckengemäldes mit der Sonnenuhr fast noch übertraf.

»Und jetzt?«, fragte Naomi.

»Fang an, nach allem zu suchen, was irgendwie ein Symbol der Tempelritter sein könnte. Also alles, auf dem ein Kreuz ist.«

Naomi sah sie an. »Caitlyn, das hier ist eine Kirche. Hier sind auf jeden Fall Kreuze.«

»Dann eben ungewöhnliche Kreuze.«

Naomi brummte etwas, machte sich aber an die Arbeit und untersuchte die Statue und ihre Umgebung. Caitlyn begann ebenfalls damit, dachte dann aber an die Sonnenuhr, trat einen Schritt zurück, schaute Maria an und versuchte nachzudenken.

Die Sonnenuhr hatte ihnen mitgeteilt, wo sie nach einem Hinweis suchen sollten. Auf der Statue befand sich jedoch keine Inschrift.

Caitlyn betrachtete die Statue genau und hielt bei den Händen inne, die nach oben zeigten. Marias Augen waren ebenfalls nach oben gerichtet. Caitlyn blickte an die Stelle, zu der sie schauten.

In den höchsten Punkt der Nische war über Maria eine Jakobsmuschel gemeißelt.

Caitlyn nahm einen Stuhl und wollte ihn zu der Statue zu tragen.

»Caitlyn, lass mich das machen«, sagte Naomi und nahm ihn ihr ab. »Hast du schon vergessen, dass du ein Loch im Kopf hattest?«

»Stell ihn neben die Statue.«

Naomi tat es, dann hielt sie Caitlyn an der Taille fest, nachdem diese auf den Stuhl gestiegen war, um sich die Muschel anzuschauen.

Sie war so groß wie Caitlyns Hand und sah im Grunde nicht anders aus als das Logo auf dem Schild einer Shell-Tankstelle.

Bis auf ein Detail.

Am Scharnier der Muschel, wo die strahlenförmigen Linien zusammentrafen, war eine glatte Stelle, in die ein Kreuz mit gleich langen Balken eingeritzt war. In jedem Quadrat, das dadurch entstanden war, befand sich wiederum ein kleines, identisches Kreuz.

Caitlyn hatte dieses Symbol auf einer Website über die Templer schon mal gesehen. Es war eines ihrer Siegel gewesen.

»Was siehst du?«, fragte Naomi. »Ist es der nächste Hinweis?«

Caitlyn lächelte zu ihr hinunter. Sie spürte, wie sich ein Hochgefühl in ihrer Brust breitmachte. »Was kannst du mir über die Symbolik von Jakobsmuscheln sagen?«

»Entweder machen wir einen Ausflug zum Strand, oder es gibt *Coquilles Saint Jacques* zum Abendessen.« Als sie Caitlyns fragenden Blick sah, erklärte sie: »Jakobsmuscheln mit Pilzen, Sahne und Parmesan.«

Caitlyn lachte und kletterte vom Stuhl, sodass Naomi hinaufsteigen und sich die eingeritzten Kreuze anschauen konnte. »Ich glaube, weder das eine noch das andere ist die Lösung.«

»Das kann man nie wissen.«

»Und?«, fragte Naomi eineinhalb Wochen später, als sie mit Caitlyn und zehn weiteren Klassenkameradinnen aus dem Geologiekurs über einen Waldweg wanderten. Sie waren auf einer Nachmittagsexkursion, um die Karstlandschaft der Gegend zu untersuchen. Unter Karst verstand man, wie Caitlyn gelernt hatte, Geländeformationen, die durch die Erosion von Kalkstein entstanden waren. Ihr erstes Ziel war der *gouffre*, an dem Brigittes Bruder Thierry versucht hatte, sich umzubringen.

»Nichts.«

Naomi stieß leise Verwünschungen aus.

»Wem sagst du das«, stimmte Caitlyn ihr zu.

Es war ein sonniger, kühler Tag Ende März, aber glücklicherweise windstill. Caitlyn schmerzten die Ohren von der Kälte, aber es tat gut, draußen zu sein und durch einen Wald mit Kiefern, immergrünen Eichen und kahlen Laubbäumen zu wandern. Am Rand des unbefestigten Wegs, der mit Erde und hellem Kies bedeckt war, wuchsen Moose, Farne und Büsche, von denen es viele auch in den Wäldern daheim in Oregon gab.

»Ich habe keinen einzigen Traum behalten seit der Nacht, in der ich mir den Kopf aufgeschlagen habe«, sagte Caitlyn. Sie gingen am Ende der Gruppe, ein paar Meter hinter Amalia. »Wachträume haben auch nicht geklappt. Ich bekomme allmählich Angst, dass meine Träume für immer verschwunden sind.«

»Angst« traf nicht annähernd die wachsende Panik, die sich ihrer bemächtigte, weil sie nicht zu Raphael zurückkehren konnte. In jeder freien Minute schloss sie die Augen und versuchte, sich in einen Wachtraum zu begeben. Ein Rauschen im Kopf war alles, was dabei herauskam. Nachts war es nicht besser.

In den schriftlichen Traumberichten, die sie an Madame Snowe schickte, stand nichts, und sie hatte Angst, dass die Schulleiterin dachte, sie würde etwas verbergen.

Sie hatte überlegt, ob sie Träume erfinden sollte, die Idee dann aber fallengelassen; sie befürchtete, dass Madame Snowe mit ihrem Doktor in Psychologie den erfundenen Träumen vielleicht irgendwelche Bedeutungen beimaß und Caitlyn für noch verrückter hielt, als sie schon war.

Naomi schüttelte den Kopf. »Deine Träume haben einen Zweck. Sie können noch nicht aufhören. Wir haben den Schatz noch nicht gefunden!«

Amalia warf ihnen über die Schulter einen fragenden Blick zu. Caitlyn stieß Naomi warnend gegen den Arm. »Psst!«

»Tut mir leid«, flüsterte sie. »Es ist nur so entmutigend.«

»Ich weiß. Glaub mir, ich weiß.«

Caitlyn war sich sicher gewesen, dass die Lösung des Rätsels nur noch wenige Schritte entfernt lag, nachdem sie die Jakobsmuschel gefunden hatten. Sie hatte nur eine halbe Minute im Internet gebraucht, um herauszufinden, dass die Jakobsmuschel drei symbolische Hauptbedeutungen hatte.

Die erste war Fruchtbarkeit und Liebe, es war das Symbol der Venus. Botticelli hatte Venus in seinem berühmten Gemälde von ihrer Geburt auf einer Jakobsmuschel gemalt.

Die zweite Bedeutung betraf die keltische Todesreise. Die Linien auf der Muschel, die alle in einem Punkt zusammenliefen, sahen aus wie die Strahlen der Sonne, die im Westen, am Ende der Welt, unterging. Genauer gesagt, in Finisterre, wörtlich »Ende der Welt«, an der spanischen Atlantikküste in Galizien. Zufälligerweise war der lateinische Ausdruck für den Atlantik *Mare Tenebrosum*, was man mit »Meer der Dunkelheit« oder »Abgrund des Todes« übersetzen konnte.

Caitlyn fiel auf, wie oft »Dunkelheit« und »Abgrund« in ihren Träumen auftauchte. Da gab es vielleicht einen Zusammenhang.

Die dritte symbolische Bedeutung der Jakobsmuschel konnte ebenfalls eine Verbindung zu einer Schatzkarte haben: Die Muschel war das Symbol des heiligen Jakob, der zu den Aposteln gehörte.

König Herodes Agrippa ließ Jakob im Jahre 44 nach Christus in Jerusalem enthaupten. Die Legende besagte, dass sein Leichnam auf einem unbemannten Schiff Richtung Spanien geschickt wurde, um dort beigesetzt zu werden. Das Schiff erlitt jedoch vor der Küste Schiffbruch, und der Leichnam verschwand. Einige Zeit später wurde er unversehrt und mit Jakobsmuscheln bedeckt ans Ufer geschwemmt.

Caitlyn fand, dass das ein seltsames Wunder war.

Jakobsmuscheln waren in Galizien heimisch und schon von alters her das Symbol für diese Gegend.

Jakobs letzte Ruhestätte war Santiago de Compostela, eines der beliebtesten Pilgerziele im Mittelalter. Eine Jakobsmuschel von der galizischen Küste war ein Pilgersouvenir und der Beweis dafür, die anstrengende Reise gemacht zu haben. Schließlich wurde die Jakobsmuschel zum allgemeinen Symbol für das Pilgertum.

Caitlyn stellte überrascht fest, dass eine der Pilgerrouten nach Santiago de Compostela direkt durchs Périgord Noir führte. Der Maßstab der Karte, die sie im Internet gesehen hatte, war jedoch zu groß, um zu erkennen, wie nahe die Route am Château de la Fortune vorbeiführte.

Caitlyn vermutete, dass sich die Jakobsmuschel über der Marienstatue auf den heiligen Jakob bezog. Sie hatte eine Liste der Merkmale des Heiligen gemacht, darunter Schlapphut, Umhang und das Ritterkreuz von Santiago. Bewaffnet mit dieser Liste hatten Caitlyn und Naomi die Burg nach dem heiligen Jakob abgesucht.

Er war nirgendwo zu finden.

Caitlyn befürchtete, dass sein Bild, wie die Sonnenuhr, seinerzeit zerstört worden war. In diesem Fall würden sie den nächsten Hinweis niemals finden, außer sie kehrte in Raphaels Welt zurück. Aber auch wenn sie sich irrte und die Muschel nicht für den heiligen Jakob stand, würde sie ohne Raphael wohl kaum herausfinden, was sie sonst bedeutete. Sie brauchte ihn.

Und zwar nicht nur wegen des Schatzes.

Madame Brouwer, die große holländische Geologielehrerin, bat die Gruppe stehen zu bleiben. Sie sah eher aus wie eine professionelle Beachvolleyball-Spielerin als wie jemand, der Mädchen etwas über Steine beibrachte. »Solltet ihr euch einmal im Wald verirren, haltet Ausschau nach diesen Markierungen auf Bäumen oder Steinen«, sagte sie mit ihrer kräftigen Stimme und deutete mit einem Wanderstock auf einen weiß-roten Balken, der auf einen Baumstamm gemalt war. »Es sind Markierungen der *Grande-Randonnée*-Wanderwege, die durch Frankreich und ganz Europa verlaufen und immer zu einem Dorf führen. Der Teil des *Grande Randonnée*, auf dem wir uns gerade befinden, wird schon seit über tausend Jahren von Pilgern auf dem Weg nach Santiago de Compostela begangen.«

Caitlyn hielt die Luft an und schaute Naomi an, die genauso erstaunt zu sein schien. Der Weg, auf dem sie standen, war Teil der Pilgerroute!

Während Madame Brouwer weitersprach, wanderten Caitlyns Gedanken den Weg hinunter zu einer neuen Theorie. Vielleicht war es falsch, nach einem Bild des heiligen Jakob zu suchen. Vielleicht ging es um die Pilgerroute selbst. Der Weg war ein Teil dieser Route, und diese führte am *gouffre* vorbei. Dem Abgrund. Vielleicht war der Schatz im *gouffre*!

Ihr Herz machte vor Aufregung einen Satz. Konnte es so einfach sein?

Der Weg führte aus dem Wald auf eine Lichtung, in deren Mitte sich der *gouffre* befand, ein riesiger Schlund in dem hellen Felsboden. Er hatte einen Durchmesser von fast zehn Metern. Sein Rand war bewachsen mit zerzaust aussehenden Büschen und Grasbüscheln. Die Mädchen ganz vorn in der Gruppe schoben sich zu einer freien Stelle an der Felskante und lehnten sich eine nach der anderen vorsichtig nach vorn, um in das tiefe Loch hinabzuspähen. Caitlyn wartete ungeduldig, bis sie an der Reihe war.

Madame Brouwer nahm einen Stein und warf ihn in den *gouffre*. Nach ein paar Sekunden hörte man ein Plumpsen und ein Platschen, das aus der Tiefe empordrang. »Fünfzig Meter tief«, sagte sie mit Befriedigung in der Stimme.

Am Grunde des *gouffre* war Wasser.

Caitlyns Augen wurden groß. Natürlich! Alle Teile passten zusammen. Hatten nicht alle Hinweise bis jetzt mit Wasser zu tun gehabt? *Stella Maris*, der Stern des Meeres, die Jakobsmuschel, die auch das Ende der Welt am Rande des Atlantiks symbolisierte, das Meer der Dunkelheit, auch als »Abgrund des Todes« bezeichnet. Und Abgrund und *gouffre* bedeuteten das Gleiche!

Hinzu kam der Drache: Auf der Sonnenuhr war ein Drache am Fuße der Strahlen – Strahlen, die den Linien auf der Jakobsmuschel ähnelten. Auf dem Gemälde der Fortuna kletterte ebenfalls ein

Drache aus einer Schlucht. Der Drache war ein Zeichen des Teufels, und die hiesige Legende besagte, dass der Teufel den *gouffre* als Tor zur Hölle benutzte.

Caitlyn, der vor Aufregung fast schwindelig war, beugte sich vor und flüsterte Naomi zu: »Ich glaube, der Schatz ist dort *unten*. Alles deutet darauf hin. Es passt alles!« Schnell teilte sie Naomi ihre Überlegungen mit.

Naomi dachte kurz nach und nickte dann mit glänzenden Augen. »Wenn es stimmt, wie kommen wir da runter?«

»Ich habe im Fernsehen gesehen, wie Leute sich an Felswänden abseilen. Es kann nicht so schwierig sein, das zu lernen. Vielleicht können wir hier irgendwo einen Kurs machen?«

Madame Brouwer, die irgendetwas über Kalkstein gesagt hatte, verstummte und sah die beiden an. »Caitlyn! Nachdem du anscheinend so gerne redest, bitte erkläre der Klasse, wie dieser *gouffre* entstanden ist.«

Caitlyns Gesicht brannte, als sich die anderen zu ihr umdrehten und sie mit einer Mischung aus Mitleid und schadenfreudiger Erwartung ansahen. Ihr Herz, das ohnehin schon raste, schlug jetzt doppelt so schnell, und es fühlte sich fast so an, als habe sie zwei in ihrer Brust. Der Rand ihres Blickfelds verschwamm.

Glücklicherweise hatte Caitlyn aufgepasst, als Madame Brouwer ihnen einen Vortrag über den *gouffre* gehalten hatte. »In Regenwasser ist Kohlendioxid enthalten, das das Wasser sauer macht. Dieses Wasser tröpfelt durch Risse im Kalkstein und löst ihn auf. Wenn die Risse größer werden, fließt das Wasser schneller, und durch Wassererosion beschleunigt sich dieser Prozess. Schließlich bilden sich im Felsen große Löcher, es entstehen Höhlen, und wenn das Dach der Höhle zu nah an die Erdoberfläche heranreicht, bricht es ein. Dies hier ist also eigentlich das offene Dach einer Höhle.«

Madame Brouwer murmelte beifällig und wandte sich an die Klasse. »Der *gouffre* ist keine isolierte Höhle. Das Wasser, das hineingeflossen ist, musste auch wieder hinausfließen. Höhlenforscher haben in diesem Gebiet ein weitverzweigtes Höhlensystem kartografiert, darunter auch Gänge, die vom *gouffre* wegführen.«

Caitlyn wurde flau im Magen. Wenn es am Grunde des *gouffre* einen Schatz gegeben hatte, war er bestimmt schon längst gefunden worden.

»Viele der Gänge sind jedoch unerforscht, wegen Steinschlag, Überflutung, aber auch wegen technischer Schwierigkeiten und Gefahren«, sprach Madame Brouwer weiter und ließ damit Caitlyns Hoffnungen wieder aufleben.

Das Klopfen ihres Herzens wurde weder langsamer noch ruhiger, stattdessen schien es lauter zu werden und ihren Kopf auszufüllen. Nadelstiche aus Licht punktierten ihr Blickfeld.

Madame Brouwers Stimme schien weit entfernt zu sein und drang kaum durch das Rauschen des Bluts in Caitlyns Kopf. »Ich möchte euch warnen: Höhlen in ihrem natürlichen Zustand sind nicht voller asphaltierter, ebener Wege, meine Damen. Ich rate also davon ab, irgendwelche Höhlen zu erforschen, auf die ihr vielleicht stoßt. Stattdessen sind es hervorragende Orte, um sich ein Bein zu brechen und zu Tode zu kommen, Hunderte Meter von Licht und Luft entfernt. Und wenn es kein gebrochener Knochen ist, dann ist eine Sturzflut euer Ende. Oder ein Steinschlag. Oder ihr steckt in einem Spalt fest, aus dem ihr euch nicht mehr selbst befreien könnt. Aber auch diese Todesarten«, fuhr Madame Brouwer fort, »so schrecklich sie sein mögen, sind nichts im Vergleich dazu, sich hoffnungslos zu verirren. Die Batterie eurer Taschenlampe geht zu Ende, bis sie nur noch ein schwaches gelbes Glühen von sich gibt, und dann verlischt auch dieses, bis alles in eine Dunkelheit gehüllt ist, wie ihr sie noch nie erlebt habt. An die kalte Dunkelheit der Höhlen werden sich eure Augen nie anpassen. Die Temperatur beträgt konstant dreizehn Grad, was zu Unterkühlung führt. Auch wenn ihr Wasser findet, das nicht mit Rattenkot verseucht ist, und genug Kleider habt, um warm zu bleiben, werdet ihr verhungern. Allein. In der Schwärze.« Madame Brouwer blickte eine nach der anderen an. »Also, wagt euch nicht ohne einen Führer in Höhlen, *d'accord*?«

»*Oui!*«, rief die Klasse im Chor, entsetzt über die gruseligen Ausführungen.

Die Mädchen vor Caitlyn machten an der Aussichtsstelle Platz, und schließlich war sie an der Reihe, über den Rand des Abgrunds zu schauen. Sie stolperte vorwärts. Das Klopfen ihres Herzens schien sie mit jedem Schlag mehr aus dem Gleichgewicht zu bringen. »*Je suis au bord du gouffre*«, flüsterte sie und beugte sich vor. *Ich stehe am Rande des Abgrunds.*

Die Felswände des Schlunds hatten graue Schlieren, weil sie schon so lange Wind und Wetter ausgesetzt waren. In den Ritzen hatten kleine, struppige Büsche und Grasbüschel Wurzeln geschlagen. In etwa fünf Meter Tiefe verbreiterte sich der *gouffre* zu einer Höhle, deren Wände in der Dunkelheit verschwanden. Ein schräger Sonnenstrahl beleuchtete einen türkisblauen See am Grunde des *gouffre*.

Ihr Herz machte einen letzten Satz und hörte dann auf zu schlagen. Die Zeit blieb stehen, die Welt versank in totaler Stille, als Caitlyn in den Abgrund starrte. Sie hatte plötzlich die Vision von einem Herz, das aus der Asche gehoben wurde. Seine Kammern zogen sich noch lebendig zusammen und pumpten Luft, wo einst Blut geflossen war. Und dann wurde der Moment zerrissen durch einen plötzlichen Ausbruch von Lärm, der wie der Herzschlag der Erde selbst in ihrem Schädel dröhnte. Caitlyn verlor das Gleichgewicht und schrie auf. Wild um sich schlagend, kippte sie nach vorn. Sie hörte kreischende

Stimmen hinter sich und sah aus den Augenwinkeln, dass Naomi nach ihr griff.

Aus den Tiefen des Abgrunds kam ein Dröhnen wie der Atem eines Drachen. Ein Windstoß stieg von der Erde auf, hob Caitlyn hoch, drückte sie vom Rand fort und wirbelte sie wie eine Papierpuppe über den Weg zurück. Sie sah flüchtig die fliegenden Haare und hochgewirbelten Kleider ihrer Mitschülerinnen, dann fiel sie auf den Boden und hielt sich schützend die Arme über den Kopf. Der Windstoß verschwand so plötzlich, wie er gekommen war.

Madame Brouwer kniete sich neben Caitlyn und tastete sie mit den Händen ab. Dabei stellte sie schnell mehrere Fragen, um Verletzungen auszuschließen. Die anderen Mädchen standen um sie herum und starrten sie mit großen Augen an. Amalia war so blass, dass sie aussah, als habe sie drei Liter Blut verloren. Naomi schlang die Arme um den Oberkörper, als sei die Temperatur um dreißig Grad gefallen.

Als der Schock allmählich nachließ, begann Caitlyn wieder zu atmen. »Ich glaube, es ist alles okay«, sagte sie zu Madame Brouwer. Okay – bis auf die Vision von Biancas immer noch schlagendem Herzen.

»Was war los?«, fragte Naomi mit bebender Stimme in Richtung Caitlyn, bekam aber von der Geologielehrerin eine Antwort.

Madame Brouwer blickte mit unruhigem Gesichtsausdruck zurück zu dem *gouffre*. »Ich habe noch nie einen derart starken Höhlenwind erlebt. Bei einer so großen Öffnung kann er eigentlich nicht so stark sein, es sei denn, unterirdisch hat eine erdgeschichtliche Katastrophe stattgefunden.« Sie wandte sich wieder an Caitlyn. »In dem Moment, bevor der Windstoß kam, sah es so aus, als würdest du fallen. Hat dich ein Abwind hineingezogen?«

»Ich … ich dachte, ich hätte eine laute Stimme gehört, und das hat mich aus dem Gleichgewicht gebracht«, sagte sie.

Madame Brouwer runzelte die Stirn. »Ich habe nichts gehört. Die anderen?«

Alle schüttelten den Kopf.

Die Lehrerin half Caitlyn auf die Beine und überprüfte noch einmal, ob alles in Ordnung war mit ihr. Erleichtert, dass Caitlyn zwar mitgenommen, aber unverletzt war, ging Madame Brouwer zurück zu dem Schlund und blickte über seinen Rand hinunter. »Nichts Besonderes zu entdecken. Aber vielleicht konntest du von dort, wo du standest, etwas hören, das wir nicht hören konnten. Oder vielleicht war es die Fallbö einer Gewitterwolke.« Sie blickte in den klaren Himmel hinauf, zuckte mit den Schultern und wandte sich dann von dem Abgrund ab. »Ich denke, du solltest dich für alle Fälle von der Schulschwester untersuchen lassen.« Und zur Klasse gewandt sagte sie: »Könnten bitte zwei Freiwillige Caitlyn zurück zum Château begleiten?«

Alle Hände schossen nach oben. Caitlyn war einen Moment lang überrascht und geschmeichelt, bis sie die verschreckten Gesichter ihrer Klassenkameradinnen sah. Niemand wollte mehr in der Nähe des *gouffre* bleiben. Madame Brouwer schien die Einzige zu sein, die glaubte, es gäbe eine rein wissenschaftliche Erklärung für den Vorfall.

»Amalia, Naomi, danke«, sagte Madame Brouwer.

Die drei trotteten mit hängenden Schultern schweigend den Weg entlang, bis sie außer Hörweite ihrer Mitschülerinnen waren. Dann blieben sie wie auf ein geheimes Kommando hin stehen. Naomi sprach als Erste. »Caitlyn, was ist da passiert?«

»Das war nicht einfach nur irgendein Wind«, sagte Amalia. »Da war eine Absicht dahinter. Etwas hat dich mit Absicht vom Rand des *gouffre* weggestoßen.«

Naomi schauderte. »Und es war kalt. Richtig kalt.«

»Ich weiß nicht, was passiert ist.«

»Was war das für ein Geräusch, das du geglaubt hast zu hören?«, fragte Naomi.

Caitlyn sah Amalia an.

»Ich weiß, dass außer deinen Kreischern irgendwas mit dir los ist«, sagte Amalia. »Du musst es mir nicht erzählen, wenn du nicht willst.«

Caitlyn und Naomi sahen sich an, eine stumme Frage ging zwischen ihnen hin und her. Naomi zuckte mit den Schultern.

»Es ist so …«, begann Caitlyn und gab Amalia eine Zusammenfassung von Raphael und der Geschichte mit dem Schatz. »Was ich am Rand des *gouffre* zu hören geglaubt habe, war ein sehr lauter Herzschlag«, endete sie.

Amalia stieß leise Verwünschungen aus. »Bianca hat versucht, dich in den Abgrund zu locken, aber etwas anderes hat dich weggeschubst und damit gerettet.«

Caitlyn biss sich auf die Lippe. »Vielleicht.«

»Du wärst nicht der erste Mensch, der in den *gouffre* gelockt wurde«, sagte Amalia.

»Thierry«, flüsterte Naomi.

»Ich habe schon immer geglaubt, dass irgendeine höhere Gewalt ihn dazu gebracht hat«, sagte Amalia. »Der Kerl war ein zu großer Drecksack, als dass er sich selbst hätte umbringen wollen.«

Caitlyn blickte Amalia überrascht an.

Amalia verschränkte schützend die Arme vor der Brust. »Er hat mich betrogen.«

»Ich dachte, du wärst nur ein paar Mal mit ihm ausgegangen, um rebellisch zu sein?«

Amalia wurde rot. »Es war ein bisschen mehr als das. Aber dann hab ich entdeckt, dass er sich noch mit zwei anderen Mädchen getroffen hat – *zwei!*«

»So ein Mistkerl!«, sagte Naomi.

Amalia zuckte in sichtlichem Unbehagen die Schultern. »Es war besser so. Er hatte auch mit Drogendealen angefangen, und damit wollte ich nichts zu tun haben.«

»Wow«, sagte Caitlyn. »Mit Geld kann man sich Klasse also auch nicht kaufen.« Naomi schüttelte den Kopf. »Ein Riesenblödmann.«

»Ich hab noch nie jemandem erzählt, dass er mich betrogen hat«, sagte Amalia. »Vor allem nicht Brigitte. Sie betet ihn an. Hat sie jedenfalls früher. Und ihr jetzt noch davon zu erzählen, hat keinen Sinn.«

»Nein«, stimmte Caitlyn zu.

»Was machen wir jetzt?«, fragte Naomi. »Ich glaube, es ist keine gute Idee, noch mal zum *gouffre* zu gehen.«

»Stimmt«, sagte Caitlyn. »Ich muss zwar noch mal hin, aber in einem Traum, nicht im echten Leben. In einem Traum kann ich mich zwar ängstigen, aber nichts kann mir wirklich etwas anhaben.«

»Ich wünschte, das echte Leben wäre so«, sagte Amalia. »Würdest du nicht für immer in dieser Traumwelt bleiben wollen, wenn du könntest?«

»Wenn ich immer dort wäre, wäre es kein Traum mehr«, sagte Caitlyn, als sie sich wieder auf den Weg zurück zum Château machten. »Es wäre echt. Dann wäre *das* hier ein Traum.«

»Aber dann hättest du deinen Raphael«, sagte Naomi.

Das gab Caitlyn zu denken. Würde sie es tun, wenn durch irgendein Wunder so etwas möglich wäre? Würde sie ihr jetziges Leben aufgeben, um in dieser anderen Welt zu leben?

War Liebe das wert?

»Ich weiß nicht, ob ich dort gerne leben würde, auch wenn ich dann bei ihm sein könnte«, antwortete Caitlyn schließlich. »Aber ich glaube, ich kann auch nicht ohne ihn hier leben.«

Naomi warf ihr einen wissenden Blick zu. »Dann sollten wir eine Möglichkeit finden, dass du wieder träumen kannst.«

Kapitel 24

31. MÄRZ

Seit dem Vorfall beim *gouffre* war mehr als eine Woche vergangen, und immer noch gab es keinerlei Anzeichen eines Traums. Auch kein Anzeichen von den Kreischern. Keine seltsamen, »hypnagogischen« Halluzinationen, also Halluzinationen im Halbschlaf vor dem Einschlafen. Keine nur halb-erinnerten merkwürdigen Geschichten, die in Caitlyns Kopf herumschwirrten, wenn sie aufwachte. Nichts.

Nach Jahren der Angst vor den Dingen, die sie nachts in ihren Träumen heimsuchten, wünschte sich Caitlyn jetzt, dass sie in all ihrer herrlichen Grauenhaftigkeit zurückkommen und ihr den Kopf vollkreischen würden. Vor Angst halb zu sterben war besser als diese Leere, die sich mit dem Schlaf auf sie niedersenkte und zwischen dem Abend und dem Morgen nichts zu bieten hatte als verlorene Zeit.

Sogar Madame Snowe hatte in dieser Angelegenheit etwas zu sagen. Sie hatte Caitlyn zu einer Unterredung gebeten, da sie wegen des leeren Traumtagebuchs beunruhigt war.

»Ich kann doch nicht für immer aufgehört haben zu träumen, oder?«, fragte Caitlyn mit fast hysterischer Stimme. »Das ist nicht möglich, oder?«

»Leider doch.« Caitlyn hörte unterschwellige Verärgerung in Madame Snowes Stimme, als habe Caitlyn absichtlich etwas getan, um sie zu verstimmen. »Das sehr seltene Charcot-Wilbrand-Syndrom wird seit etwa 1880 erforscht. Eine Hirnverletzung kann den Totalverlust von Träumen zur Folge haben. Dein Gehirn schien nach dem Unfall keine Schwellung aufzuweisen, aber vielleicht haben die Ärzte etwas übersehen.«

»Aber die Träume kommen doch zurück, oder?«

»Möglicherweise ja, aber wenn, dann sind sie oft schwächer und seltener. Und weniger lebhaft. Ein Schatten ihres früheren Selbst, wenn du so willst.« Die Schulleiterin blähte die Nasenlöcher, als sei es verachtenswert, dass Caitlyn nicht mehr träumte.

»Das kann nicht sein! Sie müssen zurückkommen«, sagte Caitlyn und hoffte verzweifelt auf Bestätigung.

»Vielleicht hast du Glück«, sagte Madame Snowe schroff. »*Fortune rota volvitur.*«

Bestürzt von dem barschen Ton der Schulleiterin und der Möglichkeit, ihre Träume und Raphael für immer verloren zu haben, hatte Caitlyn den Kopf geschüttelt.

»Zur Hölle mit Fortuna«, murmelte sie jetzt, als sie daran dachte.

»Wie meinen?«, sagte Amalia und blickte von einem dicken Wälzer auf.

»Ich habe die Launen von Fortuna verflucht.«

»Wenn du schon dabei bist, kannst du auch den Setzer dieses Buchs verfluchen. Die Buchstaben sind kaum lesbar.«

Caitlyn, Naomi und Amalia saßen um einen Bibliothekstisch, den sie in den letzten paar Wochen zu ihrem erkoren hatten. Sie benutzten Caitlyns Geschichtsarbeit als Vorwand, um die Bibliothekarin darum zu bitten, jedes Buch in der Bibliothek auszugraben, das in irgendeiner Weise die Ära der Caterina de' Medici in Frankreich und Italien behandelte. Es stellte sich heraus, dass es eine Menge Bücher waren, da sich Madame Snowes Familie für die Medici-Familie interessiert hatte, bestimmt wegen ihres Porträts von Bianca de' Medici.

Ein weiterer, wesentlich kleinerer Stapel Bücher enthielt einen Band über die Tempelritter, drei Abhandlungen über Geologie, einen schmalen Führer zur Höhlenforschung und zwei Bücher über Hypnose.

Wann immer sie frei hatten, durchforsteten Naomi und Amalia die französischen und italienischen Bücher, Caitlyn ackerte sich durch die englischen. Sie suchten nach irgendeiner Erwähnung der Menschen, die Caitlyn in ihrem Traum gesehen oder von denen sie gehört hatte. Aber als die Tage ergebnislos vergingen, begannen Zweifel an Caitlyn zu nagen. Und mit den Zweifeln kamen Schuldgefühle, weil Naomi und Amalia ihretwegen einen solchen Aufwand betrieben.

Die Schuldgefühle wurden immer größer, bis sie es schließlich nicht mehr aushielt. »Vielleicht ist das alles sinnlos«, sagte Caitlyn. »Vielleicht gibt es nichts zu finden. Es waren schließlich nur Träume. Sie wirkten real, aber – «

»Aber nichts«, sagte Naomi. Sie blätterte eine Seite um und las weiter.

»Wir haben keinerlei Beweis dafür, dass irgendetwas, was ich in meinen Träumen gesehen habe, echt ist. Vielmehr sieht es so aus, als hätte ich mir alles ausgedacht. Ich verliere wahrscheinlich den Verstand.«

Naomi blickte von ihrem Buch auf. »Caitlyn, wir haben diesen Wind am *gouffre* gespürt.«

»Madame Brouwer sagt, sie ist jetzt sicher, dass es irgendeine Art Fallbö war, eine Art umgedrehter Tornado von einer Sturmwolke. Sie können so stark sein, dass sie Bäume umknicken.«

»Warum hat er dann nicht mal einen Zweig geknickt? Warum hat er nur unsere Haare zerzaust?«

»Sieh es ein. Du wirst uns nicht los«, sagte Amalia. »Hör auf zu jammern und lies weiter.«

Caitlyn beugte sich über ein offenes Buch, aber sie sah die Buchstaben nicht. Stattdessen sah sie sich selbst mit zwei Mädchen an einem Tisch sitzen, die bereit waren, ihre gesamte Zeit und Kraft zu geben, um ihr zu helfen. Es erinnerte sie an ihre alten Freundinnen daheim – Jacqui und Sarah.

»Caitlyn«, sagte Amalia plötzlich mit leiser, angespannter Stimme, »sag mir noch mal, wie Raphaels Lehrer heißt.«

Caitlyn setzte sich auf. Naomi legte ihr Buch hin. »Beneto.«

Amalia schob ihr Buch in die Mitte des Tischs, damit alle es sehen konnten. »Dies hier ist das Tagebuch von Marguerite de Valois, Caterina de' Medicis Tochter.« Amalia fuhr mit dem Finger die französischen Sätze entlang, während sie laut übersetzte. »Ich blieb zurück, um die Mündel Giulia und Elisabeta zu trösten, nachdem sie gehört hatten, dass ihr Bruder tot war. Sein Lehrer, ein wahnsinniger alter Mann namens Beneto, wurde heute Morgen für das Verbrechen hingerichtet.«

»Was! Nein!« Caitlyn riss das Buch an sich und überflog selbst die französische Passage. Sie sah die Wörter für *Bruder* und *tot*, und Benetos Name. »Das kann nicht sein. Das kann einfach nicht sein!«

»Caitlyn«, sagte Amalia zögernd, »vielleicht kannst du nicht mehr von Raphael träumen, weil er nach deinem letzten Traum ermordet worden ist.«

»Nein«, sagte Naomi und schüttelte den Kopf. »Welchen Sinn würde das machen? Ich glaube, Caitlyn hat deswegen nicht geträumt, weil sie das mit Beneto erfahren musste, bevor sie Raphael wieder sieht. Sie muss ihn warnen.«

Amalia deutete auf das Buch. »Aber das wird sie nicht tun. Sonst würde in diesem Buch nicht stehen, dass Beneto für den Mord hingerichtet wurde.«

Sie sahen sich an. Caitlyn presste die Fingerspitzen an ihre Schläfen und versuchte nachzudenken, versuchte die aufkommende Panik zu unterdrücken, dass sie zu spät kam, dass Raphael sterben würde, weil sie sich den Kopf aufgeschlagen und ihre Träume verloren hatte. »Das hört sich an wie eines von den Paradoxa, die immer in Science-Fiction-Geschichten vorkommen. Wenn ich Raphael warne und Beneto ihn nicht umbringt, ändert sich dann das Buch? Wird sich eine von uns daran erinnern, was zum jetzigen Zeitpunkt darin steht?«

Caitlyn schüttelte den Kopf und versuchte die verdrehte Logik zu ordnen. »Vielleicht betrachten wir das Ganze nicht richtig. Wir tun so, als ginge ich in der Zeit zurück, aber das tue ich nicht. Ich träume. Wenn überhaupt, ist Raphael ein Geist, der mich im Schlaf besucht und um mich herum eine Traumwelt erschafft, in der er seine Geschichte erzählt. Vielleicht geht es nicht darum, dass ich etwas aufhalte, das in der Vergangenheit passiert ist. Sondern es könnte darum gehen, etwas zu lernen, das genau hier und jetzt wichtig ist. Aus irgendeinem Grund muss ich seine Geschichte kennen.«

»Oder vielleicht muss er seine eigene Geschichte kennen«, sagte Naomi.

Caitlyn ließ die Hände sinken. »Was meinst du damit?«

»Vielleicht weiß er nicht, was mit ihm geschehen ist. Er braucht dich, um es herauszufinden.«

»Vierhundert Jahre nach seinem Tod?«, fragte Caitlyn. »Warum jetzt? Warum ich?«

Amalia antwortete: »Weil du der erste Mensch bist, der ihn hören konnte. Du bist ein Medium.«

Caitlyn tat diese Theorie mit einem Kopfschütteln ab. »Keine anderen Geister sprechen je mit mir.«

»Diese Kreischer sind Geister, oder?«, fragte Naomi.

»Ich weiß nicht, was sie sind. Wenn sie Geister sind, sind es gemeine, wahnsinnige Geister, die die ganze Zeit kreischen.«

»Vielleicht ist das die Sorte, die auf dich abfährt.«

»Na toll!«

»Wer weiß schon, wie echte Geister sind?«, fragte Amalia. »Vielleicht ist ein perfekter wie Raphael eine seltene Ausnahme.«

»Das bringt uns zurück zu unserem ersten Punkt, oder?«, sagte Caitlyn. »Wenn er eine seltene Ausnahme ist, dann steckt hinter diesen Träumen vielleicht eine Absicht, die darüber hinausgeht, Raphael auf ›die andere Seite‹ zu helfen. Oder was immer es auch ist, was angeblich passiert, wenn wir sterben. Vielleicht hat seine Geschichte eine Bedeutung, die *jetzt* für uns wichtig ist.«

»Oder für dich wichtig ist«, sagte Naomi. »Wir sind nebensächlich.«

Caitlyn dachte an das, was Madame Snowe über Traumdeutung zu ihr gesagt hatte. Raphael – ob er nun eine eigenständige Realität hatte oder nur Teil ihrer Fantasien war – versuchte möglicherweise, ihr eine Botschaft über sie selbst mitzuteilen. Aber was? Und wenn sie herausfand, was es war, würde er sie dann nicht mehr besuchen, weil seine Aufgabe erledigt war?

Sie zog Marguerite de Valois' Tagebuch heran und blickte noch einmal auf die Zeilen, die Benetos Namen enthielten. »Irgendwas an dem Ganzen ist echt, aber ich werde es nie herausfinden, wenn ich nicht wieder träume.« Sie blickte zu ihren Freundinnen auf. »Hat jemand von euch einen Zaubertrank dafür?«

»Ich nicht«, sagte Amalia und zögerte. »Aber Brigitte.«

Kapitel 25

Zolpidem tartrat«, las Amalia auf der Pillenschachtel und reichte sie Caitlyn. »Das Zaubermittel für Träume, wie versprochen.«

Caitlyn nahm die Schachtel und betrachtete sie skeptisch. Es war später am selben Abend, und sie saß im Nachthemd mit Amalia und Naomi auf ihrem Bett.

»Auch bekannt als Ambien«, sagte Amalia. »Das ist eine Schlaftablette. Ich habe zu Brigitte gesagt, dass ich nicht einschlafen kann, und sie hat mir die ganze Schachtel gegeben. Sie hat schon monatelang keine mehr genommen; sie sagt, sie bekommt davon komische, lebhafte Träume, die sie morgens nur schwer wieder abschütteln kann. Anscheinend ist es dafür bekannt.«

»Was bedeutet«, sagte Naomi, »dass die Chancen gut stehen für deine Träume. Vielleicht ist das der Kickstarter, den dein Gehirn braucht.«

»Ein *Kickstart* ist vielleicht nicht unbedingt das, was man seinem Gehirn antun will«, sagte Caitlyn nervös. »Bist du sicher, dass mir dieses Zeug nicht schadet?«

»Ganz sicher«, sagte Amalia. »Und für alle Fälle werden Naomi und ich die ganze Nacht abwechselnd neben dir wachen.«

»Es wird dir nichts passieren«, versicherte Naomi ihr.

Amalia nahm die Schachtel und drückte eine Tablette auf ihre Handfläche. Sie überlegte und drückte dann noch eine heraus. »Hier.«

Caitlyn zögerte. Schlaftabletten zu nehmen, war ihr nicht geheuer. Ihr Gehirn war schon verwirrt genug.

»Du willst doch Raphael sehen, oder?«, sagte Naomi. »Du musst ihm von Beneto berichten. Du musst sein Leben retten.«

Ihre Bedenken wurden beiseitegewischt von dem neuerlichen Gefühl, dass die Zeit drängte. Raphael brauchte sie. Sie würde ihn nicht sterben lassen – sie *konnte* es nicht! Caitlyn griff nach den Tabletten, legte sie sich auf die Zunge und nahm einen Schluck Wasser. Amalia und Naomi standen von ihrem Bett auf, und sie deckte sich zu. »Wie lange dauert es, bis ich es merke?«

»Fünfzehn oder zwanzig Minuten, wenn du nicht dagegen ankämpfst«, sagte Amalia.

Naomi knipste Caitlyns Nachttischlampe aus. »*Fais des beaux rêves.* Süße Träume.«

Caitlyn schloss die Augen. Sie würden nur süß sein, wenn sie Raphael retten konnte.

Umgeben von Stille, schwebte sie körperlos in der Dunkelheit. Dort verweilte sie eine Zeit lang, richtungslos, gefühllos, bis in der Entfernung ein schwacher Lichtstrahl auftauchte. In ihrem Bewusstsein leuchtete das Bild von Raphael auf.

»Raphael«, flüsterte sie in die Leere, und durch ihr Herz flutete eine Woge der Wärme. Sie wurde von dem Licht angezogen, das er war, als seien sie durch ein goldenes Band miteinander verbunden. »Raphael, Raphael …«

Das Licht wurde stärker, blendete sie für den Bruchteil einer Sekunde, dann war die Leere verschwunden, und sie begann ihren

Körper und ihr Gewicht zu spüren. Unter ihren bloßen Füßen fühlte sie kalten Stein. Die Dunkelheit war gewichen, sie befand sich in Raphaels Zimmer. Das Mondlicht, das durchs Fenster fiel, war so hell, dass sie fast Farben erkennen konnte. Sie stand in ihrem langen weißen Nachthemd neben seinem Bett.

Als sie ihn sah, traten ihr Tränen der Erleichterung und Freude in die Augen. Die Brust wurde ihr eng, das Herz wollte ihr zerspringen. *Er lebt noch! Und ich bin hier. Ich bin endlich hier bei ihm!*

Raphael schlief, einen Arm über dem Kopf ausgestreckt. Sein Haar fiel über das Kissen, das Laken war bis zur Hüfte hinuntergerutscht. Sein nackter Oberkörper zeigte seine muskulöse Kraft sogar im Schlaf. Er war strahlend lebendig und schön. Sie wagte fast nicht zu glauben, dass sie ihren Weg zu ihm zurückgefunden hatte, und streckte die Hand aus, um mit den Fingerspitzen über seine Brust zu streichen und sich zu vergewissern, dass er echt war.

Plötzlich packte Raphael sie grob an der Hand und riss die Augen auf. Sie schnappte nach Luft. Einen Moment lang blickte er sie verwirrt an, dann fiel der Schleier des Schlafs von ihm. »Ich wusste, dass du zu mir zurückkommen würdest«, sagte er mit vor Leidenschaft heiserer Stimme. Er zog sie aufs Bett hinunter und in seine Arme und hielt sie, als würde er sie nie wieder loslassen. Sie spürte, wie er bebte. Er zog ihren Kopf an sich und legte sein Gesicht in die Kuhle zwischen Hals und Schulter. Sie spürte die Wärme seines Atems auf ihrer Haut. Sie spürte seine Lippen, als er sprach. »Diesmal lasse ich dich nicht wieder gehen«, sagte er in ihr Haar. »Ich werde einen Weg finden, dich hier zu behalten.«

Sie schloss die Augen und tauchte ganz in das Glück ein, wieder in seinen Armen zu sein. Sie wollte nie wieder von ihm getrennt sein. »Wie?«, fragte sie und ersehnte die Antwort mit jeder Faser ihres Seins.

»Indem ich dich nie wieder gehen lasse.«

Caitlyn flocht ihre Finger in seine Haare. In seinen Armen zu sein fühlte sich richtig an. Als wäre es schon tausend Mal so gewesen und würde noch tausend Mal so sein. Er küsste ihren Hals.

»Ich möchte für immer hierbleiben«, sagte Caitlyn.

»Kannst du das? Weißt du, wie es geht?«

Caitlyn schüttelte den Kopf. Ihr waches Leben driftete in ihr Bewusstsein und brach durch die Oberfläche des Traums. Sie lehnte sich zurück, damit sie Raphaels Gesicht sehen konnte. »Das hier ist nicht echt.«

Er lächelte und berührte ihre Lippen mit den Fingerspitzen. »Nicht in dem Sinn echt, dass jemand anders es verstehen würde. Aber für mich bist du echt. Die Kirche würde es als schlimmste Sünde betrachten, aber ich habe schon vor langer Zeit ihr gegenüber den Respekt verloren. Sollen sie mich in die Hölle schicken, wenn sie wollen. Lieber bin ich dort mit dir als im Himmel ohne dich.«

Caitlyn runzelte verwirrt die Stirn. »Aber – warte mal. *Ich* bin für *dich* echt? Du glaubst nicht, dass du echt für mich bist?«

Er lächelte nachsichtig. »Ich bin nicht der Geist.«

Caitlyns Lippen öffneten sich. »Raphael. Ich auch nicht.«

Er streichelte ihr übers Gesicht. »Ich weiß, dass es dir nicht bewusst ist.«

»Nein, ich bin lebendig, nur nicht hier an diesem Ort.« Sie setzte sich auf, er tat es ihr nach. »Ich sehe dich nur, wenn ich schlafe. Du erscheinst nur in meinen Träumen. Gerade eben träume ich.«

Er nahm ihre Hand und sprach mit besänftigender Stimme. »Nein. Wenn das so wäre, würde ich nicht existieren, wenn du nicht da bist. Ich existiere aber. Ich bin keine Erfindung deiner Fantasie.«

»Nein! Du bist ein Geist, der mich in meinen Träumen besucht. Du hast vielleicht einmal gelebt, aber du bist gestorben. Beneto hat dich umgebracht.«

Er runzelte die Stirn. »Beneto? Nein, das ist unmöglich.«

»Ich habe es in dem Tagebuch von Marguerite de Valois gelesen. Sie hat sich um Giulia und Elisabeta gekümmert, nachdem sie von deinem Tod erfahren hatten. Das sind deine Schwestern, oder?«

»Ja. Aber Beneto würde für mich sein Leben hergeben, und wir sind beide sehr lebendig. Er hat mich also ganz offensichtlich nicht getötet.«

»Er wird es noch tun!«, rief Caitlyn aus. Sie hielt inne und holte tief Luft. »Raphael, das hier ist nicht echt. Ich bin eine Schülerin in einem Mädcheninternat im Château de la Fortune im Jahr 2011. Du bist vor über *vierhundert* Jahren gestorben.«

Er sah ihr in die Augen. Sogar im Mondlicht war sein Blick voller Kraft.

»Caitlyn, ich weiß nicht, wann du gelebt hast oder woher du kommst, aber ich weiß, dass ich lebendig bin und du ein Geist. Seit dem Tag, an dem du mich vor dem herabstürzenden Stein gerettet hast, wusste ich, dass du nicht von dieser Welt bist. Du warst in einem verschlossenen Zimmer mit mir, und dann bist du verschwunden. Deswegen habe ich mich so merkwürdig benommen, als ich dich das nächste Mal sah. Du bist der einzige Geist, den ich je gesehen habe, und ich wusste nicht, wie ich damit umgehen sollte.«

Caitlyn schüttelte den Kopf. »Ich bin *kein* Geist. Ich bin aus dem Zimmer verschwunden, weil ich aufgewacht bin.«

»Bleib hier bei mir bis zum Morgen, und ich zeige es dir.«

»Was zeigst du mir?«

»Dass das Licht durch dich hindurchgeht.«

»*Was?*« Sie konnte es nicht glauben. Das war einfach nicht möglich.

»Ich weiß nicht, warum ich dich anfassen und sehen kann. Aber Licht – Sonnenlicht, Kerzenlicht, Feuerlicht – geht durch dich hindurch. Je heller das Licht, umso durchsichtiger wirst du. Und niemand kann dich sehen außer mir.«

»Das beweist nur, was du denkst und erlebst. Ich lebe. Ich bin mir ganz sicher«, beharrte sie, auch wenn sich Zweifel in ihre Stimme schlichen. »Zumindest bin ich mir ziemlich sicher. Ich bin eine Schülerin an der Fortuna-Schule im Jahr 2011.«

»*Zweitausendelf?*«, fragte er. Die Jahreszahl schien ihm erst jetzt bewusst zu werden.

Sie nickte.

»Zweitausendelf. Du kannst mir also sagen, wie die Zukunft der Welt aussieht?«

»Ich kann dir *deine* Zukunft erzählen. Beneto wird für den Mord an dir hingerichtet!«

Er schüttelte ablehnend den Kopf. »Du warst also eine Schülerin an der Fortuna-Schule. Caitlyn, kannst du dich daran erinnern, wie du umgekommen bist oder warum du ein herumirrender Geist geworden bist? Warst du krank? Hattest du einen Unfall?«

Sie schüttelte den Kopf. »Nichts ist passiert, ich bin nur ohnmächtig geworden und habe mir den Kopf aufgeschlagen. Aber da kannte ich dich schon.«

»Als du mich zum ersten Mal gesehen hast, ritt ich durch das Tal, ja?«

Sie nickte.

»Du glaubst, dass du das geträumt hast.«

Sie nickte wieder.

»Caitlyn, was ist passiert, unmittelbar bevor du diesen Traum hattest?«

»Ich träumte ihn auf der Fahrt vom Flughafen in Bordeaux zur Schule. Ich saß nur im Auto. Nichts ist pass-« Plötzlich sah sie die hellen Scheinwerfer des Lastwagens durch den Regen von hinten auf sie zukommen. Sie hörte die gellende Hupe, spürte den heftigen Ruck, den der Mercedes machte, als der Fahrer versuchte auszuweichen. »Oh mein Gott«, flüsterte sie. »Wir hatten vielleicht doch einen Zusammenstoß.« Panik und Unglaube stiegen in ihr auf, und sie drückte seine Hände. »Ich bin tot?« Sie schüttelte ungläubig den Kopf. »Ich bin nie in der Fortuna-Schule angekommen? Ich hab mir alles ausgedacht? Amalia, Naomi … Aber warum?«

»Vielleicht warst du nicht bereit zu sterben.«

Sie atmete in schnellen Stößen. »Ich bin nicht bereit. Ich habe noch ein ganzes Leben vor mir!«

»Dann leb es hier, mit mir.«

Sie sah ihn an, als würde sie ihn zum ersten Mal sehen. »Aber wenn ich gestorben bin, warum bin ich dann hierhergekommen zu dir?«

»Weil ich dich gebraucht habe.«

»Geister reisen nicht in die Vergangenheit! Ich müsste Menschen im 21. Jahrhundert heimsuchen, nicht im 16.!«

»Welche Regeln gibt es für das, was nach dem Tod geschieht?«

»Oh mein Gott.« Sie stand vom Bett auf und begann, hin und her zu gehen. »*Ohmeingott, ohmeingott.* Meine Mom, sie muss am Boden zerstört sein. Meine Brüder. Mein Vater. Meine Freunde. Sie wissen es sicher alle.« Sie blieb vor ihm stehen. »Warum bin ich zu dir gekommen statt zu ihnen, um mich zu verabschieden?«

Raphael kannte die Antwort nicht.

Ihr Herz tat ihr weh von dem plötzlichen Gefühl des Verlusts, Tränen liefen ihr übers Gesicht. »Vermissen sie mich?«

Er streckte die Hand aus und strich ihr zärtlich das Haar aus dem Gesicht. »Ja.«

»Ich wollte aufs College gehen. Was soll ich jetzt tun?«, weinte sie.

»Bleib hier bei mir.«

»Kann ich das? Oder werde ich mich auflösen?«

Er zog sie auf seinen Schoß und in seine Arme und wiegte sie an seiner Brust. Er drückte seine Lippen auf ihren Scheitel. »Wir werden eine Möglichkeit finden, dass du hierbleiben kannst. Deine Anwesenheit muss einen Grund haben. Du wurdest zu mir geschickt.«

»Ich verstehe nicht, wie ich mir das mit der Fortuna-Schule alles ausgedacht haben kann. Es war so echt. Madame Snowe, Brigitte und diese Geschichte mit Thierry und dem *gouffre*. Das Gemälde von Bianca de' Medici. Ich dachte, Bianca würde mich heimsuchen. Warum habe ich das gedacht?«

Seine Hände, die ihre Haare streichelten, hielten inne. »Bianca hat dich heimgesucht?«

»Sie zeigte mir ihren Tod und wie Beneto das Herz aus der Asche des Scheiterhaufens holte. Ich weiß nicht, warum sie mir das gezeigt hat oder warum ich das Herz manchmal schlagen höre. Versucht sie, mich von dir fernzuhalten?«

Seine Finger in ihrem Haar spannten sich an. »Nein.«

»Was will sie von mir?«, fragte Caitlyn.

»Ich glaube, sie will dein Verständnis. Und ich glaube, sie hat dich für mich hierhergebracht.«

»Um dir zu helfen?«

»Ja. Aber das ist nicht alles.«

»Was noch?«

»Ich glaube, sie will, dass du meine Braut wirst.«

Kapitel 26

Du, du glaubst … du glaubst, Bianca hat die Kupplerin gespielt?«, stammelte Caitlyn.

»Sie hat mich immer damit geneckt, dass sie wüsste, wer meine Seelenverwandte ist, dass ich es ihr aber nicht glauben würde, wenn sie es mir sagte. Sie behauptete, ich würde diese Frau so sehr lieben, dass nicht einmal der Tod uns scheiden könne. Der einzige Hinweis, den Bianca mir darauf gab, wer diese mysteriöse Frau sein würde, war, dass sie eine Haut so hell wie der Mond und Haare so schwarz wie die Nacht haben würde. Sie nannte dich meine Dunkle.« Er berührte Caitlyns Wange. »Du bist es.«

Caitlyn stockte der Atem. Hoffnung, Angst und Ungläubigkeit lagen in ihr im Wettstreit. Sie konnte das alles nicht begreifen, keine Antwort finden, die Sinn ergab. Sie wusste nicht, was echt war. War sie lebendig oder tot? Träumte sie oder war sie wach? War sie je auf der Fortuna-Schule gewesen, oder war all das nicht mehr als der Traum eines ruhelosen Geists gewesen?

Eine Welle eisigen Entsetzens erfasste sie, als sie plötzlich ein Bild vor sich sah: ein Skelett in schwarzer Rüstung, das auf einem weißen Pferd ritt. Der Tod.

Ihre Mutter hatte es vorhergesehen. Caitlyn fiel ein, was sie beim Legen der Tarotkarten gesagt hatte: *Der Tod ist die Kraft, die dein neues Leben erschaffen wird. Er ist die Triebkraft der Verwandlung. Heiße ihn willkommen.*

Oh Gott. Es war wahr. Sie war tot. Sie war bei einem Autounfall ums Leben gekommen, genau wie ihre Mutter. Alles, was an der Fortuna-Schule geschehen war, war ein Traum gewesen. Als sie das Château de la Fortune zum ersten Mal gesehen und dabei das Gefühl gehabt hatte, hierherzugehören und nach Hause zu kommen, war es, weil sie den Ort gesehen hatte, den ihr Geist für alle Ewigkeit heimsuchen würde. Sie hatte die Burg seit diesem Tag nicht verlassen.

Sie war tot.

Tot.

Sie blickte Raphael an und spürte schmerzhaft in ihrem Herzen, wie stark das Band zwischen ihnen war. Er war jetzt ihre einzige Realität. Außerhalb seiner Welt existierte sie nicht. »Wenn ich ein Geist bin, wie können wir dann zusammen sein?«, flüsterte sie, sich nach beruhigenden Worten sehnend.

»Ich weiß es nicht, aber du bist hier. Ich verstehe jetzt, warum Bianca sagte, dass ich es nicht glauben würde.«

Caitlyn schüttelte den Kopf. »Warum hätte sie ein totes Mädchen für dich auswählen sollen?«

»Sie hat die Zukunft nur vorhergesehen, Caitlyn. Sie hat sie nicht bestimmt.«

Caitlyn bemühte sich, trotz ihres Schocks nachzudenken, einen Sinn in all dem zu sehen, von dem sie geglaubt hatte, dass es an der Fortuna-Schule geschehen war. »Wenn Bianca mich zu dir gebracht hat, dann war sie vielleicht auch ein Teil von allem, was ich an der Fortuna-Schule zu lernen geglaubt habe.« Sie blickte ihn wieder eindringlich an. »Raphael, deine Mutter wollte vielleicht, dass ich dir sage, dass Beneto dich töten wird.«

Es schüttelte entschieden den Kopf. »Dem kann ich nicht zustimmen. Beneto war meiner Mutter ergeben und wie ein zweiter Vater für mich. Er war der Meinung, Biancas Anwesenheit auf dieser Erde sei ein Wunder, kein Übel.«

»Marguerites Tagebuch – «

»Du hast gesagt, dass er für den Mord an mir hingerichtet wurde, richtig?«

Sie nickte.

»Das bedeutet nicht, dass er schuldig war. Es bedeutet, dass er der Sündenbock war. Jemand anders hat versucht, mich umzubringen.«

Caitlyn glaubte es nicht, aber sie wusste im Moment sowieso nicht mehr, was sie glauben sollte. »Vielleicht ist es Philippe«, sagte sie. »Hast du die Geheimschränke in seinem Zimmer untersucht?«

»Beneto hat sie untersucht. Er hat entdeckt, dass Philippe ein bisschen mehr ist als nur ein Spion für Caterina.« Raphael grinste, seine Zähne leuchteten im Mondlicht auf. »Seine wahre Treue gilt Heinrich von Navarra, dem Mann, auf dessen Hugenotten-Anhänger er im Auftrag von Caterina ein Auge haben soll.«

»Du glaubst also, dass auch er nicht versucht hat, dich umzubringen?«

Raphael schüttelte den Kopf.

»Wenn es nicht Beneto ist …«, sagte Caitlyn mit einem Kloß im Hals, »wer auch immer versucht, dich zu ermorden, wird es schaffen.«

Raphael stand sichtlich aufgewühlt vor dem Kamin und erweckte das Feuer mit einem Schüreisen wieder zum Leben. Caitlyn wartete und sah, wie seine Gefühle wie Wasser über sein Gesicht glitten. Er warf ein Stück Holz aufs Feuer und wandte sich zu ihr. »Meine Mutter sagte, dass nicht einmal der Tod uns trennen würde. Wenn ich ermordet werde, sind wir trotzdem noch zusammen.«

»Wo? Ich habe kein Jenseits gesehen.«

Er zuckte mit den Schultern. »Über diese Brücke gehen wir, wenn wir vor ihr stehen. Gemeinsam.« Er streckte die Hand nach ihr aus. Sie nahm sie, und er zog sie sanft auf die Füße, legte ihre Hand über seine, hob sie an die Lippen und küsste sie. Den Kopf noch immer über ihre Hand gebeugt, blickte er zu ihr auf. »Sag mir, dass du mein bist, Caitlyn. Für immer.«

Sie blickte ihm in die Augen und spürte, wie Angst und Schrecken angesichts der Liebe in seinen Augen verschwanden. Es gab keine andere Welt als die, die sie mit ihm teilte. Ihr Herz hatte ihm schon gehört, lange bevor sie ihn im Dordogne-Tal hatte reiten sehen und ihn als ihren Ritter der Kelche erkannt hatte. Ihr ganzes Leben lang hatte sie gewusst, dass er irgendwo auf sie wartete, so wie sie auf ihn gewartet hatte.

Ja, sie würde mit Freuden ihr Leben aufgeben, um mit ihm zusammen zu sein. »Ich bin dein, Raphael. Bis ans Ende aller Zeiten.«

Er zog sie in seine Arme und hielt sie. Caitlyn schloss die Augen und legte den Kopf an seine Brust. Es fühlte sich immer noch so an, als sei sie in einem Traum, aber jetzt, wo sie wusste, dass Raphaels Herz ihr gehörte, musste sie nicht mehr aufwachen. Sie würden allem, was auf sie zukam, gemeinsam entgegentreten.

»Wir müssen etwas tun, bevor derjenige, der mich töten will, Erfolg hat«, sagte er und ließ sie los.

»Und was?«

»Den Templerschatz finden und Biancas Herz darin begraben, so wie sie es vor ihrem Tod verlangt hat. Es ist wichtiger denn je: Wir werden Biancas Macht wohl brauchen, um auch über den Tod hinaus zusammenzubleiben. Wenn das Herz vernichtet wird und damit der letzte Rest ihrer Macht …« Er schwieg, offensichtlich wollte er den Gedanken nicht zu Ende führen.

»… hat der Tod vielleicht doch die Macht, uns zu trennen«, beendete Caitlyn den Satz für ihn. Diese Bedrohung gab ihrer Entschlossenheit, den Templerschatz zu finden, neuen Aufschwung. Es war ihre eigene Zukunft, die nun davon abhing. »Die Jakobsmuschel. Sie ist der nächste Hinweis.«

»Du hast auch die Jakobsmuschel gefunden?«

»Zusammen mit meiner Freundin Naomi.« Sie runzelte die Stirn. »Fantasie-Freundin Naomi? Wie auch immer, wir haben sie über der Marienstatue entdeckt. Sie ist das Symbol des heiligen Jakob, nicht wahr?«

Er nickte. »Und wohin hat dich das geführt?«

»Auf den Jakobsweg und zum *gouffre* im Wald.«

Er machte große Augen. »Zum *gouffre*?« Er lachte. »Nein. Das mit dem Jakobsweg war richtig, aber es ist nicht der Weg im Wald. Komm, ich zeige es dir.«

Er zog sich an und führte sie aus seinem Zimmer und durch die Burg zu einem großen leeren Raum, von dessen Fenstern aus man über das Dordogne-Tal blickte. Eine Wand wurde von einem Kamin eingenommen, dunkle Holzbalken stützten die Decke drei Meter über ihren Köpfen.

Caitlyn drehte sich in der Mitte des Raums und stellte ihn sich vor mit Ledersofas, orientalischen Teppichen, Tischen und einem Gemälde von Fortuna.

»Das ist der Große Salon«, sagte sie erstaunt. »Hier bin ich immer bis spät in die Nacht gewesen und habe gelernt und mit Naomi gesprochen. Oder zumindest dachte ich, ich hätte das getan.«

»Ist dir das hier je aufgefallen?« Er hielt eine Kerze nach unten und beleuchtete damit den Boden aus bemalten Fliesen.

Sie brauchte einen Moment, um das Muster zu erkennen. »Das ist eine Karte!«, sagte sie überrascht. »Ich habe diesen Raum immer nur mit Teppichen auf dem Boden gesehen.«

Er leuchtete mit der Kerze für sie, als sie die Umrisse von Europa und dem Vorderen Orient verfolgte. »Das da«, sagte er und deutete auf dunkelrote Linien, die aussahen wie in einem Straßenatlas, »das sind Pilgerrouten.« Er ging mit, als sie den Jakobsweg bis zu der Jakobsmuschel verfolgte, die Santiago de Compostela markierte.

»Glaubst du, der Schatz ist unter dieser Fliese mit der Muschel?«, fragte sie aufgeregt.

»Ich dachte es zuerst, aber es ist kein Templersymbol in der Nähe.«

»Hast du auf der Karte irgendwo eins gefunden?«

Er nickte und führte sie über Europa. »Dies ist die beliebteste Route zwischen Paris und Jerusalem«, sagte er und deutete auf eine Linie. »Die Tempelritter waren ursprünglich der bewaffnete Schutz für Pilger auf dem Weg ins Heilige Land. Hier«, sagte er und deutete auf ein Bild auf der Hälfte der Strecke. »Zwei Männer auf einem Pferd.«

Caitlyn nickte. Sie hatte das Bild im Internet gesehen. Es stellte die anfängliche Armut der Templer da, die so wenig besaßen, dass sich zwei Reiter ein Pferd teilen mussten.

Unruhe überkam sie. Wie konnte sie das wissen, wenn ihre Zeit an der Fortuna-Schule gar nicht real gewesen war? Konnte diese Information von Bianca gekommen sein, so wie alles andere, von dem sie geglaubt hatte, es erlebt zu haben?

»Und wo ist der nächste Hinweis?«, fragte sie.

»Ich hatte gehofft, du könntest mir das sagen.«

Sie nagte an einem Fingernagel und betrachtete die beiden Männer auf dem Pferd, die nach Jerusalem ritten. Ihr Blick fiel auf Jerusalem selbst. Es lag ganz am Rande der Karte, unterhalb der Wand, an der Fortuna gehangen hatte.

Ihr fiel Madame Snowes Album vom Château de la Fortune ein, und das Foto von Antoine Fournier. In dem Text unter dem Foto hatte gestanden, wo das Gemälde aufgehängt werden sollte. Caitlyn schloss die Augen und stellte sich das Gemälde vor.

Fortuna schritt durch die Wolken, eine Hand auf dem edelsteinbesetzten Rad, die andere nach unten deutend. Ein Fuß ruhte auf einem Wolkenfetzen, der andere deutete nach unten in dieselbe Richtung wie ihre Hand.

Caitlyn öffnete die Augen. Wenn Fortuna jetzt an der Wand hängen würde, würde sie auf Jerusalem deuten. »Wohin genau gehen alle Pilger?«, fragte Caitlyn vorsichtig. »Was gibt es in Jerusalem zu sehen?«

Er sah sie ungläubig an. »Gibt es im Jahr 2011 viele Menschen, die diese grundlegenden Dinge nicht wissen?«

»Ich bin nie in die Kirche gegangen. Und, ja, ich weiß vielleicht nicht, wohin die Pilger in Jerusalem gehen, aber ich weiß bestimmt mehr über Biologie, Geologie und Dinosaurier als du.«

»Ganz sicher. Ich bin noch nie einem Dinosaurier begegnet und weiß noch nicht einmal, was das ist. Aber um deine Frage zu beantworten: In Jerusalem gibt es mehrere heilige Stätten, aber die wichtigste ist diese«, sagte er und deutete auf die Darstellung eines großen Gebäudes mit zwei Kuppeldächern. »Die Kirche vom Heiligen Grab. Der Ort der Kreuzigung und Bestattung Jesu.«

Ein Teil des Gebäudes erinnerte sie an etwas, und die Erkenntnis durchfuhr sie wie ein Blitz. »Die kleinere Kuppel«, sagte sie und deutete darauf, »die auf dem kurzen runden Turm! Sie sieht aus wie der Brunnen im Hof der Burg, oder? Der Brunnenschacht sieht genauso aus wie der Turm dieses Gebäudes, und das schmiedeeiserne Dach, unter dem der Eimer hängt, sieht aus wie die Kuppel.«

Raphael ließ vor Überraschung die Kerze fallen. Er bückte sich nach ihr und hob sie auf. Sie brannte noch. »Der Brunnen. Ich fand schon immer, dass seine Form irgendwie eigenartig ist. Das muss der nächste Schritt sein.«

»Ich habe also den Hinweis mit der Jakobsmuschel gelöst?«

»Es passt alles! *Stella Maris*, die Jakobsmuschel, das Wasser unter der Sonne auf dem Fenster; es bezieht sich alles auf Wasser, wie in einem Brunnen!«

Mit sich zufrieden lächelte Caitlyn. »Aus denselben Gründen dachte ich an den *gouffre*, aber auch aus Gründen, die mit Tod zu tun haben.« Sie dachte schnell noch einmal über ihren Gedankengang mit Finisterre und dem Abgrund des Todes nach. »Aber diese bemalte Fliese sieht unbestreitbar aus wie der Brunnen.«

»Wir werden es so oder so herausfinden, oder?« Er hob sie hoch und umarmte sie stürmisch.

»Was herausfinden?«, fragte eine Stimme von der Tür.

Caitlyn wandte den Kopf.

Es war Beneto.

Kapitel 27

Ein ölgetränkter, brennender Lumpen fiel tief hinunter in den engen, dunklen Brunnen, bis er nur noch ein kleiner Lichtpunkt war und dann plötzlich verlosch.

»Das ist sehr tief«, sagte Caitlyn.

»Hast du es nicht gesehen?«, sagte Raphael.

»Was?«, fragten Caitlyn und Beneto gleichzeitig. Caitlyn bemerkte leicht überrascht, dass sie alle drei Italienisch sprachen. Waren Tote sprachbegabt? Zu schade, dass sie diese Begabung nicht gehabt hatte, als sie noch am Leben gewesen war.

»Meine Augen sind nicht mehr so scharf, wie sie einmal waren«, sagte Beneto.

Caitlyn warf einen finsteren Blick auf den alten Mann, der den dritten Punkt ihres menschlichen Dreiecks bildete, das in die Tiefen des Brunnens blickte.

Genau wie Raphael gesagt hatte, war sie für Beneto unsichtbar, und er konnte ihre Anwesenheit auch sonst nicht wahrnehmen. Raphael hatte darauf bestanden, dass sie versuchen sollte, Beneto zu berühren, um ihm zu zeigen, dass sie echt war. Aber ihre Hand glitt ab, als gäbe es einen Widerstand, den sie nicht überwinden konnte.

Es war, als wollte man zwei Magnete mit den sich abstoßenden Seiten aneinanderdrücken.

Es war kurz vor der Morgendämmerung, im Osten war der Horizont blasslila. Sie hofften, mit der Untersuchung des Brunnens fertig zu sein, bevor jemand in der Burg wach wurde.

»In der Schachtmauer war ungefähr nach dem ersten Viertel eine dunkle Stelle, zwischen dir und mir, Caitlyn«, sagte Raphael.

Raphael hatte Beneto gesagt, wo sie stand, und Benetos Blick flog zu der Stelle. Caitlyn sah seinen ungläubigen, misstrauischen Gesichtsausdruck. Der alte Mann konnte Raphaels Behauptung, ein Geist würde ihm helfen, den Templerschatz zu finden, weder ganz glauben noch ganz abtun. Caitlyn war erstaunt, dass er ohne Widerspruch ihre Existenz hinnahm. Eigentlich hätte sogar ein Mann, der jahrelang mit der übersinnlich begabten Bianca de' Medici zusammen gewesen war, Raphaels unglaubliche Behauptung etwas mehr hinterfragen müssen, als Beneto es tat. Jeder vernünftige Mensch hätte Raphael für wahnsinnig gehalten.

»Ich traue ihm nicht«, murmelte Caitlyn und blickte den Kunstlehrer an.

»Dann traue mir und meinem Urteil.«

Caitlyn machte ein finsteres Gesicht. Was blieb ihr übrig? Sie hatte ihre Bedenken geäußert und konnte Raphael nicht dazu zwingen, ihren Standpunkt zu teilen.

Raphael band eine Laterne an ein Seil und ließ sie den Brunnen hinab. Ihr Licht warf einen orangefarbenen Schein an die Mauer. Etwa sechs Meter in der Tiefe öffnete sich ein gezackter Spalt in der Mauer, der in dem Laternenlicht aussah wie ein schwarzer Riss. Er war groß genug, dass ein Mann hindurchkriechen konnte.

»Da«, sagte Raphael und löste das Seil von einem der eisernen Stäbe, die am Rand des Brunnens verankert waren.

»Sieht aus wie der Eingang zur Hölle«, sagte Caitlyn.

»Das kann uns doch nicht abschrecken«, sagte Raphael mit einem Grinsen und begann, ein dickeres Seil an zwei der Stäbe zu binden und es festzuknoten. Das Seil an dem Eimer und die Winde waren nicht stabil genug, und nicht einmal Caitlyn hätte ihnen ihr geisterhaftes Gewicht anvertraut.

»Bianca wird dich beschützen«, sagte Beneto zu Raphael.

Caitlyn blickte Beneto überrascht an. Er setzte großes Vertrauen in eine tote Frau. Man hätte ihr zu Ehren geradezu einen Tempel errichten und sie als eine Göttin verehren können, die in das Leben von Sterblichen einzugreifen vermochte.

»Lass mich zuerst runter«, sagte Caitlyn, als Raphael das eine Ende des Seils in den Brunnen warf. Er hatte alle dreißig Zentimeter einen Knoten hineingemacht, damit man besser daran herabklettern konnte.

»Welcher Mann würde eine Frau als Erste in die Gefahr schicken?«, fragte Raphael ungläubig.

»Wie könnte mir etwas geschehen? Ich bin tot, weißt du nicht mehr?«

Er schüttelte den Kopf. »Ich weiß nicht, welche Naturgesetze hier gelten. Bis jetzt habe ich dich noch nicht fliegen oder durch eine Wand gehen sehen. Außerdem bist du nicht richtig angezogen.«

Caitlyn langte hinunter, band den Saum ihres Nachthemds zwischen ihren Beinen zusammen und machte so eine Art Overall daraus. Sie war immer noch barfuß.

»Will sie zuerst?«, fragte Beneto und blickte an die Stelle, an der Caitlyn stand.

»Sie glaubt, dass sie unverwundbar sei.«

»Sie ist weniger verwundbar als du.«

»Danke, Beneto«, sagte Caitlyn.

»Sie bedankt sich«, gab Raphael weiter.

Beneto knurrte eine Antwort und meinte dann: »Lass sie zuerst runter. Werde nicht aus Ungeduld blind dem gegenüber, was sinnvoller ist.«

»Es war Ritterlichkeit, nicht Ungeduld.«

»Das ist nett von dir«, sagte Caitlyn, kletterte auf den Rand des Brunnens und schwang ihre Beine hinüber.

»Caitlyn, nein!«

Ihr Magen hob sich, als sie die Entfernung zwischen ihren baumelnden Füßen und der tief unten leuchtenden Laterne sah. Es schien viel tiefer zu sein als noch einen Moment zuvor. Sie wollte nicht über die noch längere Strecke zwischen der Laterne und dem Wasser am Grunde des Brunnens nachdenken. »So ist es am besten, Raphael. Das weißt du.«

Er ging um den Brunnen herum. Sie wusste, er würde versuchen sie aufzuhalten, es war also keine Zeit, zu zögern oder zu überlegen. Sie griff nach dem Seil und schwang sich in den Brunnen. Ihre Füße fanden Halt an einem Knoten. »Uahh«, rief sie, als sie ihr Gewicht an den Armen spürte. Für einen Geist war sie erstaunlich schwer. Das letzte Mal, dass sie an einem Seil geklettert war, war eine Weile her – in der Turnstunde in der vierten Klasse. Aber damals war sie ein drahtiges kleines Äffchen gewesen, und es war ihr viel leichter gefallen.

»Vorsicht!«, rief Raphael.

Sie lachte ihn an. Er sah halb von Sinnen aus vor Sorge und wagte es nicht einzugreifen, um sie nicht aus ihrem heiklen Gleichgewicht zu bringen.

»Keine Angst! Die Mädchen der Zukunft wissen sich zu helfen.«

Er legte die Hand an die Stirn, seine Augen waren groß vor Sorge.

Seine Angst machte sie mutig. Sie stieg an dem Seil hinab und war froh, dass sie barfuß war und so mit den Füßen die Knoten gut ertasten konnte.

Es dauerte nur eine Minute, bis sie die Laterne und den Riss erreicht hatte. Das orangefarbene Licht leuchtete ein paar Meter weit in die Öffnung im Kalkstein hinein. Caitlyn spähte in die schattige Tiefe und erwartete schon fast, den Schimmer von Gold zu sehen.

Doch alles, was sie sah, waren Felsen und Schatten.

»Siehst du was?«, rief Raphael von oben.

»Keinen Schatz. Aber ich glaube, es ist der Eingang zu einem Tunnel oder einem Höhlensystem. Ich kann das Ende nicht erkennen.«

»Komm wieder rauf!«

Sie blickte zu ihm hinauf. Sein Gesicht hob sich gegen den schwach erhellten Himmel ab. Das einzige Mal, dass sie ihn bei vollem Tageslicht gesehen hatte, war bei ihrer allerersten Begegnung gewesen, als er durchs Dordogne-Tal ritt.

Die Spalte im Felsen war ungefähr dreißig Zentimeter von ihr entfernt. Sie streckte einen Arm aus und suchte nach Halt.

»Caitlyn! Was tust du da?«

Sie griff an die Felskante und zog sich mit klopfendem Herzen heran. Wie sollte sie hinüberkommen? Sie wusste nicht, wie sie ihren Oberkörper weit genug in die Öffnung bekommen sollte, um nicht in den Brunnen zu fallen, wenn sie das Seil losließ.

»Caitlyn!«

Sie ließ die Felskante los und schwang zurück zur Mitte des Schachts. Dann packte sie das Seil fester, ließ mit den Füßen den Knoten los und baumelte einen Moment herum. Mit einem Fuß trat sie vorsichtig ins Leere, bis sie den felsigen Rand des Risses fand. Sie setzte die Ferse auf, zog sich näher heran und setzte dann beide Füße auf den kalten Stein auf. Nun kam ein heikler Moment. Sie war halb in der Höhle, halb draußen, und musste das Seil tiefer greifen, um weiter hineinzukommen. Ihre Armmuskeln begannen zu zittern. Sie warf einen kurzen Blick nach unten in die schwarze Tiefe. »Kein guter Ort da unten, Caitlyn«, flüsterte sie zu sich selbst.

Sie verlagerte ihren Griff. Ihre Hände rutschten, ihr Körper taumelte einen endlosen Moment vorwärts, bis sie ihr Gleichgewicht wiederfand.

Von oben hörte sie klagendes Stöhnen.

Mit Füßen und Hintern bewegte sie sich zentimeterweise rückwärts weiter, bis sie endlich spürte, wie sich ihr Körperschwerpunkt in der Öffnung der Höhle befand. Sie ließ das Seil los und griff nach solidem Felsen.

Sie stieß einen tiefen Seufzer der Erleichterung aus. Erst jetzt merkte sie, dass sie zitterte.

»Caitlyn! Ist alles in Ordnung?«

Sie steckte den Kopf durch die Öffnung des Risses und blickte nach oben. »Ich hoffe doch sehr, dass es zu dieser Höhle noch einen weiteren Eingang gibt, denn auf dem Rückweg mache ich das nicht noch mal.«

Raphael lachte und teilte Beneto mit, was sie gesagt hatte.

»Was ist da?«, rief Beneto nach unten, mit einem Anflug von Verlegenheit in der Stimme. Caitlyn vermutete, dass es ihm so vorkam, als redete er ins Leere.

»Lass mich mal sehen.« Caitlyn kroch tiefer in die Höhle hinein. Erst jetzt fiel ihr wieder ein, was Madame Brouwer einmal über natürliche Höhlen gesagt hatte und dass sie nicht eben und asphaltiert waren.

Diese hier allerdings schon. Der Boden, über den sie langsam kroch, war aus quadratischen Steinen.

Einige Meter weiter im Inneren war die Decke über ihrem Kopf außer Reichweite, und der Boden begann schräg nach unten zu verlaufen. Es war zu dunkel, um zu erkennen, was dahinterlag. Sie kehrte zum Eingang zurück.

»Sie ist von Menschen angelegt!«, rief sie nach oben. »Sie führt irgendwohin.«

»Mach das Seil ab, wenn ich unten bin«, sagte Raphael zu Beneto, »damit niemand sieht, wo wir sind, und uns folgt.«

Beneto reichte ihm eine Ledertasche, und Raphael knotete sich den Riemen um die Brust. Caitlyn wusste, dass sich das Kästchen mit Biancas Herz darin befand. Sie hatten beschlossen, es mitzunehmen, in der Hoffnung, dass sie es endlich so bestatten konnten, wie Bianca es verlangt hatte.

Beneto legte Raphael die Hand auf die Schulter. »Sei vorsichtig.«

Raphael nickte. »Ja.« Er schwang die Beine über den Rand des Brunnens und begann das Seil hinunterzuklettern. Er fackelte nicht lange und schwang sich mit einer Leichtigkeit in die Höhlenöffnung, die Caitlyns Anstrengungen geradezu lächerlich erscheinen ließen. Dann knotete er die Laterne ab und nahm sie mit hinein. Einen Moment später zog Beneto das Seil hinauf.

Sie krochen schnell tiefer in die Höhle, bis sie stehen konnten. Im Licht der Laterne sah Caitlyn, wie schmutzig sie bereits war. Ihr Nachthemd war voller Schlamm und Flechten und völlig durchnässt.

Sie deutete auf sich und lächelte. »Wenn man gut aussieht, fühlt man sich auch gut.«

Er schlang einen Arm um sie, zog sie an sich und gab ihr einen schnellen Kuss. »Schmutzig gefällst du mir.« Dann machte er ein grimmiges Gesicht und schüttelte sie sanft. »Jage mir nie wieder so eine Angst ein wie vorhin, als du an dem Seil hingst.«

»Nein. Ich werde mir was Neues ausdenken«, neckte sie ihn.

Mit traurigem Gesicht berührte er zärtlich ihr Haar. »Ich habe schon mal einen Menschen verloren, der mir unendlich viel bedeutet hat. Ich möchte nicht noch einen verlieren.«

Sie stellte sich auf die Zehenspitzen und küsste ihn am Hals. »Du wirst mich nie wieder los. Denk dran, nicht einmal der Tod kann uns trennen.«

Er nickte. »Lass uns einen Schatz finden.«

Es war keine große Frage, welche Richtung sie einschlagen mussten. Der gepflasterte Pfad war geradezu eine unterirdische Promenade. Die nächsten paar hundert Meter war der Gang eng und verlief abwärts. Seine Wände waren glatt geschliffen von unterirdischen Wasserläufen, die es schon lange nicht mehr gab. Irgendjemand hatte sich den natürlichen Verlauf durch den Felsen zunutze gemacht. Es gab nur einige wenige enge Stellen, an denen die Erbauer des Gangs offensichtlich Hammer und Meißel benutzt hatten. Die Luft roch nach Stein und Feuchtigkeit und war kalt und schwer in Caitlyns Lungen. Sie fror bald und wünschte, sie hätte Madame Brouwers Warnungen über die Temperatur in Höhlen Beachtung geschenkt und sich etwas Wärmeres zum Anziehen geliehen.

Der Gang, dem sie folgten, führte zu einer Kammer mit niedriger Decke, die mit verschiedenen Felsformationen ausgeschmückt war. Von Stalaktiten tropfte Wasser in einen niedrigen Teich. Der Weg führte weiter durch ein Labyrinth aus Steinsäulen. Geduckt folgten sie ihm und hielten dabei die Hände über dem Kopf, um sich nicht zu stoßen.

»Das ist wunderschön«, sagte Caitlyn, als sie an Kristallen vorbeikamen, die wie gehäkelte Spitze aussahen und ein hervorstehendes Felsstück bedeckten.

Raphael gab einen zustimmenden Laut von sich, ging jedoch weiter, ohne langsamer zu werden. Caitlyn folgte ihm. Auf dem Weg nach draußen würde Zeit genug sein, Steine zu bewundern.

Der Weg führte zu einem kaninchenbauartigen Tunnel, durch den sie auf allen vieren kriechen mussten. Caitlyns Freude an den Wundern der Höhle ließ schnell nach, als sich die Steine in ihre Knie und Handflächen bohrten. Klaustrophobie umklammerte sie, als sie vor sich kaum mehr sehen konnte als Raphaels Rücken und seine Füße und den schwankenden Schein der Laterne. Sie atmete durch den Mund und versuchte ruhig zu bleiben und nicht daran zu denken, wie schwierig es sein würde, sich in der Enge umzudrehen.

Sie atmeten beide vor Erleichterung auf, als der Tunnel schließlich endete und sie in eine geräumige Höhle kamen. Der Weg führte an ihrem Rand entlang, die Mitte der Höhle lag in der Dunkelheit. Sie konnten in ihren Tiefen Wasser gurgeln hören; das Geräusch hallte von den Steinen wider.

»Was glaubst du, wie weit wir gekommen sind?«

»Höchstens vierhundert Meter.«

»Nur?«

Er lachte. »Ich weiß. Es kommt einem weiter vor.«

»Brennt die Laterne lange genug, damit wir den Weg nach draußen wieder finden?«

»Vielleicht. Aber auch wenn nicht, können wir uns zurücktasten.«

Caitlyn gab einen kläglichen Laut von sich und dachte wieder an das, was Madame Brouwer über Höhlen gesagt hatte.

Er nahm ihre Hand. »Es wird alles gut. Nur Mut, meine Liebe.«

Sie gingen weiter. Durch die Bewegung wurde Caitlyn wieder warm. Oder bildete sie sich das nur ein? Wie konnte einem toten Menschen durch körperliche Bewegung warm werden?

Ein leises Geräusch drang an ihr Ohr. Sie blieb abrupt stehen und brachte damit Raphael ebenfalls zum Halten. In ihrem Nacken stellten sich die Haare auf. »Hast du das gehört?«, flüsterte sie.

Er schüttelte den Kopf. »Was war es?«

Sie brachte ihn mit einer Handbewegung zum Schweigen und blickte den Weg zurück, den sie gekommen waren. Ihre Ohren versuchten angestrengt ein Geräusch oder eine Änderung des Luftdrucks wahrzunehmen.

Nichts.

Sie schüttelte den Kopf und zuckte mit den Schultern. »Ich dachte, ich hätte hinter uns gehört, wie sich etwas bewegt.«

Raphael blickte zurück in die Dunkelheit. »Luft?«

»Vielleicht.« Sie hatten auf ihrem Weg ab und zu einen Luftzug gespürt, was auf Öffnungen zur Außenwelt hindeutete.

Sie gingen weiter. Caitlyn spitzte die Ohren für den Fall, dass das Geräusch erneut zu hören war. Bald jedoch ertränkte das Rauschen eines weiteren unterirdischen Stroms jede Hoffnung darauf, etwas hören zu können, falls ihnen jemand – oder etwas – folgte.

Plötzlich blieb Raphael stehen und reichte ihr die Laterne. »Halte sie hinter dich.«

Sie hantierte damit herum und tat, was er sagte. Sie befanden sich in einem weiteren engen Gang, und Caitlyn konnte kaum sehen, was vor ihnen war. »Was ist los?«, flüsterte sie.

Er blickte angestrengt nach vorn. »Siehst du Licht?«

Caitlyn stellte die Laterne auf den Weg hinter sich und schirmte mit den Händen ihre Augen dagegen ab. Aus den Augenwinkeln nahm sie wahr, dass die Dunkelheit schwach erhellt war. Das Helle verschwand, wenn sie direkt hinblickte. »Ja!«

Sie reichte ihm die Laterne, und sie hasteten vorwärts. Caitlyn spürte eine Veränderung der Luft: Sie war frischer und roch nun mehr nach Vegetation als nach Stein.

»Dieser Weg führt nicht einfach nur nach draußen, oder?«, fragte sie, plötzlich besorgt, dass sie nur einen Geheimweg aus der Burg gefunden haben könnten.

Er antwortete nicht. Der Weg führte Richtung Licht und wurde mit jedem Schritt heller. Gerade als Caitlyn sich schon mit der Enttäuschung abfinden wollte, nur auf Bäume und frische Luft zu treffen, führte der Weg sie in eine Höhle, deren Wände mit leicht glitzernden Kristallen überzogen waren. Sie wurde von einem türkisblauen Teich erleuchtet. Er wurde von Wasser gespeist, das unter durchscheinenden Kalksinter-Formationen hervorkam, die eine Seite des Raums einnahmen. Das Sonnenlicht fiel durch den Kalksteinvorhang und wurde vom Wasser reflektiert.

»Mein Gott«, flüsterte Caitlyn.

In der Mitte des Raums stand ein runder Altar aus Obsidian. Er war sechzig Zentimeter hoch und auf der Oberseite vergoldet. Um den Altar herum befand sich ein Kreis aus zwölf Obsidian-Obelisken von etwa sechs Metern Durchmesser. Die Obelisken waren ungefähr einen Meter hoch und dreißig Zentimeter dick, ihre Spitzen waren vergoldet. Jede goldene Spitze war mit Juwelen in einer anderen Farbe besetzt.

»Das Schicksalsrad«, sagte Caitlyn fassungslos, als sie begriff. »Das Gemälde, von dem ich dir erzählt habe, das im Großen Salon hängt. Darauf war Fortunas Rad schwarz, mit edelsteinbesetzten Goldscheiben. Es hat *dies* hier dargestellt.«

»Das muss Eshaels Mitgift gewesen sein«, sagte Raphael. »Nicht weil es so viel war, haben sie acht Fuhrwerke gebraucht, um sie aus dem Heiligen Land hierher zu bringen, sondern, weil sie aus *Stein* war.«

»Sie muss ein Teil von Eshaels Kult gewesen sein. Hier muss sie ihre Göttin verehrt haben.«

Raphael hob die Laterne. Das zusätzliche Licht brach sich in den Juwelen und den mit Kristall überzogenen Wänden. »Kein Wunder, dass Simon de Gagéac glaubte, die Mitgift sei verflucht, und Angst hatte, sie sich zunutze zu machen. Ich hätte nicht den Mut, das Gold von diesen Steinen zu kratzen.«

Caitlyn schüttelte den Kopf. »Ich auch nicht.«

Raphael ging zum Rand des Teichs. »Ich glaube, das hier ist dein *gouffre*. Wir hatten also beide recht – « Er brach plötzlich ab und richtete seinen Blick auf etwas, das hinter ihr war. »Was macht ihr denn hier?«

Caitlyn drehte sich schnell um.

Ursino und Giovanni standen an der Öffnung des Ganges. Sie hatten ihre Dolche gezückt.

Kapitel 28

Ursino und Giovanni beachteten die Frage nicht, sondern richteten ihre ganze Aufmerksamkeit auf den Kreis aus Steinen und Gold.

»Heilige Mutter Gottes«, sagte Giovanni. »Das reicht, um sich ein Königreich zu kaufen.«

»Ich hab dir doch gesagt, dass Gott uns dafür belohnen würde, die Hexe vernichtet zu haben.«

Langsam zog Raphael seinen eigenen Dolch. Sein Blick war wachsam, seine Knie gebeugt, damit er sich schnell in jede Richtung bewegen konnte.

Giovanni fuhr mit den Fingerspitzen über die Smaragde auf der Säule, neben der er stand, und kratzte dann mit dem Fingernagel auf einem herum. »Ich hätte nicht gedacht, dass du es so wörtlich meinst.«

»Ihr beide wart es also, die versucht haben, das Herz zu stehlen und mich zu töten«, sagte Raphael.

»Leider ohne Erfolg«, sagte Ursino und trat in den Steinkreis. »Alle sorgfältig geplanten Unfälle sind gescheitert. Ich habe schon angefangen, daran zu zweifeln, dass Gott unsere Sache gutheißt, bis mir klar wurde, wie stark die Macht der Hexe immer noch in ihrem Herz schlägt. Wir mussten offenbar erst darüber die Kontrolle gewinnen, bevor wir dich loswerden konnten.«

»Ihr werdet es nicht finden«, sagte Raphael und hielt Abstand zu Ursino.

»Beneto hat uns gesagt, wo es ist«, sagte Giovanni.

Caitlyn schnappte nach Luft. Ihr Blick wanderte zu Raphael.

Raphael schüttelte den Kopf. »Ich glaube dir nicht. Beneto würde mich niemals verraten.«

»Der alte Mann wollte dich nicht verraten, und ganz sicher nicht so schnell«, sagte Ursino. »Es ist nur so, dass ich jemandem ziemliche Schmerzen zufügen kann. Man kann jeden Menschen kleinkriegen, wenn man weiß, wie man ihm wehtun kann.«

Raphaels Gesicht verdüsterte sich. »Ist er tot?«

Ursino zuckte mit den Schultern. »Das liegt in Gottes Hand.«

»So wie du in unserer«, sagte Giovanni.

»Wer bezahlt euch?«, wollte Raphael wissen. »Wer will so dringend meinen Tod, dass er euch dazu verleiten konnte, mich umzubringen?«

Ursino lachte. »Raphael, hast du die Medicis immer noch nicht verstanden? Niemand muss uns dafür bezahlen, die Familie von einer Hexe wie Bianca und ihren von Satan empfangenen Töchtern zu säubern! Mörder und Tyrannen tolerieren wir, gedeihen sogar durch sie. Machthungrige Intriganten erhöhen unser Ansehen. Lügner und Diebe bereichern uns. Aber Hexen sind jenseits der Grenzen, sogar für die Medicis. Eine Dynastie, die Päpste hervorgebracht hat, toleriert keine Hexe und ihre Sprösslinge. Nachdem wir dich und das Herz vernichtet haben, werden wir uns eingehend mit Giulia und Elisabeta befassen.«

»Bianca war keine Hexe. Ihr säubert die Familie besser von Caterina. *Sie* ist die größte Hexe, die die Medicis jemals hervorgebracht haben!«

Die Männer lachten. »Das sind die Lügen der Verzweifelten über eine Medici, vor der sie Angst haben«, sagte Ursino und warf Giovanni einen schnellen Blick zu.

Giovanni gab Raphael einen Stoß, Ursino setzte sich ebenfalls in Bewegung.

»Nein!«, schrie Caitlyn und versuchte Ursino zu packen. Aber ihre Hände wurden abgestoßen, so wie bei Beneto.

Giovanni und Raphael rangen miteinander, Giovanni stieß Raphael den Dolch aus der Hand, Ursino entriss ihm die Ledertasche. Giovanni hielt Raphaels Arme auf dem Rücken fest, während Ursino die Tasche öffnete und das Kristallkästchen herausnahm. Er warf die Tasche zur Seite und legte die Hand auf den Deckel.

»Du solltest besser Gott um seinen Schutz bitten, wenn du glaubst, das öffnen zu können und am Leben zu bleiben«, drohte Raphael.

Ursino warf ihm einen Blick zu, in dem Angst mitschwang, dann bekreuzigte er sich und sprach ein Gebet. Er öffnete den Deckel des Kästchens und blickte hinein.

»Wie sieht es aus?«, fragte Giovanni vorsichtig, als die Sekunden vergingen.

Ursino schüttelte den Kopf, dann grinste er erleichtert. »Wie ein vertrocknetes Stück verdorbenes Fleisch.« Er lachte laut und nickte zu Raphael. »Ich will, dass du dabei zusiehst, wie ich es vernichte.« Er grinste und hob seinen Dolch über dem Herzen in dem Kästchen.

»Nein!«, rief Caitlyn, warf sich auf ihn und griff nach seinem Arm.

»Caitlyn, nein!«, rief Raphael.

Als sie nach Ursino schlug, spürte sie einen Moment lang erneut die seltsame Abstoßung, aber dann wurde ihr Körper kalt, und ihr wurde grau vor Augen. Einen Augenblick später war sie auf seiner anderen Seite und kam stolpernd zum Stehen. Sie war durch ihn hindurchgegangen.

Den Arm immer noch über dem Kästchen erhoben, blickte Ursino wild um sich. »Was war das?«, rief er. »Ein kalter Wind ist durch mich hindurchgegangen!«

»Geister!«, rief Giovanni. »Schnell, Ursino, vernichte das Herz!«

Caitlyn warf sich wieder auf Ursino, währenddessen wand sich Raphael aus Giovannis Griff, packte sein Handgelenk und zerrte heftig daran. Giovanni schrie, sein Dolch fiel klirrend zu Boden.

Caitlyn warf sich wieder auf Ursino und das Kästchen. *Bianca, hilf mir!*, flehte sie im Stillen, während Ursino unter ihrem Aufprall schwankte. Der Deckel des Kästchens klappte zu, als er stolperte. Caitlyn ging wieder durch ihn hindurch.

Giovanni und Raphael kämpften jetzt Mann gegen Mann. Ihre Fäuste machten dumpfe Geräusche, wenn sie einander trafen, und sie ächzten vor Schmerz und Anstrengung. Mit blutverschmierten Gesichtern fielen sie ineinander verkeilt zu Boden. Sie rollten Richtung Ursino, der zum Altar hin auswich.

Caitlyn erkannte ihre einzige Chance. Wieder und wieder warf sie sich durch Ursino und brachte ihn aus dem Gleichgewicht, während er versuchte, das Kristallkästchen zu öffnen. Mit jedem Stolpern näherte er sich dem Altar, bis er direkt davor stand. In seiner Verzweiflung knallte er das Kästchen auf den Altar, um den Deckel öffnen zu können.

Von einer plötzlichen Erkenntnis übermannt, warf sich Caitlyn über das geöffnete Kästchen. Der kristallene Reliquienbehälter drückte sich in ihren Brustkorb und versenkte sich an der Stelle, an der ihr eigenes Herz schlug. Dessen plötzlich verstärktes Klopfen dröhnte durch die Steinhöhle: *duDUMM, duDUMM!*

Langsam blickte sie zu Ursino auf, in der Erwartung, dass sein Dolch auf das Herz niedersausen würde.

Stattdessen machte sich sprachloses Entsetzen in Ursinos Gesicht breit, und sein Blick traf ihren. Caitlyn begriff, dass er sie plötzlich sehen konnte.

Sie stieß sich vom Altar ab und richtete sich langsam auf. Dabei sah sie, dass sie in rosaroten Satin gekleidet war. Ihre Hände waren langfingrig und weiß – Biancas Hände. Sie hoben sich ohne Caitlyns Zutun und packten Ursino links und rechts am Kopf.

»Du wagst es, mein Herz zu berühren?«, sagte Caitlyn mit einer Stimme, die nicht ihre war.

Ursino schrie.

Biancas Hände drückten Ursinos Kopf zusammen, und nach einem Moment des magnetischen Widerstands spürte Caitlyn, wie sie durchbrachen und in Ursinos Schädel verschwanden. Sein Entsetzensschrei verwandelte sich in einen Schrei der Qual, als Blut aus seinen Augen zu sprudeln begann.

Als sie hinter sich einen Schmerzensschrei hörte, nahm Caitlyn die Hände aus Ursinos Kopf und wirbelte herum. Ursino brach zusammen.

Raphael und Giovanni knieten am Boden. Raphael hatte einen Arm um Giovanni gelegt, als würde er ihn umarmen, aber seine andere Hand drückte von unten gegen Giovannis Kieferknochen, die unnatürlich weit nach links verzogen waren. Caitlyn sah, wie Giovanni zusammensackte. Sein Genick war gebrochen, sein Kopf baumelte herab. In Caitlyn mischten sich Entsetzen und Freude: Raphael hatte gewonnen.

Kniend wandte Raphael sich ihr zu, aber die Anstrengung war zu groß, und er stützte sich mit einem ausgestreckten Arm auf dem Boden ab. Erst in diesem Moment sah Caitlyn den Dolch, der in seiner Brust steckte, und das Blut, das sein Wams durchtränkte. Der Atem gefror ihr in der Brust.

Raphael blickte mit aschgrauem, verwirrtem Gesicht zu ihr auf. »Mutter?«

Caitlyn trat fort von dem Herz auf dem Altar. Das rosarote Satinkleid verschwand und sie trug wieder ihr schmutziges Nachthemd. Sie ließ sich neben Raphael fallen. Die plötzliche Angst, ihn zu verlieren, ließ sie am ganzen Körper beben. »Ich bin's, Caitlyn. Versuch nicht, dich zu bewegen.«

Er fiel auf die Hüfte. Um den Dolch herum schlug das Blut Blasen. Raphael hustete, und etwas Rotes sickerte aus seinem Mundwinkel. Er hob eine Hand an den Dolch und versuchte, den Griff zu packen.

»Nein!«, rief Caitlyn, obwohl sie wusste, dass alles zu spät war. Sie wusste, dass seine Lunge zusammenfiel. »Ich hole Hilfe.«

Ihre Blicke trafen sich, und sie konnte in seinen Augen lesen, dass er wusste, wie es um ihn stand. Er begann nach hinten zu kippen. Sie fasste ihn an den Schultern, legte ihn vorsichtig auf den Boden und wischte dann mit ihren Fingerspitzen das Blut von seinen Lippen. »Bitte geh nicht«, flüsterte sie flehend mit tränenerstickter Stimme. Sie spürte, wie ihr Herz in tausend Stücke zersprang. »Du darfst nicht gehen. Bitte geh nicht.«

»Ich komme«, sagte er heiser, und sein schwacher Atem machte seine Stimme kaum mehr hörbar, »zu dir.«

Sie nahm seine Hände in ihre und spürte, wie sie bereits kalt wurden. »Nicht einmal der Tod kann uns trennen«, sagte sie unter Tränen und betete, dass das die Wahrheit war.

Der Hauch eines Lächelns umspielte seine Lippen, dann verließ die letzte Spannung seinen Körper. Caitlyn schluchzte auf.

Er war tot.

Kapitel 29

Bevor die erste Träne Caitlyns Wange herabrollen konnte, begann sich eine undeutliche, schimmernde Gestalt aus Raphaels Körper zu erheben, und damit erhob sich auch Caitlyns Herz. Er kam zu ihr!

Plötzlich presste sich eine langfingrige weiße Hand auf Raphaels Brust und hielt den aufsteigenden Schimmer über seinem Körper fest. Caitlyn schrie und blickte nach oben in Biancas bleiches Gesicht. Ihre rotblonde Haarkrone saß perfekt, ihre gemeißelten Gesichtszüge zeigten nicht die geringste Andeutung von Trauer oder Mitgefühl. »Was tust du da?«, rief Caitlyn.

Der Schimmer, der unter Biancas Griff matt zu werden begann, versuchte sich zu befreien.

»Lass ihn gehen!«, rief Caitlyn und griff nach Biancas Arm.

Ein Donnerschlag durchfuhr Caitlyn, dann wurde es um sie herum schwarz.

Caitlyn fiel durch die Dunkelheit, ihre Seele sank kraftlos in einen riesigen Abgrund. Es gab kein Geräusch, keine Sicht, nichts außer dem endlosen Sinken und ihren unhörbaren Schreien, als der

Schmerz des Verlusts sie durchfuhr. Sie fühlte, wie sich das Wesen ihres Seins auflöste. Ohne Raphael war sie nichts. Sie hatte keinen Halt, keine Existenz.

»Raphael!«, rief sie und versuchte sich sein Gesicht vorzustellen. Es würde sie zu ihm bringen. Es würde ihr helfen, ihn zu finden. »Raphael!«

Lichtpunkte flimmerten um sie her wie entfernte Sterne. Sie blickte auf den, der am nächsten war, und flog in seine Richtung. Das Licht dehnte sich aus, je näher sie kam. Es breitete sich von ein paar Zentimetern zu einem halben Meter, dann zu einem Meter aus, dann plötzlich erstreckte es sich über ihr Blickfeld hinaus, und sie stand im Gras des prähistorischen Périgord Noir und beobachtete, wie eine Herde Auerochsen mit ihren riesigen, wie eine Lyra geformten Hörnern langsam vorbeizog.

»Nein!«, protestierte Caitlyn laut. Doch ihre Stimme war kaum zu hören in der stillen Landschaft. Dies war nicht der Ort, an dem sie sein wollte! Sie schloss fest die Augen und stellte sich Raphaels Gesicht vor. »Raphael! Ich will Raphael finden!«

Sie spürte, wie sie fiel, und als sie die Augen öffnete, war sie wieder in der Leere, die Dunkelheit um sie herum war voller Lichtpunkte. Nun erkannte sie den Abgrund: Es war der Raum zwischen Wachsein und Träumen. Es war ein Nicht-Ort zwischen einer Existenz und der anderen. Sie war hier gewesen, kurz nachdem sie das Ambien geschluckt hatte.

In einem der Lichter würde sie Raphael bestimmt finden. Ein Hoffnungsstrahl flackerte auf, gab ihr Energie, und sie bewegte sich auf ein Licht zu.

Ein blutiges Schwert durchschnitt den Raum, in dem sie stand. Es herrschte Dämmerung, und sie stand mitten in einer Schlacht, in der Männer in Rüstungen gegeneinander kämpften. Der Geruch nach Blut, Eingeweiden und Kot drang ihr in die Nase. Ihr Blick traf sich mit dem eines Kriegers, und seine Augen wurden groß, als er sie offenbar sehen konnte, aber dann durchbohrte die Spitze eines Spießes seine Brust. Caitlyn schrie und hielt sich die Hände vors Gesicht.

»Raphael!«, rief sie, und dieses Mal sah sie das Château de la Fortune, als sie durch den Abgrund zu einem anderen Licht fiel.

Sie spürte festen Boden unter den Füßen und öffnete die Augen. Sie befand sich in einem dunklen Gang. »Raphael«, rief sie leise und ging den Gang entlang. Seidenröcke raschelten um ihre Beine, und als sie an sich hinabblickte, sah sie, dass die Röcke schwarz waren, die Farbe der Trauer, die den Schmerz in ihrer Seele widerspiegelte. »Raphael? Wo bist du?«, rief sie.

Sch, sch, sch … machten die Röcke.

Sie ging die Treppen hinunter und einen anderen Gang entlang. Weiter vorn, auf halbem Weg, stand eine Gestalt. »Raphael?«, rief sie und beschleunigte ihre Schritte.

Sch, sch, sch …

Sie näherte sich der Gestalt, bemerkte dann aber, dass sie einen schwarzen Trauerschleier trug, der ihr die Sicht nahm. Sie griff nach dem Saum des Schleiers und begann ihn hochzuheben.

Die Gestalt vor ihr verwandelte sich in einen grauen Flecken, in einen schreienden Kreischer mit schwarzen Löchern anstelle von Augen und Mund. Der Schrei durchbohrte Caitlyns Schädel, und vor Entsetzen fiel sie wieder zurück in den Abgrund.

»Raphael, wo bist du?«, rief sie in die Dunkelheit, überwältigt von Verlust und Enttäuschung. »Du bist tot, ich bin tot. Wir waren dafür bestimmt, für immer zusammen zu sein! Raphael! Raphael!«

Das nächste Licht, in das sie fiel, brachte sie ins Atelier. Die letzten Strahlen der Sonne drangen durch die Dachfenster. Antoine Fourier saß gebeugt auf einem Hocker und starrte im Halbdunkel auf eine leere Leinwand.

»*Sie!*«, rief Caitlyn und deutete auf ihn.

Fournier blickte zu ihrer Stimme auf und fiel dann mit weit aufgerissenen Augen von seinem Hocker.

Caitlyn schaute auf die leere Leinwand und lachte hysterisch. »Ich weiß, was Sie malen müssen! Sie werden Fortuna und ihr Rad malen und sie am Ende des Großen Salons aufhängen. Sie werden das malen oder nichts, Antoine Fournier!«

Sie warf sich wieder in den Abgrund und versuchte erneut, Raphael zu finden. Sie rief seinen Namen, wenn sie wieder in ein Licht tauchte und sich ein ums andere Mal in den Gängen und Räumen des Château de la Fortune wiederfand. Jede Gestalt, der sie sich näherte, im Glauben, es sei Raphael, verwandelte sich stattdessen in einen Kreischer, der schrie und um sich schlug und völlig außer sich geriet.

Panik begann sie zu überwältigen. Sie konnte ihn nicht finden. Sie hatte ihn verloren. Bianca hatte ihn ihr gestohlen, für immer.

Ihre Kraft begann nachzulassen, wachsende Trauer ließ ihre Hoffnung schwinden. Sie machte einen letzten Versuch, Raphael zu finden, und tauchte mit ihrer letzten Willenskraft in ein Licht. Sie öffnete die Augen und fand sich in einem großen Raum wieder, der schwarz war bis auf ein großes Lichtviereck vor ihr. Sie ging darauf zu. Das einzige Geräusch war das Flüstern ihrer Röcke.

Sch, sch, sch.

Das Viereck verwandelte sich in eine Art Fenster, und jemand mit schwarzen Haaren und heller Haut stand auf der anderen Seite und starrte zu ihr herein. Caitlyn kam vorsichtig näher. Das Gesicht der anderen Gestalt wurde mit jedem Schritt deutlicher.

Sie kannte dieses Gesicht. Sogar durch den schwarzen Schleier konnte sie es erkennen. Sie hatte es jeden Tag ihres Lebens gesehen.

Caitlyn blieb kurz vor dem Fenster stehen und starrte in ihr eigenes blasses Gesicht. Es starrte entsetzt und mit vor Schreck weit aufgerissenen meergrünen Augen zurück.

Natürlich, ich jage mir Angst ein mit diesem schwarzen Schleier, dachte Caitlyn. Sie griff nach seinem Saum und begann ihn hochzuheben.

Auf der anderen Seite des Fensters sah sie, wie sich die Augen ihres anderen Ichs nach oben drehten, und dann brach dieses andere Ich zusammen. Caitlyn eilte zum Rand des Fensters und streckte den Arm hinaus, um zu versuchen, sich aufzufangen. Zu spät. Ein scheußliches dumpfes Geräusch von Schädelknochen, die gegen etwas Hartes krachten, war zu hören, dann das *Wumm* eines Körpers, der auf den Boden fiel. Caitlyn beugte sich aus dem Fenster und blickte hinunter auf eine Reihe von Waschbecken und auf ihr anderes Ich in einem Nachthemd. Um sie herum bildete sich auf dem Boden des Waschraums eine Blutlache.

Es dauerte einen Moment, bis sie begriff, was das bedeutete, dann schüttelte sie heftig ablehnend den Kopf. »*Nein! Nein, nein nein!*«, schrie sie.

Sie dachte an die Kreischer, die ihr in den Gängen begegnet waren, Kreischer, die in dem Bruchteil einer Sekunde, bevor sie sich in schmierige graue Flecken kreischenden Entsetzens verwandelt hatten, menschlich ausgesehen hatten.

Einer davon war Mathilde gewesen.

»*Nein! Das kann nicht sein!*«, schrie sie. »*Raphael! Ich brauche dich! Raphael …!*«

Aber niemand antwortete, und niemand würde je antworten. Sie würde bis in alle Ewigkeit durch diese Gänge irren und ihn suchen.

Denn *sie* war die Frau in Schwarz.

Kapitel 30

Caitlyn erwachte im grauen Licht der Dämmerung, das durch die Fenster ihres Zimmers fiel. Einen Moment lang befand sie sich in einem Zustand zwischen Schlafen und Wachen und wusste nicht, wer und wo sie war. Tief in ihrem Inneren klammerte sich ein Teil von ihr an diesen Moment der Verwirrung und sagte ihr warnend, dass sie sich an die Antwort auf diese Fragen nicht erinnern wollte.

Sie hörte das leise Geräusch einer Seite, die umgeblättert wurde, und drehte den Kopf. Amalia döste in ihrem Bett, Naomi saß an ihrem Fußende, den Rücken gegen die holzvertäfelte Wand gelehnt, und las ein Buch.

Ich bin wieder zurück, dachte Caitlyn.

Aber wo ist »zurück«?

Sie sah Naomi an und versuchte, Klarheit zu gewinnen: War dies nur der Traum eines ruhelosen Geistes, der keinen Ort hatte, an den er gehen konnte?

Als habe sie ihren Blick gespürt, sah Naomi in diesem Moment von dem Buch auf. Ihr Gesicht hellte sich auf. »Du bist wieder wach!« Sie rüttelte kräftig Amalias Fuß.

Amalia fuhr auf. Schlaftrunken stützte sie sich auf die Ellbogen. »Ich bin wach, ich bin wach! Was ist passiert?«

»Hast du Raphael gefunden?«, fragte Naomi. »Hast du ihn gewarnt?«

Caitlyn sah die Bilder von dem Kampf in der Höhle vor sich. Sie sah das Messer in Raphaels Brust, das Blut auf seinen Lippen. »Es war nicht Beneto«, sagte sie mit brechender Stimme. »Es waren Ursino und Giovanni. Sie … Sie …« Sie versuchte weiterzusprechen, aber die Worte kamen nicht aus ihrem Mund.

Der Schmerz, ein paar süße Momente lang gebannt, überwältigte sie wieder und legte sich ihr wie ein tonnenschweres, erdrückendes Gewicht auf die Brust. Ihr Gesicht verzog sich vor Trauer, und ein tiefer Schluchzer entrang sich ihr.

Sie drehte sich von ihren Freundinnen weg zur Wand, kauerte sich zusammen und weinte.

Als würde sie schlafwandeln, ließ sie die Englisch- und Französischstunden über sich ergehen. Sie nahm kaum die Menschen um sich herum wahr. Die Trauer ertränkte alle anderen Gefühle und machte sie unfähig, über irgendetwas anderes nachzudenken oder sich zu um irgendetwas zu kümmern.

Erst im Kunstunterricht wurde etwas in ihr wieder zum Leben erweckt.

»Heute Selbstporträts!«, verkündete Monsieur Girard und teilte Spiegel aus. »Alle großen Künstler haben sich selbst Modell gestanden.«

Caitlyn baute ihre Staffelei und den Spiegel neben Naomi auf. »Alles in Ordnung?«, fragte Naomi besorgt.

Caitlyn zuckte mit der Schulter und ließ die Mundwinkel hängen. Sie fand keine Worte.

Sie nahm ihre Zeichenkohle und schaute in den Spiegel. Sie sah ein blasses, gequältes Gesicht mit Schatten unter geröteten Augen und schwarzem Haar, das in Strähnen herabfiel. Sie wandte sich ihrem Papier zu und begann, es mit schwarzer Zeichenkohle zu bedecken. Ihr Arm bewegte sich stetig und bedächtig und verwandelte das makellose Weiß in eine dunkle Leere. Als ihre Kohle nur noch ein Stummel war, legte sie sie beiseite und nahm ihren Radiergummi. Stück für Stück hob sie kleine helle Stellen in der Dunkelheit hervor und ließ dann in der Mitte ein blasses Gesicht hinter einem Schleier entstehen. Die Augen waren graue Löcher, der Mund ein Strich der Trauer. Sie arbeitete, ohne sich darum zu kümmern, ob ihr das Porträt ähnlich sah. Es ging ihr um das Abbild ihrer Seele, nicht ihres Gesichts.

Als sie spürte, dass jemand hinter ihr stand, drehte sie sich um.

Monsieur Girard betrachtete ihr Bild. Einen Arm hatte er über die Brust gelegt, mit der Hand umfasste er seinen anderen Ellbogen, und sein Zeigefinger tippte auf seine Unterlippe. Seine Augen waren zusammengekniffen, sein Kopf zur Seite gelegt.

»Eine interessante Abweichung von deinem sonstigen Stil«, sagte er schließlich. »Die Proportion von Nase und Kinn ist nicht ganz richtig, aber das Bild hat emotionale Kraft. Gute Arbeit.«

Caitlyn sah ihn erstaunt an.

Er beachtete ihre Überraschung nicht und ging weiter.

Caitlyn tauschte einen Blick mit Naomi, um sicherzugehen, dass sie gerade eben für dieses schwarze Geschmiere gelobt worden war.

Naomis Lippen zuckten. »Streberin«, zog sie Caitlyn auf.

Caitlyn musste unwillkürlich lachen und war selbst überrascht darüber. Zum ersten Mal, seit sie an diesem Morgen aufgewacht war, fühlte sie sich mit der Welt verbunden.

Sie blickte sich um, als erwache sie aus einem Traum.

Das war die Welt, in die sie jeden Morgen mit der Regelmäßigkeit einer Uhr zurückkehrte. Hier hatte sie keine Tage übersprungen, keine Zeit fehlte, es gab keine Lücken in ihrer Lebensgeschichte. Sie verschwand nicht aus Räumen, so wie in Raphaels Welt. Sie stieg nicht in die Zeit oder aus der Zeit. Sie trug nicht plötzlich rosarote Satinkleider. Sie lebte hier. Sie war *echt* hier.

Sie war lebendig, kein Geist. Sie war nicht tot in irgendeinem physischen Sinne.

Sie blickte auf ihr Bild und erkannte sich selbst. Sie war tatsächlich die Frau in Schwarz, aber sie war auch Caitlyn Monahan.

Sie brauchte mehrere Tage, um sich alles zusammenzureimen. Danach wusste sie nicht, ob sie lachen oder weinen sollte. Als sie es Naomi und Amalia erklärte, waren sie genauso verwirrt wie sie. Das Ganze hatte jedoch eine zwingende Logik.

Caitlyn war nicht, wie Raphael angenommen hatte, tot. Die Fortuna-Schule war nicht der Traum eines verlorenen Geistes. Sie war nicht bei einem Autounfall auf dem Weg vom Flughafen zum Château umgekommen. Ihre Seele war vielleicht dahingeschwunden und gestorben, als Raphael seinen letzten Atemzug getan hatte, aber ihre jetzige Realität war ganz sicher kein Traum oder eine jenseitige Welt.

Sie war ein Geist, aber sie war nicht tot. Dieser Gedanke war verwirrend, bis ihr einfiel, was Amalia gesagt hatte: Niemand wusste, wie Geister wirklich waren. Wer wusste schon, ob ein Geist nicht auch ein lebender Mensch sein konnte?

Sie wurde nicht mehr im Schlaf von Kreischern heimgesucht, keine bösen Geister kamen mehr, um sie zu quälen. Im Gegenteil, auf einmal war sie es, die plötzlich in der Dunkelheit erschien und Leute erschreckte, die in der Vergangenheit gelebt hatten. Ihre sogenannten Kreischer waren Menschen, die nachts flüchtig eine dunkle Gestalt sahen, einen huschenden Schatten, da, wo alles still sein sollte.

Ihr Geist wanderte durch die Zeit, während sie schlief. Nun erkannte sie es: Jeder Traum, den sie je gehabt hatte, hatte in der Vergangenheit des Ortes stattgefunden, an dem sie lebte. In Oregon hatte sie von dem Siedler-Mädchen Emily geträumt und als Geist hinter ihr auf dem Pferd gesessen. *Sie* war das Umpqua-Mädchen, von dem jahrhundertalte Legenden erzählten.

Nicht ihre Mutter hatte sie besucht in der Nacht, bevor sie Oregon verließ, um nach Frankreich zu gehen. Sie war diejenige gewesen, die in der Zeit zurückgereist war, um ihre Mutter zu besuchen. Sie war diejenige gewesen, die ihrer eigenen Mutter gesagt hatte, dass sie sterben würde. Ihre Mutter hatte gesagt, sie sei nicht gut darin, ihre eigene Zukunft vorherzusehen.

Das musste sie auch nicht. Caitlyn hatte es für sie getan.

Caitlyn hatte die Vergangenheit nicht nur geträumt. Sie hatte sie besucht. Und wie die Frau in Schwarz hatte sie sie heimgesucht.

Für die meisten Menschen, denen sie begegnet war, war sie unsichtbar geblieben, eine Art geistige Fliege an der Wand. Fast alle, die sie gesehen oder wahrgenommen hatten, hatten sich in Kreischer verwandelt, deren entsetzte Schreie Caitlyn durch die Zeit zurücktaumeln ließen in ihr eigenes Bett, wo sie schweißgebadet aufwachte und ihre eigenen Schreckensschreie ihr das Trommelfell zerrissen. Sie hatten sich gegenseitig halb zu Tode erschreckt.

Ein paar waren anders gewesen. Emily, das reitende Siedler-Mädchen, hatte gewusst, dass Caitlyn mit ihr ritt, und das Geheimnis genossen.

Raphael war echt gewesen. Ihre träumende Seele war durch die Zeit gereist und hatte ihn gefunden, als er über vierhundert Jahre zuvor im Château de la Fortune gelebt hatte.

Sie wusste nicht, welchem Zweck ihr Zusammentreffen gedient hatte. Wenn Bianca sie zu Raphael gebracht hatte, musste der Grund der gewesen sein, dass sie ihm helfen konnte, den Schatz zu finden und Biancas Herz zu bewahren. Aber vielleicht war Caitlyn auch dafür bestimmt gewesen, Raphaels Leben ebenfalls zu retten.

In diesem Punkt hatte sie Bianca jedoch enttäuscht.

Caitlyn verstand jetzt: Bianca hatte aus einem einfachen Grund nicht gewollt, dass Raphaels Geist bei Caitlyn war. Sie verdiente ihn nicht. Bianca hatte die grausamste aller Strafen gewählt.

Caitlyn würde ihr Leben leben, ohne Raphael jemals wiederzusehen.

Kapitel 31

15. MAI, SECHS WOCHEN SPÄTER

»Geologie: mangelhaft. Geschichte: ungenügend«, las Madame Snowe angewidert vor und ging dabei wie ein Polizeibeamter vor Caitlyn hin und her. »Algebra: ungenügend. Französisch: ungenügend. Madame Tatou sagt, dass du nicht einmal ›Ich heiße Caitlyn‹ auf Französisch sagen kannst. Das einzige Fach, in dem du gut abgeschnitten hast, ist Kunst. Andererseits hat sich Monsieur Girard schon immer von düsteren Stimmungen beeindrucken lassen. Er hält sie fälschlicherweise für den Ausdruck einer künstlerischen Seele.«

Caitlyn starrte auf die Hände in ihrem Schoß. Sie hörte Madame Snowe kaum durch die leere Schwärze ihres Kummers. Es war ihr egal, dass sie erneut im Büro der Schulleiterin stand und erneut in Schwierigkeiten war.

Madame Snowe warf das Zeugnis auf ihren Tisch, verschränkte die Arme und blickte Caitlyn streng an. »Du hast abgenommen. Deine Freunde sagen, dass du kaum noch redest. Deine Lehrer sagen, dass du zwar so tust, als seist du eine Schülerin, dass aber in deinem Kopf niemand zu Hause ist. Und du schickst mir ein Traumtagebuch, in dem nur ›Ich bin tot‹ steht, ohne jede Erklärung.« Madame Snowe fasste Caitlyn am Kinn und zwang sie aufzublicken. »Erzähl mir eine überzeugende Geschichte, warum du mich enttäuscht hast, Caitlyn, oder pack deine Sachen. Ich setze dich in das erste Flugzeug zurück nach Oregon.«

Caitlyn hatte auf diesen Moment gewartet, seit sie vor sechs Wochen ihren letzten Traum von Raphael gehabt hatte. Madame Snowes Drohungen berührten sie jedoch nicht. Alles, was sie zu wollen geglaubt hatte, hatte sich geändert, als sie sich in Raphael verliebt hatte. Alles, was ihr wichtig gewesen war, war verschwunden, als er gestorben war. Frankreich bedeutete ihr nichts mehr, jetzt, wo er nicht mehr da war.

Caitlyn sah Madame Snowe an. »Ich bin ein Geist.«

Madame Snowe ließ ihr Kinn los und setzte sich auf den Rand ihres Schreibtischs. »Was soll das heißen?«

Caitlyn blickte Madame Snowe in die Augen. Sie hatte keine Angst mehr vor der Schulleiterin. Wer war sie schon, verglichen mit Bianca de' Medici? »›Ich bin ein Geist‹ bedeutet, dass ich nichts bin. Ich bin leer. Meine Seele ist gestorben.«

»Ich verstehe.«

»Tatsächlich?«

»Du leidest an einer Depression. Du wirst Antidepressiva nehmen müssen.«

Caitlyn lachte. »Keine Pille kann dies je wieder in Ordnung bringen.«

»Du nimmst sie, oder du gehst nach Hause.«

»Schicken Sie mich nach Hause. Hier gibt es nichts, was ich will.«

»So redet man, wenn man depressiv ist.«

Caitlyn sah Madame Snowe mit zusammengekniffenen Augen an. »Ich nehme keine Pillen.«

Madame Snowes Kiefer spannten sich an. »Dann hast du also deine Entscheidung getroffen, oder? Du wirfst eine Ausbildung fort, von der du in deinem provinziellen Zuhause nur träumen kannst. Bei mir gibt es keine zweite Chance, Caitlyn. Das war's.«

»Gut.«

Madame Snowes Wangen röteten sich vor Ärger. »Du bist der Schule verwiesen! Pack deine Sachen. Du reist morgen früh ab.«

Caitlyn drehte sich um und ging zur Tür. Sie fühlte sich seltsam leicht, als sei sie mit ihrem Körper nur lose verbunden. Einen Moment lang traf ihr Blick den von Bianca. *Tut mir leid*, sagte Caitlyn im Stillen. *Ich hätte ihn gerettet, wenn ich gekonnt hätte.*

In den Gängen vor den Zimmern schwirrten lauter Mädchen herum. Alle waren erleichtert, dass die Abschlussprüfungen hinter ihnen lagen und die Ferien begannen. Als Caitlyn zu ihrem Zimmer ging, sah sie Brigitte, die aufgeregt mit Amalia sprach.

»Er wird jede Minute hier sein! Ich wusste nicht einmal, dass er wieder Auto fahren kann! Aber Mama hat gesagt, dass er seine Rehabilitation mit erstaunlicher Geschwindigkeit hinter sich gebracht hat. Er wollte mich damit überraschen, dass er allein herfährt«, erzählte Brigitte auf Französisch. Als sie Caitlyn sah, wechselte sie zu Englisch. »Mein Bruder Thierry kommt zu Besuch!«

»Toll.« Ein bisschen mehr schien angebracht zu sein, deswegen fügte sie hinzu: »Haben deine Eltern ihm erlaubt, allein zu fahren?«

Amalia blickte sie überrascht an. »Woher weißt du, dass er allein fährt?«

Caitlyn sah sie erstaunt an. »Brigitte hat es gerade gesagt.«

»Aber dein Französisch – «

»Er sagt, er will auch all meine Freunde treffen«, unterbrach Brigitte. »Er will wissen, ob er sich an jemanden erinnert. Aber ich glaube, er will dich sehen, Amalia.« Brigitte kicherte. »Ich glaube, sein Herz erinnert sich noch an dich, auch wenn sein Verstand die Vergangenheit vergessen hat.«

Amalia zog die Augenbrauen hoch. »Ich bin sicher, dass er sich nicht an mich erinnert.«

»Dann kannst du ihn wieder ganz neu bezaubern«, sagte Brigitte. »Es wäre nicht schlecht, wenn wir beide eines Tages Schwestern würden, oder?«

Amalia lächelte, aber Caitlyn sah, wie gezwungen es war.

»Wie viel Uhr ist es?«, fragte Caitlyn Brigitte. »Du solltest runtergehen und Ausschau nach ihm halten.«

Brigitte sah auf ihrem Handy nach der Uhrzeit. »Du hast recht! Ich rufe euch, wenn er da ist.« Sie warf ihnen beschwingt Küsschen zu und flitzte los.

»Was hat Madame Snowe gesagt?«, fragte Amalia, als sie fort war.

Caitlyn zuckte mit den Schultern und tat lässig, aber plötzlich wurde ihr klar, dass der Schulverweis bedeutete, dass sie ihre neuen Freundinnen nicht mehr sehen würde. Sie bekam einen Kloß im Hals. »Sie hat das gesagt, was ich erwartet habe. Ich fliege von der Schule.«

»Nein!«

»Morgen fahre ich nach Hause.«

»Caitlyn!« Amalia packte sie bei den Schultern. »Caitlyn, hast du ihr gesagt, was geschehen ist?«

Sie schüttelte den Kopf.

»Du musst! Oder schieb alles auf das Ambien und mich; es war mein Fehler, dass du es genommen hast. Es hat was mit den Botenstoffen in deinem Gehirn angerichtet. Du bist einfach nicht mehr dieselbe seitdem.«

»Sie will, dass ich Antidepressiva nehme.«

Amalia zögerte, dann ließ sie ihre Hände von Caitlyns Schultern fallen. »Vielleicht solltest du das.«

»Ich nehme keine Pillen. Außerdem bin ich in jedem Fach durchgefallen.«

»Aber – «, fing Amalia an, wurde aber vom Klingeln ihres Handys unterbrochen. Sie blickte auf das Display. »Brigitte. Wir reden heute Abend darüber, Caitlyn. Es gibt keine Veranlassung, dass du nach Hause gehst.« Das Telefon klingelte weiter. Amalia fluchte auf Deutsch und ging dran.

»Thierry ist da«, sagte sie und legte auf. »Sie will, dass wir runterkommen und ihn begrüßen. Ich glaube, nicht unbedingt deswegen, weil sie denkt, dass seine Amnesie plötzlich verschwindet und er sich an jemanden von uns erinnert. Ich glaube eher, der Gedanke, mit ihm allein zu sein, macht sie nervös. Brigitte kommt mit schwierigen Situationen nicht so gut zurecht. Sie braucht ihre Freunde um sich zu ihrem Schutz.«

»Als Stoßdämpfer«, sagte Caitlyn.

»Komm mit. Du musst ihm ja nicht begegnen. Du kannst einfach im Hintergrund bleiben.«

Caitlyn nickte. »Okay.«

Auf dem Weg nach unten zum Hof machten sie bei Naomis Zimmer Halt und nahmen sie mit. »Ich brauche jemanden, mit dem ich rumstehen kann«, erklärte Caitlyn ihr.

Die angenehme Wärme des Mai umfing sie, als sie ins Sonnenlicht hinaustraten. Amalia ging allein zu Brigitte und Daniela, die neben einem silberfarbenen Sportwagen und einem großen jungen Mann standen. Caitlyn ging zum Brunnen hinüber, Naomi folgte ihr.

»Ich finde immer noch, wir sollten uns eine Taschenlampe besorgen und das Gitter abmontieren«, sagte Naomi, als sie, auf die Ellbogen gestützt, in den Brunnenschacht blickten.

Caitlyn legte die Finger um das schwere, rostige Gitter, das über die Brunnenöffnung geschweißt war. »Selbst wenn der Steinkreis und das Herz noch da sind, will ich sie nicht sehen. Ich will Raphaels Skelett nicht sehen.« Sie zuckte mit den Schultern. »Jetzt ist es sowieso zu spät nachzuschauen.« Sie erzählte Naomi, dass sie die Schule verlassen musste.

Im Gegensatz zu Amalia versuchte Naomi nicht, sie umzustimmen. »Du hast aufgegeben, oder? Du willst nicht mehr hierbleiben.«

»Vielleicht ist es besser, wenn ich an einem Ort wie Oregon lebe, wo es nicht so viel Geschichte gibt. Da hab ich eine bessere Chance, meine Träume zu kontrollieren.«

Naomi nickte, aber ihr Blick war traurig. »Ich werde dich vermissen.«

Caitlyn nickte und fühlte, wie ihr ebenfalls Tränen in die Augen stiegen. Auf der anderen Seite des Hofes machten sich die Mädchen und Thierry auf den Weg zum Eingang der Burg. Amalia nickte ihnen zu.

Thierry blickte zu ihnen hinüber, dann wandte er sich an Brigitte und fragte sie etwas. Brigitte sah zu Caitlyn und Naomi und schüttelte den Kopf, dann zog sie ihn mit sich hinein.

»Er hat bestimmt gefragt, ob er uns gekannt hat«, sagte Naomi. »Wie seltsam es sein muss, sich nicht an sein eigenes Leben zu erinnern.«

Caitlyn blickte hinauf zu dem blauen, mit Wolken getupften Himmel. Über der Burgmauer konnte sie grüne Baumwipfel sehen, die sich in einer Brise bewegten. »Ich gehe zum *gouffre* und verabschiede mich von Raphael. Ich werde sonst keine Möglichkeit mehr dazu haben.«

»Möchtest du Begleitung?«

Caitlyn lächelte und schüttelte den Kopf. Sie, Naomi und Amalia waren an dem Wochenende nach ihrem letzten Traum zum *gouffre* gewandert, aber da war kein Geräusch eines schlagenden Herzens gewesen, keine seltsame Windbö, und, was am schlimmsten war, nicht einmal der leiseste Hauch von Raphael. Was auch immer im *gouffre* umgegangen war, es schien fort zu sein, und damit auch jede Gefahr für Caitlyn, wenn denn je Gefahr bestanden hatte. Es musste *doch* eine Fallbö gewesen sein, die sie umgeworfen hatte, so wie Madame Brouwer vermutet hatte. Wenn es aber Bianca gewesen sein sollte, war nicht klar, ob sie Caitlyn vor Schaden bewahren oder ihr welchen zufügen wollte. Ohne diesen Windstoß wäre Caitlyn mit Sicherheit in den Abgrund gefallen.

Sie trennten sich, und Caitlyn ging in Richtung *gouffre*. Der Wald war lebendig und voller heiterer Frühlingsgeräusche: Eichhörnchen kletterten an Bäumen hoch, Vögel zwitscherten und flogen von Ast zu Ast, Fliegen und Mücken summten, die Blätter an den Bäumen raschelten im leichten Wind. Das lauteste Geräusch machten ihre Schuhe, die auf dem Kiesweg knirschten. Anspannung, die ihr nicht bewusst gewesen war, begann von ihr abzufallen. Es kam ihr vor, als sei der Wald eine Zuflucht vor der Welt.

Ihre Mundwinkel zogen sich lächelnd nach oben. Sie hatte siebeneinhalbtausend Kilometer weit reisen und einen Staat hinter sich lassen müssen, der für die Schönheiten seiner Natur berühmt war, um zu erkennen, dass sie in der Natur am meisten im Einklang mit sich selbst war.

Ihr Lächeln verschwand, als sie aus dem Wald auf die Lichtung trat, wo sich der *gouffre* befand. Vorsichtig ging sie zu dem Aussichtspunkt am Rand und schob sich zentimeterweise vorwärts, bis sie in die Tiefe blicken konnte. In dem Schlund jagten sich zwei Mauersegler. Ihre kreischenden Rufe hallten von den Felswänden wider. Die Sonne, die fast direkt darüber stand, beleuchtete einen großen, klaren, türkisblauen Teich am Grunde des *gouffre*. Seine Oberfläche war vom Wind unberührt, und Caitlyn konnte Steine und hineingefallene Äste sehen, und dunkle Schatten, die wahrscheinlich Eingänge zu Unterwasserhöhlen waren.

Als sie das letzte Mal hier gewesen war, hatte sie sich durch das Unterholz einen Weg zur anderen Seite des *gouffre* gebahnt, von wo aus sie die Felswand unterhalb der Stelle sehen konnte, an der sie jetzt stand. Unten, nah am Rand des Wassers, überdacht von einem Felsüberhang, hatte sie flüchtig Kalksinter-Formationen gesehen, die aussahen wie Vorhänge und bis ins Wasser hinunterreichten. Sie mussten sich gebildet haben, lange bevor sich der *gouffre* mit Wasser gefüllt hatte.

Caitlyn streckte wie ein Vogel die Arme nach beiden Seiten aus, schloss die Augen und legte den Kopf in den Nacken, um sich die warme Sonne ins Gesicht scheinen zu lassen. »*Je suis au bord du gouffre*«, sagte sie leise vor sich hin, auf etwas hoffend, von dem sie selbst nicht wusste, was es war. Ein Herzschlag. Ein Flüstern von Raphael. Das Gefühl, dass sie nicht allein war.

Die Schreie der Mauersegler waren die einzige Antwort.

Caitlyn ließ die Arme sinken und öffnete die Augen. Insgeheim hatte sie noch ein Fünkchen Hoffnung gehabt, dass Raphael noch hier war, dass er auf sie wartete, dass der Tod sie tatsächlich nicht auseinanderbringen konnte.

»*Adieu, mon cher*«, sagte sie, und das Französisch kam ihr so leicht über die Lippen wie im Unterricht nie. »*Jamais je ne t'oublierai.*« Auf Wiedersehen, mein Liebster. Ich werde dich nie vergessen.

Sie trat von dem Abgrund zurück.

Ein großer junger Mann versperrte ihr den Weg zur Burg. Caitlyn machte erschrocken einen Schritt rückwärts.

»*Non!*«, rief der blonde Mann und streckte seine Hände nach ihr aus, als wolle er sie festhalten.

»Du bist Brigittes Bruder, oder?«, fragte Caitlyn beklommen auf

Englisch. Zu wissen, wer er war – ein hirngeschädigter Mann, der ein selbstmordgefährdeter Drogenabhängiger gewesen war –, war nicht gerade beruhigend.

Er blickte sie eindringlich an. »*Je ne parle pas Anglais.*«

»Das macht nichts. Wir haben uns nichts zu sagen.« Sie wollte nur weg von hier. Sie lächelte und bedeutete ihm mit Gesten, den Weg freizumachen. »Also, lass mich vorbei.«

Er trat zur Seite und starrte sie weiter an. Sie würde ganz dicht an ihm vorbeigehen müssen.

Verdammt, warum hatte sie Naomis Angebot, sie zu begleiten, nicht angenommen?

»Du bist hierhergekommen, um zu sehen, wo du deinen Unfall hattest, stimmt's? Du kannst den Platz ganz für dich haben.« Caitlyn verließ den Aussichtsplatz, deutete einladend darauf und hoffte, er würde mit ihr tauschen. Zumindest würde sie dann einen Vorsprung haben, wenn sie zur Burg zurückrannte.

Sein Blick flog zum *gouffre*, und er bewegte sich Richtung Aussichtspunkt. Beunruhigt von seiner Größe, versuchte Caitlyn, Abstand zu ihm zu halten. Er war knapp einsneunzig groß und durchtrainiert. Sie vermied es, ihm ins Gesicht zu schauen, weil sie befürchtete, dass Blickkontakt irgendetwas auslösen könnte. Stattdessen schaute sie auf seine Füße, die näher kamen, und näher. Noch einen Augenblick, und er würde an ihr vorbei sein …

Er blieb direkt vor ihr stehen.

Sie rang nach Luft und blickte auf in seine hellen blauen Augen, die einen leicht irren Ausdruck hatten. Sie drehte sich um, um davonzurennen.

Seine Hand schoss nach vorn, packte sie am Arm und hielt sie fest. Sie schrie.

»Caitlyn!«, rief er und schüttelte sie.

Als sie ihren Namen hörte, schwieg sie einen Moment schockiert. Sie starrte ihn mit klopfendem Herzen an.

»Caitlyn«, sagte er wieder, diesmal mit trauriger Stimme.

»Was willst du?«, sagte sie flehend und zog an ihrem Arm.

Er sank vor ihr auf die Knie und presste ihre Hand gegen seine Brust. »Raphael«, sagte er.

Schockiert und gleich darauf verärgert, versuchte Caitlyn sich loszureißen. »Wer hat dir von ihm erzählt?«

»Caitlyn«, sagte er wieder, und dann sprudelte ein Strom italienischer Wörter über seine Lippen.

Die Wörter schwirrten um sie herum, eine ganze Weile unverständlich, aber dann begann ihr Verstand sie zu begreifen, und sie verstand sie so leicht, als wäre es ihre Muttersprache.

»Ich habe so lange gewartet, um dich zu finden«, sagte er. »Vierhundert Jahre lang war meine Seele an diese Welt gefesselt durch das Versprechen meiner Mutter, dass ich wieder mit dir zusammen sein würde.«

Caitlyn versuchte nicht mehr, sich loszureißen. Alles Blut schien aus ihrem Körper zu weichen. Sie blickte hinunter in sein flehendes Gesicht, dessen Züge ihr vollkommen fremd waren, aber in dessen Augen sie lesen konnte, dass er sie kannte. »Das kannst nicht du sein«, sagte sie auf Italienisch, verwirrt, außerstande, es zu glauben. »Wie kannst du Brigittes Bruder sein?«

»Thierry ist im Wasser unten im *gouffre* umgekommen. Es war Selbstmord. Nachdem er seinen Körper verlassen hatte, nahm ich ihn in Besitz.«

Eine Mischung aus Unglaube und wahnsinniger Hoffnung wallte in Caitlyns Brust auf. »Das ist unmöglich.«

»Aber als ich auf die Welt zurückkam, lag ich im Krankenhaus, und nichts war so, wie ich es kannte. Ich kannte nicht den Körper, in dem ich lebte, oder die Menschen, die meine Familie sein sollten. Aber ich wusste, dass ich hierherkommen musste, um dich zu finden. Als ich sah, dass du dich auf den Weg hierher gemacht hast, bin ich Brigitte und ihren Freundinnen entkommen und dir gefolgt.« Er grinste. »Ich habe Autofahren gelernt, um hierherkommen zu können. Es ist viel besser als ein Pferd.«

Caitlyns Herz donnerte in ihrer Brust, die Hoffnung, die flammend zum Leben erwachte, schmerzte. Sachte befreite sie ihre Hand aus seinem Griff und legte die Hände auf sein Gesicht. Seine Wangen und sein Kinn fühlten sich anders an als bei Raphael. »Bist du es wirklich?«

»Meine geliebte Dunkle, nicht einmal der Tod kann uns trennen.«

Ein Schluchzer der Freude entstieg Caitlyns Kehle. Raphael umschlang ihre Taille mit den Armen, zog sie an sich und vergrub seinen Kopf an ihrem Bauch. Caitlyn sank in seiner Umarmung nieder, die Arme um seinen Hals, und dann küsste er sie mit dem Schmerz von vierhundert Jahren Einsamkeit. Er legte sie auf dem harten Boden auf den Rücken und bedeckte sie mit Küssen.

»Runter von ihr!«, rief ein Mädchen, und ein Ast mit Blättern traf Raphael am Kopf. Er stützte sich ab, um Caitlyn vor dem Ast zu schützen, und dann zogen ihn Mädchenhände von Caitlyn weg, während der Ast weiter auf ihn einschlug. »Warum bist du ihr gefolgt? Lass sie in Ruhe!«

»Amalia, Naomi, nein!«, schrie Caitlyn und warf sich dazwischen. Ihre Freundinnen keuchten, ihre Haare flogen wild, ihre Haltung war die von Kriegerinnen. »Es ist nicht Thierry! Es ist Raphael!«

Amalia und Naomi blieb der Mund offen stehen. »Was?«

»*Buon giorno*«, sagte er über Caitlyns Schulter.

»Raphael hat Thierrys Körper angenommen, nachdem er im *gouffre* umgekommen war. Eine Art, na ja, Recycling.« Caitlyn begann zu lachen und spürte, dass sie vor Freude fast hysterisch wurde. Raphael schlang von hinten seine Arme um ihre Hüften und zog sie an sich. Auch er wurde von Lachen geschüttelt, obwohl sie wusste, dass er ihre Sprache nicht hatte verstehen können.

»Es ist Raphael«, wiederholte Caitlyn, und Tränen strömten ihr übers Gesicht. »Es ist Raphael.«

Epilog

23. MAI

Obwohl Caitlyn einen Neoprenanzug trug, fühlte sich das Wasser eisig an. Ihre Angst war auch nicht gerade hilfreich; sie ließ ihr die letzte Wärme im Blut gefrieren. Durch ihre Taucherbrille sah sie, wie die Enden von Raphaels Taucherflossen unter dem Kalksteinvorhang am Boden des Teichs im *gouffre* verschwanden. Sie stöhnte. Jetzt war sie an der Reihe. Sie nahm einen letzten, hastigen Atemzug durch ihren Schnorchel und folgte Raphael.

Caitlyn tauchte hinunter, bis ihre Ohren vor Kälte schmerzten, und glitt dann durch die Öffnung unter dem Kalksintervorhang. Sie war sicher, dass sie jeden Moment stecken bleiben würde. Einen Augenblick später schwamm sie nach oben in Richtung einer leuchtenden Kugel, wie ein Fisch, der vom Mond angezogen wird. Nach Luft schnappend und mit jagendem Puls, tauchte sie aus dem Wasser auf.

Raphael reichte ihr die Hand und zog sie aus dem Wasser, sodass sie neben ihm am Rand des Teichs zum Sitzen kam. Madame Snowe und die Erdkundelehrerin, Madame Brouwer, waren bereits da und zogen ihre Flossen und Schnorchel aus. Auf dem Felsen neben Madame Brouwer stand eine wasserdichte Taucherlaterne.

»Ist alles okay mit dir?«, fragte Raphael, zwar auf Italienisch, aber das amerikanische »Okay« hatte er mit derselben Begeisterung angenommen, die er für Autos, Eis, MP3s mit klassischer Musik und das Internet hegte.

»Ja. Die Vorstellung war schlimmer als die Wirklichkeit.«

Madame Snowe lachte, als sie aufstand. Wasser tropfte von ihrer schlanken Gestalt. »Ich bin immer noch überrascht und erfreut über deine sprachlichen Fähigkeiten, Caitlyn«, sagte sie auf Französisch.

Caitlyn lächelte. Dass sie Madame Snowe die ganze Geschichte erzählen würden, hatten sie, Raphael, Amalia und Naomi gemeinsam beschlossen. Es war ein Risiko gewesen, aber es war Caitlyns einzige Hoffnung, in Frankreich zu bleiben und die Schule zu beenden, nachdem Madame Snowe klargestellt hatte, dass es keine zweite Chance geben würde.

Sie waren zu viert in ihr Büro gegangen. Sie war nicht sehr erfreut gewesen, da sie vermutete, sie wollten sie um Gnade bitten. Ihre erste Überraschung war die Ehrfurcht, mit der Brigittes Bruder mit Tränen in den Augen vor dem Porträt von Bianca de' Medici gestanden hatte. Die zweite Überraschung war, dass Caitlyn ihn ihr als Raphael, Biancas Adoptivsohn, vorstellte.

Danach war sie still gewesen und hatte zugehört.

Caitlyn war immer noch erstaunt, dass man ihnen Glauben geschenkt hatte, ungeachtet ihrer unerklärlichen Fremdsprachenkenntnisse. Ihr Ausschluss von der Schule wurde widerrufen unter der einzigen Bedingung, dass sie und Raphael Madame Snowe zu der Höhle führten, in der Raphael gestorben war. Darüber hinaus sagte die Schulleiterin sehr wenig zu ihrer Geschichte.

Brigitte und Daniela waren überrascht, dass »Thierry« sich auf den ersten Blick in Caitlyn verliebt hatte, und Caitlyn schien sich dadurch Danielas Respekt erworben zu haben. Caitlyn hielt nun aber noch weniger von dem spanischen Mädchen – nur weil ein Junge sie mochte, war sie in ihrem Ansehen gestiegen. Sie befolgte Madame Snowes Ratschlag, gegenüber Brigitte oder Daniela kein Wort davon zu erwähnen, dass Thierry nicht wirklich Thierry war. Auch wenn Brigitte eine solche Geschichte glauben würde, würde sie ihr nur Schmerz bereiten.

Der Spalt im Brunnen war, wie sie bald feststellten, zugemauert worden. Statt ihn wieder aufzubrechen, hatten sie beschlossen, sich vom *gouffre* aus zur Höhle aufzumachen. Und nun, eine Woche später und nach einigen Intensivstunden im Klettern, waren sie hier.

Caitlyn und Raphael standen auf, und Madame Brouwer hob ihre Taucherlampe und leuchtete den Raum aus.

Die Kristallgebilde an den Wänden, an die Caitlyn sich so deutlich erinnern konnte, funkelten. Sie umgaben den Kreis aus vergoldeten Obsidian-Obelisken mit dem Altar in der Mitte. Die Zeit schien alles unversehrt gelassen zu haben, das Gold war nicht stumpf. Das Licht der Lampe glitt über die Wände und dann zu dem dunklen Eingang des Gangs, wo Ursino und Giovanni mit gezogenen Dolchen aufgetaucht waren. Es gab keinerlei Anzeichen dafür, dass sie hier gewesen waren: keinen Berg verrotteter Knochen oder Kleidungsstücke auf dem Boden, keinen uralten Blutfleck auf den Steinen. Außer einem dunklen Haufen auf dem Altar in der Mitte des Kreises befand sich nichts in dem Raum.

Sie kamen alle langsam näher. Die kalte Luft auf ihrer nassen Haut ließ Caitlyn zittern. Raphael war zuerst am Altar. Er zog das mürbe Tuch, das bei der Berührung zerfiel, von einem Gegenstand. Madame Brouwer richtete ihre Lampe darauf.

Tausendfach brach sich das Licht in dem Quartzstein auf dem Kästchen, in dem Biancas Herz lag.

Raphael tat einen überraschten Atemzug und hob dann vorsichtig den Deckel. »Es ist noch da«, sagte er ehrfürchtig.

»Das Herz in der Dunkelheit«, sagte Caitlyn. Plötzlich verstand sie, was ihre Mutter auf die Tarotkarte geschrieben hatte. *Dies* war das Herz, vierhundert Jahre lang in der Dunkelheit verloren, bis Caitlyn zum Château de la Fortune gekommen war. Caitlyn durchfuhr eine plötzliche Erkenntnis. »Das Herz ist der Rubin in der Nabe von Fortunas Rad auf dem Gemälde von Fournier«, sagte sie.

»Natürlich …«, murmelte Madame Snowe.

Raphael schien sie nicht gehört zu haben. Er blickte immer noch auf das Herz, für das er vor vierhundert Jahren sein Leben verloren hatte. Mit großen Augen schaute er zu Caitlyn auf. »Ich erinnere mich jetzt. Philippe kam und räumte die Leichen fort, aber das hier ließ er unberührt. Beneto muss den Angriff von Ursino und Giovanni überlebt und ihm gesagt haben, dass er uns hierher folgen soll.«

»Und dann wurde Beneto für den Mord an dir die Schuld gegeben«, sagte Caitlyn. »Philippe muss ihn verleumdet haben.«

»Nein«, sagte Madame Snowe.

Sie drehten sich beide nach ihr um.

Madame Snowe kniete neben Raphael und blickte ehrfürchtig auf das Herz. Sie sah aus, als habe sie den Heiligen Gral gefunden. »Philippe, le Comte d'Ormond, begleitete Beneto, als dieser zu Caterina de' Medici ging und darum ersuchte, der Vormund von Giulia und Elisabeta zu werden. Caterina war wütend, dass er weder das Herz noch den Schatz bei sich hatte, und sie dachte, er wolle versuchen, sich die Macht der Schwestern zunutze zu machen. Sie beschuldigte Beneto, Raphael ermordet zu haben, und ließ ihn hinrichten. Philippes wahre Loyalität lag jedoch bei Heinrich von Navarra. In einer Aktion, die Caterina treffen und rächen sollte, was sie dem unschuldigen Beneto angetan hatte, entführte er die Mädchen vor Caterinas Nase und brachte sie nach Navarra.«

»Giulia und Elisabeta haben überlebt?«, fragte Raphael.

»Natürlich«, sagte Madame Snowe. »Sie heirateten beide. Sie hatten Kinder. Sie wurden alt.«

»Woher wissen Sie das?«, fragte er.

Madame Snowe lächelte. »Raphael, erkennst du nicht Biancas Blut?«

Er schüttelte den Kopf, genauso verwirrt wie Caitlyn.

»Ich bin eine Nachfahrin von Elisabeta.«

Caitlyn blieb der Mund offen stehen. »Nein!«

Madame Snowe stand auf und ging zu Caitlyn hinüber. Sie fasste sie mit den Fingerspitzen unterm Kinn und hob ihr Gesicht, als wollte sie es besser sehen. »Und Caitlyn, hast du auch nicht dein Blut in mir erkannt?«

»W... Was meinen Sie damit?«

»Deine Vorfahrin war Giulia. Du und ich, Madame Brouwer und Greta, Madame Pelletier und alle anderen von der Schwesternschaft der Fortuna, sind die verlorenen Töchter von Bianca de' Medici. Das ist der Grund, warum du von der Schwesternschaft auserwählt wurdest, an die Fortuna-Schule zu kommen. Zwei weitere verlorene Töchter werden im nächsten Schuljahr zu uns stoßen.«

»A... aber warum?«, stotterte Caitlyn.

»Liegt das nicht auf der Hand?«

Caitlyn schüttelte den Kopf.

»Caitlyn, du hast Biancas übersinnliche Kräfte geerbt. Das hat jede von uns, auf die eine oder andere Weise. Wir hatten jedoch gehofft, dass sie bei dir eine besondere Form annehmen würden. Wir hofften, du würdest Die Dunkle sein.«

Caitlyn machte große Augen und wechselte einen bedeutungsvollen Blick mit Raphael.

»Was ist?«, fragte Madame Snowe, die ihre schweigende Verständigung mitbekommen hatte.

»Bianca hat meine zukünftige Liebe meine Dunkle genannt«, antwortete Raphael.

Madame Snowe öffnete überrascht den Mund, und sie blickte Caitlyn mit erneuter Verwunderung an. Sie lächelte, als könnte sie es nicht glauben, und schüttelte den Kopf.

»Aber was haben Sie damit gemeint?«, fragte Caitlyn sie.

»Meine Urgroßmutter hatte Visionen und machte oft Prophezeiungen, leider meistens in rätselhafter Reimform. Sie machte auch eine über Die Dunkle.« Madame Snowe rezitierte die Prophezeiung auf Englisch und übersetzte sie dann für Raphael:

Vom westlichen Ufer der Neuen Welt
Kommt eine Dunkle, jung, ohne Geld.
Ihr Haar ist schwarz, ihre Haut ist weiß
Und sie begibt sich auf die Reis'
Und findet für die Schwestern trotz dunkler Nacht
Im Herzen des Schicksalsrads die Quelle der Macht.
Erst wenn die Dunkle ist gefunden,
Wird unsre Kraft von den Fesseln entbunden.

Sie drehten sich wieder alle zu dem Herz in dem Kästchen um, das in der Mitte des schwarz-goldenen Rads aus Stein lag. »Sie haben von Anfang an von mir erwartet, dass ich das hier finde«, sagte Caitlyn und fühlte sich seltsam betrogen. »Warum haben Sie mir nichts gesagt?«

»Weil wir nicht sicher waren, dass du Die Dunkle bist. Als du zu uns kamst, sah es so aus, als steckten in dir Begabungen, die sich durch deine Träume zeigen wollten. Aber dann schienen sie nie auf etwas hinauszulaufen. Dann hast du dich am Kopf verletzt, und die Träume hörten ganz auf. Aus naheliegenden Gründen kann die Schwesternschaft nicht zulassen, dass Gerüchte darüber verbreitet werden, dass wir eine Gruppe von Frauen mit übersinnlichen Fähigkeiten sind. Wenn du hinsichtlich deiner Begabung und Abstammung nicht eine von uns wärst, könnten wir dir unsere Geheimnisse nicht erzählen.«

»Wenn ich also das Rad und Biancas Herz nicht gefunden hätte …«

»Du kennst die Antwort bereits«, sagte Madame Snowe. »Du wärst nach Hause geschickt worden. Die Schwesternschaft ist kein Wohltätigkeitsverein, Caitlyn, und du warst in jedem Fach durchgefallen. Was hast du erwartet?«

Fröstelnd angesichts Madame Snowes strenger Sachlichkeit, schüttelte Caitlyn den Kopf. Genau wie ihre Mutter sie gewarnt hatte, konnte die Königin der Schwerter ihr mit der einen Hand helfen und sie mit der anderen Hand, ohne zu zögern, fallen lassen. Der Zweck regierte. »Die Speichelproben, die Sie für den DNA-Test bei mir genommen haben – war das, um festzustellen, ob ich eine Nachfahrin von Bianca bin?«

Madame Snowe nickte. »Der Test bestätigte zwar, dass du aus Biancas Linie stammst, aber leider haben wir noch nicht die genetischen Marker isolieren können, die anzeigen, ob eine verlorene Tochter übersinnliche Kräfte hat oder nicht. Wir haben einige Nachkommen gefunden, bei denen diese Fähigkeiten schwach und unterentwickelt sind, oder gar nicht vorhanden.«

»Aber bei mir ist es nicht so.«

»Nein. Aber selbst ohne den DNA-Test würde ich jetzt wissen, dass du eine der Schwestern bist. Du hast uns nicht nur zu Biancas Herz geführt, sondern auch zu dem Steinkreis des Kultes, in dem Eshaels Linie ihren Ursprung hat!«

Madame Snowe deutete mit vor besitzergreifender Ehrfurcht leuchtendem Gesicht auf die Obelisken. Sie wandte sich wieder Caitlyn zu. »Wir von der Schwesternschaft nutzen unsere Macht, um aus der Welt einen besseren Ort zu machen, aber viele von uns haben ihre Fähigkeiten zu spät im Leben entdeckt, um sie noch voll zu entwickeln. Wir betrachten es als unerlässlich für unsere Mission, die jungen Nachfahrinnen von Bianca hierher an die Schule zu holen und sie so auszubilden, dass sie ihr Potenzial voll entfalten können. Und jetzt, wo wir das Herz unserer Mutter haben«, sagte sie, wandte sich wieder zu dem Kästchen um und hob es ehrerbietig hoch, »sind dem, was wir erreichen können, keine Grenzen gesetzt.«

Raphael kam zu Caitlyn und legte den Arm um ihre zitternden Schultern, und sie ließ sich von seiner Wärme umfangen. Seine Kraft und seine Stärke trösteten sie und waren wie ein Schutzschild gegen die Kälte von Madame Snowes ehrgeizigen Zielen.

»Ist es das, was Bianca wollte? Einen Hexenzirkel ihrer Nachfahrinnen, die ihr Herz verehren?«, fragte Caitlyn Raphael leise.

Raphael umarmte sie fester. »Sie wollte Macht, sie wollte Freiheit, und sie wollte, dass ihre Kinder überleben. Darüber hinaus kann ich nichts sagen.«

Caitlyn sah, wie sich das Licht in dem Stein auf dem Kästchen brach, das in Madame Snowes hocherhobener Hand lag.

Bianca de' Medici, 1572 auf dem Scheiterhaufen verbrannt, war wiederauferstanden.

Anmerkungen der Autorin

Die Anfänge von *Wir für alle Zeit* liegen mehr als ein Jahrzehnt zurück, als ich in den Uffizien in Florenz zum ersten Mal das Porträt der Lucrezia Panciatichi von Bronzino sah. Ich bog um eine Ecke, und da sah ich sie sitzen, kalt und regungslos, mit wissendem Blick. Dieses Porträt sowie ein weiteres von Bronzino inspirierten mich zu der Figur der Bianca de' Medici. Der Autor Henry James beschreibt das Porträt der Lucrezia in »Die Flügel der Taube«:

»*Die Dame … (mit) ihren Augen aus vergangenen Zeiten, ihren vollen Lippen, ihrem langen Hals, ihrem prächtigen Schmuck, ihrem brokatbesetzten, üppigen roten Kleid, war eine beeindruckende Persönlichkeit – nur bar jeder Freude. Und sie war tot, tot, tot.*«

Das zweite Bronzino-Porträt, das mich inspirierte, war ein Todesporträt der echten Bia de' Medici. Die echte Bia (vermutlich eine Abkürzung für Bianca) war die uneheliche Tochter von Cosimo de' Medici, Großherzog der Toskana. Cosimo zeugte sie, als er sechzehn war; die Identität der Mutter war ein Geheimnis, das nie enthüllt wurde. Bia starb im Alter von sechs Jahren an einem Fieber, und Bronzino malte sie höchstwahrscheinlich nach ihrem Tod, im Auftrag ihres am Boden zerstörten Vaters. Auf dem Gemälde ist Bia blass und in Weiß gekleidet, was Tod symbolisiert. Dieses Weiß brachte mich auf die Idee, der fiktiven Bianca den Spitznamen *La Perla*, Die Perle, zu geben.

Der Name de' Medici und die Entstehungsgeschichte des Porträts regte mich dazu an, Caterina de' Medici, Königin von Frankreich, in die Handlung mit einzubauen. Die Affäre ihres Ehemanns Heinrich mit Diane de Poitiers ist Stoff von Legenden: Es war Diane de Poitiers, die über den Fluss Cher die Galerie des berühmten, prachtvollen Schlosses Chenonceau im Loire-Tal erbauen ließ. Heinrich kam bei einem grausigen Unfall auf dem Turnierplatz ums Leben: Sein Auge und sein Gehirn wurden von den Splittern einer zerbrochenen Lanze durchbohrt. Nach seinem Tod verstieß Caterina de' Medici Diane aus dem prachtvollen Chenonceau und nahm es selbst in Besitz; dafür gab sie Diane das etwas weniger prachtvolle Château Chaumont, das einige Kilometer entfernt liegt. Caterinas königliche Residenz war jedoch das Château de Blois, wo sie sich darum kümmerte, dass ihre Söhne auf dem Thron von Frankreich blieben.

Das Château de la Fortune existiert nicht. Es ist zusammengesetzt aus den Burgen und Schlössern, die ich vor einigen Jahren im Sommer in Frankreich besichtigt habe. Vorbild für seine Lage und Bauart ist das Château de Beynac an der Dordogne. Innen dagegen ähnelt es Chaumont und Blois, die einige hundert Kilometer entfernt an der Loire liegen. Der Geheimschrank in Madame Snowes Büro ist Caterina de' Medicis Geheimschränken in Blois nachempfunden, die Beschreibung des Speisesaals geht auch auf Blois zurück. Das *Fiat-Lux*-Fenster wurde inspiriert durch ein ähnliches bemaltes Fenster in Chaumont; Madame Snowes Büro/Philippes Zimmer und das Himmelbett mit den blauen Vorhängen sind Diane de Poitiers Schlafzimmer nachempfunden; und die Bodenfliesen, auf denen im fiktiven Grand Salon die Pilgerrouten zu sehen sind, wurden angeregt durch die kunstvollen Fliesenböden von Chaumont.

Das Element der Tempelritter sowie die Höhlen wurden inspiriert durch einen Besuch von Domme, einem befestigten Dorf auf einem Felsen hoch über der Dordogne. Unter dem Dorf befindet sich ein Höhlensystem, und die Legende besagt, dass sich die Dorfbewohner während des Hundertjährigen Kriegs und den Religionskriegen dort versteckten; in anderen Quellen heißt es allerdings, dass die Höhlen erst Mitte des 20. Jahrhunderts entdeckt wurden. Mehrere Tempelritter wurden in den Wachtürmen eines der Stadttore von Domme gefangen gehalten, wo sie zahlreiche Bilder in die Wände ritzten – zumeist religiöse Symbole. Dies war 1307, als der französische König befahl, alle Tempelritter zu inhaftieren, da er ihren Reichtum in Besitz nehmen wollte.

Der *Grande-Randonnée*-Fernwanderweg, der durch ganz Frankreich führt, ermöglicht es, das Land zu Fuß zu erkunden und von Dorf zu Dorf zu wandern. Und genau das habe ich zwei Wochen lang getan, bin durch Walnusshaine, schattige Wälder und mit purpurrotem Klatschmohn gesprenkelte Kornfelder gewandert. Uralte Burgen und Schlösser krönen die Hügel zu beiden Seiten des Dordogne-Tals und wachen auch heute noch über die Dordogne, einst die Grenze zwischen Frankreich und Aquitanien. Pilger, die nach Santiago de Compostela in Spanien unterwegs sind, begehen seit über tausend Jahren Teile dieses Wanderwegs.

Reisen ist für meine Arbeit als Schriftstellerin wichtig. Das Internet und Bücher versorgen mich mit Fakten, aber die unerwarteten Entdeckungen, die man auf Reisen macht, sind meine Inspiration.

Inara Scott

Internat der Geheimnisse

Die neue Chance

Welches Geheimnis hütet diese Schule?

Bloß nicht auffallen! Oft wäre Dancia am liebsten unsichtbar, damit niemand merkt, was mit ihr los ist. Denn immer wenn jemand einen Menschen bedroht, der ihr wichtig ist … passiert es einfach! Autos geraten ins Schleudern, Gebäude brechen zusammen – und meist wird jemand verletzt. Als ihr ein Stipendium an der berühmten Night Academy angeboten wird, gerät Dancias Leben völlig aus der Bahn. Was soll sie an dieser Schule für Genies? Oder ist die Schule gar nicht das, was sie zu sein vorgibt …?

Mitreißend, romantisch und mysteriös – ein Roman voller Geheimnisse!

352 Seiten, broschiert mit Klappe
€ 12,99 [D]
ISBN 978-3-505-13671-9
Erscheint am 02.04.2015